JE TE VEUX !
CONTRE MOI...

DU MÊME AUTEUR

Saga « *Je te veux !* »
3/6 tomes

1 - Loin de moi...
1ère édition : Reines-beaux - 2015 / Réédition en 2018 : autoédition

2 - Près de moi...
1ère édition : Reines-beaux - 2016 / Réédition en 2018: autoédition

3 - Contre moi...
1ère édition : Reines-beaux - 2016 / Réédition en 2018: autoédition

4 - Avec moi...
Décembre 2018 : autoédition

Saga « *À votre service !* »
2 tomes
2018-2019

3 – contre moi…

JORDANE CASSIDY

AUTOÉDITION
2ème édition

Le Code de la propriété intellectuelle interdit les copies ou reproductions destinées à une utilisation collective. Toute représentation ou reproduction intégrale ou partielle faite par quelque procédé que ce soit, sans le consentement de l'Auteur ou de ses ayants cause est illicite et constitue une contrefaçon sanctionnée par les articles L335-2 et suivants du Code de la propriété intellectuelle.

Ce livre est une œuvre de fiction. Les personnages et les situations de ce récit étant purement fictifs, toute ressemblance avec des personnes ou des situations existantes ne saurait être que fortuite et indépendante de la volonté de l'auteur.

L'auteur reconnaît que les marques déposées mentionnées dans la présente œuvre de fiction appartiennent à leurs propriétaires respectifs.

Avertissement sur le contenu : cette œuvre dépeint des scènes d'intimité explicites entre deux personnes et un langage adulte. Elle vise donc un public averti et ne convient pas aux mineurs. L'auteur décline toute responsabilité pour le cas où le texte serait lu par un public trop jeune.

Cette édition est une réédition. L'histoire n'a pas été modifiée. Seules des corrections et une modification de la couverture et de la mise en page ont été apportées.

SECONDE ÉDITION – Disponible en numérique et papier.
ISBN : 978-2-9564491-9-5
Autoédition – OCTOBRE 2018 -Tous droits réservés.
Guiraud Audrey, 368 Chemin de la Verchère, 71850 Charnay-lès-Mâcon
© 2018 Jordane Cassidy, pour le texte et l'édition.
© 2018 Nuance Web, pour la couvertur

« Consolons-nous mutuellement, Kaya. »

Telle fut la proposition d'Ethan pour le moins aussi surprenante qu'inconcevable. Pourtant, Kaya n'y reste pas indifférente. La cohabitation avec lui, bien que mouvementée et détestable par moments, peut s'avérer réconfortante par d'autres. Et c'est bien là, son plus grand souci ! Il est hors de question de se laisser séduire par les manigances d'un connard !

Mais toutes ces considérations n'ont que peu d'importance… Le grand gala annonçant la sortie de la gamme de maquillage « *Magnificence* » arrive à grands pas et il est temps de mettre les petits plats dans les grands pour signer le contrat avec Richard Laurens !

1
Indécise

Consolons-nous mutuellement...
Une simple phrase et pourtant tant de questionnements derrière. Juste quelques mots formant un tout cohérent, et tant de certitudes ébranlées.
Kaya y pensait encore et encore. Les heures s'étaient écoulées depuis, et cette simple demande trottait toujours dans sa tête. Elle pensait que c'était une idée complètement absurde, une lubie qui ne méritait pas tant de tergiversations. Et pourtant...
Elle regardait la télévision depuis plusieurs heures sans vraiment comprendre ce qu'elle voyait. Elle zappait de temps en temps, justifiant qu'un autre programme, meilleur que le précédent, calmerait son impatience et sa nervosité, la concentrant sur autre chose qu'Ethan, mais il n'en était rien. Les nouvelles séries américaines qu'elle découvrait ou le simple fait de s'extasier devant un show retransmis en direct étaient insuffisants pour lui changer les idées. La nuit dernière avait été longue. La matinée, une éternité. Ethan n'était pas rentré de la nuit. Il lui avait dit qu'elle ne devait pas l'attendre, que les préparatifs du gala impliquaient sa présence aux bureaux d'Abberline Cosmetics. Malgré tout, elle espérait qu'il lui fasse une surprise, qu'il s'assure que tout allait bien, qu'il s'inquiète pour son appartement, qu'il trouve une excuse pour revenir la voir. Juste une visite

Je te veux ! T3 – Chapitre 1

impromptue comme il l'avait fait quand elle était avec Eddy, mais rien. Pas même un SMS. *Bientôt, tu vas dire qu'il te manque ? Crétine ! Ne lui donne pas ce plaisir !*

Elle jeta son coussin, agacée de se sentir si vulnérable, d'avoir cette désagréable impression d'être sous son emprise.

Depuis quand un connard peut-il me donner envie d'être consolée ? Il m'énerve avec ses idées à la noix ! Ses propositions aussi idiotes qu'inattendues ! Comment peut-il avoir de telles idées ? C'est quoi son problème ? On ne fait pas une telle proposition à son pire ennemi, tout de même !

Se détester et se consoler. Le paradoxe même dans toute sa splendeur. Tout ce que représentait Ethan.

— Consolons-nous mutuellement... murmura-t-elle en repensant à cet instant où il l'avait regardée droit dans les yeux, avec cet aplomb qui le caractérisait si bien quand il voulait quelque chose sans refus possible.

Elle s'était esclaffée quand il le lui avait dit. Sur le coup, elle avait même cru à une blague. Cependant, son regard n'avait rien eu de joueur. Il avait affiché le même regard déterminé que lorsqu'il lui avait ordonné de se mettre à califourchon sur ses genoux dans les vestiaires du Silky Club. Elle avait d'ailleurs ri aussi à ce moment-là. Mais elle avait pu lire cette fois-ci dans ses prunelles marron une sincérité, une attente bien plus affirmée de sa part. Comme si consoler était vraiment un besoin qu'il ressentait, lui aussi. Se faire consoler ou consoler les autres, elle ne savait pas réellement ce qui lui importait le plus, mais c'était ce qui la troublait en fin de compte. Voulait-il du réconfort en retour ou était-il vraiment dans l'abnégation ? Dans les deux cas, cela ne lui ressemblait pas. Il n'était pas un sentimental fragile à première vue et encore moins un connard généreux, altruiste malgré ses dires. Ses intentions restaient floues et c'est ce qui la faisait cogiter encore et encore au point d'enrager sur son canapé. Elle ne pouvait s'empêcher de repenser à ses mots.

— Réconforte-moi et je te consolerai en retour. Un accord donnant donnant, suivant nos besoins. Je ne peux toucher d'autres femmes à cause de notre contrat et toi... tu ne peux plus éprouver certains plaisirs avec l'homme que tu aimes. Et trouver ces plaisirs auprès d'un autre homme est pour toi hors de question. Il ne te reste plus que moi. On a déjà fait certaines choses tous les deux qui peuvent te permettre de dire que je ne suis pas si inconnu que ça. Je ne tomberai pas amoureux de toi, donc pas d'inquiétude pour ton amour pour Adam. Je ne réclamerai pas ton cœur. Je peux lui laisser. Quant à moi, je n'aurai pas une de ces femmes groupies que je suis obligé de larguer, car trop soûlante ou parce qu'elle rêve du prince charmant et de la bague qui va avec. Je n'aurai pas ce souci avec toi, vu que tu l'as déjà et que tu n'espères rien de moi ! J'y ai réfléchi et ça peut marcher. Le concept semble viable, cohérent. Pas d'embrouilles puisqu'on se retrouve sur ce qu'on veut et ce qu'on ne veut pas. Chacun ses objectifs, mais un point qui nous unit : combler les besoins sexuels de l'autre. Qu'en penses-tu ?

Son pragmatisme avait encore fait des siennes. Son speech paraissait plausible, étudié en amont pour parer à tout contre-argument pouvant décimer son cheminement de pensée. C'était clair, efficace, sans tournures statistiques pouvant porter le doute. Digne d'un QI à 150 ! Garder son cœur pour Adam et offrir son corps à Ethan. C'était sa proposition. Le deal avec en bonus l'assouvissement de sa libido en ébullition selon ses dires.

Ma libido va très bien, bordel ! Enfin presque...

Kaya grogna une nouvelle fois et posa violemment la télécommande de la TV sur la petite table devant elle. Qu'en pensait-elle ? Tout le problème était là. Elle ne savait plus quoi penser. Sur le moment, la réponse avait été claire.

— Tu te fous de moi ? Tu coucherais avec moi juste pour satisfaire des envies nébuleuses avec la personne avec laquelle tu t'entends le moins ? Et moi, je coucherais avec le pire connard au monde parce que mon fiancé ne peut plus le faire et parce que je refuse les hommes ? Tu me prends pour qui ? Une pauvre nonne voulant connaître les joies du sexe ?

— Je n'ai pas dit ça, avait-il répondu calmement. Enfin... même si ce n'est pas loin de la vérité, vu comme tu refuses de refaire ta vie et que tu n'es pas si nonne que ça !

Ethan lui avait fait un sourire complice auquel Kaya avait répondu en levant les yeux de dépit.

— Tu peux trouver mieux que moi… avait-il ajouté. Je n'en doute pas. Tu es plutôt bien foutue et je ne te ferais pas une telle proposition si tu n'étais pas à mon goût physiquement.

Kaya s'était sentie troublée par cette révélation et elle eut soudainement encore plus chaud à ce moment-là. Il lui avait fait vraiment du rentre-dedans, en y repensant.

— En fait… seul… ton caractère peut faire fuir un homme, avait-il continué, songeur et désabusé.

Kaya se souvint que la chaleur qui l'avait assaillie juste avant avait vite disparu avec la douche froide qu'il lui avait donnée au sujet de son caractère. Elle était passée du trouble à l'énervement en une seconde.

— Mouais, finalement, tu risques d'avoir du mal à trouver ! avait-il conclu avec son petit sourire sarcastique.

Là, elle s'était imaginé le tuer mille fois suivant un procédé différent chaque fois, pour voir sa gueule de connard souffrir encore plus.

— Tu me complimentes, là, ou tu cherches à m'énerver un peu plus ?

Il avait juste souri tout en plissant un peu les yeux et déposé un petit bisou sur le bout de son nez. La provocation ultime à son goût. Le geste de trop qui avait fini par avoir raison de sa patience. Elle s'était énervée en tentant de repousser son visage de ses mains tout en râlant, en l'engueulant, en le traitant de tous les mots vulgaires qu'elle pouvait avoir dans son vocabulaire. Il avait ri, tout en tentant de retenir ses mains et de la plaquer un peu plus entre le canapé et lui. Puis, il avait repris un ton plus sérieux, plus conciliant.

— Je sais que ma proposition semble aberrante à première vue, mais elle est défendable... tout comme notre contrat avec Laurens. Ça paraît dingue, improbable, complètement irresponsable, mais l'idée est digne d'intérêt justement parce que tout ce qui nous désigne semble incompatible. Tout ce qui nous sépare, nous rend si différents, va être notre force, notre atout pour que ça marche...

En repensant à ces mots, Kaya pouvait admettre qu'Ethan était un bon orateur. Elle ne doutait plus de son talent pour négocier, ni même de ses compétences de PDG. Elle pouvait comprendre que beaucoup de contrats avaient dû être signés grâce à son discours toujours structuré, transformant les doutes en fumée. Pourtant, sa réponse avait été une bourrasque qui avait éteint direct sa plaidoirie. Pour elle, son raisonnement si impeccable ne pouvait se défendre quand il manquait le plus important.

— Je ne suis pas comme toi. Je couche uniquement avec l'homme que j'aime. Je ne coucherai donc pas avec toi. Tu fais ce que tu veux de ton corps, mais pour ma part, j'ai encore un minimum de dignité. Ça doit te faire rire ce que je te dis, et je comprends, quand on voit ce qui s'est passé hier entre nous ou encore avec les baisers qu'on vient juste d'échanger dans la cuisine, mais je ne peux pas. Ça t'amuse peut-être. Je ne sais pas quel plaisir tu y trouves. Sans doute, un défi de plus. Sans doute ce plaisir, cette curiosité ou cette occupation pour tromper ton ennui sont-ils suffisants pour me proposer un tel pacte, mais pas pour moi. Ça va déjà trop loin. Tu ne devrais même pas m'embrasser sur le bout du nez ou être allongé sur moi ! Je devrais te rejeter plus fermement. C'est aussi de ma faute si tu penses avoir tes chances. Je suis juste un peu perdue. Tout va très vite avec toi et tout ce qui se passe depuis notre rencontre me dépasse. Tu m'offres des choses que je n'espérais même plus connaître un jour. Et je ne parle pas de sexe ! Je parle d'un toit avec un chauffage, de l'eau chaude, de la nourriture, des soirées animées. J'ai même un lit, moi qui dormais depuis des mois seulement sur un matelas ! Sans parler de la façon dont tu as fait fuir Phil et Al, je me sens un peu cocoonée et je relâche ma garde. Effectivement, tu n'es pas un si grand connard que ça et ce contrat m'apporte des avantages, contre toute attente. Peut-être ai-je agi par égoïsme ou folie en acceptant tes avances ? Sans doute, ce gâteau t'a conforté dans tes idées, alors que c'était juste un acte de gratitude, mais il n'en reste pas moins que j'aime Adam et que même s'il est mort, je ne veux pas le trahir. C'est déjà allé beaucoup trop loin. Je préfère en rester là. T'embrasser devant Laurens est déjà bien suffisant.

Ethan avait fait une moue peu convaincue, alors qu'elle avait pensé avoir été claire sur ses convictions, puis il avait souri. Il avait alors avancé ses lèvres près de son oreille droite, faisant accélérer au passage le cœur de Kaya qui, maintenant, appréhendait chacun de ses gestes, et lui avait murmuré cette remarque qui la déstabilisait encore maintenant, sur son canapé, devant la télévision.

— Tu peux te trouver toutes les excuses que tu veux, mais au Silky Club, il n'y avait pas de nourriture, de lit, d'eau chaude et j'en passe ! Aucun avantage particulier. Seulement toi et moi… et ton besoin de réconfort. Tu peux le nier autant que tu veux, mais ton corps, lui, veut.

Il s'était ensuite levé du canapé, la laissant devant ces vérités.

— Réfléchis-y bien. De toute façon, tu peux remuer le problème dans tous les sens, ça ne changera rien : je te veux ! Et je sais que je t'aurai, car tout ton corps n'attend que ça. Tu frémis quand je t'embrasse, tu te cambres quand je pose mes mains sur tes seins, tu t'alanguis dès que je ne suis plus contre toi. Tout n'est qu'une question de temps.

Il était allé ensuite fermer les volets, car la nuit tombait. Puis, il avait remis ses chaussures comme si de rien n'était.

— Ne prends pas tes rêves pour la réalité ! lui avait-elle répondu finalement. Et celui qui s'alanguit, c'est plutôt toi ! Désolée pour toi, mais si tu as des besoins sexuels si réguliers, arrange-toi alors pour rester discret avec ton carnet d'adresses afin que Laurens ne le sache pas ; on sera tous contents.

Il attrapa alors l'assiette contenant son gâteau et soupira.

— Je ne cours pas plusieurs lièvres à la fois. Tu n'as donc rien écouté de ce que je t'ai dit ?

— J'ai très bien entendu ! Utilise dans ce cas ta main !

Ethan s'était esclaffé, une fois encore, abasourdi par son franc-parler.

— Ne sors pas dehors. Ne réponds à personne. Je ne rentrerai pas de la nuit, donc fais profil bas pour que je n'aie pas à te retrouver avec tes deux copains en train de faire des trucs dont moi-même je n'ai pas l'autorisation.

Elle lui avait balancé une nouvelle fois un des coussins du canapé, qu'il avait esquivé du bras. Puis, il était parti après lui avoir soufflé : « La nuit porte conseil. Réfléchis bien ! ».

Kaya regarda le coussin qu'elle lui avait balancé la veille.
La tortionnaire de coussins avait encore frappé !
Elle soupira, lasse de se sentir constamment à sa merci.
La nuit porte conseil... tu parles !
Elle n'avait pas pour habitude de se soumettre, mais avec

Ethan, c'était difficile. Comme s'il avait une emprise sur son subconscient. Comme si tout ce qu'il faisait ou disait la touchait directement dans les parties les plus fragiles de son corps, celles dont elle n'avait pas encore trouvé le moyen d'y mettre une défense imprenable ou un droit de veto. Elle avait déjà tenté de lui résister, mais dans cette bataille, elle avait laissé quand même des plumes. Aussi, cet avertissement sur ses intentions ne la rassurait guère.

De toute façon, tu peux remuer le problème dans tous les sens, ça ne changera rien : je te veux !

Kaya déglutit. Cette phrase, elle ne cessait de la tourner en boucle dans sa tête. Il l'avait dite avec une telle force, tel un lion qui ne lâcherait pas sa proie sans l'avoir dévorée au préalable.

Je te veux !

Que lui préparait-il ? À quoi devait-elle s'attendre ? Comment allait-il s'y prendre pour la convaincre ? Elle redoutait les prochaines heures, les prochains jours. Il ne pouvait pas la forcer, mais il était certain qu'il savait tirer les événements à son avantage, qu'il pouvait l'amadouer sans qu'elle ne puisse contrôler les choses.

Je te veux.

Elle angoissait. Elle avait l'impression que sa vie et son libre arbitre étaient entre les mains d'Ethan. Il était un marionnettiste et elle, son pantin. Quoi qu'elle fasse, il s'arrangerait toujours pour déterminer son avenir. Elle trouvait cela effrayant. Outre la certitude qu'elle craquerait tôt ou tard, elle s'inquiétait sur sa faculté à vraiment pouvoir lui résister. Elle doutait sur sa volonté à protéger ses convictions. Elle se sentait plus faible depuis quelques jours. Elle n'était plus autant indifférente à Ethan. Il avait raison : il la faisait frémir. Elle ressentait des sensations qu'elle n'avait pas connues depuis longtemps. Il la poussait dans ses retranchements, la forçait à faire face à ses plus profonds

désirs. Elle craignait réellement de lui succomber. Qu'adviendrait-il de son amour pour Adam si elle acceptait ce compromis ?
Je te veux...
— Tu ne m'auras pas ! cria-t-elle pour s'encourager à résister. Je vais faire signer ce contrat à Laurens et tchao ton contrat, tes propositions bizarres et tout ce qui va avec !

Elle râla un bon coup pour se donner du courage, marmonna qu'elle ne céderait pas. Sa question de temps, elle allait la mettre à profit pour ce contrat avec Laurens et non pour faire des galipettes !
Elle regarda autour d'elle. L'appartement était propre. Pas de ménage à faire. En y regardant bien, il y avait peu de bibelots souvenirs, les seules photos qu'elle avait vues étaient dans sa chambre. Il y avait deux cadres. L'un représentait une photo de lui avec Sam, Oliver, Barney, Simon et Brigitte. Sur l'autre, il enlaçait une femme. Qui était cette femme ? Était-elle l'argument qui lui permettrait de repousser Monsieur « Consolons-nous » ? Elle alla dans sa chambre pour voir plus clairement ce cadre. Il trônait sur sa table de chevet. Rien n'indiquait qu'une femme avait pu dormir ici. Était-elle sa petite amie ? Était-ce la raison de sa volonté de ne pas être amoureux : un chagrin d'amour ? Elle attrapa le cadre et examina la photo. Elle était brune, plutôt mignonne. Ils souriaient tous les deux. Il la serrait dans ses bras par-derrière. Elle ouvrit le cadre pour vérifier s'il n'y avait pas une note au dos de la photo. Elle soupira de déception. Pas même un petit indice. Devait-elle fouiller chaque recoin de cet appartement pour trouver ses réponses ? Elle souffla de lassitude, soulevant au passage une mèche de cheveux. Voilà à quoi elle était réduite : fouiner dans la vie d'Ethan pour trouver des preuves pouvant détruire l'infaillible argumentation de celui-ci, pouvant

effacer la moindre envie de céder à ses divagations. Tout pour pouvoir le garder à distance le temps de signer avec Laurens. Elle reposa le cadre où il était et retourna dans le salon. Elle reprit sa place dans le canapé et posa son visage dans ses mains.

— Tu délires complètement, ma fille ! Ressaisis-toi ! Tu deviens ridicule à être autant perturbée par ce type. Il n'est rien. Tu as Adam. C'est suffisant. Fais ta vie !

Elle se rallongea dans le canapé, encore plus agacée, et attrapa la télécommande de dépit pour reprendre son zapping quand elle entendit le cliquetis de la porte d'entrée. Ethan apparut sur le seuil, jeta ses clés nonchalamment dans l'assiette posée sur le petit meuble à côté de l'entrée, puis retira ses chaussures. Il posa ensuite son regard sur le salon et sur Kaya. Cette dernière déglutit, partagée entre son excitation de le retrouver pour ne plus s'ennuyer et l'angoisse de craquer devant le moindre geste intime de sa part, de répondre à ses avances sans retenue. Elle ne trouva que la force de lui dire un simple « bonjour ».

— Salut ! répondit-il, las.

Il s'approcha du canapé et comme la dernière fois, se laissa tomber de tout son poids, sans prêter attention à Kaya qui, une fois de plus, se retrouva moitié écrasée, moitié poussée vers l'extérieur du canapé.

— Hé ! Je suis encore là ! J'aimerais pouvoir y rester !
— Chut !
— Comment ça, chut ?

Ethan passa son bras autour de la taille de la jeune femme. Celle-ci sentit à nouveau la panique s'insinuer en elle. C'était plus fort qu'elle. Elle appréhendait chacune de ses actions, chacun de ses mots. Elle se savait à fleur de peau à son contact et elle détestait ça.

— Va dormir dans ton lit plutôt, si tu es mort, lui avança-t-elle tout en rejetant son bras qu'il replaça aussitôt autour d'elle par confort.

— Mon canapé, c'est mon second lit. Je te l'ai déjà dit. J'y fais des siestes merveilleuses.

Kaya leva les yeux d'agacement tandis qu'il fermait volontiers les siens. Elle pouvait chanter la messe, ce serait la même chose ; il ne l'écouterait pas et n'en ferait qu'à sa tête.

— Tu... tout est prêt pour le gala ?

— Mmm...

Kaya tenta de décoller chacun de ses doigts qui serraient fermement sa taille, mais Ethan ne semblait pas vouloir la lâcher. Il se mit à sourire en remarquant ses diverses tentatives pour lui échapper. Un jeu qu'il avait attendu toute la nuit, une provocation de plus dont il se délectait chaque fois un peu plus. Elle qui résistait par tous les moyens. Lui qui l'acculait par toutes sortes de jeux.

— Je ne suis pas ton coussin ! Lâche-moi !

— Tu es bien encombrante pour un coussin. De toute façon, je n'ai jamais pris aucune femme pour mon coussin. N'aie crainte. Aucune femme n'a, ne serait-ce qu'une seule fois, dormi avec moi.

— Menteur ! Tu t'es bien endormi sur le canapé avec moi la dernière fois !

— C'est vrai. Et je ne me l'explique toujours pas d'ailleurs. Comment ai-je pu en arriver là ? Tu as dû me faire prendre des somnifères ou quelque chose comme ça. Je ne vois pas d'autres possibilités.

— Connard ! Si seulement l'idée m'était venue ! Toujours est-il que tu es un sacré baratineur, Monsieur Je-ne-dors-pas-avec-les-femmes ! Tu préfères dormir avec les hommes peut-être ?

Ethan ouvrit immédiatement les yeux, fit la grimace et se releva légèrement pour lui faire face.

Elle me prend pour un homo maintenant ?

— Je ne dors ni avec les femmes ni avec les hommes. Mais

tu me prends pour qui, là ? Je dors seul et c'est le pied. Qu'est-ce que j'irais m'encombrer avec une femme au pieu, sans déconner ?

— Sérieux ? s'étonna Kaya. Pas une fois ?

— Pour quoi faire ? Le sexe n'inclut pas forcément le service après-vente sieste. De même que sexe n'est pas synonyme de lit + chambre.

— Tu veux dire que tu n'as jamais emmené une femme dans ta chambre ?

— Non, pourquoi le ferais-je ? C'est ma chambre, c'est une pièce privée.

Et la femme sur la photo, elle y est pourtant, elle ? Non ! Tais-toi ! Ce n'est pas le moment de prouver que tu as fouillé sa « pièce privée » !

— En tout cas, on est d'accord. Je ne suis pas ton coussin, tu ne dors pas avec les femmes donc, lâche-moi !

— Ce que tu peux être casse-pieds ! Tu ne peux pas arrêter de râler. On a déjà dormi ensemble sur ce canapé et tu n'en es pas morte… et moi non plus, bizarrement… Donc, je peux retenter !

— Ce n'est pas une raison ! On ne retente rien du tout ! Tu te contredis à dire que dormir seul, c'est mieux, puis à dire qu'on peut dormir ensemble. Va dans ton lit, tu n'as pas les idées claires !

— Mais tu vas finir de piailler à la fin ! Tais-toi !

Ethan se réinstalla mieux entre Kaya et le dossier du canapé et ferma les yeux une nouvelle fois, sans oublier d'esquisser un petit sourire taquin. Kaya s'offusqua, trouvant incroyable la façon dont il la faisait taire, de façon sèche et plus froide tout à coup, mais en même temps si provocatrice.

— Tu n'as pas besoin de moi pour dormir, tenta-t-elle une dernière fois, comme ultime requête. De toute façon, j'ai des choses à faire, donc lâche-moi.

— Quoi ? lui demanda-t-il toujours de façon abrupte, mais les yeux fermés comme s'il était déjà à moitié endormi.

— Je comptais aller au cimetière.

Ethan releva la tête aussitôt et la regarda fixement.

— Certainement pas.

— Et pourquoi ça ? Je suis libre de faire ce que je veux. Ton contrat n'inclut pas dans ses clauses la prison à vie dans cet appartement. J'ai besoin de voir Adam.

— Voir quoi ? Il n'est plus là. Voir un morceau de pierre ? Whouaaaa ! Merveilleux pour la paix de l'âme !

— Ne te fous pas de moi ! Ce n'est pas parce que tu as été déçu par cette femme que tu dois te moquer de l'amour des autres couples ! J'aime Adam et j'ai besoin de le retrouver, même à travers un morceau de pierre, comme tu dis !

Kaya, fâchée par ses propos, se détacha brusquement de lui, avec une force qu'Ethan n'avait pas sentie venir en elle, et se leva du canapé. Il se redressa aussitôt.

— De quoi parles-tu ? Quelle femme m'a déçu ? Qu'est-ce que tu racontes ? Je ne veux pas que tu y ailles seule ! Tu es inconsciente, ma parole ! Si tu veux y aller, tu iras avec Eddy. Il doit venir bientôt pour te récupérer. Tu as des choses à faire avec lui. Vois s'il peut t'y emmener, mais je te déconseille d'y aller si tu…

— Phil et Al ne m'empêcheront pas d'aller voir Adam, tout comme tu ne me convaincras pas de coucher avec toi !

— Mais… c'est quoi ton problème, là ? déclara Ethan tout en se levant du canapé. Quelle mouche t'a piquée ? Quel est le rapport entre ton envie d'aller au cimetière et nous, ma proposition ? Tu peux aller le voir, ton Adam ! Je m'en fous ! continua-t-il d'un ton plus agacé. Mais si tu te fais agresser, je n'ai plus de cavalière ce soir. Donc, c'est non ! Tu n'y vas pas seule. Je ne prendrai pas ce risque.

— Évidemment ! Toujours ton propre intérêt ! Connard ! Tu

m'énerves ! Je n'ai plus envie de te voir !

Kaya commença à prendre la direction de sa chambre, mais Ethan lui attrapa le poignet pour la retenir.

— Oui ! Mes propres intérêts ! lui rétorqua-t-il plus virulent. J'ai le droit de m'inquiéter pour ma soirée. Je compte sur ta présence ce soir. Tu as un rôle à jouer ! En quoi est-ce un mal ?

Kaya regarda sa main sur son bras. Elle n'était qu'un faire-valoir, son jouet. Comment pouvait-elle l'oublier ? Ethan soupira et ferma les yeux un instant, pour retrouver son calme.

— Si tu te fais une nouvelle fois agresser, je ne veux pas encore te ramasser à la petite cuillère ! Une fois… c'est suffisant pour moi. Et toi ?

Kaya releva ses yeux vers le visage d'Ethan. Ses derniers mots étaient plus doux, moins acerbes. Elle put voir dans son regard qu'il s'inquiétait vraiment pour elle. Elle baissa la tête. Elle se trouvait ridicule. À vouloir le tenir à distance et à trouver des excuses pour le détester, elle perdait de vue l'essentiel : son bien-être. Elle était prête à tout pour Adam, mais cela justifiait-il de se mettre en danger de la sorte ?

— Pour quelles raisons Eddy vient-il me chercher ? lui demanda-t-elle plus calme et rassurée.

Ethan relâcha le bras de Kaya et sourit.

— Tu as rendez-vous chez une esthéticienne.

Kaya fit des yeux ronds.

— Oui… dit-il tout en se frottant l'arrière de la tête nonchalamment. Je ne veux pas d'une cavalière discount pour la présentation de ma gamme de maquillage !

Kaya lui donna un coup de poing au bras pour lui montrer sa protestation à sa description peu flatteuse.

— Mais attention ! Pas d'entourloupes ! Tu ne lui fais pas faux bond. Tu l'écoutes ! Ton seul mot à dire, c'est « oui Eddy ! », lui dit-il tel un avertissement en lui montrant son index.

— Oui, Papa ! Religieusement ! lui répondit-elle avec plus de légèreté, en clignant ostensiblement des cils, comme pour se déculpabiliser de son instant de colère. S'il me dit « épouse-moi ! », je lui dis oui !

Ethan fut surpris sur l'instant par sa réponse puis fronça les sourcils. Elle lui tira alors la langue, sachant parfaitement qu'Ethan ne savait pas trop comment cerner sa relation avec Eddy et que ça l'énervait. Finalement, il trouva mignon son côté gamine.

— Attention, Princesse effrontée ! Ne me tire pas la langue comme ça ou sinon je te la mords sans retenue !

Le regard vif et provocateur ainsi que le sourire machiavélique qu'il lui offrit la figèrent un instant. Elle loucha instinctivement sur les lèvres d'Ethan et son cœur s'affola. Elle s'imagina tout et n'importe quoi. Ethan s'amusa de la voir si troublée.

— Qui ne dit mot consent ! Je prends note.

— Je... Mais non ! Je ne réponds pas, car l'ignorance est la meilleure des réponses ! se hâta-t-elle de dire. Hors de question que tu mordes quoi que ce soit. Je te laisse juste avec... tes fantasmes.

Kaya tenait difficilement en place. Elle n'osait même plus le regarder droit dans les yeux. Prendre de la distance était ce qu'il y avait de mieux à faire. Ne pas lui répondre et l'ignorer. Ne pas entrer dans son jeu. Ne pas lui tendre la perche. Ne pas lui laisser l'ombre d'un espoir. Ne pas l'affronter pour ne pas être vaincue.

— Tu penses pouvoir vraiment m'ignorer ? lui demanda-t-il, visiblement très amusé.

— Et comment ! lui répondit-elle en levant son menton dans un geste de défi, malgré la trouille de craquer qui l'assaillait de toute part. Je peux très bien vivre sans toi. Ne te crois pas aussi exceptionnel.

Ethan soupira. Il jeta sa tête en arrière en rigolant, puis la regarda droit dans les yeux. Kaya conserverait son aplomb jusqu'à son dernier souffle, pourvu qu'il perde. Il n'en doutait plus. Pourtant, elle avait raison : elle était un énorme défi qu'il voulait relever. Sa proposition, il ne l'avait pas préméditée. C'était sorti comme ça. Il avait déroulé son speech comme si tout était cousu d'avance alors qu'il n'en était rien. Comme si son idée prenait forme à chaque nouveau mot qui sortait de sa bouche. Il aurait voulu se taire, prétextant qu'il ne savait plus ce qu'il disait, qu'il délirait à cause d'une substance qu'elle aurait pu mettre dans son gâteau, mais il n'en fut rien. Il maintint ses propos avec conviction et finalement, il se trouva fier de son idée. Désirer une femme sans pour autant s'investir. Répondre à ses propres besoins tout en lui donnant ce qu'elle n'avait plus. Trouver un compromis pouvant satisfaire cette attirance sans avoir à trop se mouiller. Oui, cette proposition était la meilleure idée qu'il ait eue. Et depuis, il n'en démordait plus, au point de se sentir vivant comme jamais.

Défie-moi autant que tu veux ! Je gagnerai, Kaya...

Il retourna à son canapé et se rallongea, puis croisa ses jambes et posa sa tête sur ses avant-bras, tout en gardant son petit sourire.

— C'est ce qu'on verra... Tout est question de temps, Kaya. Je te laisse t'échapper cette fois-ci parce que je suis trop fatigué pour te courir après. Il faut que je dorme. Mais fais gaffe à tes arrières !

Kaya se sentit soulagée et sourit. Elle remportait une bataille, mais trouvait aussi un espoir dans le fait de ne pas le voir aussi combatif qu'elle ne l'avait supposé.

— Si tu n'as pas le courage de me courir après, même fatigué, alors je n'ai pas de soucis à me faire. Tu n'es pas si dangereux. C'est que ton ambition n'est pas si grande que cela. Ça me va. Tant mieux ! Bonne nuit.

Elle se dirigea alors dans sa chambre, plus rassurée sur son avenir qu'elle ne l'avait pensé. Ethan digéra ses paroles avec perplexité. Jusqu'à quel point la désirait-il ? C'était cela le fond de la remarque de Kaya. Devait-il prendre cela comme un reproche ? Une déclaration de guerre contre sa volonté, sa persévérance ? Il se sentait légèrement vexé. Elle minimisait son objectif de la faire sienne. Son ambition était-elle si peu crédible ? Était-il vraiment si peu investi dans sa quête ? Il se releva du canapé d'un bond. Elle n'avait pas le droit de douter, de minimiser ses actes, ses envies. Lui-même n'acceptait pas qu'on le sous-estime au boulot, même si dans les faits, il ignorait l'importance qu'il devait donner à tout cela. Il fonça sur elle, alors qu'elle était en train de rentrer dans sa chambre. Kaya écarquilla les yeux, se demandant ce qu'il lui prenait.

— Ce n'est pas un reproche ! cria-t-elle, devinant à son regard fâché qu'elle l'avait vexé, mais en vain.

Il passa alors son bras gauche autour de sa taille et posa sa main droite sur sa nuque. D'un geste vif, il plaqua ses lèvres contre les siennes. Kaya resta interdite, prise au dépourvu et incapable d'analyser quoi que ce soit. Il se détacha d'elle ensuite tout aussi rapidement et la fixa droit dans les yeux.

— Ne me provoque pas. Je suis fatigué, mais s'il faut te prendre là, maintenant, de suite, sans préliminaires, je serai présent. Et crois-moi que tu ne sentiras pas ma fatigue ! Alors, ne fais pas ta maligne, car pour l'instant, je reste plutôt conciliant. Ne joue pas trop avec moi, Kaya. Ne sous-estime pas mes propos. Je te veux. Je veux concrétiser cet accord. Je veux ta douceur et je veux te consoler. Je veux tes lèvres. Je veux t'embrasser partout, glisser mes mains sur les moindres centimètres de ton corps et m'enfoncer en toi encore et encore. Tu peux le prendre comme un caprice, une réponse à un défi ou ce que tu veux, ce ne sera peut-être qu'une fois, mais je ne lâcherai pas l'affaire tant que cette unique fois ne se sera pas réalisée. Est-ce clair ?

Kaya tremblait comme une feuille. Il la portait presque. Elle

Je te veux ! T3 – Chapitre 1

n'arrivait même pas à se détacher de son regard déterminé. Son baiser l'avait chamboulée, son discours l'avait complètement désarçonnée. Elle ne put que hocher la tête, tout en gardant sa bouche encore entrouverte.

— Parfait ! dit-il plus légèrement, avec son petit sourire fier, ravi de son effet sur elle. N'en profite pas maintenant pour me violer pendant mon sommeil. J'aimerais pouvoir être conscient quand ton corps me réclamera !

Il lui déposa un autre petit bisou sur la bouche. Kaya se réveilla alors de son inertie et le repoussa fermement en posant ses mains sur son torse. Ethan regarda son torse un instant et lui lança un regard presque livide.

— On a dit que les baisers, c'était que devant Laurens, alors ôte tes sales pattes de là ! Tu peux partir en croisade, je m'en moque ! Tu ne me touches pas ! Je te l'interdis !

— Tu aimes toucher mon torse, toi ? lui demanda-t-il froidement. Tu sais que tu n'as pas le droit. Alors ? On fait quoi ? Tu fais pareil. Tu continues alors que tu n'as pas le droit ! Tu veux être punie ?

Kaya fit un pas en arrière. Elle ne sut s'il plaisantait ou s'il comptait vraiment se venger de façon méchante. Elle avait tendance à oublier cette stupide interdiction et il lui était arrivé aussi de ne pas en faire toute une histoire. Cette fois-ci, il s'en sentait visiblement gêné et sa mâchoire serrée lui montrait qu'elle devait faire gaffe au retour de bâton. Elle fonça alors derrière la porte de sa chambre qu'elle ferma à clé pour ne pas avoir à affronter la bête sauvage.

— Ne me touche pas, connard ! lui cria-t-elle à travers la porte. Ou sinon... c'est moi qui vais devoir être méchante !

Ethan rit légèrement finalement en la voyant se planquer tout en grognant comme un roquet. Il retrouva alors son canapé pour sa sieste. Il s'étala de tout son long et regarda le plafond.

Putain que c'est bon ! Elle va me rendre dingue…

Il regarda la porte de la chambre de Kaya au loin. Il toucha ses lèvres, puis son torse et sourit.

— Provoque-moi encore ! Je t'aurai…

2
Combatif

Viens, mon grand. Viens dans mes bras. Viens réconforter ta pauvre mère...
Ethan se réveilla en sursaut. La lumière du jour s'était obscurcie. Un cauchemar venait à nouveau de troubler ses rêves. Cela faisait longtemps qu'il n'en avait pas fait. Son cœur battait fort contre sa poitrine, secoué par la panique qui l'avait saisi en se revoyant adolescent, en train de rejoindre sa mère biologique. Rien que d'imaginer la suite, et c'était tout son corps qui réagissait : dégoût, sueurs froides, appréhension. Il se toucha le torse comme pour vérifier que tout allait bien, que la suite n'avait pas eu lieu, qu'il n'avait pas retrouvé ses bras une nouvelle fois.
La gentillesse mène à la douleur. L'amour n'entraîne que la souffrance, Ethan. Pourquoi y repenses-tu ?
Il se frotta le visage et regarda sa montre. Dix-sept heures trente. Il s'étira et constata qu'il était recouvert du plaid qui était posé d'ordinaire sur le dossier du sofa. Ethan se mit à sourire amèrement, devinant qui avait eu cette délicatesse. À cette heure-ci, elle devait être avec Eddy. Elle ne devrait plus tarder à rentrer. Il se leva et alla manger une pomme. Il s'appuya contre la colonne jouxtant la cuisine et regarda sa pomme verte avec un certain soulagement. Il n'avait pas spécialement faim, mais son acidité lui faisait du bien. Elle brûlait en lui l'amertume dans sa bouche,

suite à ce mauvais rêve. Le retour de ses cauchemars n'était pas anodin. Kaya en était la cause, il le savait.

Le réconfort de l'autre... quelle idiotie ! Putain, mais quel crétin je fais quand même ! Tu creuses ta propre tombe en lui demandant ce que tu ne veux surtout pas faire d'ordinaire. Tu déconnes, mon pote ! Mais en même temps...

Il croqua à nouveau dans sa pomme de frustration. Il la désirait chaque heure un peu plus, à son grand désarroi. Il s'acharna sur son fruit et s'assura qu'il n'en restât plus grand-chose. Des éclats de voix se firent entendre depuis le couloir extérieur de l'appartement. Quelques secondes plus tard, Kaya et Eddy apparurent à l'entrée. Ethan put constater que l'ambiance entre eux était toujours aussi bonne. Elle souriait encore.

Il grimaça de déconvenue. Il avait eu Eddy au téléphone tôt le matin pour tenter d'avoir des explications sur leur fameux secret qui l'avait fait changer d'avis sur Kaya, mais ce fut peine perdue. Plus il cherchait des réponses à leurs cachotteries, plus Eddy lui renvoyait sa soi-disant jalousie en pleine face. Il avait donc dû jouer l'homme détaché pour le faire démentir, en lui proposant une nouvelle fois la surveillance de sa colocataire. Eddy avait rigolé, trouvant sa mauvaise foi charmante, mais surtout sa bienveillance à son égard mignonne. Il avait fini par accepter juste « pour le faire râler un peu plus ».

En les voyant une nouvelle fois ainsi, il devait bien admettre que cette complicité dont il était étranger l'agaçait encore plus et que la jalousie le rongeait bien.

Jalousie ? Pas possible ! Ce n'est pas de la jalousie !

Eddy était le meilleur atout dans sa poche pour la protéger. Son look entre le militaire et le junkie, à lui seul, rendait les badauds méfiants et sa stature grande, sèche, mais nerveuse indiquait qu'il valait mieux ne pas trop le chercher. Il savait qu'Eddy ne lui ferait pas de coups foireux dans le dos, mais il connaissait aussi « l'effet

Kaya », l'enchantement qu'elle pouvait exercer sur les hommes au point de rendre le gros méchant loup aussi mignon qu'un chiot. Et le chiot vient de poser sa main sur la taille de MA partenaire !

Ethan alla jeter la pomme dans la poubelle d'un geste agacé et vint à eux.

Ce n'est pas de la jalousie ! Non ! Juste un instinct de propriété !

— Tu as récupéré le colis ? demanda-t-il froidement à Eddy.

Les sourires de Kaya et Eddy s'effacèrent instantanément.

— Houla ! Bonjour d'abord ! fit Eddy tout guilleret. En voilà un accueil ?! Se serait-on réveillé de mauvaise humeur ?

— Je ne suis pas de mauvais poil. Je vais très bien. Je n'ai simplement pas de temps à perdre à vous voir jacasser comme des pipelettes.

Eddy siffla avec un air grave, tout en jetant un regard complice à Kaya qui se mit à sourire.

— J'ai effectivement le colis. Look ! Dans mes mains !

Ethan visa les deux grandes housses avec intérêt.

— Elle les a essayées ?

— Non, pas encore. On vient juste de les récupérer.

Ethan regarda Kaya avec dédain. Elle avait le teint plus frais, ses cheveux coiffés en un chignon relâché pour le gala de ce soir.

— Alors ? On se sent plus jolie ? Je vois que le ravalement de façade n'a pas été inutile !

Il lui décocha alors son fameux sourire tout en provocation qui, évidemment, stupéfia une nouvelle fois la jeune femme. Elle ouvrit grand la bouche, prête à lui dire toutes les pires vacheries au monde, mais s'abstint et se contenta de mordre sa lèvre inférieure pour retenir sa hargne.

— Connard ! Tsss ! se contenta-t-elle de dire finalement, mais avec cette nette impression que cette appellation paraissait maintenant insuffisante tant elle le trouvait exaspérant.

Kaya lui lança un regard noir puis passa devant lui en le bousculant pour aller dans la cuisine se servir un verre d'eau.

— Ah ouiiii ! J'oubliais ! Pardon ! s'amusa Ethan en voyant sa réaction. Ta nouvelle tactique est de m'ignorer plutôt que de me répondre ! C'est vrai !

— Eh bien ! Je vois que c'est tendu entre vous ! déclara Eddy avec une pointe d'ironie. Il n'y a plus de petites caresses sur sa main ?

Ethan le foudroya alors du regard.

— Désolé Eddy. Pour l'instant, c'est le calme plat dans mon pantalon et je doute que Princesse ait les tétons durcis. Donc, ne t'emballe pas. Rien n'est « tendu ». Tout est normal, comme d'habitude, même si ça doit te décevoir. Va rêver de romance ailleurs !

— La vacherie de ce connard est mon quotidien, donc tout va bien ! continua Kaya tout aussi froidement. Je gère, Eddy. Ces caresses ne sont pas forcément signe de gentillesse. Il y a toujours un revers à la médaille. Ne te fie pas aux apparences.

Eddy les observa avec un air suspicieux et peu convaincu. Ethan lui prit des mains ses deux housses et alla les donner à Kaya.

— Essaie ça.

— Maintenant ? dit-elle en fixant l'objet.

— Tu comptes aller au gala toute nue ? Moi, ça ne me dérange pas, mais bon, il y a certaines parties de ton corps que j'aimerais ne garder que pour m…

— La ferme ! Ne fais surtout pas attention à ce qu'il raconte, Eddy ! s'empressa-t-elle de dire à celui-ci comme pour se justifier. Il divague ! Il le fait exprès pour m'énerver et chercher les histoires ! Il n'y a rien pour lui !

Eddy se mit à sourire, heureux de voir que finalement son jugement n'était pas si mauvais. Ethan souriait de façon machiavélique, mais en même temps, avec bonheur. Il la regardait avec une lueur douce au fond des yeux, derrière son masque de méchanceté facile. Un jeu du chat et de la souris qu'il orchestrait savamment pour feindre ses réels sentiments, mais Eddy n'était pas si dupe : cette fille avait bien marqué son ami et cela lui plaisait. Ethan et les femmes, l'histoire de toute une vie à ses yeux. Ou l'art de l'esquive. Et un nouvel épisode avait été tourné dont Kaya était l'élément central.

— Je te le jure ! ajouta-t-elle rapidement tandis qu'Ethan faisait le fier. Mais arrête de sourire, toi aussi, connard !

Kaya lui arracha les deux housses des mains et lui donna en échange de manière brusque son verre. Ethan jubila intérieurement. Elle le bouscula une nouvelle fois d'un coup d'épaule et alla dans sa chambre d'un pas lourd.

— Mets la noire en premier ! lui suggéra Ethan tout en riant.

— Tu veux que je t'aide ? cria Eddy tout à coup enjoué, lui aussi, et bien déterminé à mettre un peu plus de piment dans leur querelle.

Ethan tourna la tête vers son ami, n'appréciant pas la demande.

— Eeeeh ! Pendant que tu y es, tu n'as qu'à devenir PDG d'Abberline Cosmetics, prendre ma place dans cet appartement et signer ce contrat avec elle. Ne te gêne pas !

Eddy se mit à rire.

Si prévisible, mon gars !

— Et après, il va me dire qu'il n'est pas jaloux, le Bleu ! Dis-le si tu veux m'aider à la déshabiller, ce sera plus simple !

Eddy lui décocha un grand sourire, accompagné d'un clin d'œil. Ethan se rapprocha de lui jusqu'à se frotter contre son torse, prêt à en découdre tels deux gallinacés dans un combat de coqs.

— Crétin ! lança Ethan, droit dans les yeux.

— Jaloux ! répondit Eddy en bombant le torse, peu impressionné par son ami.

— Emmerdeur ! rétorqua Ethan.
— Petit joueur ! Assume !
— Assumer quoi ? Que tu ne comprends rien à la vie ?

Ethan le bouscula de la poitrine, tandis qu'Eddy se mit à rire. Son ami décocha un sourire complice en réponse. Tous deux commencèrent à se chercher, enchaînant les petites tapes sur les épaules et les esquives quand un cri strident les fit sursauter. Tous deux se regardèrent, sans voix, puis foncèrent vers la chambre de Kaya. Ethan poussa une nouvelle fois Eddy au passage, qui se cogna contre le coin de la table du salon et poussa un cri de douleur avant de lui lancer un « bâtard ! ». Puis, il se mit à rire en voyant les efforts du traître pour arriver en premier sur les lieux.

Et après il n'éprouve rien pour elle... Tu parles !

Ethan ouvrit la porte avec hâte puis se stoppa net, dans l'entrebâillement.

— NOOOON ! Ne rentre pas ! lui ordonna Kaya tout en essayant de se cacher la poitrine avec ses bras.

— Quoi ? Qu'est-ce qu'il y a ? demanda-t-il inquiet, tout en retenant la porte contre lui pour qu'Eddy, qui arrivait derrière, ne puisse voir l'intérieur de la chambre.

— Ferme les yeux ! lui hurla-t-elle.

— Je peux voir, moi aussi ? demanda Eddy intrigué, tout en tentant de regarder par-dessus l'épaule d'Ethan qui le repoussait encore et encore. Mais pousse-toi, le Bleu ! Je veux aussi profiter du spectacle !

— Dégage de là ! Elle a dit de ne pas la regarder, donc va voir ailleurs !

— C'est également valable pour toi ! contesta Eddy, sidéré par sa mauvaise foi.

— Je suis le locataire de cet appartement. J'ai donc tous les droits sur toutes les pièces qui le composent ! Compris ? Donc, fous-nous la paix !

— Dégagez tous les deux de là ! cria Kaya une nouvelle fois, encore plus agacée.

— Tu vois ! Toi aussi, tu n'as pas le droit ! lança Eddy, cette fois-ci content que Kaya le soutienne.

Ethan lança un regard en coin à son ami, peu enclin à négocier.

On va voir si je n'ai pas le droit...

D'un geste sec, Ethan donna un coup de coude dans le ventre de son ami qui chancela une nouvelle fois sous la douleur. L'espace qu'Eddy laissa en reculant sous la force du coup fut suffisant pour Ethan, qui eut le temps de rentrer complètement dans la chambre, puis de la fermer à clé. Kaya écarquilla les yeux, tandis qu'Eddy riait derrière la porte.

— C'est petit ça, mec ! Très petit ! Kaya, ma puce ! Mon petit bouchon ! Je suis gentil, moi ! Ouvre-moi la porte ! Tu m'as vu à poil, alors ce n'est pas si grave si je te vois aus…

Eddy se tut immédiatement, voyant qu'il venait de gaffer.

— Quoi ? déclara Ethan, interloqué à travers la porte. Tu l'as vu à poil ? se tourna-t-il alors aussitôt vers Kaya.

Kaya déglutit. Son regard devint plus sombre, sa mâchoire se contracta sous la colère qui montait en lui.

— Tu as couché avec lui ? lui demanda-t-il d'un ton légèrement plus grave, sous-entendant sa demande de confirmation, alors qu'il s'approchait d'elle lentement, les poings serrés et l'air plus menaçant.

— Non… Du tout…

Il arriva alors à quelques centimètres d'elle. Tout son corps transpirait la colère et le sentiment de trahison.

— Je t'ai dit de ne pas t'approcher ! tenta-t-elle de dire pour renverser la vapeur, bien que sa voix fébrile indiquait que c'était déjà peine perdue.

— Rien à foutre ! Pour quelle raison l'as-tu vu à poil ? J'en ai marre de vos cachotteries. C'est comme ça que tu respectes le contrat ? Pas de galipettes avec mon répertoire féminin, mais toi, par contre, c'est la fiesta dès que je suis absent ? Et avec mon pote en plus !

Eddy posa son front sur la porte de la chambre, se maudissant d'avoir gaffé.

— Man, ne t'énerve pas contre elle. C'était juste un jeu ! tenta-t-il de dire pour calmer la situation. Tu me connais. Tu sais bien que je ne ferais pas une chose pareille contre toi. On est des vieux de la vieille. Des complices de galère. Hééé, n'oublie pas ! Les Blue Wolves !

— Un jeu ? À te retrouver à poil ? Avec ma petite amie ! Tu me prends vraiment pour un demeuré ? Et épargne-moi le sentimentalisme. Ça ne marche pas avec moi.

— Je ne suis pas ta petite amie ! Enfin… pas pour de vrai ! protesta Kaya énergiquement avant de se raviser.

— Et alors ? cria Ethan plus fort encore qu'il ne l'aurait voulu. C'est tout comme ! Réponds-moi, bordel ! Pourquoi l'as-tu vu tout nu ?

Devant sa colère évidente, Kaya ne put s'empêcher de rire. Elle trouva cela tellement grotesque.

— Sinon ? Tu vas faire quoi ? Je n'ai pas de comptes à te rendre ! Je fais ce que je veux, avec qui je veux ! Tu n'as pas ton mot à dire. Je ne suis pas ta propriété.

— Et si je lui pète la gueule maintenant, tu auras toujours ce sourire provocateur sur ton minois de peste ?

Kaya perdit son sourire instantanément.

— Tu ne vas pas te battre contre ton ami ? Pour une broutille, en plus ! Tu n'as pas un QI de cafard quand même !

— Caf…! Broutille ? Broutille ! Tu veux parier ? Ne me prends pas pour un con ! Un ami ne se fout pas à poil devant la meuf de son pote comme ça. Broutille ! Ah ! C'est la meilleure ! Et laisse mon QI tranquille, traîtresse !

Traîtresse ? Il abuse là !

Kaya soupira, blasée de devoir rendre des comptes à un homme qui jouait les petits amis jaloux, alors qu'il n'y avait pas l'once d'un amour entre eux. Sans compter que dénoncer Eddy ne faisait pas partie de ses intentions. Elle n'était pas une balance, sauf si on la poussait à bout. Or Eddy avait été convenable depuis.

— Ethan, calme-toi ! lança Eddy à travers la porte, exaspéré. Tu vas encore te faire rétamer une nouvelle fois si on se bat et tu ne voudrais pas paraître ridicule devant ta super petite amie, pas vrai ? Et ton joli minois doit rester intact pour le gala de ce soir, donc ouvre la porte et discutons entre personnes civilisées.

— Je vais t'en mettre moi des « gens civilisés » ! pesta-t-il entre ses dents. Sale traître !

Prêt à en découdre une bonne fois pour toutes, Ethan se précipita sur la porte de la chambre et tourna la clé de la serrure. Eddy se recula pour accueillir la bête enragée, devinant qu'il s'acharnait à ouvrir la porte.

— Nooon ! Arrête ! cria Kaya tout en se jetant sur lui pour le retenir.

— Lâche-moi, Kaya, ou je vais devenir méchant.

— Je te dis pourquoi, mais calme-toi ! le supplia-t-elle, presque pour qu'il cesse de chercher la bagarre.

Après quelques secondes d'hésitation, Ethan relâcha la poignée. Kaya se tourna vers son lit et attrapa son téléphone, resté à l'intérieur de la poche de son jean, sur le lit. Eddy reporta à nouveau son attention sur ce qui pouvait se dire à travers la porte.

— Voilà ce que j'ai vu ! lui dit-elle alors, tout en lui montrant l'écran et se retenant de rire.

Ethan put voir son ami en caleçon avec une pose de body culturiste. Il se sentit partagé entre farce et colère.

— Tu vois ! Pas besoin de monter au créneau et nous faire tout un pataquès, Monsieur Jaloux !

— Je ne suis pas jaloux. Je n'aime pas qu'on me prenne mes jouets sans ma permission.

— Hééé ! Je ne suis pas un jouet ! Je te l'ai déjà dit !

Ethan regarda plus longuement son téléphone.

— Pourquoi ? demanda-t-il soudain plus tranquille.

— C'est une longue histoire.

— J'ai tout mon temps.

Ethan alla s'asseoir sur le lit et croisa bras et jambes, montrant qu'il ne lâcherait rien avant d'avoir eu toutes ses réponses. Kaya soupira de dépit.

— Je le fais chanter avec ça. C'est pour ça qu'il est tout mimi avec moi.

— Oh hé ! Ça va ! rétorqua Eddy derrière la porte. C'est bon. C'est la honte assurée, là ! grommela-t-il. Je peux rentrer dans cette chambre, maintenant que le loup s'est calmé.

— NOON ! lancèrent en chœur Kaya et Ethan.

Ils se regardèrent un instant, surpris par la simultanéité de leur réponse.

— Je n'en ai pas fini. Je ne veux pas le voir pour l'instant… tenta de se justifier Ethan.

Kaya se cacha la poitrine de ses bras, se rappelant soudainement l'origine de toute cette histoire. Ethan sourit.

— Moi, j'aime bien ! lui murmura-t-il doucement avec son sourire enjôleur.

Kaya se retourna direct, pour cacher son décolleté plongeant de sa vue.

— Connard pervers ! lui rétorqua-t-elle doucement.

— Hééé ! Vous marmonnez quoi là ! demanda Eddy de plus en plus frustré d'être mis à l'écart.

— Riieenn ! dirent-ils tous deux en chœur.

Chacun se mit à sourire. La tension redescendait. Ethan se leva et s'approcha d'elle. Kaya resserra plus fermement ses bras contre elle, se méfiant de ce qui pouvait advenir maintenant. Il se colla à son dos tout en gardant le silence. Kaya se recroquevilla sur elle-même, redoutant son prochain geste. Elle pouvait déjà sentir son souffle à l'aube de son cou. Elle savait aussi qu'il se délectait de la faire languir, de la pousser à la frustration du « après ». Ethan leva sa main et lui caressa l'épaule doucement. Elle se crispa instantanément. Ses doigts dévalèrent son bras dénudé lentement, tandis qu'elle pouvait sentir de plus en plus distinctement sa respiration contre elle. Ethan sourit. Elle frissonnait. Il posa alors seulement deux doigts sur son poignet qu'il encercla avec son pouce et d'un geste sec, s'empara du téléphone de l'autre main. Kaya se redressa automatiquement, voyant qu'il l'avait amadouée une fois de plus, alors qu'il se reculait pour contempler la photo de plus près. Il commença à pianoter dessus. Kaya se rapprocha pour deviner ce qu'il fabriquait.

— Qu'est-ce que tu fiches ? Ne me l'efface pas ! C'est mon ticket de survie face à M. Rangers crottés !

Ethan se mit à rire légèrement.

— Si tu m'assures que tu ne te masturbes pas le soir en voyant sa tronche d'idiot, je te la laisse ! Beurk ! Sinon, je suis en train de me l'envoyer sur mon téléphone aussi. Ça peut me servir ultérieurement.

Kaya posa ses mains sur ses hanches, n'appréciant pas sa remarque sur ses activités nocturnes.

— Non ! Kaya ! hurla Eddy tout en tambourinant contre la porte. Ne le laisse surtout pas faire ! Je te lécherai les pieds s'il le faut, mais ne le laisse pas récupérer la photo !

Tous deux regardèrent la porte et rirent.

— Eh bien, tu en as fait un charmant esclave, dis-moi ! s'amusa de constater Ethan.

— Kaya, j'entre ! Je ne le laisserai pas écorner ma réputation. Je te respecte, mais lui, c'est une enflure !

— Entre et je l'envoie ! chantonna Ethan, heureux d'être devenu le maître du jeu et d'obtenir enfin vengeance. Oups ! Mon doigt a failli riper sur le bouton « envoyer» ! Allez… Je ne l'envoie pas si et seulement si…

Kaya sentit la vacherie venir comme la pluie derrière les gros nuages noirs. Son regard de défi lui était destiné.

— Embrasse-moi ! lui murmura-t-il une nouvelle fois doucement, presque de manière inaudible.

Un « O » offusqué sortit dans un murmure de la bouche de la jeune femme. Ethan se délecta de la voir une nouvelle fois scandalisée. Chaque bataille le ravissait, car elle lui offrait une palette d'émotions si distrayante sur son visage.

Enfoiré !

— Si quoi ? cria Eddy à travers la porte ! Bon sang, je vais entrer ! Ça me saoule !

— J'aime bien le noir ! continua-t-il toujours en chuchotant avec son air espiègle et en la déshabillant du regard.

Il fit un geste de l'index pour l'inviter à se rapprocher de lui. Kaya était soufflée par sa demande. Sa réponse déciderait du sort d'Eddy et Ethan semblait s'en repaître. Elle se regarda un instant devant la psyché. Certes, la robe était jolie. De coupe droite, elle épousait plutôt bien ses formes. Le seul hic était son échancrure sur le devant. Son buste était quasi à découvert, sa robe formant un « U » cachant à peine ses seins et laissant en son centre sa peau visible jusqu'au bas du ventre. Le tissu sur sa poitrine était lâche et plissé. De petites chaînes étaient accrochées d'un pan de tissu à l'autre, suggérant l'interdit de glisser ses doigts sur sa partie à nu.

Cours toujours ! Tu veux me piéger, mon petit ! C'est ce qu'on va voir !

Kaya se dirigea vers la porte de la chambre sous le regard surpris d'Ethan. Elle l'ouvrit doucement et se montra dans sa robe noire à Eddy. Celui-ci la scruta de haut en bas avant d'attendre la raison de sa mine affligée.

— Je suis désolée Eddy. Je ne peux accepter sa condition. Il va garder ta photo. Alors pour m'excuser, je te laisse voir ma robe... beaucoup trop échancrée à mon goût et je te fais une promesse : je te vengerai. Tu auras, toi aussi, ta photo compromettante.

Elle tourna la tête vers Ethan et le regarda d'un air grave.

— Je m'y engage. Je ne sais pas encore comment, mais je te jure que je l'aurai !

Ethan se sentit bizarre. Le son de sa voix n'augurait rien de bon, et pourtant tout son corps vibrait en réponse à la menace de Kaya. Une excitation encore plus grande. Un défi de plus. Une envie de la faire sienne encore plus intense. Il sourit devant le challenge. Eddy ne sut trop quoi dire. Il constata seulement que Kaya était une femme sincère et loyale, et cela lui suffisait.

— Tu es bien gentille avec ton esclave... lui répondit Eddy, finalement. OK. Je suis surpris, mais... heureux. Ethan, dit-il en se tournant vers son ami, moi, je l'ai dans la poche ! Hé hé ! Et toi... tu es un homme mort !

Il passa son bras autour du cou de Kaya et lui déposa un baiser sur la tempe. Ethan grimaça aussitôt, se rendant compte que toute cette histoire se retournait une nouvelle fois contre lui.

— Dégage tes sales pattes ! Tu vas lui salir sa robe ! pesta Ethan entre ses dents.

— Mais non ! Regarde ! Elle lui va comme un gant. Tu n'as vraiment pas à avoir honte ! déclara alors Eddy à une Kaya soulagée.

Eddy réajusta une de ses bretelles. Kaya se sentit affreusement gênée, mais ne dit rien.

— S'il te fait la moindre misère, dis-le-moi et je l'écrase, le moustique ! lui murmura-t-il avec douceur. On ne pourra pas se

voir ce soir, ma puce ! J'ai une mission...
— Ma puce ?! s'esclaffa Ethan, sidéré.
Eddy traversa le salon, puis leur fit un au revoir de la main avant de disparaître. Kaya soupira. Elle se sentait déjà lasse et il restait encore la soirée à passer. Elle se tourna vers Ethan qui se fit surprendre en flagrant délit de voyeurisme sur ses fesses.
— Profite bien, car je vais mettre l'autre ! lui déclara-t-elle d'un ton sec en désignant la seconde housse.
— Tu sais, elle n'est pas moins couverte...
Kaya le regarda d'un air blasé.
— Et je parie que tu es content de toi. Je parie que tu les as choisies expressément, juste pour m'agacer un peu plus.
— Et comment ! Mon gala se doit d'être parfait !
— Il a bon dos ton gala. Je ne peux pas mettre ces robes ! déclara-t-elle tout en découvrant la rouge avec angoisse et surprise.
— Mais si ! Tu vas les mettre ! Tu as signé pour être ma parfaite petite amie ! Même si on est encore loin du « parfaite ».
— Tu n'es pas un ange non plus, je te rappelle !
— Je ne l'ai jamais prétendu...
Ethan baissa la tête. Son air si fier la seconde précédente s'effaça. Kaya crut lire un soupçon d'amertume.
— Tout le monde va loucher sur mon décolleté... déclara-t-elle timidement. Je n'aime pas ça.
Kaya resserra à nouveau ses bras sur sa poitrine, de façon gênée.
— Regarder ne veut pas dire toucher. Le seul qui touche, c'est moi ! Tu es ma cavalière et celle de personne d'autre.
— Personne ne touche. Et encore moins toi ! lui répondit-elle instinctivement. As-tu fini avec mon portable, maintenant que tu as ta photo compromettante d'Eddy ? Puis-je le récupérer ?
Ethan examina le téléphone. Son pouce n'avait toujours pas

activé la fonction « envoyer ». Il le remit en veille et lui rendit.

— Je ne l'ai pas envoyé. Je n'ai pas eu ce que je voulais, donc ce n'est plus drôle.

Surprise, Kaya récupéra le téléphone qu'il laissa tomber dans sa main. Elle lui décocha finalement un grand sourire de vainqueur.

— Feriez-vous preuve de générosité, Monsieur Connard ? lui demanda-t-elle, amusée.

Ethan sourit, bon joueur.

— Tu n'en veux pas de ma générosité.

Kaya grimaça.

— Tu as une générosité vraiment spéciale... marmonna-t-elle et se tortillant les doigts.

— Tu trouves ? Pourtant, certaines femmes ne rechigneraient pas devant elle.

— Dis-toi que je suis une femme difficile ! lui répondit-elle en haussant les épaules et pas du tout charmée par sa démonstration de Casanova.

— Oooh ça, je m'en suis bien rendu compte !

Il lui attrapa alors la main et tous deux sortirent de la chambre. Kaya se demanda ce qu'il attendait encore d'elle.

— Attends-moi là.

Il la laissa seule au milieu du salon et alla dans son bureau un instant. Il revint vers elle quelques secondes après avec une petite boîte dans la main. Il lui attrapa à nouveau la main et la conduisit une nouvelle fois devant la psyché de sa chambre. Kaya regarda cette petite boîte gris perle, tout en long, avec intérêt. Ethan l'ouvrit alors. Un collier y était déposé. La chaîne brillait, mais ce qui retint l'attention de la jeune femme, c'était son pendentif. C'était la première fois qu'elle voyait un pendentif d'une telle forme. Elle regarda Ethan droit dans les yeux. Il put y lire de la curiosité, mais aussi de la stupeur et de l'admiration.

— Il te plaît ?

Kaya l'examina à nouveau. C'était un tube de forme rectangulaire, long de huit centimètres, serti de petites pierres étincelantes. Il était noir, avec des pierres blanches, translucides. Une finesse dans la finition, avec des dorures sur les arêtes, ajoutait un côté classe et distingué à l'objet.

— Ce sont... des diamants ? demanda-t-elle d'une voix étranglée rien qu'à l'idée du pactole qu'il pouvait tenir dans ses mains.

Ethan plissa les yeux.

— Le jour où je mettrai des diamants autour du cou d'une femme n'est pas né ! Ce sont des cristaux. Bien moins chers, tout aussi classe, et à portée du plus grand nombre.

Kaya grimaça une nouvelle fois.

Un instant, j'aurais presque pu rêver ! M. Connard Grippe-sou, bienvenue !

— Des cristaux ? On dirait des diamants. C'est fou ! Je peux toucher ?

— Tu m'embrasses ?

Kaya lui donna un coup de poing à l'épaule en guise de réponse. Il grimaça sous la douleur.

— Tu vas le toucher toute la soirée. Ça va habiller ta robe !

La jeune femme dévisagea Ethan qui lui répondit par un grand sourire satisfait.

— Tourne-toi.

Kaya hésita un instant.

— Même si ce ne sont « que » des cristaux, tu n'étais pas obligé de… enfin tu vois ! Tout ça… L'esthéticienne, la robe et maintenant ce collier. Tu n'avais pas à me payer autant de choses.

Ethan la retourna sans ménagement face à la psyché. Kaya poussa un cri surpris. Il lui passa alors le collier autour du cou.

— Je ne le fais pas pour toi, mais pour moi. Ma cavalière doit

être nickel. Ne rêve pas, Cendrillon !
— Oui, je sais. Tu as tes objectifs... Mais quand même...
Elle toucha alors le bijou doucement puis regarda Ethan à travers le reflet du miroir.
— Merci.

Un silence s'en suivit. Tous deux n'arrivaient pas à lâcher l'autre du regard. Ethan put y lire une nouvelle fois de la reconnaissance. Loin de ses déclarations de guerre, ce regard était annonciateur de toute la douceur qu'il avait pu toucher du bout des doigts. Ce regard vert-noisette qui lui faisait perdre totalement le contrôle, qui le troublait au point de se noyer dedans à chaque fois. Au point de vouloir se lover contre elle et toucher ses lèvres juste un peu, afin de sentir une nouvelle fois leur tendresse sous-jacente, leur texture. Laisser fondre sa langue autour de la sienne et sentir son cœur s'affoler devant cette excitation incontrôlée chaque fois qu'il la découvrait un peu plus.

Ethan sentit sa gorge se dessécher tout à coup. Il tourna les talons et quitta volontairement Kaya du regard. Il se trouvait gêné, terriblement mal à l'aise. Il lui faisait du rentre-dedans depuis la veille et pourtant, dès qu'elle baissait sa garde, il se trouvait comme un petit garçon impressionné par un ange.

Merde ! Merde ! Merde ! Ressaisis-toi ! Du sexe oui, mais c'est tout !

Ethan se frotta la poitrine, espérant que les battements irraisonnés de son cœur se calment. Kaya baissa les yeux, tout aussi troublée par ce moment de perdition entre eux deux où seules leurs prunelles se répondaient.

— Maquille-toi et on y va ! lui dit-il alors sur un ton plus froid, avant de la laisser seule dans sa chambre.

Kaya se regarda une nouvelle fois avec le collier autour du cou.

— Il ne veut pas me maquiller pour ce soir ? Sans doute est-ce trop ?

Je te veux ! T3 – Chapitre 2

Elle baissa les yeux une nouvelle fois, à la fois soulagée, mais triste.

Combien de temps ce type va-t-il encore me perturber au point de me déconnecter de la réalité aussi facilement ? J'aurais voulu qu'il me maquille...

3
Beau parleur

Ethan tenait fermement la main de Kaya. Il avait revêtu son masque d'homme d'affaires : regard vif, visage fermé, stature droite et bien ancrée au sol. La salle était comble. Une salle de réception avec un orchestre et puis encore et toujours des buffets. Kaya soupira. En l'espace d'une quinzaine de jours, elle avait assisté à trois de ces banquets interminablement ennuyeux, pompeux et pédants. Bref, chiants !

Heureusement qu'il y avait eu Richard Laurens la dernière fois, sinon la baleine échouée à côté des petits fours aurait eu du mal à ressortir de la salle. Encore une soirée où je sens que je vais trouver le temps long...

— Souris ! lui souffla Ethan, le regard sévère. Tu es ma partenaire, donc heureuse d'être à mon bras !

— C'est ça ! L'espoir fait vivre ! lui déclara-t-elle avec un grand sourire forcé.

— Tu es vraiment une princesse indocile. Cela t'arrive-t-il d'être obéissante ? Peut-être devrais-je ajouter une nouvelle clause au contrat comme… « Dire oui à toutes mes demandes » !

La réponse ne se fit pas attendre et Kaya le bouscula. Ethan se déporta légèrement sur le côté, mais ne put masquer sa joie de l'avoir encore fait râler devant sa boutade.

— Et ça se vante d'avoir un QI de mollusque… Je dois faire

quoi sinon, à part sourire niaisement ?

— Ne pas ouvrir ta bouche ! Ne pas faire de table ronde avec des petits vieux. Ne pas balancer des flûtes sur les invités…

— Ça vaaaa ! se précipita-t-elle en lui masquant la bouche de sa main. J'ai compris ! Pas de scandale…

Kaya fit une moue boudeuse, tandis qu'Ethan se retenait de rire.

Trop facile !

— Elle est là ! purent-ils entendre au loin. Coucouuu !

Ethan fit un geste sec de son bras pour que Kaya reste près de lui. Très vite, elle put voir s'approcher d'eux Simon et Barney, suivis de Sam, Oliver et Brigitte. Un sourire se dessina sur son visage, au grand dam d'Ethan, sidéré par l'impact qu'elle avait déjà sur ses amis, tous presque excités de la retrouver.

— Kaya ! Je suis si content de te voir ! déclara Simon, heureux.

Et voilà, elle me lâche la main...

Simon s'empressa de lui faire la bise et de la serrer dans ses bras, suivi de Barney. Sam arriva derrière et bouscula au passage Ethan, qui fit trois pas en arrière, puis prit également Kaya dans ses bras.

— Copiiine ! Comment vas-tu ? Si tu n'en peux plus, je te prends chez moi, tu sais.

— Mais dégage ! se hâta de répondre Simon. J'étais là le premier ! Fais la queue !

Sam pesta, tout en fusillant Simon du regard. Ethan était partagé entre l'envie de les étriper tous les deux et kidnapper sa cavalière pour de bon.

— Alors ? demanda Simon, en lui attrapant les deux mains pour faire le confident. C'est comment avec... cet énergumène ? fit-il plus doucement, tout en lorgnant sur Ethan qui sentait vraiment l'agacement pointer le bout de son nez.

Énergumène ? On ne comprend réellement le sens de l'amitié que lorsqu'on vous plante un couteau dans le dos !

— Je survis... lui répondit-elle avec un air déprimé, mais surjoué.

Kaya s'esclaffa quand Simon lui montra un visage plus que désolé. Elle trouvait cela touchant. Ses amis semblaient plus avoir pris parti pour elle que pour Ethan.

— Ça va ! Je plaisante ! Du moins, à moitié... fit-elle tout en regardant de travers Ethan qui serra les poings.

Finalement, c'est elle que je vais étriper !

— Purée ! Tu es... magnifique, Kaya ! déclara Sam, subjugué par sa robe et surtout par sa poitrine à demi nue.

Kaya remonta ses bras contre elle, gênée.

— Regarde ailleurs, pervers ! lui lança Brigitte, tout en poussant son visage vers une autre direction.

— Mais je ne vois que toi, BB ! lui rétorqua-t-il tout mielleux. Ma vie, c'est toi, voyons ! Tu le sais, n'est-ce pas ?

Sam l'enlaça, presque à l'étouffer.

— Lâche-moi, crétin ! Regarde tes chaussures plutôt !

— Mais tu es si belle, si voluptueuse, si...

— La ferme ! s'énerva Brigitte, les joues plus rouges qu'elle ne l'aurait voulu.

Sam desserra son étreinte à regret, mais amusé. Il aimait son caractère de chien et ne se formalisait plus de ses ordres et de son manque de tact par moments.

— Ethan, il ne faut pas se rater ce soir. Ton discours est prêt ? lui demanda BB, pour couper court aux élucubrations de Sam.

— Ouais, ouais... fit-il sur un ton las.

— Je te préviens, tu joues le jeu à fond ce soir ! Ne déconne pas !

— Je n'ai pas vraiment le choix...

Kaya put voir qu'Ethan n'était pas du tout enthousiaste. Il regardait à droite et à gauche, sans vraiment faire face à Brigitte.

Je te veux ! T3 – Chapitre 3

Il fuyait les directives de son amie de façon claire et précise.
— Tout le monde est arrivé ? s'enquit-il toujours nonchalamment.
— Il semblerait… lui répondit Oliver avec un petit sourire satisfait en balayant aussi la foule du regard. Ça va être à toi de jouer.
Ethan regarda un instant Kaya. Celle-ci chercha à comprendre dans son regard ce qu'il avait en tête, mais ne sut quoi penser.
— Viens avec moi…
Sa voix était calme et présentait une grande assurance. Ses lèvres montraient, par un sourire léger, qu'il s'apprêtait à faire quelque chose d'énorme. Ce foutu sourire, accompagné de son regard brillant, pouvant consumer n'importe quoi. Vous terrasser juste en le croisant et vous laisser en tout petits morceaux.
Pourquoi je ne le sens pas ? Je ne le sens vraiment pas ! Que prépare-t-il ?
— Euh... Je vais rester là à t'attendre... lui fit-elle alors avec un clin d'œil, en espérant que ce petit geste complice ferait mieux passer sa décision. C'est plus prudent.
Ethan recula sa tête de surprise.
Elle me la joue sage et discrète maintenant ? Depuis quand ?
Il regarda alors les invités et s'esclaffa.
— Je n'ai pas dit que tu avais le choix. Tu me suis. Point.
Kaya grimaça, choquée. Ethan lui attrapa la main pour affirmer ses dires et la tira alors brusquement à lui. Ensemble, ils traversèrent la foule jusqu'au pupitre sur scène. La jeune femme commença à paniquer. La robe, le bijou, l'esthéticienne pour paraître classe, c'était une chose ; être sur scène, aux yeux de tous, en était une autre. Se montrer devant tout le monde de façon volontaire ne lui plaisait pas des masses. Si elle s'était presque fait une raison sur le décolleté de sa robe, la surexposition sur scène la tétanisait. Pour qui allait-on la prendre ? Les projecteurs

l'aveuglaient et la chaleur ambiante augmentait exponentiellement avec son angoisse. Ethan souriait. C'était un sourire toujours conquérant, maîtrisé, prêt à pourfendre n'importe qui. Il inspira un bon coup, la regarda un instant puis resserra un peu plus sa main dans la sienne. Un geste qui la rassura bizarrement. Si elle avait d'abord rencontré le visage du PDG distant, posé, voire dictatorial, elle pouvait aussi se vanter de connaître une autre facette de sa personnalité maintenant : celle qu'il offrait en privé. Plus désinvolte, parfois tendre, parfois attentive, mais aussi emportée, troublée, blessée. Deux facettes complètement différentes et pourtant, en cet instant, elles se mélangeaient. Elle n'aurait su dire pourquoi, mais il semblait détendu. Pas du tout comme elle, qui se liquéfiait littéralement sur place. Était-ce juste l'habitude de discourir ? Son sourire donnait une impression de fierté dont elle pouvait comprendre la cause. C'était la soirée de présentation de son travail. Travail qu'il aimait au point de faire nuit blanche si besoin, au point de signer un contrat avec une inconnue pour décrocher des investissements. Toutefois, comment ne pouvait-il pas stresser face aux possibles retours négatifs qui pourraient s'ensuivre ? C'était comme si cette hypothèse ne pouvait être envisageable.

Évidemment, il n'y a pas de possibilités d'échec avec lui...

Elle le savait. Elle pratiquait ses humeurs depuis presque une semaine au quotidien et elle avait bien compris que lorsque M. Connard avait une idée en tête, il fallait s'attendre à tout. Alors, nul doute que pour son travail, rien ne pouvait être mis de côté. Aucun défaut ne pouvait être soulevé. Pas le moindre point pouvant mettre à mal sa campagne.

Ethan tapa de son index le micro pour vérifier qu'il fonctionnait bien. L'orchestre interrompit sa musique. Les invités firent silence immédiatement et rivèrent leur attention sur la scène. Kaya déglutit. Ce silence l'oppressait davantage.

— Suis-je vraiment obligée d'être avec toi sur scène ? lui chuchota-t-elle dans un ultime espoir de fuir.

La réponse fut claire. Il pouffa avec un machiavélisme qui ressortait de tous les pores de sa peau. Elle retrouvait le mode « connard » qui lui allait si bien et qu'elle ne détestait que davantage, et en frissonna.

Je suis morte ! Il me prépare bien quelque chose !

— Bonsoir à tous ! lança-t-il alors solennellement aux convives. Ce soir est un grand soir pour Abberline Cosmetics, comme vous vous en doutez, puisqu'il s'agit de vous faire la présentation de notre nouvelle gamme « Magnificence ». Certains l'attendaient impatiemment, d'autres ont spéculé et ont essayé de la copier…

Ethan se mit à rire en secouant la tête négativement.

— Mais elle est là, unique et merveilleuse, prestigieuse, mais à portée de tous. Toujours de grande qualité, avec un échantillon de couleurs afin de parer à toute occasion. Voici donc ce soir ce qui est ressorti de notre fabuleuse équipe. Un investissement de tous les jours. Que ce soit en termes de design, de fabrication, de recherches et d'implication de toutes parts dans ce projet. Je remercie donc pour commencer tous mes employés. Sachez que cette femme à mes côtés me traite régulièrement de connard…

Ethan fit une pause et regarda sa partenaire avec un petit sourire amusé.

Je suis vraiment morte !

Les yeux des invités dévièrent vers « la partenaire » du PDG de Abberline Cosmetics. Kaya tenta un sourire de politesse, mais elle serrait tellement les dents que rien d'efficace n'en ressortait.

— … Je pense que mes employés ont dû le faire aussi… ajouta-t-il avec une fausse innocence.

Les invités dans la salle se mirent à rire et à murmurer. Brigitte se tapa le front, le maudissant d'avoir pu sortir une telle remarque.

— Respire, BB. Tout va bien ! lui murmura Sam, sûr de lui et très attentif.

Il lui fit un clin d'œil et reprit aussitôt son sérieux, ne voulant rien rater de la prestation de son ami.

— … Et de nombreuses fois ! continua le PDG, cette fois amusé.

Kaya se sentait très mal. Elle pouvait voir tous ces regards braqués sur elle et ne souhaitait qu'une seule chose : se planquer le plus loin possible de cette salle. Ethan put constater son malaise, mais continua, toujours plus amusé par la façon dont elle se trémoussait sur place, le regard fixant le sol avec une insistance à en voir les yeux s'exorbiter.

— Toujours est-il qu'un connard n'est qu'un homme avec des objectifs…

Kaya leva tout à coup les yeux vers le plafond, dépitée.

Encore avec ses objectifs… Il n'en a pas marre ?

— … Et que ce qui compte, ce sont les résultats que cette attitude entraîne… et vous en avez un échantillon sous les yeux.

Il regarda une nouvelle fois Kaya qui, cette fois-ci, ne comprenait pas pourquoi il la montrait comme le centre de toutes les attentions.

— Le maquillage est ce qui est censé embellir les femmes, faire ressortir leur beauté naturelle. Malheureusement, le maquillage est aussi éphémère. Il ne tient que quelques heures puis s'efface. Tous les grands professionnels du domaine s'attellent à chercher en laboratoire la formule qui puisse permettre une tenue longue durée, sans que cela ne coule, ne soit pâteux et j'en passe… Chez Abberline Cosmetics, bien que nous allions aussi dans ce sens, nous avons pris le problème à l'envers. Il m'arrive de me balader dans certaines boutiques de maquillage, la mienne la première évidemment !

De nouvelles personnes rirent dans la salle.

Je te veux ! T3 – Chapitre 3

— … Mais aussi au supermarché du coin…
Ethan rit légèrement.
— Oui, je peux faire des courses de temps en temps, et je bénirai le jour où on me trouvera le moyen de remplir mon frigo rien que par la pensée ! marmonna-t-il, telle une confidence à son auditoire.
La salle s'anima une nouvelle fois.
— Engage un domestique ! put-on entendre crier dans la salle, ce qui choqua Kaya qui en avait presque oublié leur différence de statut social.
— Je préfère faire tout moi-même… répondit Ethan poliment à la foule, ne pouvant détecter d'où venait la demande. Je suis maniaque et je n'aime pas qu'on se mêle de mes affaires. Que voulez-vous ? Je n'ai que des qualités !
De nouveaux rires emplirent la salle. BB s'étouffa avec sa propre salive en entendant ces futilités sur sa façon de vivre, même si elles se révélaient vraies. Kaya, elle, s'étonna du discours d'Ethan. Il semblait contrôler parfaitement son public. Il s'en amusait même. Il se révélait être un fin orateur, passant par des mots parfois légers, loin d'un auditoire jet-set, puis continuant avec un jargon professionnel et soutenu. Était-ce toujours ainsi qu'il faisait ? Elle n'aurait jamais pensé, lors de leur première rencontre, qu'il pouvait faire preuve d'autant de désinvolture, lorsqu'il s'agissait de son image de PDG. L'homme distant qu'elle avait pu connaître se montrait aux yeux de tous sympathique et accessible. Elle avait du mal à croire ce qu'elle voyait. Son connard, elle ne l'avait pourtant pas rêvé ?
— … Et ce que je constate en allant dans ces boutiques, c'est que les femmes aiment se maquiller.
Un nouveau brouhaha se fit entendre parmi l'assistance. Beaucoup de femmes secouèrent leur tête affirmativement, concédant ses propos.

— Oui, mesdames ! fit-il en montrant du doigt la gent féminine qui se mit à glousser sous son air séducteur, et sous le regard bluffé, mais consterné de Kaya. Je vous observe à tester, commenter et piailler sur un étui, une couleur, une forme...

Ethan détacha son micro du pupitre et fit quelques pas sur l'estrade de façon nonchalante. Kaya regarda sa main tout à coup vidée de celle d'Ethan. Elle ne ressentait plus sa chaleur protectrice, rassurante. Il ne lui restait plus que ses yeux pour le voir et constater qu'il s'éloignait d'elle. Sa panique qui s'apaisait légèrement fit un nouveau bond et tambourina dans sa poitrine.

— Autrement dit, vous maquiller n'est pas qu'une obligation, mais aussi un plaisir. Un plaisir de se pomponner devant sa glace, son petit miroir de sac à main ou dans les toilettes publiques avec des produits beaux, fashion.

Certaines femmes hochèrent la tête une nouvelle fois, acceptant ce fait, tandis qu'il les mimait en minaudant et faisait rire les hommes.

— Mais à quoi joue-t-il ? s'inquiéta BB. Il veut leur dire qu'elles sont des femmes écervelées et superficielles ? Je vais le tuer... J'aurais dû prendre le micro à sa place. Il veut me le faire payer. Toutes ces soirées où j'ai exigé sa présence. Il veut me les faire payer !

— Tu sais très bien qu'il ne saborderait pas son travail et celui de ceux qui le suivent... lui déclara Oliver, serein.

— Il y a la manière de le dire ! Il se fout de notre gueule, de nous, les femmes, sous couvert de regards mielleux !

— Mais c'est comme d'habitude ! se précipita de dire Simon, pas du tout choqué. Ce n'est pas nouveau. C'est Ethan dans toute sa splendeur. Tu sais bien que les femmes et lui, ce n'est pas le grand amour !

— Oui, mais en public, sachant que nos clients sont des femmes, il devrait garder ses convictions sur nous pour lui ! La prochaine fois, je lui écris le discours !

— Fais-lui confiance, BB.

Barney regardait Ethan avec le sourire. BB l'observa à son tour. Il semblait savoir où il allait, même si son discours était à double tranchant. Elle pouvait admettre qu'Ethan avait une aisance naturelle sur scène. C'était aussi son atout phare quand elle le sollicitait pour vendre l'image de l'entreprise. Elle l'admirait. Quoi qu'il fasse, et même si son travail en communication était sabordé, elle savait qu'Ethan avait la capacité de rattraper les choses et de les embellir pour obtenir l'adhésion de la majorité. Mais cette fois-ci, il y allait vraiment fort. Il se permettait des familiarités qui pouvaient déplaire à grand nombre de ces personnes si maniérées dans leurs convenances.

— Bref, vous maquiller est une habitude accompagnée d'un plaisir quotidien. Un élément indispensable pour votre bien-être que vous emportez partout, tel un bijou inestimable…

Il revint vers Kaya et se tourna vers le public pour reposer son micro sur le pupitre.

— Vous connaissez déjà la qualité de nos produits. Il est temps de la mettre en valeur !

Il regarda alors Kaya et passa son index sous le collier, puis le montra à l'assemblée.

— Je vous présente le premier produit de la gamme « Magnificence » !

Des murmures dans la salle retentirent. Kaya ne comprenait pas plus que les invités où Ethan voulait en venir avec le long pendentif rectangulaire qu'elle portait à son cou. Il tira alors dessus et le bijou se déclipsa en deux parties distinctes. Un « oh » général envahit la salle. D'un geste rotatif calculé et minutieux, un mini rouge à lèvres sortit au bout des doigts du PDG.

— Quand le maquillage devient un bijou, c'est toute la magnificence de la femme qui apparaît aux yeux des hommes.

Abberline Cosmectics rend à la femme sa classe et son plaisir d'être belle. Le maquillage devient objet du quotidien, mais aussi objet de valeur.

Il attrapa alors le menton de Kaya et passa le rouge à lèvres sur ses lèvres. Kaya se laissa faire, soufflée par la démonstration qu'Ethan venait d'accomplir. Ses yeux ne quittaient pas ses prunelles concentrées sur l'application du stick coloré sur ses lèvres. Son cœur cognait sa poitrine avec démence. Le monde qui l'entourait lui paraissait à mille lieues de ce qu'il lui faisait.

— Et mes chers amis de la gent masculine… dit-il une fois qu'il eut fini tout en clipsant le rouge à lèvres à son bouchon brillant de mille feux, grâce aux cristaux incrustés, vous pouvez y aller…

Tout à coup, il passa son bras droit sur la taille de sa cavalière et posa ses lèvres sur celles de la jeune femme pour un baiser appuyé, puis se retira aussi vite et se lécha les lèvres.

— Mmmh… fit-il tout en touchant ses lèvres. Goût pêche ! déclara-t-il fièrement. Et pas une trace !

Un silence de quelques secondes prit place jusqu'à ce qu'un, puis plusieurs applaudissements suivent. Bientôt, des « bravo ! » retentirent, tandis qu'Ethan se pencha pour saluer son auditoire. Il présenta ensuite d'un geste de bras Kaya qui fut applaudie à son tour. Cette dernière se sentait groggy. La foule et le bruit la laissèrent léthargique, comme si le baiser d'Ethan l'avait déconnectée de la réalité. Ethan jeta un coup d'œil vers elle et s'aperçut de son trouble. Elle tentait de sourire, mais elle était perdue, absente. La texture des lèvres d'Ethan était la seule chose sur laquelle elle focalisait depuis. Son cœur était à nouveau parti dans une frénésie ingérable. Elle devait se reprendre, effacer ce trouble qui ne la lâchait plus, mais le regard qu'il lui offrit avec ce petit sourire heureux la perturba encore plus. Il s'était encore servi d'elle. Elle pouvait admettre qu'il avait bien calculé son coup. Elle ne pouvait ni protester ni le repousser. Elle était sa petite amie. C'était le contrat. Elle ne devait pas le ridiculiser. Le contrat de Laurens était en jeu. Elle avait dû accepter son baiser sans broncher. C'était ainsi.

En même temps, tout était allé si vite et le pire était qu'elle avait aimé cela. Elle avait aimé son discours, elle avait été conquise par ses arguments, puis surprise de voir que son bijou était le fruit de son travail et enfin, elle avait été scotchée par son baiser si fougueux. Elle réalisait difficilement tout ce qui venait de se passer. Alors comment aurait-elle pu le repousser ? Elle n'y avait même pas songé. Ethan attrapa sa main. Elle la regarda de façon mécanique. Des frissons lui parcoururent le corps à ce contact. Son approche pour la « vouloir » était-elle donc de cet acabit ? La faire douter tout en la mettant devant le fait accompli ? Ethan regardait ses invités avec bonheur. Nul doute qu'en cet instant, il était fier de lui, à tous les niveaux.

— Je vous invite à découvrir les autres produits de la gamme auprès des hôtesses qui passeront près de vous, tout au long de la soirée. Je remercie également nos partenaires bijoutiers et joailliers. Bonne soirée !

Ethan descendit de l'estrade, Kaya sur ses talons. De nombreux invités vinrent aussitôt à eux. Une pluie de félicitations arriva de toute part à leurs oreilles. Des femmes se précipitèrent sur elle pour voir le bijou qui renfermait le rouge à lèvres. Ethan remerciait tout son petit monde, se prêtant au jeu des salutations sans perdre son flegme. Kaya se trouva noyée par les questions qui fusaient de toute part et dont elle n'avait pas les réponses. Elle lâcha la main d'Ethan et recula de quelques pas pour pouvoir respirer. La panique la submergea quand elle vit que l'écart qu'elle tentait de creuser se trouvait aussitôt rattrapé par ces riches femmes piaillant sans gêne et voulant la toucher, son collier et elle. Ethan vit que sa partenaire blêmissait à vue d'œil, mais n'arrivait pas à en placer une pour pouvoir mettre un terme à la discussion et la sortir du guet-apens que les futures clientes lui avaient tendu. Il cherchait ses amis du regard quand il vit Brigitte s'interposer devant ces femmes. Il soupira, rassuré.

— Mesdames, laissez-moi répondre à vos questions. Cette jeune femme n'est qu'une mannequin…

Brigitte visa Kaya, tremblante de la tête aux pieds, d'un air condescendant.

— Elle ne vous sera pas d'une grande aide. Je vous invite au buffet pour en parler.

Les femmes fortunées ou de réputation avérée acceptèrent sans broncher l'invitation. La voix ferme et décidée de Brigitte les avait convaincues. Sa prestance et son professionnalisme ne faisaient guère de doute. Kaya regarda Brigitte et l'envia. Elle était belle oui, mais ce qu'elle mettait en valeur était bel et bien son savoir-faire incontestable. Elle leur souriait de façon diplomate, usant d'élégance et de raffinement. Des atouts bien loin de sa portée. Les clientes potentielles gloussèrent, excitées de leur futur achat, tout en se dirigeant vers les petits toasts. Brigitte se tourna vers Kaya et son sourire commercial tomba.

— Ne me remercie pas. Je ne fais que mon boulot.

Kaya ne répondit rien, mais se sentit soulagée. Elle n'avait pas pour habitude d'être le centre de toutes les attentions et pouvait comprendre ce qu'Ethan devait subir pour plaire et réussir à vendre son business. Brigitte alla alors retrouver les convives au buffet. Au passage, elle croisa le regard d'Ethan et lui fit un signe de tête complice. Ethan lui fit un clin d'œil reconnaissant en réponse.

Kaya pouvait enfin fermer les yeux, inspirer pour se recentrer et se reprendre en main. L'angoisse s'effaça enfin. Elle rouvrit les yeux et vit Ethan plus loin, en grande discussion avec des hommes. Son speech avait plu, elle n'en doutait pas. Il avait été époustouflant, bien qu'il se soit encore servi d'elle.

Marre d'être son jouet !

C'est alors qu'une femme se posta devant elle. Surprise, elle la toisa un instant, mais elle était sûre de ne pas la connaître. La vingtaine, plutôt sophistiquée et mignonne, brune, une certaine douceur dans les traits de son visage.

— Vous êtes sa nouvelle petite amie, je présume ? lui dit-elle, le regard vide.

La jeune femme se mit à rire de façon amère.

— Il n'a jamais eu de soucis pour obtenir les faveurs d'une femme... Ne lui donnez jamais votre cœur si vous voulez le garder près de vous. J'ai fait cette erreur et aujourd'hui...

Elle regarda, avec une tristesse immense dans les yeux, le sujet de leur discussion en train de rire et discuter au loin.

— Ne lui montrez jamais vos sentiments... continua-t-elle, comme si elle ne voulait pas perdre un détail physique d'Ethan de sa mémoire. Si vous le faites, il les piétinera.

Elle se tourna à nouveau vers Kaya, la mélancolie toujours plus franche.

— On ne résiste jamais longtemps à cet homme. Par contre, lui sait vous résister. S'il vous plaît, faites-lui mal, juste une fois... Juste pour qu'il comprenne ce qu'est réellement l'acte d'aimer.

Elle lui sourit amicalement puis la salua en penchant légèrement sa tête en avant. Kaya ne trouva pas de mots pour justifier sa position ou lui apporter un réconfort. Elle avait le cœur serré devant cette femme à la fois meurtrie ostensiblement par l'amour brisé qu'elle portait à Ethan et la façon dont elle lui prodiguait son conseil sans réelle jalousie ou rancune. Une espèce de solidarité féminine pour la petite amie qu'elle était et qui semblait vouée au destin de se vautrer méchamment au sol, telle une serpillière que l'on a essorée encore et encore et que l'on écrase avec un balai pour effacer les miettes d'une histoire impossible. Elle regarda cette jeune femme disparaître dans la foule avec cette image dans la tête. Elle souffrait pour elle. Elle regrettait que son cœur saigne comme le sien. Elle s'en voulait presque de ne pouvoir l'aider ou la conforter, d'être si impuissante face à son chagrin. Le chagrin, elle le connaissait aussi. Elle avait tout comme elle perdu l'homme de sa vie, mais Adam l'aimait. C'était peut-être la différence entre cette femme et elle. Elles avaient perdu toutes les deux l'homme qu'elles aimaient, mais cette femme était bien plus à plaindre. Elle n'avait jamais eu en retour l'amour pour lequel elle s'était battue. Finalement, elle admirait sa force à garder la tête haute, à se résoudre qu'elle avait perdu en ayant fait tout son possible, en vain. Elle admirait sa compassion et sa générosité à être venue lui dire cet avertissement, alors qu'elle aurait pu lui cracher à la figure. Son fond n'était pas si aigri, juste incroyablement triste et déçu. Elle espérait même qu'un jour Ethan soit sauvé de son absence d'amour pour une femme. Elle avait presque envie de la retrouver et la prendre dans ses bras pour lui dire qu'elle ne devait pas s'en vouloir, qu'elle avait fait ce qu'elle avait pu, que c'était un connard et qu'il ne la méritait pas, mais elle se retint, car elle-même n'était pas convaincue qu'elle avait fait son maximum pour sauver son couple, pour éviter la mort d'Adam. Parfois, on reste impuissant, même avec toute la meilleure volonté du monde. Ce qu'on fait n'est jamais assez et on finit par perdre et se perdre. Et finalement, on se sent coupable, on se rejette la faute...

Kaya baissa les yeux. Elle se demandait ce qu'elle faisait là. Effectivement, n'était-elle pas en train de se perdre plus profondément dans les abîmes du désespoir en acceptant ce pacte avec Ethan ? Oublier sa culpabilité d'avoir échoué avec Adam en se punissant avec M. Connard ? Elle n'aurait jamais pensé signer un contrat pour de l'argent avant, ni vendre sa personne pour l'amusement d'un homme sans scrupules. Quelle serait sa chute si elle venait à réaliser la prédiction funeste de cette femme meurtrie ? L'état de serpillière serait un euphémisme pour elle. Elle regarda Ethan. Quelle histoire avait-il eue avec cette femme ? Avait-il procédé de la même manière que pour elle, pour obtenir ses faveurs ? Elle se rappela aussi le désespoir de celle qu'elle avait rencontrée au Delicatessen et qui lui avait valu un second renvoi. Elle était prête à tout pour lui. Comment avait-il pu leur faire tourner la tête, au point de les rendre si malheureuses ? Il était prêt à tout pour un contrat alors, il pouvait très bien avoir fait toutes sortes de manigances pour les conquérir. Il avait déjà montré certains de ses tours de force pour un baiser, un geste déplacé avec elle, donc qui sait ce qu'il avait fait avec ces jeunes femmes ? L'exemple de ce soir était flagrant : il l'avait menée par le bout du nez depuis le matin. Il savait déjà à quoi allait servir sa robe, son bijou. Tout cela faisait-il partie aussi d'un plan encore plus tordu pour la conquérir ? Ce qui l'effrayait le plus était bien l'avertissement de cette ex.

Ne pas lui donner son cœur...

Un avertissement qui résonnait réellement comme une alerte. Cette remarque lui parlait, elle savait qu'elle pouvait se laisser piéger par la séduction facile d'Ethan. Son cœur était son trésor, c'était Adam. Elle ne pouvait accepter qu'il batte pour quelqu'un d'autre. Ce serait comme trahir Adam une seconde fois. Et pourtant, son foutu cœur avait déjà montré des signes de faiblesse. Elle avait déjà senti le danger. Tout son corps avait déjà été mis en alerte. Plusieurs fois. Il y a même quelques minutes encore ! Était-elle déjà prise au piège ? Le petit poisson était-il non plus face aux requins, mais dans le filet d'un grand pêcheur ? Cette perspective l'effraya. Elle devait se ressaisir. Elle avait besoin d'Adam. Elle devait absolument se recueillir auprès de lui, retrouver la source de son bien-être, se rassurer. Trop de jours sans pouvoir lui parler étaient passés. Elle se jura d'aller le voir le lendemain.

— Vous semblez bien pensive, Mademoiselle Lévy ?

Kaya sursauta à l'évocation de son nom et se tourna vers son interlocuteur. Ses yeux s'écarquillèrent en voyant l'homme se dressant devant elle.

— Monsieur Déca !

— Et elle se souvient de moi ! Je me sens flatté tout à coup !

Mouais... ne t'emballe pas, mon gars !

— Bonsoir...

Déca se tenait là, devant elle, en smoking comme la dernière fois et toujours avec cet air de prédateur prêt à vous dévorer.

— Vous êtes magnifique... encore une fois !

Kaya ne put s'empêcher de croiser les bras contre elle, par gêne.

— Je dois dire que vous m'avez bien eu. Vous êtes digne de ce cher Ethan Abberline. Vous avez nié avec une telle ferveur la dernière fois que j'ai fini par vous croire... et pourtant, ce soir, mes premiers soupçons étaient les bons. Il a bien fait de vous son égérie !

— Qu... Quoi ? Pas du tout ! Je ne travaille pas avec lui ! Je n'ai rien d'une égérie.

— Allons, allons ! Vous avez été le clou de son spectacle. La robe est bien dessinée dans cette optique-là ! lui fit-il avec un clin d'œil.

— Tsss... C'est ridicule ! Je ne savais même pas que c'était son maquillage que je portais...

Kaya baissa les yeux. Ethan s'était effectivement servi d'elle pour son entreprise et elle se rendait compte que démentir lui faisait finalement perdre toute crédibilité.

Autant dire que je suis une pauvre cruche ! Je sais...

— Je vous avais bien dit qu'Abberline était un sacré

marionnettiste ! Ce qui me déçoit, c'est que vous ne m'ayez pas cru. Abberline obtient toujours ce qu'il veut. C'est sans doute une force pour son entreprise, mais il laisse K.O. pas mal de monde sur sa route. Vous espérez peut-être plus de preuves ? Mais il sera trop tard quand vous réaliserez ce que vous y avez perdu.

Kaya n'osa plus regarder Alonso Déca dans les yeux. Il avait raison sur toute la ligne. Elle le savait. Mais quel choix avait-elle ? Déca s'approcha d'elle et lui frotta les épaules de ses deux mains, dans un geste qu'il voulait tendre, amical.

— Je ne sais pas pourquoi, mais vous me plaisez, Kaya…

Kaya se figea quand elle le vit se rapprocher plus près d'elle et qu'elle sentit son souffle dans l'oreille. Cette proximité aux allures de secret à avouer devenait confondante.

— Je vous trouve attachante et votre naïveté est touchante. Laissez tomber Abberline. Je suis sincère. Il y a quelque chose en vous qui pique ma curiosité. C'est assez troublant, je dois dire.

Kaya releva la tête, surprise.

Il me refait du rentre-dedans !

— Donnez-moi une chance… Je vous promets que vous ne serez pas déçue, ni même piégée. Passons une soirée ensemble. Je vous invite ! Où vous voulez !

— Chez nous ? Qu'en penses-tu, Kaya ?

La voix claquante d'Ethan jeta un froid glacial dans leur discussion. Tous deux se séparèrent instantanément l'un de l'autre. Kaya se sentit presque soulagée de le voir, tandis qu'Alonso fronça les sourcils d'agacement.

— Qu… Qu'est-ce que tu… tu racontes ? bredouilla Alonso Déca. Vous vivez ensemble ?!

Son étonnement lui coupa toute volonté. Ethan lui passa devant sans même lui répondre et attrapa la main de sa belle.

— Va chasser ailleurs ! C'est propriété privée ! C'est tout ce que tu dois savoir !

— Kaya ! Par pitié ! Vous vivez vraiment avec lui ? demanda Déca, d'un air affligé, mais abasourdi.

Kaya ne put lui répondre. Ethan la tira à lui à travers la foule sans même ajouter autre chose pour clore la discussion. Son visage était fermé, ses pas décidés, sa stature imposante. Il était en colère. Sa main était broyée dans la sienne. Ils arrivèrent sur la piste de danse et Kaya paniqua une nouvelle fois.

— Qu'est-ce que tu fais ? lui demanda-t-elle, sur la défensive.

— Danse ! lui ordonna-t-il tout en passant son bras gauche sur sa taille et tenant sa main droite dans la sienne.

— Je ne suis pas la plus habile en danse ! contesta-t-elle tout en se débattant.

— Avec moi uniquement ou préfères-tu danser une nouvelle fois avec cet enfoiré ? Peut-être est-il plus souple dans ses mouvements !

Ethan la tira à lui pour quelques pas de danse à travers la piste dédiée pour l'occasion au gala. Kaya le suivit avec mal, tant sa colère la portait au-dessus du sol.

— Comment... sais-tu ? Tu nous avais vus lors de la soirée d'Agnès B. ? Tu savais, mais tu n'as rien dit ! Tu m'as laissée avec lui ! Ça te plaît tant que ça de jouer avec les gens ? Alors, tu laisses en plan ta cavalière quand tu n'y trouves plus un intérêt, mais dès qu'on se frotte à l'ennemi de trop près, on sort les dents ? On joue les possessifs ! On ne veut pas égratigner son image ! Vous êtes pathétique, Monsieur Ethan Abberline. Détestable même !

— Un connard, oui ! As-tu fini ? Peut-on danser ?

— Non, je ne sais pas danser et je n'en ai pas envie.

Ethan s'arrêta au milieu de la piste et soupira.

— Tu t'es servi de moi pour vendre ton produit.

Kaya bredouilla ces paroles avec tristesse.

— Non, je t'ai juste mise en valeur.

— Déca dit que je suis ton égérie. Je n'ai rien demandé et je ne travaille pas pour ta société. Je suis encore moins mannequin. Je n'aime pas ce statut. Je n'ai pas demandé à être mise en valeur. Je n'ai rien demandé du tout. Tout ce clinquant m'énerve ! Je ne veux pas être vue. Je ne suis pas de ce monde et ne veux pas l'être. Je veux juste être moi. Et je déteste cette robe !

Ethan la fixa en silence. Une nouvelle fois, elle faisait ressortir sa simplicité. Elle la lui balançait en pleine face. Il pensait lui faire plaisir et il s'était trompé. Il baissa les yeux et sourit amèrement : elle ne voulait pas de maquillage, de chichis, de paillettes. Alors que d'autres femmes l'auraient embrassé pour cet acte de reconnaissance, elle, s'en sentait gênée.

— C'est trop... continua-t-elle plus doucement. Ou je suis une plante décorative, ou ton trophée à montrer à tout le monde. Je ne veux être ni l'un ni l'autre. Je ne suis pas un objet, Ethan. J'ai un droit d'avis sur ma personne ! J'en ai marre ! Arrête de me manipuler de la sorte !

Le masque du PDG se fissura. Son visage si fermé se radoucit. Il baissa la tête et se mit légèrement à rire.

Et une claque en pleine tronche ! Une !

— Tu as vraiment le chic pour me faire passer pour un minable. C'est vraiment un sport dans lequel tu excelles, il n'y a pas à dire !

— Quoi ? s'étonna Kaya, surprise de cette remarque.

Ethan releva la tête et lui sourit. Ses prunelles brunes brillaient d'une fierté troublante dont la jeune femme n'aurait su en dire la cause.

— Kaya... tu me fatigues !

Il passa alors ses bras autour de son cou et y cacha son visage. Kaya ne sut comment réagir. Elle aurait pu s'imaginer n'importe quoi, mais pas ce « câlin » impromptu. Que lui faisait-il ? Était-ce une nouvelle manigance ?

— Ethan, qu'est-ce que... tu fais ?

— Je ne sais pas... marmonna-t-il toujours dans son cou. Je te déteste ! Tu m'énerves ! Tu es la femme la plus agaçante qui soit. Quoi qu'on fasse, ça ne te va pas. Tu n'es jamais contente !

Kaya, d'abord décontenancée, pouffa devant son aveu d'impuissance boudeuse et finalement posa ses mains sur la taille de son cavalier de danse.

— Ce n'est pas vrai. On a mangé des sushis et j'étais contente !

Kaya attendit une réaction qui ne vint pas. L'avait-elle vexé ? Peut-être y était-elle allée trop fort avec lui ? Il avait sans doute voulu bien faire, mais avait été maladroit... Elle soupira et ferma les yeux, lasse. Finalement, elle craqua et accepta sa demande, touchée par son attitude plutôt blessée.

— Bon, je danse, mais si je t'écrase les pieds, ne viens pas te plaindre ! On a l'air ridicule comme ça, sans bouger, au milieu de cette piste de danse... Et puis... Toi aussi, tu m'énerves !

L'orchestre jouait des slows des années 80 depuis déjà quelques minutes. Des chanteurs, des choristes, des musiciens, une lumière tamisée suffisante pour permettre aux gens à la fois de discuter et de profiter de l'orchestre.

Pourquoi acceptes-tu finalement de danser ? Crétine ! Un câlin et tu le prends pour un ange ! Ma pauvre fille, ça devient grave d'être aussi sensible au moindre signe de gentillesse de sa part !

Ethan sortit de sa cachette et lui fit face, visiblement ravi. Il repassa son bras autour de sa taille et lui prit la main. Il paraissait heureux et Kaya ne put s'empêcher de rire. Manigance ou réelle déception, elle ne le saura sans doute jamais, mais il avait encore gagné !

— J'aime bien ton bijou. Je trouve que c'est une très bonne idée ! lui dit-elle finalement, amusée.

Les sourcils d'Ethan se levèrent légèrement devant ce compliment.

— Voilà bien la première chose que tu aimes chez moi !

— Non, il y en a d'autres…

Très vite, elle se mordit la langue pour se punir de lui tendre une telle perche.

— Ah oui ? fit-il encore plus ravi. Cite !

— Ton appartement ! déclara-t-elle enjouée après quelques secondes de réflexion. J'aime beaucoup ton appartement…

— C'est tout ? lui demanda-t-il, tout en cherchant son regard qu'elle tentait de lui cacher en observant tout et n'importe quoi autour d'elle.

L'orchestre avait entamé *Wonderful life* de Black.

— C'est déjà pas mal, non ?

Ethan se redressa un peu et regarda le plafond, amusé.

— Ah ! Et j'aime bien tes copains ! continua-t-elle pour ne pas paraître pingre.

— Oui, donc tout ce qui m'entoure, mais rien sur moi en gros ?

— Très beau costume ! fit-elle alors, pour démentir sans trop plonger dans la complaisance.

Ethan s'esclaffa, tandis qu'elle se retenait de rire.

— Mes baisers ? lui souffla-t-il à l'oreille avant de voir sa réaction.

Kaya se raidit et Ethan le remarqua immédiatement. Il regarda une seconde son pied sur lequel se trouvait celui de Kaya.

— Oh oh ! Touché !

— Pas du tout ! N'importe quoi ! s'exclama-t-elle tout en retirant son pied instantanément.

— Vraiment ?

— Vraiment !

Kaya soutint son regard. Ethan ne pouvait s'empêcher de sourire. Il adorait la voir se démener.

— Embrasse-moi alors ! J'en veux la preuve ! Vérifions par la pratique. Et tu ne peux pas me le refuser, on est dans le cadre du contrat. Laurens doit être par là !

— Je ne peux pas te prouver que je n'aime pas tes baisers, si je dois jouer la comédie et montrer que j'aime ! s'offusqua-t-elle.

— Bon bah, tu n'as plus le choix donc ! Tu aimes mes baisers et puis c'est tout. Tu n'as pas d'autres options en fait. Allez hop !

— Qu... Quoi ! Mais non !

— Tu as dit non ? Cent euros de moins ! Et comme c'est la soirée de présentation de mes produits, je perds en crédibilité sur mes ventes à cause d'une petite amie rebelle, donc cent euros de moins à ajouter !

Kaya se stoppa net, ébahie.

— Tu n'as pas le droit !

— Tu veux parier ?

— Tu peux retirer tout ce que tu veux ! Cette fois, je ne marche pas ! Tu ne gagneras pas !

— Vraiment ? lui demanda-t-il tout en enserrant sa taille de ses deux bras.

— Vraiment !

— Même comme ça ?

Kaya déglutit. Ethan la poussa à le suivre dans un petit collé serré, fléchissant un peu plus les genoux et amplifiant ses coups de reins.

— Si c'est de la séduction, ça ne marche pas, Monsieur Abberline ! fit-elle rouge de honte et vérifiant si les invités les observaient.

Ethan voyait bien que son ton de défi masquait en fait une réalité tout autre que tout son corps trahissait, à commencer par ses joues.

— Séduction ? Où vois-tu de la séduction ? Je danse ! lui répondit-il tout en effleurant de ses lèvres sa joue. Il lui attrapa ses deux bras délicatement et les passa autour de son cou pour la coller un peu plus contre lui.

— C'est un slow ! Pas un zouk ! Arrête !
— Ah oui ? Finalement, je fais un piètre danseur…
Ethan laissa alors glisser le bout de son nez contre son cou une nouvelle fois. Kaya serra les dents et étira son corps pour éviter le plus possible le point de contact entre lui et elle. Ethan souriait toujours. Il se sentait bien. Les invités, le gala, son statut de maître de cérémonie lui importaient peu. Il était dans une bulle où seule cette agréable sensation de quiétude comptait. Les minutes s'égrainaient et le silence de cette danse les plongea dans une douce torpeur. Kaya se laissa aller petit à petit dans ses bras. Sa respiration contre son cou la berçait plus qu'elle ne l'aurait pensé. La fin de la chanson arriva et elle s'en sentit malgré tout soulagée. Elle savait qu'apprécier sa chaleur n'était pas bon signe et qu'il était temps de prendre de la distance…
— Danse finie ! On va voir les autres ? lui suggéra-t-elle comme une évidence.
Ethan ne desserra pas son étreinte, mais la fixa gentiment. En aucun cas, il n'envisageait de retrouver ses amis. Après quelques secondes de silence, l'orchestre entama *You* de Ten Sharp.
— Tu ne connais donc pas le quart d'heure américain ? Tu n'as pas connu les boums dans ta jeunesse avec ton si merveilleux Adam ? C'est aux filles d'inviter à danser maintenant !
— Quoi ?! Mais non ! fit-elle, consternée. Pourquoi t'inviterais-je ?
— Non ? Hop hop hop ! Un refus à son petit ami ? Deux cents euros de moins ! Tu vas vraiment finir par être ma petite amie gratuitement ! s'amusa-t-il, tandis qu'il attrapa à nouveau sa main et la caressa du pouce. Kaya rougit à nouveau, ne sachant plus où se mettre, ni même quoi répondre. Il était redoutable. Son cœur faisait des bonds de dingue dans sa poitrine. Le repousser était un supplice de plus en plus évident.
L'orchestre entama le refrain où le rythme s'accéléra

davantage. Ethan la porta alors légèrement dans ses bras et la balada à travers la piste avec de grands pas, telle une valse. Kaya écarquilla les yeux, surprise par la tournure des événements. Elle arrivait tout juste à toucher le sol avec ses chaussures. Elle se voyait dix fois lui marcher sur les pieds, lui faire un croche-patte et s'étaler avec lui sur la piste. La panique la gagna tant elle avait du mal à le suivre dans ses grandes enjambées. Puis, il arrêta sa traversée à la reprise du couplet où il se contenta d'un sur-place, balançant ses hanches dans un mouvement simultané avec Kaya avant de reprendre sa valse à chaque « You » que criait le chanteur de l'orchestre. D'abord inquiète, Kaya finit par se laisser porter par son maître de danse et y trouver un certain plaisir.

Ethan était content. Elle lui montrait enfin son magnifique sourire. La colère avait fait place à la distraction. Enfin, il lui apportait ce sourire si rare. Bientôt, ce fut elle qui devint quémandeuse de repartir dans leur valse avec un coup d'œil provocateur vers la piste et un nouveau grand sourire pour demande. Ethan joua la carte de la complicité, faisant signe par des mimiques sur son visage qu'il n'était pas sûr de vouloir recommencer, juste avant de repartir de plus belle avec elle pour un autre refrain, ce qui la fit éclater de rire. Il s'amusa à la faire tournoyer sur elle-même, tandis que cette dernière se lâchait avec plaisir dans ses bras. Lorsqu'il la fit se cambrer, Kaya éclata de rire une nouvelle fois. Son rire communicatif eut raison de lui et de toute sa volonté à se retenir. Il la redressa et fonça sur ses lèvres. Il posa sa main derrière sa tête pour être sûr qu'elle ne lui échapperait pas. Son désir était si fort que Kaya était réellement prisonnière de son bras qui la plaquait toujours un peu plus contre lui. Elle n'eut pas le temps de penser à quoi que ce soit. Ethan l'embrassa encore et encore, attrapant sa lèvre inférieure puis la relâchant avant de voir sa réaction qui restait absente. Il s'attela ensuite à sa lèvre supérieure juste après d'autres petits baisers appuyés. Son envie montait crescendo à chaque contact et cet empressement eut raison de toute volonté de résister chez Kaya, qui se laissa porter une nouvelle fois par ses baisers. Doux, mais plein d'entrain, passionnés, mais avec une retenue difficilement contenue. Leurs regards se croisaient et Ethan se sentait encore plus sous son emprise, happé par un envoûtement dont il ne voulait se défaire. Il la voulait tout entière. Les notes du piano accompagnaient sa déchéance. Une douce mélodie rapide, telle des vagues aux sonorités montantes et descendantes qui faisaient écho à la frénésie incontrôlable qui bousculait tout son être, soufflant le chaud et le froid. Une sensation d'événement inéluctable qu'il ne souhaitait plus vraiment contrecarrer, ni même analyser. Il se sentait faiblir devant son envie, mais finalement s'en foutait. Il voulait ses lèvres depuis bien trop longtemps pour se poser des questions et Kaya n'y répondait pas défavorablement. Une justification à elle seule qui suffisait à l'encourager de continuer. Leurs langues s'entremêlèrent sans aucune gêne. La main d'Ethan qui lui tenait la tête amplifiait chez Kaya cette impression d'être à sa merci, mais aussi le désir qu'elle percevait chez lui. Le bout de leurs nez se caressait encore et encore, ponctué par moments d'un petit sourire heureux de la part d'Ethan qui faisait chavirer le cœur de Kaya. Ses baisers étaient tendres et vifs à la fois. Ses prunelles chocolat fondant étaient une invitation à plus de luxure, plus de débauche. Un grand n'importe quoi auquel elle pouvait adhérer sans souci s'il continuait dans cette direction. Elle recula un peu sa tête pour se reprendre, pour s'efforcer de ne pas succomber plus que de raison, mais Ethan ne vit pas les choses de la même façon.

— Encore ! lui murmura-t-il presque comme une supplique.

Le cœur de Kaya était sur le point d'imploser dans sa poitrine. Elle avait extrêmement chaud et sentait tout son corps frémir dans ses bras. Toutes ses synapses étaient connectées vers le moindre geste d'Ethan.

— Il faut montrer à Laurens… continua-t-il tout en fermant les yeux et l'embrassant une nouvelle fois.

Résister devenait impossible. Le désir évident d'Ethan eut raison de toute retenue chez Kaya. Elle passa alors ses bras autour de son cou et répondit à sa demande avec plus d'engagement. Ethan grogna de plaisir et la serra un peu plus dans ses bras, tandis que leurs langues ne se quittaient plus. Les mains d'Ethan migrèrent vers les fesses de sa cavalière qui prit une grande inspiration lascive en sentant ses caresses contre le tissu de sa robe. Ethan sourit en la voyant réagir ainsi. Il n'avait jamais autant convoité une femme. Il pressa un peu plus sa main sur son postérieur tout en mordant la lèvre inférieure de Kaya une nouvelle fois et attendant une nouvelle réaction merveilleuse de la part de sa partenaire qui ne tarda pas. Elle sursauta légèrement, le fixant droit dans les yeux, tandis qu'il riait de son espièglerie.

— Cela ne te plaît pas ? lui demanda-t-il faussement embêté.

— Je te déteste ! fit-elle alors, la voix tremblante d'envie.

— Tant mieux ! lui répondit-il tout en lui prodiguant un nouveau petit baiser.

— Je te le ferai payer quand cette soirée sera finie…

— J'ai hâte de voir ça… lui dit-il tout en attaquant son cou et laissant traîner sa langue derrière son oreille. En attendant, j'en profite…

— Connard… gémit-elle, alors qu'il replongeait sur ses lèvres avec un empressement frôlant la déraison.

4
Puant

La chanson prit fin, mais aucun des deux n'en tint compte. Seule la soif de leurs baisers importait. Kaya se laissait aller dans cette étreinte qui lui faisait un bien fou. Une douceur qu'elle n'avait pas connue depuis la mort d'Adam, mais qui l'apaisait à chaque fois qu'Ethan la lui proposait et qu'elle l'acceptait. Ce n'était pas un acquis, ni même une promesse. Juste un moment agréable qu'elle s'accordait, même si l'avenir allait être difficile à justifier. Elle pouvait repousser cela autant qu'elle le voulait, tout son corps le réclamait. Il avait raison. Juste sentir une chaleur réconfortante et elle perdait toute notion de la réalité et de ses vérités. Un moment d'oubli guérissant ses peurs et blessures, même superficiellement, mais suffisamment efficace pour qu'elle puisse décompresser. C'était tout ce qu'elle voulait. Juste quelques minutes une nouvelle fois et tant pis si elle devait le regretter après.

Ethan ne voulait plus lâcher ses lèvres. Il les embrassait encore et encore. Un appel enivrant qui le ramenait toujours vers elle. Il ne savait plus vraiment si les « boum » qu'il entendait venaient des percussions de l'orchestre ou des battements de son cœur. Tout lui paraissait flou à côté. Tout lui semblait lointain. Seules les lèvres de Kaya, cette bouche et ce regard envoûtant vert et noisette l'intéressaient. Il était complètement à sa merci, il le savait. Il ne voulait que ça. Juste un instant vouloir se laisser aller à croire qu'on voulait de lui pour ce qu'il était et non pas par intérêt.

Tant pis pour la douleur, la souffrance... Tant pis pour la gentillesse et l'amour... Peu importe... Je veux juste un peu d'elle.

Ethan frôla une nouvelle fois de son nez celui de sa cavalière et cessa une seconde ses baisers. Leurs poitrines se soulevaient à l'unisson, leurs fronts ne se décollaient plus l'un de l'autre. Cette pause extatique les laissait sur leur faim, mais semblait nécessaire pour retrouver un peu leurs esprits. Les bras d'Ethan serraient Kaya toujours un peu plus contre lui, ses mains caressaient maintenant son dos délicatement. Il se sentait paumé, ne sachant plus quoi dire ou quoi faire. Continuer ? Cesser ? S'il continuait, il la déshabillait sur place tant son désir gonflait en lui. Il ne doutait pas un instant de ce qui arriverait s'il continuait. S'il cessait, il le regretterait immanquablement, car les occasions étaient difficiles à créer. Les moments de relâche qu'elle lui offrait étaient bien trop rares pour qu'il n'en profite pas. Or cette fois-ci, exceptionnellement, Kaya ne l'aidait pas à faire un choix, car elle-même ne semblait pas vouloir sortir de cette torpeur, cette bulle dans laquelle ils s'étaient glissés et qui résonnait comme une trêve, un moment de répit avant de prendre une décision. Une nouvelle chanson avait maintenant repris depuis quelques minutes, mais il ne le remarquait que maintenant. Il décolla son front d'elle pour faire un rapide état des lieux. Kaya comprit que son relâchement avait pu être inapproprié et mal vu par les invités qu'elle avait oubliés l'espace d'une seconde. Pourtant, tout semblait normal. Les gens discutaient, buvaient et dansaient sans que leur étreinte n'ait attiré le regard. Elle souffla, soulagée. Ethan la regarda et sourit.

— Il faudrait que je te déshabille, tu crois, pour qu'on nous regarde enfin ?

— Je crois que j'en ai fait assez... fit-elle peu enjouée. Pas besoin d'en rajouter...

Elle baissa les yeux, honteuse. Ethan souriait gentiment, nullement vexé ou agacé.

— Tu crois ? Moi, ça ne me gênerait pas si...

— Pas moyen ! lui cria-t-elle presque, tout en fronçant les sourcils.

Ethan s'esclaffa.

— En tout cas, je sais que tu aimes mes baisers ! lui dit-il tout en remontant ses mains le long des bras de la jeune femme qui encerclaient son cou.

— Je... J'ai dû jouer la comédie ! fit-elle rouge de honte et prise d'un énorme embarras.

— J'aime bien quand tu joues la comédie ! lui souffla-t-il alors dans l'oreille.

Ethan soupira et se lova dans son cou une nouvelle fois.

— Toi aussi, tu jouais la comédie, non ? lui déclara-t-elle au tac au tac, ne voulant accepter d'être accusée toute seule des torts.

Ethan se raidit. Il décolla légèrement son visage de sa peau, tentant de réaliser le pourquoi du comment de sa question, mais surtout y cherchant une réponse. Jouait-il la comédie ? Oui, c'était de la comédie. C'était un contrat. Mais en même temps, il n'avait pas prévu que cette attirance soit si forte et son désir si insoutenable. Il ne la contrôlait pas. Il ne pouvait pas lui dire que toute cette mascarade le dépassait un peu. Mais s'il lui disait que tout n'était qu'un jeu, elle allait le massacrer. Kaya comprit très vite que, par son silence, Ethan cherchait une bonne excuse, un mot pouvant tout justifier sans que cela ne la blesse. Elle se demanda comment elle avait pu sortir une telle remarque, sachant très bien quelle était la réponse.

— Laisse tomber... finit-elle par dire lâchement. C'était une réflexion idiote. Pardon. C'est évident que tout n'est que jeu pour toi.

Ethan se détacha définitivement de son cou et la fixa droit dans les yeux, bizarrement inquiet de ce qui pouvait suivre. Il pouvait y lire une déception, mais aussi un air résolu, évident, qui montrait qu'elle ne lui en voulait pas plus que ça. Il voulait bizarrement l'embrasser à nouveau. Pour la faire démentir, mais en même temps, démentir de quoi ?

— Voudrais-tu que je ne joue pas la comédie ? Que je sois sincère et que j'éprouve des sentiments pour toi ? lui demanda-t-il maintenant, intrigué par cette éventualité qui le laissait lui-même perplexe. Les sentiments et moi, c'est...

— Noon ! lui répondit-elle à la fois paniquée, mais fermement. Je ne veux rien. Je ne te demande rien ! Je veux juste...

Kaya sourit amèrement. Son regard se fixa sur un point de la piste au sol, comme si la nostalgie la gagnait.

— Juste quoi ?! fit-il, vraiment intrigué maintenant.

L'agacement commença à lui prendre les tripes. Sa patience s'effritait. Ethan voulait la vérité. L'idée même de partager des sentiments avec cette femme le révulsait et pourtant, ce doute ne le quittait pas. Lui-même cherchait dans les réponses de Kaya des arguments pouvant effacer ses propres doutes. Doutes qu'il tentait tant bien que mal de refouler en lui. Cette discussion pointait du doigt ce que sa curiosité malsaine mettait sans cesse en avant depuis leur première rencontre : et si ça allait plus loin ? Et s'il y avait des sentiments ? Et si elle venait à tomber amoureuse ? Et s'il y avait une infime chance, un déclic, une toute petite possibilité, juste une faille, la saisirait-il ?

— Ce que je veux, tu ne peux me l'apporter. Personne ne le peut. Personne ne peut remonter le temps. Personne ne peut me rendre Adam et me rendre mon bonheur...

L'affliction apparut sur le visage de Kaya.

— Je veux juste retrouver la paix...

Un nœud se forma dans la gorge d'Ethan. Il se revit dans l'appartement de Kaya, lorsqu'elle lui avait confié sa vie auprès de son fiancé. Il se rappela sans mal cette impuissance qui l'avait envahi quand il avait compris qu'il n'était pas à la hauteur, quoi qu'il fasse, et qu'il ne le serait jamais. Ce sentiment venait à nouveau de faire son apparition au fond de sa poitrine. Un malaise perceptible, le rongeant à nouveau. Il pouvait devenir PDG, gagner de quoi vivre, avoir des amis, mais il y aurait toujours cette impression que cela ne serait jamais assez pour être reconnu à sa juste valeur. Elle venait de l'embrasser et il savait qu'elle avait aimé. Mais ce n'était pas lui qu'elle cherchait, mais son Adam. Il n'y avait pas d'infime espoir. Pas d'éventualités. Pas avec lui.

Il la détesta alors d'être si égoïste, de ne penser qu'à elle, alors qu'il était là, comme un con, à subir en silence ce nouvel affront, cet échec. Il la détestait de lui faire remettre en doute ses convictions aussi facilement. Il la détestait, car il se voyait encore une fois faible. En cet instant, il voulait que ce soit vraiment ses lèvres qu'elle embrasse, son désir à lui qu'elle sente. Il voulait la faire taire et lui montrer que son fiancé n'était pas la seule chose existante sur Terre et qu'il pouvait faire mieux. Comment ? Il l'ignorait. Pouvait-il le prétendre ? Il savait que non. Il était loin d'être parfait. Chaque jour, ses cicatrices le lui rappelaient. Il était condamné. Cette culpabilité le rongerait à vie, mais il ne supportait pas d'être à nouveau si insignifiant. Encore une fois. Être un jouet que l'on manipule sans penser aux sentiments qu'il pouvait avoir, faire son maximum pour des clopinettes.

Plus jamais ça… Plus jamais une femme ne me manipulera…

Il se l'était promis. C'était la philosophie qu'il appliquait depuis des années, chaque jour.

La gentillesse apporte la douleur, l'amour la souffrance. Ne plus faire dans les sentiments et tout ira bien.

Il s'était promis que le jouet à présent, ce serait ces femmes

qui se pavanaient et demandaient son réconfort. *Alors pourquoi avec elle, je n'y arrive pas ? Pourquoi faut-il qu'elle arrive à me dévaloriser plus que je ne le suis déjà ? Pourquoi finit-elle toujours par me faire douter et croire qu'il y a encore de l'espoir ?*
Il serra les dents. La colère montait en lui, insidieuse, sournoise, dévastatrice. Il devait la repousser et ne pas se laisser affaiblir par ces attaques. Ne pas flancher et garder son masque.
— Effectivement, je ne suis qu'un connard. La paix avec moi ? Une utopie ! Tu as raison, j'avoue... Je ne peux lui arriver à la cheville. Je suis loin d'être aussi parfait que ton cher et tendre petit ami. Je ne t'apporte que des mauvaises choses. Comment pourrais-je t'apporter ce dont tu pourrais avoir besoin ?
Sa voix avait été plus vindicative qu'il ne l'avait voulu. Kaya le contempla, surprise. Elle comprit par la façon dont il avait prononcé certains mots que sa réponse ne lui plaisait guère. Son regard était devenu tout à coup plus froid. Il s'était même arrêté de danser.
— Adam était loin d'être parfait... lui dit-elle toutefois. Il avait aussi des défauts. Il n'était pas un connard comme toi, mais il avait aussi son caractère.
— Ah oui ? Eh bien, je serais curieux de connaître voir ces fameux défauts, car à t'entendre, il est le prince charmant idéal pour la princesse sans le sou que tu es !
Kaya sentit nettement l'agressivité pointer dans ses propos cette fois-ci.
C'est quoi son problème ?
— Il était râleur. Un rien l'agaçait.
Ethan ne la quittait pas des yeux. Peu convaincu par ses paroles, il ne desserra pas la mâchoire. Constatant qu'il était encore sur la défensive, elle y réfléchit un peu plus puis sourit.
— Il ne savait pas ranger ! dit-elle en riant. Il laissait toujours

traîner ses affaires dans l'appartement. En ça, tu es bien différent ! J'ai vraiment été surprise de voir ta maison si bien rangée.

La tension qui accablait les épaules d'Ethan s'effaça légèrement en entendant ces mots. Un soulagement intérieur qui lui fit un bien fou.

Enfin, un bon point par rapport à lui.

— Quoi d'autre ?

— Il était jaloux ! dit-elle tout à coup après réflexion. Il avait toujours peur que je le quitte pour un autre, cet idiot ! Alors que dans l'histoire, c'était moi qui devais avoir le plus de craintes, car je ne lui ai apporté que des ennuis.

Le regard de la jeune femme s'assombrit en repensant à la façon dont les choses s'étaient terminées.

— OK, je prends la jalousie comme un point négatif qui n'arrivera pas chez moi. Ensuite ?

— Ensuite ? Tu comptes faire un match avec lui ? Ce sera à celui qui aura le plus de qualités ?

La remarque qu'elle lui fit le désarçonna un peu. Oui, vu comme cela, il comptait les points. Il se comparait à lui et il venait de se faire démasquer comme un bleu. Il se trouva subitement vraiment ridicule.

Depuis quand je me compare à un autre ?

— J'évalue la situation... répondit-il alors, flegmatique.

— Quelle situation ? Il n'y a rien à évaluer.

Ethan la fixa droit dans les yeux. Bien sûr que si, il y avait à évaluer. Depuis des jours, il évaluait, il jaugeait la situation pour mieux valider ses objectifs...

— Bien sûr que si ! Je te l'ai dit. Je te veux. Je veux coucher avec toi. Et une chose est sûre : c'est que le meilleur au pieu, c'est moi !

Kaya ouvrit la bouche, ahurie par son manque de tact et de modestie. Elle le frappa sur l'épaule.

— Comment tu peux savoir ! Il n'y a que moi qui puisse en juger ! Et puis même ! Ça ne se compare pas ce genre de chose ! Ne le dénigre pas !

— Ah oui ? Il n'y a que toi qui puisses en juger ? lui répéta-t-il pour confirmer, avec son sourire taquin qui amorçait clairement la suite. Alors, allons-y, Princesse ! Faisons le test et tu verras bien que je suis le meilleur en matière de sexe !

Kaya s'offusqua un peu plus. En une fraction de seconde, il était passé d'un ton sec, cassant à un ton plus chaleureux, séducteur. Ses yeux, qui la foudroyaient presque l'instant d'avant, étaient devenus deux onyx aussi noirs que les ténèbres. M. Connard avait repris le costume de bagarreur prêt à tout pour gagner la bataille.

L'orchestre finit sa chanson et Kaya profita de cette excuse pour clore la discussion.

— Deux danses pour ton quart d'heure américain, c'est déjà bien assez pour toi.

Elle se détacha de lui, écartant les bras qui l'entouraient, et sortit de la piste. Ethan ne s'attendait pas à ce qu'elle s'éloigne et la saisit par-derrière en enroulant ses bras une nouvelle fois autour de sa taille.

— Qu'est-ce que tu fiches ? Lâche-moi !

Ethan sourit. Plus elle lui échappait, plus il la voulait contre lui.

— Puis-je me proposer en meilleur cavalier que ce monsieur ? fit alors une voix douce qui coupa net leurs chamailleries.

Kaya regarda qui venait de lui faire cette demande et afficha un grand sourire. M. Laurens avait mis un smoking gris clair, faisant ressortir son teint et ses yeux bleus, et lui souriait. Il lui fit une révérence et se redressa. Ethan grimaça, trouvant le geste exagéré.

— Avec joie ! lui dit-elle enthousiaste en se détachant une fois pour toutes d'Ethan.

— Hééé, je n'ai pas fini de danser ! protesta Ethan, toujours avec la ferme envie de la convaincre d'accepter encore un peu leur jeu et sa demande.

— Tu peux danser tout seul ! lui dit-elle avec un clin d'œil. Moi, j'ai un cavalier moins frimeur dorénavant !

Elle s'éloigna avec Richard en lui faisant un au revoir de la main et un petit sourire amusé.

— Kayaaa ! lui cria Ethan d'un air légèrement plaintif.

Elle lui montra Richard du doigt et souffla de façon inaudible le mot « contrat », sans que M. Laurens ne s'en aperçoive. Ethan soupira.

Oui, les objectifs...

Il retourna péniblement auprès de ses amis, buvant du champagne dans un coin de la salle. On venait de lui prendre son jouet et il n'avait aucune envie de parler de sa campagne de maquillage auprès de ses invités qui l'accostaient.

— Tu tires une de ces têtes ! lui lança Sam.

— Eh bien, voilà notre cher ami abandonné par sa chérie ? continua Simon, amusé. Pauvre chou !

Ethan lui lança un regard noir et alla s'asseoir nonchalamment sur une chaise, loin des deux commères. Sam trinqua avec Simon, tous deux s'amusant à le taquiner, tandis qu'Ethan soupirait d'agacement à plusieurs mètres, loin de tout contact avec les convives.

Oliver alla prendre une chaise et le rejoindre.

— Elle va revenir, ne te mine pas ! Allons...

Il lui tapota la cuisse de la main avec un petit sourire complice. Ethan croisa ses bras et ses jambes, et regarda son ami d'un œil torve.

— Tu ne vas pas t'y mettre toi aussi ?

— Oserais-tu dire que tu ne fais pas la gueule ? Tout le monde a bien vu votre petite danse et surtout la suite assez enflammée entre vous deux.

Ethan s'esclaffa et décroisa ses jambes, sidéré par ce qu'il considérait comme du voyeurisme malsain. Mais au regard insistant de son ami, son teint rougissant le trahissait.

— Enflammée ? Tu y vas un peu vite ! On a juste... donné le change et Laurens a mordu à l'hameçon.

— C'est bien la première fois que je te vois t'investir autant pour donner le change ! lui murmura Oliver, tout en se penchant vers lui pour que personne ne l'entende. Ethan, on se connaît depuis longtemps et je vois bien que cette fille te perturbe plus que les autres. Ne me dis pas le contraire. Tu l'as fait danser de ta propre initiative ! Toi ! Le connard de ces dames ! Tu l'as fait danser ! Minerva Spencer a failli s'étouffer avec son toast quand elle vous a vus ! Tu n'as jamais fait danser aucune femme de la sorte, avec de telles enjambées et tout le tintouin ! À part peut-être ta sœur ou dans un objectif pécuniaire pour l'entreprise… et encore !

Ethan s'agita sur sa chaise, signe évident qu'il était mal à l'aise. Il avait raison. Il faisait n'importe quoi avec Kaya et plus le temps passait et plus il se rendait compte que ce grand n'importe quoi jouait avec ses émotions et ses convictions. Oliver lui sourit gentiment.

— Ethan, réfléchis bien à ce que tu fais avec elle. N'oublie pas que tes limites peuvent blesser les gens. Toutes ces femmes qui ont couché avec toi finissent par souffrir. Kaya a déjà une vie difficile apparemment. Elle n'est pas du même monde que tes autres conquêtes. Elle n'a pas besoin…

— Je sais ! s'agaça Ethan, d'un ton plus fort et ferme qu'il ne l'aurait souhaité. Je suis un connard ! C'est même elle qui le dit ! Qu'est-ce que ça change, un peu plus ou un peu moins ? Elle… Elle m'énerve ! continua-t-il tout en levant son bras vers la piste de danse où Kaya et Richard dansaient tout en riant. Elle est tout le temps en train de me provoquer ! Cette fille est la personne la plus agaçante qui soit ! Je veux bien faire des efforts, mais elle me cherche, à toujours me prendre pour... pour... Rhaaaa, laisse tomber !

Il passa alors ses mains derrière la tête et s'étira sur le dossier de sa chaise dans un grand soupir de désespoir. Oliver regarda alors Kaya marchant sur le pied de Richard, puis s'excusant mille fois. Il pouffa alors devant l'innocence si charmante de la jeune femme. Ethan observa son ami, puis la scène et se pencha en avant, ses deux coudes sur les genoux. Il regarda ses chaussures et marmonna.

— Plus elle m'énerve et plus... plus... j'ai envie de la comprendre, de lui prouver que je peux la contredire. Plus j'essaie, et plus elle me met KO.

— Et si plutôt tu arrêtais de chercher le conflit ?

Ethan redressa la tête tout à coup.

— Certainement pas !

— Pourquoi ? lui demanda Oliver, tout en buvant une gorgée de champagne.

— Parce que sinon je suis foutu... Je le suis déjà... Je lui ai même demandé de... me consoler.

Oliver cracha tout son champagne. Ethan se recula brusquement et regarda son ami, ahuri. Oliver le fixa, tout aussi surpris et figé par sa révélation.

— Tu as quoi ? C'est une blague ?!

— Tu crois franchement que je m'amuserais à blaguer sur ce genre de sujet ! s'insurgea-t-il en se levant.

— Tu es sérieux ? lui demanda-t-il, toujours sonné par sa révélation.

Ethan se rassit et grommela. Son malaise se répercutait par tous ces petits gestes d'hésitation quant à la bonne posture qu'il

Je te veux ! T3 – Chapitre 4

devait prendre sur sa foutue chaise.

— Un comble, pas vrai. Moi qui ne veux plus donner ou recevoir de « réconfort », je me retrouve à en soumettre l'idée.

Oliver put constater la mine tout à coup défaite de son ami. Sa détresse était perceptible ; il se tordait même les doigts, saisi clairement par la gêne de cette révélation.

— Je n'aurais jamais pensé devoir proposer cela. Mais… j'ai envie… dit-il doucement.

Il regarda la réaction d'Oliver qui lui montrait ses yeux exorbités.

— Ne te fous pas de moi ! continua-t-il tout en le menaçant. C'est déjà assez… chaotique comme ça.

Oliver regarda à nouveau la piste.

— Kaya n'est pas « Elle ». Elle peut t'apporter ce que tu n'as pas eu avec elle. J'en suis persuadé. Depuis que tu l'as rencontrée, tu agis complètement différemment. Finalement, cela ne me surprend guère que tu lui proposes un de tes interdits.

— Je… lui ai dit que je pouvais pallier le manque de son petit ami, ce qu'il ne pouvait plus lui donner physiquement et qu'en échange, elle pallierait le mien, vu que notre contrat ne me permet pas d'aller voir ailleurs… Putain, mais qu'est-ce qui m'arrive ? Qu'est-ce que je lui ai proposé ? En plus, je devrais regretter et plus le temps passe et plus c'est l'effet inverse : j'ai envie qu'elle me dise oui ! J'ai un vrai problème. Merde !

Il s'attrapa une nouvelle fois la tignasse des deux mains et regarda le sol, ses coudes toujours ancrés contre ses genoux.

— Tu as envie… qu'elle te console ? lui demanda Oliver, hésitant, sachant très bien que le sujet était sensible.

Le regard que lui jeta son ami répondait à sa place. Il souffrait du dilemme qui occupait son esprit. Kaya rouvrait des blessures, elle pointait du doigt ce qu'il voulait oublier.

— Noonn ! Enfin si ! Je ne sais pas ! Je ne dois pas me laisser avoir par cette possibilité. Tu sais très bien que je ne dois pas.

— Je sais surtout que tu as peur de ce qui pourrait arriver si c'était le cas.

Ethan regarda une nouvelle fois ses chaussures. Son ami avait raison. Il avait une peur bleue. Il se toucha instinctivement le torse et déglutit.

— Ethan, pose-toi d'abord la question de ce que tu attends d'elle. Veux-tu juste coucher avec elle ou plus ? Cette proposition n'a rien à voir avec ce que tu fais avec les autres. Visiblement, tu attends plus. Pourquoi ? Pourquoi subitement avec elle, viens-tu à penser ainsi ? Pourquoi veux-tu flirter autant avec tes limites ? Que cherches-tu à prouver en demandant ce « réconfort » ?

Ethan cacha un instant son visage sous son bras, visiblement très perturbé par les questions que lui posait son ami. Autant de questions dont il ne trouvait de réelles réponses.

— Je ne sais pas… dit-il tout en marmonnant dans sa manche de veste. L'amour… qu'elle lui porte… à son fiancé… Crois-tu… que cela est possible ? Même au-delà de la mort ?

Oliver sourit. Ethan se confiait à lui. Cela faisait bien longtemps qu'ils n'avaient pas parlé de son passé et de ses blessures profondes. Son ami était en plein trouble et il était heureux de voir que ce trouble avait un côté positif. Il remettait en question ses convictions. Kaya avait au moins le mérite de fêler sa carapace si indéfectible d'ordinaire. Son argumentation infaillible sur l'amour obsolète des femmes ne trouvait plus autant d'échos face à celle de Kaya.

— Je ne peux pas te l'affirmer. Tu sais très bien que, moi-même, je cherche encore des réponses de ce côté-là aussi. Mais, je pense que cela peut exister, oui. Les femmes peuvent aimer sincèrement. Nous n'avons pas eu de chance pour l'instant. C'est tout.

Ethan sortit son visage de sa manche. Il le fixa perplexe.

Je te veux ! T3 – Chapitre 4

— Comment peux-tu garder autant espoir ? Je suis bien la preuve que l'amour est la pire des souffrances. Je pensais tout avoir. Je pensais qu'elle m'aimait et pourtant, je me suis rétamé. Je pensais avoir une mère, je pensais être le fils parfait. Je pensais que l'on avait trouvé l'amour et vois ce qu'il s'est passé. Tu as vu mon torse. Tu as vu le résultat. Comment garder encore espoir ?

Oliver soupira. Il y avait une telle rancune dans ses mots. Une désillusion implacable. Un constat teinté de remords et d'amertume. Une sorte de fatalité en lui qui l'attristait. Il comprenait parfaitement son statut. Qui ne penserait pas comme Ethan en sachant ce qu'il avait vécu ? Mais pouvait-il pour autant ne pas garder espoir ? Il se pencha vers son ami et posa également ses coudes sur ses genoux.

— Et toi ? Finalement, ne crois-tu pas, en la regardant, qu'elle pourrait être un nouvel espoir ?

Ethan regarda Kaya sur la piste de danse, interloqué par la question de son ami.

— Si tu t'interroges, n'est-ce pas déjà le signe qu'elle t'insuffle un doute, un infime espoir dans tes désillusions ? Je ne sais pas si une femme peut vous aimer avec une ferveur sans faille. Mais il est clair que cette femme éprouve un respect incroyable pour l'homme qui fut son fiancé. Les propos qu'elle nous a tenus quand on est venu l'autre soir chez toi nous ont tous scotchés. Elle avait cette lumière dans les yeux quand elle parlait de lui. Je sais que tu l'as vu et je sais que c'est ce qui t'agace en réalité. Elle est en train de te prouver que ça existe. Pas vrai ?

Ethan se leva et lui tourna le dos. Il mit les mains dans les poches de son costume et souffla. Tout son corps exprimait la tension qui l'oppressait. Il était voûté, tenait difficilement en place. Il grommelait, ne cessait de jeter des regards vers la piste de danse, puis regardait ses chaussures une nouvelle fois.

— Crois-tu… qu'une fille comme elle puisse… aimer un gars

comme moi ?

L'intonation de sa voix avait changé. Oliver fut saisi par sa demande. Il se révélait vraiment devant lui ce soir. Lui, d'ordinaire si secret et peu bavard sur ses sentiments, parlait enfin. Il lâchait les vannes et libérait ses doutes. Il pouvait cerner sa gêne évidente, sentir sa peur à chaque mot qu'il prononçait depuis quelques minutes, comme si chaque idée était une malédiction, une incantation à ne surtout pas répéter. Il s'écorchait presque la voix à chaque nouvelle question qu'il lui posait. Mais il exprimait ce qu'il ressentait. Il fut heureux d'être celui qu'il estimait digne de confiance une nouvelle fois.

— Et toi, crois-tu pouvoir tomber amoureux d'une fille comme elle ?

Ethan fixa brusquement Oliver, comme si ses mots étaient la pire des aberrations. Il observa aussitôt la piste de danse. Kaya riait avec M. Laurens. Son sourire était resté ancré sur son visage depuis qu'ils avaient commencé à danser.

— Tu sais bien... que je ne tombe pas amoureux.

Phrase logique venant d'Ethan, mais Oliver sourit. Il était tourné vers la piste de danse et ne détachait pas ses yeux de Kaya. Évidence qui sonnait faux quand il voyait son ami autant en proie aux doutes. Il se leva de sa chaise et se posta à côté de lui. Kaya tournoyait sur elle-même tout en riant. Richard Laurens semblait également bien s'amuser.

— Oui, la question ne se pose même pas... mais en même temps penses-tu qu'une femme comme elle puisse tomber amoureuse d'un type comme toi, sans garanties derrière ? Cette femme aime, mais veut être aussi aimée.

— Toi aussi tu m'énerves, en fait. Tu as des questions qui me tordent l'esprit et finalement me donnent mal à la tête.

Ethan alla se rasseoir pour ruminer un peu plus. Oliver rit face à la mauvaise foi de son ami, qui se refusait d'admettre encore certaines choses. Il s'avança et se mit devant lui. Ethan leva les yeux vers Oliver, se demandant pourquoi il se penchait ainsi, face à lui.

— En même temps, c'est toi qui as des questions un peu idiotes pour quelqu'un qui ne veut surtout pas que les femmes qu'il fréquente tombent amoureuses de lui, ne crois-tu pas ?

Oliver lui fit un clin d'œil. Ethan pesta et croisa à nouveau ses bras et ses jambes. Il refermait par son attitude, la discussion. Oliver se mit à rire.,

— Vous faites la paire tous les deux ! Aussi agaçants l'un que l'autre ! bougonna Ethan.

Oliver rit de plus belle.

— Tu as raison ! On est peut-être fait l'un pour l'autre. Je crois finalement que c'est moi qui vais demander une « consolation » auprès d'elle !

Ethan fit un bond de sa chaise et se redressa droit comme un « I » en entendant ses propos. Oliver rigola une nouvelle fois face à l'attitude presque jalouse de son pote.

— Ça te dérange si je vais danser avec elle ? continua-t-il pour le taquiner un peu plus.

— Tu as le choix dans la salle ! Trouve-toi ton propre jouet au lieu de convoiter celui des autres.

Oliver lui fit une pichenette sur le front.

— Tsss... Je t'ai connu plus prêteur.

Ethan grimaça. Oliver lui tapa alors légèrement l'épaule et lui sourit.

— Ne te pose pas de questions et fonce si tu en as envie. Les réponses viendront à toi naturellement, je pense.

Ethan lui fit une moue peu convaincue.

— Par moments, tes attitudes de poseur-psychologue me font peur, je t'assure. Sam a raison. Tu as raté ta carrière. Parfois, tu es pire que ma mère adoptive.

— J'ai été à bonne école avec elle !
— On voit le résultat effectivement...
— Deux psys valent mieux qu'un avec toi... Mais bon, réjouis-toi, ta séance vient de finir et ta cavalière de l'amour revient à toi.

Kaya s'approcha d'eux avec M. Laurens. Ethan se rassit sur sa chaise, la main soutenant son menton et la mine boudeuse. Cette discussion avec son ami l'avait épuisé. Il n'avait toujours pas de réponses à ses doutes et il était finalement bien plus nerveux qu'avant. Il observa du coin de l'œil le tissu de la robe frotter contre la peau de Kaya de façon sensuelle, tandis qu'elle s'approchait. Cette robe qui cachait à peine sa poitrine et qu'il avait envie de lui retirer sans ménagement. Il passa la main qui soutenait son menton sur son visage, de façon lasse.

Pas possible de ne penser qu'à ça ! Faut que je me ressaisisse, merde !

Oliver alla chercher une chaise pour M. Laurens, qui semblait essoufflé. Kaya riait encore. Elle scruta l'emplacement où était assis Ethan et ne chercha pas plus loin. Elle le poussa gentiment en arrière et s'assit sur ses genoux. Ethan écarquilla les yeux, surpris par ce côté sans-gêne dont elle n'avait pas d'habitude à son égard.

— Aaaahh ! fit-elle, éreintée tout en s'étalant presque contre lui. Je suis épuisée. M. Laurens m'a achevée. Je ne sens plus mes pieds !

Elle retira ses chaussures sans autre considération pour le lieu où elle se trouvait et encore moins pour les gens autour. Elle se pencha ensuite pour se masser les chevilles et gémit légèrement.

Ethan avait une vue magnifique sur le fessier de Kaya, toujours penchée sur ses chevilles. Il ne savait où poser ses mains. Une angoisse bizarre le prit. Lui d'ordinaire peu farouche pour ce qui concernait les femmes se sentait d'un coup très maladroit. Il posa délicatement ses mains sur ses hanches, mais se trouva très mal à l'aise. Kaya jeta un œil sur ce qui pouvait toucher son bassin et vit les mains d'Ethan. Elle leva un peu plus les yeux et constata que celui-ci se comportait comme si de rien n'était, scrutant tout et n'importe quoi, pourvu que ce ne soit pas son regard désapprobateur.

— Celui qui devrait enlever ses chaussures devrait être moi ! contesta Richard, amusé.

— Je suis sincèrement navrée, Richard ! répondit Kaya embêtée. Je vous avais dit que je ne suis pas très habile au niveau de la coordination des mouvements.

— Vous sembliez pourtant à l'aise avec votre petit ami juste avant... lui répondit le vieil homme songeur, devant leurs regards surpris. À croire que l'amour fait vraiment des miracles.

Ethan et Kaya se regardèrent alors perplexes puis rirent jaune. L'amour était bien loin et tous deux le savaient. La crédulité de Richard navra un peu Kaya tout à coup. Mentir à cet homme si gentil et foncièrement bon lui faisait mal au cœur.

— On peut se joindre à vous ? demanda Barney qui arriva avec une chaise, accompagné de Simon, Sam et Brigitte.

Brigitte fit de gros yeux quand elle vit les pieds nus de Kaya, couverts de ses bas et surtout sans chaussures.

— Kaya, sais-tu où tu te trouves ? Ici, ce n'est pas chez toi. Il y a du monde. On ne t'a jamais appris à bien te tenir en public. Quelle image donnes-tu d'Ethan ?! C'est ton petit ami, je te le rappelle.

Kaya regarda ses pieds, dubitative, puis se tourna vers son partenaire pour avis. Celui-ci la dévisagea sans rien dire. Il était à des kilomètres du souci de ses pieds et de l'image qu'ils pouvaient lui apporter. Il était plutôt fixé sur ses lèvres, ses hanches, sa poitrine et sur l'intérieur de son pantalon qui commençait à chauffer contre les fesses de la jeune femme. Il avait chaud. Il jeta un œil vers Oliver pour voir sa réaction. Celui-ci buvait toujours sa coupe de champagne, amusé. Il ne savait pas pourquoi il regardait son ami. Avait-il peur d'être pris en flagrant délit de liquéfaction ? Il regarda tous les autres alors, attendant sa réponse qui ne venait toujours pas.

— Ce n'est pas grave. Je dois avouer que je ferais bien la même chose ! s'empressa de dire Richard avec un sourire complice à Kaya.

Kaya lui rendit un sourire reconnaissant et lui attrapa la main. Richard posa son autre main par-dessus et la caressa gentiment.

— Je n'ai pas l'habitude des hauts talons, ni même de tout ça. Pardon Brigitte.

Brigitte fut surprise par ses excuses.

— Ce n'est pas grave... marmonna-t-elle, maintenant mal à l'aise de passer pour une tortionnaire.

— Vous savez Abberline, je suis content de passer du temps avec votre petite amie. À chaque fois, elle me fait m'évader. Elle est si rafraîchissante. C'est un bonheur de passer du temps avec elle.

Ethan sentit un pincement au cœur. Les paroles du vieux monsieur trouvaient un écho étrange à ce que lui-même ressentait quand il était avec elle. Au point que parfois, il ne voulait pas qu'elle s'éloigne. Il passa instinctivement ses bras autour de la taille de sa compagne qui se figea de cette étreinte soudaine et posa sa joue contre son épaule.

— Vous dites ça parce que c'est tout nouveau. Quand elle vous connaîtra mieux, vous connaîtrez aussi ses coups de poing dans le bras.

Le sourire moqueur d'Ethan à ce moment-là fit éclater de rire M. Laurens. Kaya sentit Ethan resserrer un peu plus son étreinte, l'empêchant de toute réaction violente à son encontre. Elle se contenta alors de pester, la mine boudeuse. Ethan épia

Je te veux ! T3 – Chapitre 4

discrètement sa réaction et rit légèrement. Bizarrement, il aimait la serrer contre lui, comme ça. Elle ne bougeait pas, ne semblait pas se scandaliser comme elle aurait pu le faire dans d'autres circonstances. Sam se tourna vers Brigitte pour voir si sa jalousie la bouffait à la vue de ce spectacle si improbable. Elle contemplait le couple avec une lueur inquiète dans les yeux.

— Tu veux que je te serre dans mes bras, toi aussi ? lui dit-il en posant son bras sur ses épaules.

Brigitte regarda sa main faisant des ronds sur sa peau et la repoussa aussi sec.

— C'est plutôt toi qui es jaloux de ne pas pouvoir faire pareil que lui.

— J'admets ! lui chuchota-t-il dans l'oreille. Mais reconnais qu'Ethan est bien plus câlin avec elle qu'il ne l'a jamais été avec aucune autre et que ce comportement, finalement, fait bien râler.

Brigitte croisa alors le regard de Sam qui lui sourit avec compassion.

— Ça ne durera pas... lui répondit BB, avec tristesse. Ça ne dure avec aucune des femmes qu'il côtoie intimement. Je vais faire un tour, voir si les invités ne manquent de rien.

Sam la laissa s'éloigner.

Plonge-toi dans le travail, encore et toujours...

Il regarda alors les femmes invitées au gala.

Et moi, je vais faire comme d'habitude... Draguer.

Il soupira et partit à la recherche d'un plaisir éphémère. Kaya fit gesticuler ses orteils avec plaisir. Cette libération lui faisait un bien fou. Tandis que M. Laurens s'était éloigné pour discuter avec Oliver, Barney et Simon, Ethan contemplait chaque trait du visage de sa cavalière.

— Tu as si mal aux pieds que ça ? Tu as des ampoules ?

— Non, je ne pense pas. C'est juste une douleur au niveau de la voûte plantaire. Je manque d'entraînement. Je suis le plus souvent en baskets quand je fais le service. Quand on piétine beaucoup, il est judicieux d'être à l'aise dans ses pompes. Mais bon… je ne sais pas si j'aurais à nouveau l'occasion d'arpenter entre des tables, vu que j'ai un connard qui s'amuse à me faire virer de mes jobs !

Elle le foudroya alors du regard. Ethan joua l'innocent. Il leva les mains pour montrer patte blanche, comme si les torts dont on l'accusait ne venaient pas de lui, mais de circonstances indépendantes de sa volonté. Cette attitude détachée de toute culpabilité fit rire de façon désabusée Kaya.

Connard jusqu'au bout !

Ethan se mit à rire également et tendit sa main vers le pied de la jeune femme, qu'il commença à masser.

— Que… qu'est-ce que tu fais ? lui cria-t-elle presque, tout en retenant sa main.

— Ça ne se voit pas ? Serais-tu chatouilleuse ?

Ethan insista un peu plus, appréciant cette nouvelle bagarre dans laquelle Kaya était partie en tentant de l'empêcher de la toucher, lui tirant le bras ou repoussant sa main en vain.

— Ce n'est pas le problème ! dit-elle, rouge de honte.

— Ah oui ? C'est quoi ? J'ai le droit de toucher ma petite amie, non ? Les pieds, ce n'est pas les seins ! argumenta-t-il en chuchotant presque.

Il se saisit de son pied, la bloquant en faisant rempart avec son dos afin qu'elle ne bouge plus.

— Ethan ! Arrête ! lui souffla-t-elle, plus que gênée. Je ne veux pas…

— Pourquoi ?

Il commença à lui masser le pied. En vérité, il rêvait déjà de sa main remontant le long de sa jambe jusqu'à arriver en haut de ses bas. Il imaginait son index glisser entre le tissu élastique et sa peau et lentement faire redescendre le morceau de lycra pour déposer ses lèvres sur ses cuisses. Son regard bifurqua vers sa jambe à moitié cachée par la robe. Il cligna alors suffisamment fort des yeux pour ne plus être aussi troublé et retrouver ses esprits...

Et voilà ! Je m'imagine des trucs maintenant et ce n'est pas bon. Ne regarde pas ! Ne regarde pas !

— Ethan... avec tout ce que j'ai dansé, lui chuchota-t-elle, je pense que j'ai transpiré des pieds et...

Ethan lorgna tout à coup ses pieds avec inquiétude.

— ... je doute que cela ne sente très bon.

Il examina un instant ses doigts posés sur le pied de Kaya et s'imagina la suite.

Comment vous effacez tout type de fantasmes, direct ? Kaya : leçon une !

Un éclat de rire tonitruant retentit dans la salle. Le rire d'Ethan ne s'arrêta plus. Au point que ses amis et certains invités se tournèrent vers ce rire si peu discret. Kaya était rouge cramoisi et ne savait plus où se mettre alors qu'il se bidonnait à s'en tenir le ventre de ses bras.

— Pince-moi, Barney ! demanda Simon à son compagnon, ahuri par la scène qui se jouait sous ses yeux.

Oliver et Richard, interrompus dans leurs échanges sur la gestion de capitaux, eurent les yeux comme des soucoupes en voyant le peu de discrétion d'Ethan qui, à présent, pleurait de rire alors que Kaya lui assénait des « Arrête ! Tais-toi ! Ça n'a rien de drôle ! », accompagnés de coups de poing.

— Incroyable ! Il rit aux éclats.

Oliver se trouva tout aussi épaté. Il n'avait pas le souvenir d'un tel éclat de rire de son ami depuis qu'il le connaissait. Il rigolait à vrai dire très peu. Il s'amusait certes, mais tout était bien souvent sous couvert de ses propres manigances. Son rire était ici si spontané, naturel qu'il avait du mal à croire cela possible. Et pourtant, Ethan avait déjà fait preuve d'imprévisibilité quelques minutes auparavant en se confiant à lui.

— Ça, c'est l'effet Kaya ! déclara tout joyeux Richard. Je l'aime vraiment beaucoup cette demoiselle. Elle arrive même à faire fondre le réputé si distant Ethan Abberline.

Ethan tenta de calmer son fou rire, mais à chaque fois qu'il regardait l'air contrarié de Kaya, il repartait de plus belle. C'était plus fort que lui. Il la serra alors un peu plus contre son corps et cacha son visage dans son dos pour ne plus être tenté de s'imaginer en train de renifler ses orteils d'un air dégoûté.

— Bon sang, Kaya ! Tu vas vraiment finir par me tuer ! lui déclara-t-il doucement tout en gardant son front contre son dos et retenant ses larmes.

— Ce n'est pas drôle. Je passe pour quoi maintenant ! Je suis sérieuse. Maintenant, je suis morte de honte.

Ethan se frotta un œil avec le revers de son index. La proximité de son doigt avec son nez le fit repartir dans un nouveau fou rire qu'il ne put contrôler. Il se cacha un peu plus derrière son dos pendant que Kaya croisait ses bras, de plus en plus agacée et dépitée.

— Mais bon, tu sais, je ne suis plus à cela près ! lui dit-il entre deux spasmes. Tu as failli vomir sur mes chaussures, donc question trucs dégoûtants, je pense que je peux faire face.

Il gloussa encore un peu, tout en tentant de reprendre une certaine contenance, alors que son fou rire l'avait rendu tout rouge. Il posa sa bouche sur l'épaule de sa cavalière très agacée pour la regarder gentiment. Kaya soupira tout en l'observant par-dessus l'épaule.

— Je te déteste. Je ne crois pas avoir eu aussi honte de ma vie.

Il lui caressa alors le bout du nez de son index avant de repartir dans une crise en la voyant loucher sur le doigt éventuellement infecté.

— Ah non ! s'offusqua-t-elle maintenant, alors qu'il se cachait à nouveau dans son dos, plié en deux par son nouvel éclat de rire. Va en enfer ! Ce n'est pas drôle ! Et arrête de faire des gestes portant à confusion !

— Aaah ! J'en peux plus ! C'est de ta faute ! larmoya-t-il tout en tentant de répondre.

— Continue et je m'en vais !

— Vas-y ! Essaie.

Ethan se calma instantanément et resserra son étreinte autour d'elle. Son regard quelques secondes auparavant humide devint plus sournois, provocateur. Son sourire plus conquérant. Kaya soupira une nouvelle fois. Elle se sentait lasse. Elle se pencha et remit ses chaussures sous le regard joueur de son partenaire.

— Pourquoi les remets-tu ? As-tu peur qu'on se penche pour vérifier ? pouffa-t-il.

— Je n'ai pas peur ! Juste méga honte !

— Personne ne sait. Ça restera entre nous ! Genre vieille blague de couple !

Il ricana à nouveau.

— Bientôt, elle pétera sur mes genoux... chuchota-t-il à lui-même tout en gloussant.

Kaya se retourna et frappa sa poitrine. La force du coup coupa la respiration d'Ethan qui suffoqua.

— Continue et je te trucide ! lui déclara-t-elle menaçante. Pourquoi faut-il toujours que tu en rajoutes !

Ethan tenta de reprendre des couleurs après ce coup si violent. L'endroit le plus fragile de son anatomie, là où toute sa détresse était accumulée, elle venait d'y donner un grand coup comme si elle avait shooté dans une fourmilière. La panique, l'appréhension, l'envahirent. Le malaise avait gagné bientôt tout son être. Il se tint alors la poitrine et se pencha en avant, la poussant légèrement pour retrouver sa respiration. Kaya s'inquiéta alors, voyant qu'il suffoquait toujours quelques secondes après. Elle jeta un œil autour d'elle pour voir si sa crise n'avait pas ameuté les regards et lui frotta le dos. Ethan se redressa et respira à pleins poumons, fermant les yeux pour calmer son état de panique. Lorsqu'elle le vit se tenir la poitrine à s'en déchirer pratiquement la chemise, elle comprit.

Ses cicatrices ! Merde ! Je n'y pensais plus !

Voyant qu'elle y était allée un peu fort, elle se mordit la lèvre, cherchant comment le soulager.

— Veux-tu un peu d'eau ? Pardon. Je n'aurais pas dû.

Ethan secoua négativement la tête, mais garda ses yeux fermés et continua à se calmer en inspirant et expirant profondément. Faire le vide, comme Cindy le lui avait appris. Se recentrer sur soi et ne pas repenser au passé. Tout allait bien. Il ne fallait pas paniquer. Tout était sous contrôle. Elle n'était pas là. Sa mère biologique n'était pas là. Ni Stan. Personne pour le blesser à nouveau. Personne... Il était seul et c'était mieux ainsi... Le vide comme protection. Ne rien attendre, ne rien ressentir. Rester dans le noir et oublier. Se fondre dans le néant et attendre que ça passe. Pourtant, une chaleur le rappela bizarrement à la réalité. Une chaleur douce. Une lumière dans ses ténèbres qui l'obligea à ouvrir les yeux. Son cœur rata un battement. Kaya le serrait contre elle. Elle avait passé ses bras autour de son cou. Sa tête était par-dessus son épaule et elle lui caressait les cheveux. Il n'avait rien senti. Tellement absorbé par sa crise de panique et le moyen de la calmer qu'il avait cette impression étrange d'avoir perdu connaissance plusieurs minutes. Il ferma à nouveau les yeux. Sa crise était partie et seule la chaleur de Kaya contre lui envahissait maintenant son corps. Il la serra à nouveau.

— Ça va mieux ? s'enquit-elle alors, voyant que sa respiration retrouvait un rythme plus calme.

Ethan ne voulait pas ouvrir les yeux. Il voulait encore savourer ses caresses dans les cheveux, la sentir contre lui. Lui répondre pouvait casser la magie qu'elle exerçait sur lui. Une magie réconfortante.

— Ça va. Même si je ne sais pas trop à quoi tu joues…

Elle tenta de se redresser, mais il ouvrit les yeux et la plaqua un peu plus contre lui.

— Je me suis dit que ça te calmerait peut-être. Les câlins, ça réconforte bien les bébés !

— Pfff ! Je ne suis pas un bébé !

— Effectivement. C'est bien pour ça que je me dis que ce n'est pas une bonne idée finalement et que tu peux me lâcher.

— Chez les adultes, ce qui réconforte, c'est le sexe, Princesse !

— Non. Seulement chez les connards !

Ethan rit. Son angoisse s'effaçait, leurs discussions taquines le ramenaient à la réalité de leurs habitudes.

— Est-ce qu'on peut négocier un compromis ? Est-ce que le gros bébé, qui reste quand même un adulte, peut avoir un baiser de princesse, à défaut d'une partie de jambes en l'air ?

Kaya se détacha de son épaule et le fixa à quelques centimètres de son visage.

— La crise est passée. Pourquoi devrais-je t'embrasser ?

Ethan ne trouva pas la force de justifier sa demande. Il fonça sur ses lèvres. Un besoin presque primaire. Son cœur le réclamait. Sentir ses lèvres à nouveau, sa chaleur. Juste vouloir que cette chaleur l'inonde encore un peu et l'apaise. Kaya accepta ce contact. Même s'il semblait aller mieux, elle se sentait encore coupable. Accéder à sa demande était une façon de se faire pardonner, malgré son doute sur la pertinence de cet acte sur le long terme. De simples baisers brefs, doux, telles des caresses, puis elle se détacha de lui. Ethan chercha à comprendre. Il ne voulait pas s'arrêter là. Il ne voulait plus s'arrêter. Oliver lui avait dit de foncer et maintenant, il lui était impossible de freiner. Il la poussa à se lever de ses genoux puis en fit autant. Kaya se

demanda pourquoi il décidait de quitter sa chaise. Il lui attrapa la main et déposa à nouveau un baiser sur ses lèvres. Un baiser qui en appelait tellement d'autres.
— Suis-moi !

5
Terminé !

Ethan l'emmena alors à travers la foule. Kaya se sentit perdue. Pourquoi devait-elle le suivre ? Pour aller où ? Y faire quoi ? Ils quittèrent la salle de réception et arrivèrent devant le hall d'entrée du bâtiment qui accueillait le gala. Ethan s'arrêta un instant et réfléchit. Il prit la direction d'un petit couloir et ouvrit la porte d'une grande salle qui semblait servir pour des réunions. Des tables, des chaises, un grand écran. Elle l'interrogea du regard, cherchant une explication. Ethan ferma la porte à clé et, sans plus d'explications, fondit une nouvelle fois sur ses lèvres, la plaquant contre la porte. Kaya ne sut comment interpréter ce geste.

— Ethan… qu'est-ce que tu fais ? lui demanda-t-elle, inquiète, entre deux baisers qu'il lui imposait.

Ethan attaqua son cou sans répondre. Il voulait stopper cette soif d'elle, mais plus il s'en hydratait, plus elle devenait inextinguible. Plus ses lèvres parcouraient sa peau, plus la brûlure qu'il ressentait à son contact, embrasait son corps tout entier et calmait ses angoisses. Le mystère Kaya était là, au bout de ses baisers, sur son corps, en elle. Chaque centimètre survolé intensifiait son désir de tout savoir à son propos, de comprendre pourquoi chez elle, les sentiments qu'il ressentait, avaient une autre résonance. Sa respiration s'accélérait, appelant toujours plus une extase qu'il refoulait depuis trop longtemps. Kaya ne savait plus quoi faire. Rapidement, les lèvres d'Ethan descendirent le long de sa clavicule pour rejoindre son sternum où il frôla le bijou de sa langue et arriva à la cambrure de ses seins.

— Ethan, je t'en prie... dit-elle doucement, ne sachant si elle devait encore être souple avec lui, suite à son coup contre son torse ou pas. Tu n'as aucune raison de faire ça ici. Il n'y a pas Richard et ta crise est passée, non ?

Un grognement fut sa seule réponse. Kaya posa ses mains sur ses épaules pour le repousser, mais sa détermination commençait à vaciller devant le désir qu'il lui montrait. Chaque contact était autant de picotements venant titiller sa libido. Même son grognement avait quelque chose de tellement animal, qu'il agissait sur elle comme un puissant envoûtement. Il laissa glisser ses mains le long de ses bras, puis lui enserra la taille, tandis qu'il essayait de retirer de ses dents la première chaîne de sa robe entravant sa poitrine et qui faisait rempart à son assouvissement. Voyant qu'il n'y parvenait pas, il sauta l'obstacle de ses lèvres et continua plus bas sa migration. Il déposa des baisers sur chaque morceau de peau que les chaînes ne cachaient pas. L'exploration de son corps était tout ce qui lui importait afin de comprendre ce qui pouvait le troubler autant chez elle, au point d'en ressentir autant d'inquiétude que d'apaisement. Kaya le regardait faire sans vraiment réagir. Il mettait une réelle envie dans chacun de ses mouvements et sa détermination à le repousser perdait en force. Ses mains tremblaient presque. Même prononcer des mots lui devenait difficile. Le voir exercer son envie d'elle avec une telle ferveur la faisait hésiter. Ses mains sur ses fesses, ses lèvres contre sa peau, ses bras l'enlaçant fermement, étaient autant d'arguments pour la convaincre du bien-fondé de ses actes. Elle le trouvait attendrissant, même si dans les faits, elle savait que ce n'était pas bien de le laisser faire, ce n'était pas de l'amour. Juste un besoin qu'elle avait du mal à définir, mais qui rongeait Ethan visiblement.

— Ethan, je ne veux pas… S'il te plaît…

Il se mit alors à genoux et glissa ses mains sur ses hanches puis laissa balader sa langue le long de son nombril que sa robe ne couvrait pas également.

— J'en ai envie, Kaya. Depuis l'instant où je t'ai vue dans cette robe que tu détestes tant. Juste poser mes lèvres… Juste trouver un peu de répit… Tu me fais un bien fou ! S'il te plaît…

Un bien fou… Moi ? Alors qu'on se dispute tout le temps ?

Il leva la tête pour voir sa réaction. Son regard presque implorant la mettait mal à l'aise. Elle finissait par douter d'elle. Il fallait qu'elle recadre les choses pour ne pas partir dans une dérive qui la blesserait autant que lui.

— Ce… ce n'est pas une raison… tenta-t-elle de se justifier malgré sa petite voix. J'ai envie de plein de choses et ce n'est pas pour autant que je les prends, même si ça peut me faire du bien au moral.

Ethan ne lâchait plus son regard. Il était en train de balader ostensiblement sa langue le long de son ventre avec un air à la fois malicieux et déterminé, cherchant à la pousser au péché.

— Peut-être est-il temps que tu te serves, sans réfléchir au bien ou au mal, à ce que tu as le droit ou pas ? Prends soin de moi, câline-moi, s'il te plaît… J'en ai vraiment besoin… Tu te souviens de ma proposition ? C'est dans ces moments-là que je voudrais ton réconfort. Voilà où réside le deal. Et je te donnerai tout autant. Tu pourras prendre tout ce que tu veux, tout ce qui ne t'est pas permis d'habitude ou ce qui pourrait paraître honteux à la vue des autres. On s'en fout. C'est notre arrangement, notre secret, notre bulle où rien ni personne n'a le droit de nous dire si ce qu'on fait est bien ou mal.

Kaya déglutit devant ces yeux marron ambrés, cherchant à l'envoûter, à faire tomber ses dernières réticences et y arriver finalement. Les mains d'Ethan migrèrent à nouveau doucement vers ses fesses à travers le tissu. Quand il commença à tenir plus fermement cette zone érogène et à remonter ses lèvres lentement vers sa poitrine, le cœur de Kaya s'accéléra encore. Il jouait avec sa raison. Il tourmentait volontairement son sang-froid pour qu'elle craque. Elle repensa à ses mots…

« Rien ni personne n'a le droit de nous dire que ce que l'on fait est bien ou mal… »

Elle ferma les yeux un instant. Elle se sentait partir avec lui. Elle en venait à repenser à ces fois où il l'avait touchée pour alléger ses tensions. Le vestiaire du Silky Club, puis dans l'appartement alors qu'elle venait de se faire agresser et qu'elle ne voulait plus que mourir et rejoindre Adam… Ces fois où elle avait tout oublié pour se laisser aller, même si d'un point de vue extérieur, leurs actes étaient discutables, même si le bon sens s'était fait la malle. Dans ses bras, sa perdition avait été déroutante. Heureuse, mais trop troublante pour qu'elle trouve une normalité. Comment Ethan pouvait-il se satisfaire d'une telle vision de la sexualité et du couple ? En faisant disparaître tous les tabous qu'elle s'imposait, ne risquait-elle pas de perdre tout ce qui faisait son être et perdre sa moralité, son éthique ? Perdre toute la considération qu'Adam avait pour elle ? Elle ne le devait pas pour Adam, pour son bien à elle et celui d'Ethan aussi. Où était le bon sens dans tout ça ? Tout ceci ne les mènerait à rien de bon. Elle respira un bon coup et ouvrit à nouveau les yeux avec une détermination qu'elle avait dû aller chercher bien loin pour pouvoir encore lui résister.

— Ethan, s'il te plaît ! Tu as eu mes baisers, c'est largement suffisant ! Je ne te donnerai pas plus ! Je ne suis pas là pour réconforter tes attentes bizarres ! On a un contrat ! Et il n'est en rien dit que l'on doit coucher ensemble ! Tiens-t'en aux faits et non aux rêves !

Sa voix se montrait plus ferme, sévère. Le sourire d'Ethan

tomba avec son air malicieux. Il la regarda gravement. Kaya résistait et cela l'insupportait maintenant. Pourquoi refusait-elle l'évidence ? Pourquoi ne craquait-elle pas totalement alors qu'elle le désirait au plus profond d'elle-même et qu'il le savait ? Son visage se ferma. Un frisson parcourut Kaya. Ce changement d'attitude intrigua la jeune femme. Avait-il compris ? Il se releva alors, l'enserra un peu plus et posa son front contre sa poitrine. Il ferma les yeux et inspira profondément contre sa peau. Comme si la sentir contre son visage était un bienfait soulageant ses maux, l'aidant à calmer l'embrasement qui amplifiait en lui.

— J'en peux plus, Kaya... Garde tes « je t'en prie ! » et tes « s'il te plaît » pour quelqu'un d'autre. J'ai besoin de te toucher, te sentir... Essaie de comprendre ! J'ai besoin que tu me rassures ! Je veux plus que tes baisers. Je veux tout !

D'un mouvement rapide, il se décolla d'elle et lui attrapa le poignet gauche. Kaya fit un demi-tour à reculons autour d'Ethan et alla s'étaler sur la table de réunion à côté d'eux. Il grimpa alors sur elle et plongea sa tête dans son cou pour l'embrasser. Kaya grogna sous la douleur du coup sur ses cuisses contre le rebord de la table. Il serra ses poignets avec force et cette fois-ci, la mit vraiment à sa merci.

— Ethan ! À quoi tu joues ? demanda-t-elle, nerveuse. Tu ne peux pas me forcer à faire ce que je ne veux pas ! tenta-t-elle de dire, partagée entre l'envie de crier sa colère pour qu'il se réveille enfin et celle de pleurer à la douleur du coup. Câliner ne signifie pas sexe et baisers systématiquement ! Réconforter non plus ! C'est quoi ce délire !

Elle décida de bouger sa tête à droite et à gauche pour qu'il se détache d'elle et ne lui prenne pas ses lèvres une nouvelle fois, mais Ethan ne l'entendit pas de cette manière : il fit poids de tout son corps contre la table de façon déterminée. La peur envahit l'esprit de la jeune femme qui se retrouva bientôt la tête bloquée entre les mains de son partenaire peu conciliant, tandis qu'il l'immobilisait de ses jambes comme il pouvait.

— Ce sont mes lèvres, Kaya ! lui déclara-t-il gravement. Elles sont à moi ! Je paie pour ! Voilà la réalité du contrat ! Tu es ma petite amie, agis comme telle !

Ethan Abberline avait parlé. C'était lui qui régissait son monde et exécutait ses lois. Il l'embrassa sur la bouche encore et encore après ses mots, comme pour asseoir son statut et soulager son besoin par la plus évidente des justifications : celle de l'argent qu'elle avait acquis par leur contrat. Kaya réussit à se défaire légèrement de son emprise et posa ses mains sur les poignets de son assaillant. Il introduisit pourtant sa langue dans sa bouche sans ménagement et commanda le ballet sans qu'elle puisse résister. Kaya n'aimait pas ce baiser. Il n'y avait rien de doux ni de tendre. Son regard était si noir, comme au Silky Club, quand il s'était battu. Un noir ténébreux, dévastateur. Un noir se foutant de tout pourvu qu'il y trouve son compte. Un noir cherchant à rassurer l'homme qu'il était. Sa peur s'accentua. Son cœur battait de façon irrégulière ; elle avait du mal à respirer. Sa poitrine était oppressée entre son corps et la table. Une sourde brûlure gangrenait son cœur.

— Je te veux, Kaya ! Je te veux ! lui déclara-t-il doucement, front contre front et lui donnant des baisers sur ses lèvres, légèrement plus doux, tel un crime demandant repentance. Calme mes ténèbres, je t'en prie. Laisse-moi y croire…

Il quitta ses lèvres et redescendit vers sa poitrine. Kaya était à présent figée ; les gestes forcés d'Ethan réveillaient en elle l'agression qu'elle avait subie par Phil et Al et qu'elle avait pourtant réussi à mettre dans un coin reculé de sa tête pour avancer jusque-là. Son désir de vouloir trouver un réconfort auprès d'elle prenait une tournure qu'elle n'aurait jamais imaginée. Il ne cernait plus l'inacceptable. Le choc contre son torse avait réveillé sa partie sombre.

Quelque chose sonnait faux... Il était dans son délire. *Pourquoi tout à coup ne le reconnais-je plus ? Ce n'est même plus le connard que je côtoie habituellement... pourquoi ce besoin de « calmer ses ténèbres » ? Quelles ténèbres ? Ethan ?*

— Ethan, réveille-toi... Tu n'as pas envie de ça ! Tu vois bien que ça sonne faux !

— Non, justement ! Tout me semble très clair, j'ai besoin de ta douceur, Kaya... lui susurra-t-il tout en laissant traîner ses lèvres sur sa peau. Je la sens. Si réconfortante...

— La douceur ne s'acquiert pas en obligeant les gens d'obéir à ta volonté ! argumenta-t-elle comme ultime recours à son inflexibilité. Je ne te donnerai jamais rien ainsi. Tu n'es pas comme Phil et Al, pas vrai ?

Ethan releva sa tête et la fixa, le regard triste.

— Non ! fit-il, troublé par sa remarque. Qu'est-ce que tu racontes ?! Pourquoi me compares-tu à eux ? Je veux juste... la paix... comme toi.

Kaya fut troublée par ses mots. Mots qu'elle avait elle-même prononcés plus tôt dans la soirée et qui résonnaient en elle comme une demande de répit.

Pas de doutes ! Il est complètement en dehors de la réalité...

— Laisse-toi aller avec moi... lui murmura-t-il tout en caressant ses lèvres des siennes et fermant les yeux pour savourer cette proximité. Pourquoi es-tu aussi têtue ?

Ethan reprit ses baisers le long de sa mâchoire, avec la certitude qu'il pourrait la convaincre d'y trouver du plaisir. Elle regarda le plafond de la salle un instant. Blanc, immaculé. Elle pouvait entendre le bruit de ses baisers tandis qu'il retirait de ses mains la première chaîne pour avoir un meilleur accès à sa poitrine. Insistait-il toujours ainsi avec les femmes, en jouant sur la corde sensible du besoin de réconfort, de douceur, d'attention, sur cette idée qu'on avait tous besoin d'être sauvés un jour de ses propres malheurs ? Procédait-il ainsi à chaque fois pour obtenir ce qu'il voulait ? Elle repensa à cette femme qui était venue la trouver juste après le discours de présentation des produits de la gamme. Avait-il agi aussi comme cela pour l'avoir ? L'avait-il trompée en lui disant ce qu'elle voulait entendre et finalement, avait-elle fini par se perdre à le croire et se laisser corrompre par ses délires ? Tout cela pour ce résultat fait de tristesse et de fatalité ? Malgré la fin de leur relation, elle semblait pourtant si amoureuse, mais aussi si triste pour lui.

— Amoureuse... murmura-t-elle alors tout en fixant le plafond, à moitié sonnée.

Amoureuse ? Amoureuse !

Un blanc occupa son esprit quelques secondes. Un bref flashback de deux grands yeux bleus et d'un sourire et une phrase : « Je t'aime, Kaya ».

Adam...

D'un bond, elle se redressa sur ses coudes, surprenant Ethan qui cogna son nez contre sa poitrine.

— Amoureuse ! cria-t-elle avec un nouvel élan combatif dans son regard pour lui faire comprendre qu'il n'arriverait jamais à la faire plier.

Ethan se redressa légèrement pour se frotter le nez et comprendre pourquoi celui-ci avait cogné si fort.

— Je ne suis pas amoureuse ! lui répéta-t-elle, avant de se défausser suffisamment de son emprise pour lui coller un coup de genou dans le ventre.

Ethan flancha devant le coup, ce qui permit à Kaya de se libérer et se relever.

— Je ne t'aime pas ! Voilà pourquoi je ne ferai jamais rien avec toi ! Je n'appartiens entièrement qu'à celui que j'aime et ce n'est pas toi ! C'est ma façon d'être, ma façon de concevoir le sexe. Le sexe nous transcende que par l'amour qu'on a pour l'autre. Tu ne pourras donc jamais me comprendre, vu que tu y es hermétique ! Ta proposition de consolation mutuelle par le sexe est donc morte dans l'œuf ! Je te l'ai déjà dit ! Et comme je ne tomberai jamais amoureuse d'un connard...

    Son ton était ferme, déterminé. Ce plafond si blanc, si immaculé, c'était son amour pour Adam. Il la surveillait de là-haut. Personne ne viendrait entacher ce plafond. Pas même un connard aux idées tordues !

— Je ne veux plus que tu me touches. Mes lèvres ne sont qu'à moi et à personne d'autre. Mon corps, j'en fais ce que je veux et ce n'est pas à toi d'en décider, contrat ou pas contrat. Je ne suis pas le réceptacle de tes envies extravagantes ! De toute façon, j'en ai marre. Marre que tu ne voies que ton intérêt sans écouter mes demandes ou que tu n'acceptes pas mes principes. Marre que tu abuses en franchissant les limites du contrat ! Il n'y aura pas de consolation, il n'y a plus de contrat non plus. C'est terminé !

    Elle tourna le loquet de la porte avec agacement et sortit en trombe. Ethan resta hébété un instant, réalisant qu'ils venaient de se disputer et qu'elle l'avait planté. Ce n'était pourtant pas comme d'habitude. Il n'y avait pas eu d'échanges enflammés entre eux ; elle avait juste prononcé sa sentence et était partie. Il n'avait pu répondre quoi que ce soit, expliquer son opinion et profiter un peu plus de ses emportements si distrayants. En même temps, il ne savait pas trop quoi penser. Son cerveau tentait d'analyser ce qu'il venait de se passer et il réalisait difficilement les raisons menant à cette conséquence. Elle avait gardé son aura déterminée d'amazone, certes. Elle avait brillé par son aplomb à lui tenir tête comme à son accoutumée. Elle n'avait même jamais été aussi belle. Mais malgré cela, elle l'avait traité de connard, signe évident que quelque chose n'était pas normal, si on pouvait dire que leurs querelles l'étaient d'ordinaire !

Jamais amoureuse... d'un connard.

Il repensa à ces mots qu'elle venait d'énoncer, puis à sa propre insistance. Comment pouvait-il faire abstraction de ce puissant obstacle qu'était son amour pour Adam ? Comment avait-il pu croire qu'elle craquerait, elle, la profonde dévote de son amour perdu ?! Elle, l'exemple de droiture que l'on pourrait presque canoniser à côté de Mère Térésa et lui à côté, ressemblant au diable, le monstre tentant de la corrompre aux désirs charnels. Il réalisa alors qu'il avait déconné, qu'effectivement il était allé trop loin par simple égoïsme, en laissant parler ses peurs profondes, ses espoirs enfouis, plutôt que son bon sens. Il ne l'avait pas entendue. Il avait agi sans prendre en considération leurs mentalités si différentes sur ce qu'étaient les relations homme/femme. Mais la pire sentence fut le « c'est terminé. ». La phrase-choc qui le secoua et inquiéta tout son être.

Merde... Qu'est-ce que j'ai fait ?

Il sortit en trombe de la salle, traversa le couloir en courant et la vit dans le hall prendre la direction de la sortie. Il lui attrapa alors le bras pour qu'elle cesse sa progression.

— Où vas-tu ? lui demanda-t-il d'une voix angoissée.

Kaya donna un coup sec pour se détacher de sa main.

— Lâche-moi ! cria-t-elle. Je rentre chez moi. Je te l'ai dit, j'arrête tout. Tu ne sais pas où sont tes limites. Tu ne penses qu'à ce qui te sert sans penser aux autres, à la gêne occasionnée derrière ! Trouve-toi une autre petite amie.

Elle fonça vers la sortie de l'immeuble, tapant de pleines mains la porte qui s'ouvrit, puis disparut dans la nuit. Les invités se trouvant par hasard dans le hall regardèrent Ethan, tous interloqués. Bientôt, des commentaires fusèrent et des têtes se secouèrent négativement, comme pour déplorer le manque de discrétion de cette scène de ménage. Brigitte, qui sortait des toilettes, et Sam l'attendant devant n'eurent que leurs yeux pour constater que ce brouhaha mettait à mal leur ami PDG. Ethan serra les poings et les dents. Il avait une impression de déjà-vu. Elle avait effectué la même sortie à quelque chose près, lors du gala d'Agnès B. Il avait eu ce même ressenti d'être laissé sur le carreau, alors qu'elle le quittait définitivement. Il s'en voulait amèrement, mais le regard de tous ces gens était l'épreuve de trop.

— Il y a un problème ? Vous voulez ma photo ! se tourna-t-il alors vers eux.

Brigitte écarquilla les yeux. Son comportement était totalement déplacé et mettait à mal leur réputation et le lancement de la gamme si bien commencé. Ethan entra ensuite de force dans la foule pour se frayer un chemin dans la salle.

— Où sont mes limites ? Où sont mes limites ! marmonna-t-il entre ses dents.

Il stoppa un serveur et attrapa une coupe de champagne qu'il avala d'une traite. Puis, il fit de même avec une seconde coupe qu'il prit sur le plateau du serveur, ébahi par son comportement.

— Où sont mes limites, qu'elle me demande ! lui déclara-t-il alors, les nerfs à vif. Où sont mes limites ?

Il s'enfila une troisième coupe de façon mécanique. Ses limites, il les connaissait. Il vivait depuis des années avec des limites qu'il s'imposait. Elles le sauvaient de sa déchéance. Il n'avait pas demandé à en avoir autant et pourtant aujourd'hui, il ne pouvait vivre sans. Il en avait fait ses fondements, où il avait pu bâtir son autre lui. Un homme imperturbable, distant avec les femmes, réfractaire à tout sentiment, mais vivant. Pourtant, avec Kaya, il s'étonnait à vouloir les franchir. Elle venait de le rappeler à l'ordre. Comme avec sa mère, il était allé trop loin en voulant assouvir ses plus profonds désirs. À l'époque, il n'avait pas su où était la frontière à ne pas franchir et il l'avait regretté. Il n'avait écouté que lui, ses envies, ses souhaits les plus chers. Il n'avait plus discerné l'acceptable de l'inacceptable. Entendre Kaya le

Je te veux ! T3 – Chapitre 5

rappeler à l'ordre était un avertissement aussi cinglant que pathétique.

— Tu veux un conseil, serveur… lui dit-il en reposant la troisième coupe vide. Fuis les femmes. Ne les écoute pas. N'attends rien d'elles. On est bon qu'à être leur jouet dans leurs mains. Elles vous attirent, vous subjuguent, vous laissent miroiter l'impensable. Alors, tu y crois… Tu peux même les frôler ! Mais dès que tu touches, tu dépasses DES PUTAINS DE LIMITES !

Il passa alors sa main sous le plateau qu'il fit valser sans retenue au-dessus de la tête du serveur. Les coupes se brisèrent avec fracas au sol. Tous les invités le regardèrent, surpris. Ses derniers mots avaient été dits si forts que même l'orchestre avait dû cesser sa musique. Ethan s'en foutait. Il regarda le serveur, une lueur éteinte dans ses pupilles.

— Ne sois jamais gentil avec elles… Reste toujours à distance, pour ton propre bien… sinon tu souffriras.

Il fit trois pas en arrière et attrapa deux nouvelles coupes de champagne qu'un serveur proposait non loin de là et se retira dans un coin. Simon et Barney assistèrent à la scène en même temps que le reste des invités se trouvant dans la salle. Sam et Brigitte ne virent que la fin, mais déjà BB sentait sa colère monter en elle. Monsieur Laurens secoua la tête négativement, comprenant ce qu'il venait sans doute de se passer, puis retourna auprès des petits fours, sa seule consolation. Il venait de perdre le seul intérêt de ces galas. Oliver resta ébahi par ce triste spectacle. Son ami était certes en colère, mais surtout blessé. Il regarda alors le sol, navré de constater que finalement, rien ne changerait.

Brigitte alla retrouver Ethan, suivie de Sam. Oliver les rejoignit. Elle tenta de garder sa colère, mais son visage si tendu parlait pour elle.

— Que s'est-il passé ? J'espère que ta sortie de scène valait le coup.

Ethan la toisa un instant et s'enfila une nouvelle coupe sous son nez sans lui répondre. Simon et Barney vinrent à eux en silence, plus inquiets pour leur ami visiblement affecté que par les conséquences sur le gala.

— Ça va s'arranger… tenta alors de dire Simon de façon optimiste et plus conciliante.

— Il n'y a rien à arranger. Vous l'avez entendue. C'est terminé. Oliver… la prochaine fois que tu me dis « fonce », je t'explose la gueule.

Oliver fut surpris par sa menace. Il voyait bien que sous sa colère, il y avait une souffrance. Souffrance qu'il avait toujours réussi à éviter, mais qui cette fois-ci, sans doute par sa faute aussi, avait mis vraiment à mal son ami. Elle s'affirmait par son attitude, ses mots, sa voix. Oliver soupira.

Il y a des blessures qui ne guérissent pas… sans doute ai-je été trop optimiste avec Kaya. Retour à la case départ…

— Je suis désolé, Ethan… lui déclara-t-il doucement.

Sam regarda Oliver, visiblement embêté par cette histoire. Il n'était pas dans toutes les confidences et ça l'avait toujours agacé. Pourtant, il savait que lui-même pouvait être utile à Ethan. Il avait cette rancune enfouie en lui, lui disant « pourquoi ne se confie-t-il pas à nous ? Que nous cache-t-il ? ». Il s'était toujours dit qu'il ne demanderait rien, que c'était à lui d'attendre qu'Ethan fasse le pas vers Simon, Barney, Brigitte ou lui, mais il devait se rendre à l'évidence : il ne le ferait pas. Après tant d'années, Ethan n'avait toujours pas raconté son passé à ceux qu'il considérait comme ses amis. Aujourd'hui, même Oliver semblait blessé, impuissant et il ne pouvait rien faire pour Kaya et lui, pour leur relation. Lui-même d'ordinaire si loquace, se contentait d'observer en silence ses amis se disputer. Sam fixa alors Ethan. Il se rappela que la robe de Kaya avait une chaîne défaite. Qu'avait-il bien pu se passer ? Ethan avait-il abusé d'elle pour qu'elle se retrouve dans cette situation si extrême ?

Impossible !

Pourtant, il savait son ami capable de tant de choses en parallèle. Ignorer son passé et l'origine de sa haine envers les femmes était vraiment ce qui le rongeait. Il avait un côté sombre. Il avait participé à des bagarres avec lui, qui lui avaient prouvé qu'il pouvait être effrayant s'il était poussé à bout. Mais de là à agresser une femme ? Il eut de la peine pour Kaya. Il avait du mal à croire cela possible, mais Ethan ne l'aidait pas à éclaircir quoi que ce soit. Finalement, il ne savait rien de son ami. Il n'était pas homme facile à vivre pour les femmes. Il avait été plus d'une fois odieux. Même Brigitte en avait fait plusieurs fois les frais. Mais jamais il ne l'avait vu lever la main sur l'une d'entre elles. Jamais il n'avait fait preuve de harcèlement ou avait été accusé d'agression sur l'une de ses conquêtes. Qu'avait-il dit ou fait pour que Kaya se retrouve ainsi ? Il s'attrista. Plus il tentait de percer les secrets d'Ethan, plus il s'embourbait dans ses suppositions. De quelles limites parlait-il ?

— Où est Kaya ? demanda Barney qui n'avait pas assisté à la dispute dans le hall.

— On s'en fiche ! s'énerva Ethan. Elle est partie et grand bien lui fasse !

— Elle a quitté le hall sans rien sur le dos… déclara Sam, l'esprit ailleurs, en repensant à la scène.

— Quoi ? fit Simon. Elle va choper la mort par ce froid hivernal ! Et elle va rentrer comment si elle n'a pas un sou sur elle ?

Kaya s'était assise sur les marches d'un grand escalier menant sur la place où se trouvait le bâtiment recevant le gala. Elle pouvait encore sentir l'adrénaline affluer dans son sang et faire pulser ses veines. Cette excitation muée par l'agacement et la déception avait été sa force pour mettre Ethan à distance une fois de plus. Mais elle se sentait lasse. Elle avait stoppé le grand méchant loup, mais à quel prix ? Sa colère redescendait et le froid et le désarroi l'envahissaient à présent. Voilà ! Elle avait mis fin à cette mascarade. Elle ne gagnerait finalement pas grand-chose, mais tant pis. Son avenir était plus que sombre, mais ça lui était égal. Retrouver son appartement sans chaleur, affronter son bailleur, ainsi que Phil et Al, ne lui plaisaient guère, mais qu'importe ! Elle allait devoir dépenser une énergie monstre à survivre une nouvelle fois, mais elle se sentait délestée d'un poids. Le bilan était alarmant, désespérant, mais elle était soulagée. Plus de vacillement possible. Plus de doutes. Plus de conflits épuisants. C'était le dernier. C'était fini. Elle se frotta la gorge pour dénouer le nœud qui l'empêchait de s'apaiser entièrement.

Comment a-t-il pu insister autant ? Crétin ! Tout ça pour ce résultat...

Kaya soupira. Finalement, dans l'histoire c'était elle la plus pathétique. C'était elle qui n'osait revenir dans cette salle pour récupérer son manteau et ses affaires. C'était elle qui se retrouvait assise dans la rue pendant que Monsieur prenait du bon temps au milieu des petits fours. C'était elle qui se voilait la face en refoulant son attirance pour lui encore et toujours, alors qu'il aurait été peut-être si simple de l'accepter. Elle avait envie de pleurer, mais les larmes ne sortaient pas. Tout restait bloqué en elle, comme une ultime résistance à Ethan pour ne pas lui montrer qu'elle était faible devant lui, que ses promesses auprès d'Adam étaient en train d'être rompues, peu importaient les raisons qu'il avançait pour qu'ils se rapprochent. Elle regarda le ciel noir, sans étoiles de cette nuit de décembre.

Adam... Tu me manques tellement. Tout serait si simple si tu

étais encore là... Je ne serais pas là à douter comme une idiote !
Un mouvement dans son dos la sortit de sa torpeur. Elle vit une main glisser une veste sur ses épaules.
— Ce n'est pas prudent de sortir ainsi. Ce serait ennuyeux de lire dans les faits divers de demain qu'une femme s'est transformée en glaçon ambulant !
Alonso Déca lui sourit, amusé par sa boutade. Kaya lui sourit également, heureuse de trouver un réconfort malgré les circonstances. Un instant, elle avait presque espéré que ce soit M. Connard, mais la vérité était qu'ils étaient bien trop fiers tous les deux pour faire un pas vers l'autre et ce n'était pas à elle de le faire.
Bah vas-y ! Dis aussi que tu attends des excuses pour revenir vers lui ! Vraiment pathétique, ma pauvre fille ! Un peu de fierté !
Elle se mit à réfléchir un instant.
Ouais, mais regarde vers quoi ta fierté t'a amenée...
Elle avait envie de se baffer d'être aussi indécise. Elle se leva et remercia son sauveur. Déca lui frotta les bras pour l'aider à se réchauffer. Kaya grelottait.
— Votre robe est détachée. Je pense qu'elle est déjà assez provocante pour en rajouter une couche à mon pauvre cœur !
Kaya se mit à rougir en réalisant que sa chaîne était défaite et laissait à la vue un peu plus de sa peau et surtout sa poitrine ! Elle se hâta de rattacher la chaîne au maillon, de façon très gênée.
— Vous avez assisté à notre petite scène, je parie.
— La vôtre, puis la sienne dans la salle…
— Comment ça ? demanda-t-elle intriguée. Qu'a-t-il fait ?
— Quelle importance ? lui dit-il d'un haussement d'épaules, un petit sourire complice.
Kaya s'esclaffa.
— Oui, vous avez raison…
— Ne soyez pas triste. Je suis heureux de ce dénouement. Il

n'est pas homme pour vous.

— Donc, vous vous dites que vous avez maintenant vos chances et vous venez jouer les gentlemen.

Déca se mit à rire.

— J'adore votre franc-parler. Vous savez désarçonner votre petit monde. Mais vous avez raison, j'avoue. Ma proposition avant qu'il vienne nous interrompre tout à l'heure tient toujours, Kaya.

Il lui caressa alors la joue doucement et la regarda droit dans les yeux.

— Vous êtes à la rue, je présume, vu que vous viviez avec lui si j'ai bien compris.

— Non, j'ai mon appartement.

— Oh ! fit-il faussement heureux. Tant mieux… Kaya, laissez-moi une chance de vous convaincre…

— Alonso, tout ce que je veux, c'est rentrer chez moi et me faire oublier. Je suis fatiguée.

Alonso soupira, mais comprit.

— Moi, je ne vous oublierai pas. Mais je comprends que vous ayez besoin de recul. Je peux vous ramener si vous voulez.

— Vraiment ? lui demanda-t-elle, déjà reconnaissante.

— Bien sûr. Je voulais voir la collection « Magnificence ». J'en ai vu assez. Le reste m'importe peu.

— J'ai… mes affaires encore à l'intérieur…

— Eh bien je vais vous les récupérer… lui déclara-t-il, soupirant encore, mais finalement amusé.

— Ce ne sera pas la peine.

La voix grave d'Ethan avait coupé une nouvelle fois net leur discussion. Il s'approcha de Kaya, retira la veste qu'Alonso avait posée sur ses épaules d'un geste sec, puis la rendit agressivement à son propriétaire et la remplaça par le manteau de Kaya. Il lui tendit ensuite son sac à main sans un mot. Elle lui arracha presque des mains, se demandant si elle devait lui être reconnaissante de le lui avoir apporté ou si c'était une invitation de plus à partir loin de lui. Déca se montra plus virulent cette fois-ci, ce qui surprit Kaya.

— Elle t'a dit que c'était terminé, Abberline. Respecte son choix et va voir ailleurs. Laisse-nous tranquilles !

— Redis-le-moi pour voir ! lança Ethan peu impressionné par son haussement de ton et prêt à en découdre. Je t'avais pourtant averti de ne plus t'approcher d'elle.

Déca s'avança vers lui et se mit à sa hauteur.

— Ça, c'était avant qu'elle t'envoie paître devant tout le monde. Tu n'as plus ton mot à dire. Pas vrai, Kaya ?

Les deux hommes se tournèrent alors vers la jeune femme, attendant une réponse. Ethan lui lança un regard assassin, comme si sa réponse donnait le verdict de vie ou de mort sur son pauvre petit corps gelé. Elle regarda l'un puis l'autre. Deux coqs autour d'une poule déplumée. Voilà ce à quoi elle pensait en cet instant. Une scène bien grotesque en somme. L'un était un connard, l'autre un manipulateur. Et entre les deux, une pauvre idiote qui croyait en la bonté du genre humain.

Et puis merde ! Qu'ils se battent !

— Il peut dire ce qu'il veut, Alonso. Ethan prendra de droit ce qu'il veut de toute façon. Il se fout des avis des autres ; seul le sien compte.

Elle fusilla alors Ethan du regard et continua.

— … Et si vous voulez lui démontrer qu'il a tort par tous les moyens, ça ne changera pas grand-chose puisque pour lui, il a toujours raison.

Ethan se mit à sourire. Il se trouva presque flatté de voir qu'elle le connaissait si bien.

— Bref, débrouillez-vous ! Moi, je rentre.

Le sourire fier d'Ethan s'effaça aussitôt. Elle n'avait pas choisi

Déca, mais elle ne l'avait pas choisi non plus. Elle l'avait aussi planté. Encore une fois. Kaya tourna les talons et descendit les escaliers sans même se retourner vers eux. Ethan ouvrit la bouche, mais aucun son ne sortit. Elle repartait sans lui, sans aucune autre considération. Son cœur se serra. Elle lui en voulait terriblement. Lui-même était à fleur de peau. Il avait suffi que Sam et Simon lui insufflent l'idée de Kaya, gelée, seule, en pleine rue avec sa robe outrageusement décolletée, pour qu'il parte en trombe la chercher. Il n'avait pas réfléchi à ce qu'il pourrait lui dire, ni même pourquoi il retournait la voir. Il lui était si simple de passer à autre chose. L'excuse était bonne. Mais il n'avait pas pu ignorer, ne serait-ce qu'un quart de seconde, cette hypothèse de Kaya dans ce froid glacial. Il avait juste foncé, récupérant ses affaires au passage. Quand il l'avait vue se faire caresser la joue par cet enfoiré de Déca, son sang n'avait fait qu'un tour. Il se foutait des limites. Il se fichait du contrat rompu. Il se fichait des « qu'en-dira-t-on » des invités. Il voulait juste s'assurer qu'elle aille bien et surtout loin d'Alonso Déca. En la voyant repartir seule, cette crainte ne se calma pas. Exit Déca, mais elle repartait seule. Sans lui…

— Tu es content de toi, Abberline, je présume.
Ethan regarda Alonso un instant, de façon condescendante.
— Je ne te la laisserai jamais, Déca.
— C'est vrai que tu es dix fois mieux que moi, Abberline. Laisse-moi rire !
— Non. Je ne la mérite pas plus que toi, mais…
Il poussa alors l'épaule de Déca de la main et sourit sournoisement.
— … Elle m'énerve et rien que pour ça, je ne la lâcherai pas ! Elle est ma pire ennemie et je compte bien rester toujours le sien ! Le pire, également !

Ethan dévala les marches et alla la rejoindre. Déca s'esclaffa devant le culot de son rival, mais finalement sourit.

Redoutable sur tous les plans, Abberline ! Mais face à cette femme, le plus redoutable des hommes ne fera jamais le poids, j'en ai bien peur...

Kaya s'était réfugiée sous un abribus et regardait les horaires de bus, tout en gesticulant pour se réchauffer. Ethan appuya sa tête et son épaule contre le bord du plexiglas de l'abribus et la regarda en silence. Elle jeta alors des coups d'œil de temps en temps vers lui pour vérifier qu'il ne lui préparait pas quelque chose digne de son rang de connard fini, mais il restait statique, les bras croisés. Son regard s'adoucissait au fur et à mesure des secondes qui s'égrainaient et ses lèvres finirent par afficher un petit sourire coquin. Kaya renifla, le froid faisant couler son nez.

Il ne m'aura pas. Il veut me faire craquer en faisant sa gueule d'ange, mais c'est hors de question ! C'est le diable ! Le diable !

— Il n'y a plus de bus à cette heure-ci…

Ethan n'avait pas bougé. Pourtant, c'était bien sa voix qu'elle avait entendue.

— Tant pis. Je vais prendre un taxi ! lui répondit-elle en levant le menton pour lui signifier qu'il y avait toujours des solutions.

— Avec quel argent ? Jusqu'à chez toi, tu peux te dire qu'il y en a pour une centaine d'euros !

Kaya soupira. Il avait le don de l'énerver avec la pertinence de ses mots, la véracité de ses propos. Elle regarda droit devant elle sans vraiment examiner le panneau d'affichage des arrivées du bus. Elle serra la mâchoire. Effectivement, elle n'avait pas assez. Bientôt, elle regretta d'avoir laissé en plan Déca.

— Où est Alonso ?

— Alonso ? Quelle familiarité ! Tu le nommes par son prénom maintenant ? Il te plaît, ma parole !

Kaya souffla et lui tourna le dos. Elle ne le supportait plus. Elle

ne pouvait même plus le voir en peinture. Elle croisa les bras puis se frotta pour se réchauffer. Vu comme c'était parti, le plan B « Alonso » était à mettre aux oubliettes. Il ne lui dirait rien.
OK, plan C.
— Tu me dois de l'argent pour les jours effectués en ta compagnie. C'est le contrat.
Elle se tourna et lui tendit la paume de sa main.
— Paie-moi le taxi dans ce cas.
Ethan regarda sa main et s'esclaffa.
Et voici Joe l'embrouille !
— Effectivement, je pourrais... mais je n'en ai pas envie.
La stupeur s'afficha sur le visage de Kaya.
— Quoi ? Ce n'est pas une question d'envie, mais de devoir. C'était le contrat !
— Tu as gâché mon gala et tu oses me parler de devoir.
— C'est de ta faute si on en est là !
— Non ! renchérit-il immédiatement en haussant le ton. C'est de la tienne ! Si tu m'avais dit "oui", on en serait pas là ! Et ferme ta bouche, tu vas finir par te geler de l'intérieur en la gardant ouverte à chaque fois que je te parle ! Comme si j'allais croire que mes propos te surprennent... Ce ne sont que les faits ! Tssss !

Kaya ferma instantanément sa bouche qui était restée béante devant autant de mauvaise foi.

— Je n'ai pas signé pour te dire « oui ». Je n'ai pas signé pour me retrouver dans ton lit et je n'ai pas signé pour...

— Tu ne serais jamais allée dans mon lit, de toute façon ! la coupa-t-il.

Kaya leva les yeux de dépit.

Ah oui ! Son fameux « pas de service après-vente » !

— Je te déteste. Tu ne vaux pas mieux que Phil et Al. Comment as-tu pu insister de la sorte ? Après ce qui s'est passé chez moi ! Tu es pire qu'eux ! Tu n'es qu'un manipulateur. Tu te

réjouis de tourner les autres en ridicule, de les rabaisser.
— Oui, je suis un connard. Je sais. Et alors ?
— Alors ? Alors ! Tu ne le feras plus avec moi ! Fini ! Basta ! Niet !
— OK.

Ethan resta toujours avec son flegme imperturbable, campé contre son abribus. Pas de colère ou de nervosité. Il semblait même s'en amuser maintenant.

« OK. » *C'est tout ? Il acquiesce et c'est tout ?*
— Parfait ! lui répondit-elle d'un ton ferme, même si peu convaincue.
— Parfait ! répéta-t-il docilement.

Un silence s'en suivit. Kaya n'osait plus le regarder et Ethan, lui, ne la lâchait pas du regard. Sa colère était retombée depuis qu'il était seul avec elle sous cet abribus. Il avait déconné. Il le savait. Mais il aimait aussi leurs engueulades. Plus ils se chamaillaient, plus la récompense était belle.

Kaya tremblait comme une feuille. Elle n'en pouvait plus. Ses jambes étaient deux poteaux, tant ses articulations étaient endolories par le froid. Elle ne sentait plus le bout de ses pieds, mais son cœur était remonté à bloc contre Ethan. Elle tenta de sautiller pour se réchauffer, sa colère aidant. Ethan soupira, puis finalement décroisa ses bras. Les mots n'étaient toujours pas son fort alors…

Advienne que pourra !

Il ouvrit ses bras en grand vers elle et lui sourit gentiment. Kaya écarquilla les yeux. Il l'invitait à revenir contre lui. Après tout ce qu'il venait de faire, sans même s'excuser une seule fois, il voulait un câlin ? Encore !

Pas moyen !

— Tu es frigorifiée, sans le sou.
— Et alors ? lui siffla-t-elle, mauvaise.

— Alors ? Tes lèvres sont... violettes.

Kaya se toucha instinctivement les lèvres, comme pour vérifier l'invérifiable.

— M'en fiche ! Je ne retournerai pas avec le diable ! Pas après ce que tu as tenté de faire !

Ethan montra un air affligé. Il baissa ses bras, acceptant sans mal l'échec de sa tentative de réconciliation. La pilule passerait difficilement pour elle. Il avait regretté très vite son comportement, mais mentionner ses limites avait transformé ses regrets en colère et frustration. Elle mettait à mal ses objectifs, ses convictions, ses acquis. Ils avaient gâché le gala avec leurs histoires, mais au lieu de vivre le plus loin d'elle possible, il voulait se rassurer. Il ne comprenait pas pourquoi. C'était plus fort que lui. Une façon sans doute de se conforter en ne devenant pas le rejeté.

En lui, il y avait toujours cette même rengaine, si insistante, insidieuse, à vouloir qu'elle prenne soin de lui, à vouloir se convaincre que, peut-être, ses convictions pouvaient être fausses et que les Abberline avaient raison. Une fixette qui était en train de le rendre complètement dingue maintenant. Plus le temps passait, plus Kaya était en train de le faire douter, là où ses parents adoptifs avaient échoué jusqu'à présent. L'amour, l'affection, la gentillesse, toutes ces choses qu'il reniait fermement depuis si longtemps... elle les lui collait en pleine face et il ne savait plus qu'en faire. Pire ! Il avait une impression de manque plus grand encore de ces choses depuis qu'elle lui avait dit que c'était terminé. Un peu comme s'il venait d'être disqualifié d'une chasse au trésor !

— Si tu crois qu'il suffit d'ouvrir ses bras pour que ça marche, tu es loin du compte !

Ethan lui lança un regard doux.

— Alors, dis-moi comment... me faire pardonner.

Le cœur de Kaya rata un battement. Elle le trouva tout à coup touchant. Suffisamment pour la désarmer l'espace de quelques instants. Elle baissa les yeux, timide.

— Commence déjà par t'excuser. C'est la moindre des choses.

Ethan grimaça. Il n'était pas du genre à s'excuser.

— Si je le fais, tu reprends le contrat ?

— Certainement pas !

— Alors, je ne m'excuse pas.

Kaya se sentit une nouvelle fois offusquée.

Monsieur sert toujours ses intérêts. C'est fou ! Quel égoïste ! Et moi alors ?

Elle croisa les bras pour lui montrer son mécontentement. Il la singea et en fit autant, prenant une pose agacée.

— Kaya, tu vas avoir des stalactites bientôt au bout de ton nez. Sois raisonnable.

La jeune femme loucha sur son nez et pouffa involontairement devant sa boutade. Ethan lui sourit insolemment et ouvrit à nouveau ses bras. Kaya considéra cette nouvelle invitation avec envie. Elle ne sentait plus ses doigts, mais accepter sa chaleur, c'était accepter ce qu'il avait fait et lui pardonner.

— Tu testes la force du vent, Monsieur épouvantail ? lui fit-elle d'un ton moqueur.

Ethan s'esclaffa.

— On m'a dit que si on ouvrait ses bras, on pouvait choper des princesses.

— Quel est l'idiot qui t'a dit ça ? lui répondit-elle amusée. Il faut en même temps être aussi idiot pour le croire !

Ethan baissa à nouveau ses bras. Elle était dure en affaires. Il sortit alors son portefeuille de son manteau et compta une liasse de billets. Kaya visa les billets avec intérêt. Elle estima cinq cents euros dans ses mains.

— Tu as enfin compris. Tu vas me payer le taxi ? C'est plus

raisonnable, je pense.

— Oui, effectivement j'ai de quoi payer, fit-il songeur. Je voulais juste vérifier. Ne te fais pas de films.

Il rangea ses billets dans le portefeuille et sourit. Il tapota ensuite avec défi son bien contre la poche de son manteau au niveau de sa poitrine, sous le regard médusé de Kaya.

— Tu te fous de moi ? lui demanda-t-elle effarée par son culot.

Il lui sourit une troisième fois, ses bras ouverts vers elle en guise de réponse.

— Viens dans mes bras et je pourrais peut-être te les donner !

Enfoiré ! Salaud ! CONNAAAARD !

Cela en était trop. Elle quitta l'abribus.

6
Réchauffant

Kaya ne savait pas où aller, mais l'essentiel était qu'elle soit loin de ce pauvre type. Ethan se trouva démuni. Ses tentatives pour la ramener à lui étaient vaines. Kaya ne flanchait pas. Elle refusait la réconciliation. Son contrat disparaissait sous ses yeux et tout ce que cela impliquait.

— Où vas-tu ? lui cria-t-il après l'avoir suivie pendant quelques mètres. Tu ne penses pas rentrer à pied quand même.

Il se mit à rire du côté absurde de la situation.

Plus butée qu'elle, tu meurs !

Kaya ne s'arrêta pas pour lui répondre.

— Kayaaaa…

Il passa alors sa main dans sa tignasse, l'air désabusé. Il devait la retenir. L'idée que tout se finisse ainsi ne lui convenait pas du tout. Il avait encore beaucoup de questions les concernant, auxquelles il n'avait pas encore trouvé toutes les réponses. Cette attirance qui le faisait toujours revenir vers elle, pour commencer. Ce besoin de se rapprocher d'elle encore et toujours au point de revoir tous les fondements de son mode de vie. Seulement, son jeu fait de provocations et taquineries ne fonctionnait pas ce soir. Elle attendait…

De la gentillesse…

Il regarda le sol et serra les poings. S'il devenait tendre, doux, conciliant, attentionné, donc trop gentil, il savait ce qu'il se passerait. Il ne pouvait pas se permettre de se mettre en danger. Il se mit à penser à son lendemain matin, sans elle à ses côtés. Était-ce si grave qu'elle parte ? Après tout, il vivait très bien sans elle avant. Qu'est-ce que cela changerait ? Il la regarda s'éloigner, les mètres qui les séparaient augmentant significativement. Bientôt, elle ne devint plus qu'une ombre dans son champ de vision.

Tu peux vivre sans cette femme. Tu peux trouver une autre solution pour Laurens. Tu peux faire sans elle. On s'en fout des questions et des réponses ! Les excuses sont pour les faibles !

Il déglutit et fit demi-tour pour retrouver la salle de gala. Il fit quelques pas, passa devant l'abribus et retourna à l'escalier. Il grimpa les marches, le pas lourd, ressassant malgré lui la question de leur compatibilité. Il atterrit alors sur la place du bâtiment accueillant la salle de réception. La place était déserte. Il devait être minuit passé. Le froid de décembre n'invitait personne à rester dehors. Il regarda une nouvelle fois le sol. La place était faite de dalles, les unes collées aux autres, et ses pieds se trouvaient au centre de l'une d'entre elles. Il contempla, songeur, les joints qui scellaient sa dalle aux autres.

Des limites...

Il se mit à rire amèrement. Il se rappela le soir où ils marchaient l'un contre l'autre après leur virée au fast-food. Il visualisa à nouveau leurs pas qui avançaient à l'unisson, loin de toutes ces limites. Ce bien-être teinté de surprise quand il s'était aperçu qu'ils pouvaient s'accorder. Aujourd'hui, ses pieds étaient statiques, encerclés par les joints d'une dalle qui l'empêchait de bouger. Une sensation d'étouffement qui ne le lâchait plus. Cette dalle, c'était la vie qu'il s'était créée, avec ses frontières à ne pas franchir pour ne pas aller vers son prochain, sur une autre dalle. Il avait mis des limites avec ses amis, sa famille, ses conquêtes. Jusqu'à présent, il en était heureux. Les joints autour de la dalle qu'était sa vie, le rassuraient. Il maîtrisait son élément. Il ne courait pas de risque en passant par-dessus ces joints. Pourtant, avec Kaya, il avait soif de liberté. Soif de bouger, de voir au-delà de cette dalle, de briser ces joints. Il se lâchait plus facilement avec elle. Elle le poussait à voir au-delà de ces murs qu'il avait érigés pour se protéger. Au-delà même de ce qu'il avait connu jusqu'à présent. Une possibilité autre que celle que lui avait offerte sa mère et qui semblait être la normalité, une possibilité logique aux yeux de beaucoup de personnes à commencer par les Abberline.

Je suis allé trop loin, Kaya... J'aurais dû m'assurer de ton approbation et ne pas franchir ces limites... mais je veux en franchir tellement d'autres avec toi... J'ai envie d'y croire, que tu me montres que j'ai tort...

Il leva la tête vers le ciel, ferma les yeux et respira un grand coup, puis sourit. Il rouvrit les yeux tout à coup et fit demi-tour. Il dévala les marches et courut jusqu'à l'abribus puis jusqu'à Kaya. Il avala les mètres qui le distançaient d'elle de ses grandes jambes, sans difficulté. Il se sentait bien. Il avait envie de sourire. La retrouver lui paraissait logique, presque vital. Sa course se stoppa quand il l'aperçut venir à lui, tranquillement. Kaya le fixa, surprise. Tous deux se jaugèrent un instant, cherchant à comprendre pourquoi l'autre revenait.

— Tu reviens ? Tu t'es rendu compte que je t'étais indispensable ? feignit-il, le sourcil droit relevé.

— Oui, je reviens, mais ce n'est pas pour toi. Je suis gelée. Je n'ai même plus la force de marcher et… je me suis dit qu'à défaut d'avoir réussi ma soirée, il me restait toutefois des amis potentiels dans ce grand désastre. Je suis sûre que si je demande à Sam, Simon ou Richard, ils accepteront de me raccompagner chez moi. Donc, je retourne au gala, mais ne t'inquiète pas, je n'y reste pas.

Ethan lui sourit, visiblement amusé par sa façon de toujours savoir rebondir, mais aussi par son entêtement à vouloir tenir une distance avec lui.

— C'est une bonne idée, je le reconnais.

Kaya le regarda, perplexe. Son sourire ne s'effaçait pas de son visage. Pourquoi ?

— Tu courais où comme ça ?

— Tu m'as dit que je ne savais pas où étaient mes limites. En y réfléchissant, tu as raison. Avec toi, je ne sais pas où elles sont.

Kaya pencha la tête sur le côté, ne comprenant pas où il voulait en venir, ni même quelle mouche l'avait piqué. Lentement, il s'avança vers elle.

— Et c'est ça qui me plaît, je crois. Ma vie est faite de limites.

Bientôt, il se trouva à quelques centimètres de Kaya. Celle-ci fit un pas en arrière, gênée par cette approche trop franche, mais surtout méfiante de ce qu'il avait l'intention de faire ensuite. Son sourire devenait coquin, son regard mutin. Une malice qui n'annonçait rien de bon pour elle.

— Il n'y a pas de limites à avoir avec son ennemi, n'est-ce pas ? continua-t-il doucement, tandis qu'il comblait à nouveau la distance entre eux d'un pas.

— Quoi ? demanda Kaya d'une petite voix, incertaine d'avoir compris où il voulait en venir.

— Devant son ennemi, tous les coups sont permis. Il n'y a pas à se poser de questions puisque le but est d'être meilleur que lui. Je suis libre de faire comme bon me semble, même si cela déplaît. Je peux aller au-dessus du bon entendement. Ce n'est pas grave. Qu'est-ce qu'on s'en fout des limites à avoir avec la personne qui vous énerve le plus, non ?

Il déboutonna son manteau sous le regard plus qu'intrigué et inquiet de Kaya.

— Tu m'amuses, Kaya. Alors pourquoi ferais-je demi-tour ? Je ne me suis jamais autant amusé, je pense, que depuis qu'on s'est rencontrés. Je n'ai pas encore fini de jouer avec mon jouet ! Voilà pourquoi…

Tout à coup, il se précipita sur elle et referma son manteau autour du corps de la jeune femme qui poussa un petit cri, avant d'être plaquée contre lui, ne pouvant faire le moindre geste.

— Je vais t'empêcher de t'échapper ! J'ai encore besoin de toi. Hé hé !

— Que… qu'est-ce que tu fabriques ! Lâche-moi ! fit Kaya, paniquée.

Ethan resserra son étreinte un peu plus.

— Non, je vous kidnappe, Mademoiselle Lévy ! Inutile de résister !

À force de s'agiter inutilement au bout de quelques secondes, la jeune femme cessa toute tentative de rébellion. Ses bras étaient encerclés par ceux d'Ethan. Sa tête touchait son torse. Elle pouvait sentir sa chaleur, son parfum. Ce simple contact finit par la calmer.

— Tu n'en as pas marre de me contraindre comme ça ? On vient de se disputer pour ça, je te rappelle. Parce que tu me forçais à faire ce que je ne voulais pas. C'est grave, ce que tu fais !

— Ah oui ? répondit-il innocemment.

Kaya leva la tête et le dévisagea, à nouveau ébahie par sa mauvaise foi et sa façon de dédramatiser toujours l'horrible. Il fronça la peau de son nez dans une grimace taquine pour mimer l'agacement qu'il pouvait lire sur son visage. Kaya pouffa devant tant de provocation, mais surtout de légèreté devant les faits.

— Je ne plaisante pas… même si je n'en donne pas vraiment l'impression, à rire devant tes grimaces ! lui déclara-t-elle affligée par son propre manque de résistance et de crédibilité. Imagines-tu ce que je ressens ?

La poitrine d'Ethan se soulevait au rythme des battements de son cœur et la berçait. Ethan ne prononça toujours pas d'excuses.

Devant son silence, elle sentit son agacement se muer en lassitude.

— Ce n'est pas bien Monsieur Abberline, ce que vous faites... lui dit-elle alors doucement. Le kidnapping est puni par la loi. Espérez-vous mettre en oeuvre le syndrome de Stockholm sur moi ?

Ethan se mit à rire et se pencha près de son oreille.

— Le jour où vous serez docile avec moi n'est pas près de venir à mon avis, n'est-ce pas ? Je dois avouer que l'idée peut avoir des atouts alléchants... Cependant, si vous tombez amoureuse de votre kidnappeur, ce serait vraiment embêtant, car je ne jouerais plus comme maintenant. Je devrais vous fuir. Malgré tout, j'avoue. J'aime enfreindre les règles avec vous, Mademoiselle Lévy, et le kidnapping, c'est cool je trouve, comme délit. Et c'est marrant, car plus j'enfreins les règles, moins j'ai l'impression de mériter une punition. C'est quoi un kidnapping après la douche glacée ou le coffre de la voiture ? Même pas peur !

Elle sourit en énumérant dans sa tête toutes les vacheries qu'il lui avait faites depuis le début. Effectivement, il les collectionnait et elle finissait toujours par rester et lui pardonner. Elle ferma les yeux un instant et se réfugia dans ce cocon malgré ses premières réticences. La couverture de fortune qu'offrait le manteau d'Ethan lui permettait de se réchauffer et son étreinte, même si elle ne résolvait pas tout, ne lui déplaisait pas. Elle repensa à celle qu'ils avaient eue dans son appartement, quand il l'avait consolée. Une douce bienveillance qui l'apaisait, calmait ses tensions. Ethan, c'était ça aussi. Malgré les pires vacheries, les pires provocations, il y avait parfois de la douceur entre eux quand il n'agissait pas comme un connard.

— OK ! Alors moi aussi, je peux enfreindre les interdits. Il n'y a pas de raison que tu sois le seul à faire tout et n'importe quoi ! Autant être une ennemie digne du connard que tu es...

Ethan pencha sa tête vers elle pour tenter de voir son visage et comprendre où elle voulait en venir.

— Ma contre-attaque est toute trouvée ! Je ne vais pas me priver pour te faire comprendre que certaines choses sont inacceptables !

Ethan la fixa, interloqué par ses propos.

— Ma tête touche ton torse, Abberline !

Ethan tiqua et fit un pas en arrière. Il relâcha légèrement son étreinte, réalisant qu'il ne l'avait même pas remarqué auparavant. Kaya lui fit un grand sourire et passa rapidement ses bras autour de sa taille.

— Reviens par ici, kidnappeur ! Assume le retour de bâton. Je vais violer aussi tes interdits !

Elle le plaqua à nouveau contre elle et posa à nouveau sa tête contre son torse. Ethan n'osa plus bouger. Son cœur se mit à battre frénétiquement. Il regarda la tête de Kaya contre lui avec circonspection. Un mélange étrange d'émotions l'envahit. Peur, inquiétude, envie de fuir. Mais aussi une féroce envie de la garder contre lui. Il pouvait ressentir ses bras autour de sa taille, le serrer fort, comme s'il était hors de question qu'il lui échappe. Une impression qui lui faisait bouillir le sang plutôt que de le lui glacer par la peur ou l'inquiétude. Elle le gardait contre elle. Elle faisait un geste vers lui. Elle se vengeait certes, mais pas en le repoussant. Elle le voulait fermement contre elle. Tout son corps frémit à cette idée plus que plaisante de lui appartenir. Cet insaisissable espoir d'être à quelqu'un prenait forme dans son étreinte et lui faisait un bien fou. Elle réussissait à lui donner le réconfort qu'il cherchait depuis une heure de la façon la plus efficace possible, bien loin de son besoin sexuel. Il était heureux. Elle le serrait contre elle, avec force, comme un trésor.

Un trésor...

Sa raideur se relâcha et il resserra à nouveau ses bras autour d'elle. Ce simple geste ne faisait que répondre à une évidence : il voulait de cette étreinte avec elle et, plus cette volonté s'affirmait, plus il en appréciait le choix de l'accepter. Il posa son front sur l'épaule de Kaya et soupira.

— Vilaine ! Ce coup est bas ! Mais je veux bien l'accepter. Pardon pour mes gestes de tout à l'heure dans la salle de réunion. Je n'aurais pas dû.

Kaya le dévisagea et lâcha subitement son étreinte.

— Quoi ? Tu t'excuses ? lui demanda-t-elle, incrédule.

— Euh… il me semble que c'est ce que je viens de dire, Princesse… C'est ce que tu voulais, non ?

Elle posa alors ses doigts sur les joues d'Ethan et tira dessus.

— Pas possible ! Où est Monsieur Connard ? Il a disparu ! Non ! Peut-être qu'en tirant comme ça, je vais retrouver le machiavélisme de ce visage ! Ou bien ai-je fait court-circuiter tous ses neurones de connard en contre-attaquant ?

Ethan sentit son visage faire plusieurs grimaces sans réellement comprendre à quoi elle jouait. Elle le regarda fixement, cherchant dans la prunelle de ses yeux chocolat pourquoi il acceptait de s'excuser avec autant de résolution et de facilité tout à coup.

— Rhhaa ! Mais t'as fini ! lui hurla-t-il tout en reculant son visage de ses mains tortionnaires.

Kaya lui fit un grand sourire.

— Tu ne recommenceras plus ? lui dit-elle alors plus timidement. Je n'aime pas quand tu m'obliges à faire ce que je ne veux pas.

Ethan soupira.

— Promis. Je n'ai pensé qu'à moi et je n'ai pas réalisé la gravité de ce que je faisais. Je ne voulais pas en arriver là. Crois-moi ! L'odeur de tes pieds a dû m'empoisonner la raison !

Kaya ouvrit la bouche, stupéfaite par son excuse, puis se pinça les lèvres et lui porta un coup à l'épaule. Ethan l'accepta en riant

légèrement.
— Tu continues le contrat ? lui demanda-t-il doucement.
— Je ne sais pas. Je vais y réfléchir. Vu ce qui s'est passé, je doute d'être encore crédible auprès des gens que tu côtoies. Par ailleurs, je suis fatiguée de tout ça. Je n'ai pas pu aller au cimetière depuis des jours. Je ne me reconnais pas. À ton contact, j'ai l'impression d'être ce que je ne suis pas. Ça m'étouffe.

Ethan serra les dents. Sa mâchoire palpitait sous la pression qui s'exerçait dessus. Il la regarda d'un air sombre. S'il se sentait plus libre grâce à elle, il n'en était pas de même pour elle envers lui. Ces mots lui faisaient mal.

— Tu dis ça à cause de la robe que tu portes ce soir ?
— Pas seulement. Ton monde, ce n'est pas le mien. Trois banquets en dix jours. C'est juste un truc de dingue pour la pauvre fille que je suis. Je ne peux prétendre à tout ça et je ne pense pas être la personne qui convienne à ton bras. Cela me met mal à l'aise. Je n'ai pas l'impression d'être dans mon élément.

— Tu souriais avec Laurens. Tu semblais être dans ton élément par moments.

— Je sais. Richard est un homme merveilleux, mais ce n'est pas le cas pour tout le reste. Je doute que ce contrat soit une solution. Je ne veux pas blesser Richard quand il découvrira que tout est faux, qu'on joue la comédie. Je doute même que l'on soit vraiment crédible. Ce soir en a été la preuve.

Ethan releva la tête et chercha quoi répondre. En fin de compte, même près de lui, elle lui échappait.

— Que faut-il que je fasse pour que tu sois plus à l'aise, pour mieux vivre ce contrat dans ce cas ?

Kaya se trouva perplexe devant cette demande.
— Ethan, on ne change pas les habitudes des gens comme ça. Il y a encore peu, je galérais à travailler et à m'acheter à manger. Et tout à coup, j'ai une robe sexy et je mange des petits fours dans

des soirées huppées !

— D'autres en seraient ravies. Je ne comprends pas ton problème. Tu as la possibilité de vivre plus convenablement. Je ne vois pas ce qui est gênant.

Kaya se détacha des bras d'Ethan, navrée.

— Ethan, tu es un homme trop perturbant. Je t'amuse peut-être, je te sors sans doute de ton quotidien, mais pour moi tu es un danger. Je ne veux pas m'habituer à des choses qui prendront fin tôt ou tard. Nous sommes retenus seulement par un contrat. Il n'y a rien d'autre. Je ne veux pas regretter ce qui ressemble à une vie meilleure pour moi. Cela sera trop dur quand la réalité me rattrapera. Je ne gagnerai rien, je perdrai tout... Même Adam, si ça continue avec tes demandes inconsidérées de consolation...

Sa voix trembla devant cette déclaration sincère, qui sous-entendait leur relation charnelle.

— Je suis désolée. Il vaut mieux arrêter maintenant que trop tard.

Elle passa alors à côté de lui pour se rendre à la salle du gala. La colère commença à s'emparer d'Ethan, à nouveau. Il avait beau faire des efforts, le résultat était le même.

— Et si j'augmente ton salaire ? lui dit-il alors, comme ultime recours.

Kaya se retourna et le fixa.

— Ce n'est pas une question d'argent.

Il se rapprocha à nouveau d'elle et lui attrapa le bout des doigts.

— Je me suis excusé. Je t'ai promis de ne pas recommencer.

La voix grave et inquiète d'Ethan mit mal à l'aise Kaya. Son regard était vif. Son insistance lui serra le cœur. Elle ne comprenait pas pourquoi il ne voulait pas lâcher l'affaire. Il posa sa main sur sa joue.

— Tes lèvres sont violettes...

— Je sais, tu me l'as déjà dit.

Il passa alors son pouce dessus, sous le regard médusé de la jeune femme. Celui-ci semblait complètement impliqué dans cette caresse. Il fixait ses lèvres comme un trésor chèrement convoité.

— Est-ce que je peux… les réchauffer ? demanda-t-il d'une voix plus éraillée. Juste une fois.

— Quoi ? Non ! déclina-t-elle sévèrement. Il n'y a pas Laurens ! Tu n'as pas de raison de le faire !

— Donc, il y a encore contrat ? lui fit-il avec un petit sourire.

— Ce n'est pas ce que j'ai dit, non plus !

— Mais tes lèvres restent violettes.

— Parce que tu m'empêches de rentrer pour me réchauffer !

Il soupira tout en continuant de contempler ses lèvres avec attention.

— Ça irait beaucoup plus vite avec moi !

Leurs regards se fixèrent alors. L'un séducteur, l'autre blasé.

— C'est quoi cette fixette sur mes lèvres, d'abord ?

— C'est sur tout ton corps que je fais une fixette ! lui répondit-il encore plus amusé.

Kaya se mit à rougir outrageusement et resserra son manteau contre elle.

— Rien n'a changé sur mon désir depuis tout à l'heure, Kaya. Sauf que tu ne veux pas que je m'occupe de ton corps… alors, je me contenterai de tes lèvres… avec ta permission, si tu le veux bien !

— Mais c'est pareil ! protesta-t-elle. Mes lèvres ne te sont pas destinées !

— Oui, mais tes lèvres, c'est moins grave ! Tu as l'habitude maintenant ! C'est moins gênant pour toi de me laisser les embrasser…

— Pourquoi veux-tu absolument m'embrasser, Ethan ? Pourquoi insistes-tu ? N'es-tu pas censé me détester ? On n'embrasse pas son ennemi sur la bouche, voyons !

— Je te l'ai dit. Je m'amuse. Je peux t'embrasser, il n'y aura pas de conséquences graves. Nous n'éprouvons rien l'un pour l'autre. On garde nos objectifs. Toi Adam, moi mon approche des femmes et des sentiments proches du néant. Et en plus, on se bagarre ! Il y a double plaisir !

Kaya le dévisagea avec une peur incrédule.

— Tu es cinglé ! Comment peut-on voir les choses de façon si tordue ?

Ethan ne contesta pas sa remarque. Il continua à balader ses doigts de son visage vers ses cheveux qu'il frotta délicatement.

— Kaya, tes cheveux vont se givrer si tu continues à me rejeter…

— Rhhhaaa je sais ! grogna-t-elle en repoussant sa main du bras. Ce n'est pas la peine de me dire à quel point j'ai froid !

— Laisse-moi te réchauffer…

— Non ! Tu es un connard, un manipulateur, un profiteur, un égoïste !

— Tu n'as pas encore fait le tour de toutes mes qualités ! lui dit-il en riant. Et je te rappelle que je me suis excusé !

Kaya posa un regard désabusé sur lui qui le fit rire davantage.

— Viens dans mes bras…

— Si je le fais, tu vas penser que tout t'est acquis… lui dit-elle d'une plus petite voix alors qu'elle commençait à claquer des dents.

— Je ne penserai pas. Pas l'ombre d'une idée. Rien. Promis. Aucune hypothèse. Pas le moindre espoir.

Ethan ouvrit son manteau une nouvelle fois, l'invitant à venir contre lui. Kaya se mit à gémir, le regard hésitant.

— Tu m'as fait la promesse, Ethan.

— Je t'ai fait la promesse. Aucune conclusion sur ton retour dans mes bras !

La voix d'Ethan se voulait sûre. Elle tenta de lire dans ses yeux une faille qu'il ne lui laissa pas l'occasion de discerner.

— Viens… lui murmura-t-il.

Kaya fit quelques pas et alla se lover dans ses bras. Ethan expira un bon coup, soulagé de la retrouver contre lui. Il referma son manteau autour d'elle et commença à lui frotter le dos légèrement, pour la réchauffer.

— Si je suis cinglé, toi tu es complètement allumée. Regarde-toi ! Tu grelottes tellement qu'on dirait que tu as la maladie de Parkinson !

— Je ne sens plus mes extrémités. J'arrive à peine à tenir debout.

Kaya serra un peu plus son étreinte contre Ethan qui se trouva ravi de son initiative. Il frotta un peu plus énergiquement son dos, tandis qu'elle tentait de trouver de la chaleur contre son corps. Elle posa le bout de son nez dans son cou et gémit. Ethan sourit, voyant qu'elle cherchait les endroits les plus chauds pour soulager son corps endolori. Il lâcha un pan de son manteau et lui caressa les cheveux. Kaya frissonna en sentant à nouveau l'air froid la saisir, mais les bras d'Ethan l'enrobaient et la réconfortaient efficacement. Tout son corps se voûtait pour la protéger.

— Je vais te porter jusqu'à la salle…

Kaya ne protesta pas. Elle acquiesça de la tête. Elle n'avait plus la force et le côté sécurisant d'Ethan lui faisait tant de bien.

— Il va falloir que tu me lâches par contre. Je vais te prendre sur mon dos. Tu risques d'avoir encore un peu froid, le temps qu'on arrive jusque là-bas. Tes jambes vont être exposées à l'air frais. Ça ira ? Tu pourras tenir ?

Kaya opina du chef tout en gesticulant sur place pour se réchauffer, mais ne lâcha ni la taille ni le cou d'Ethan. Celui-ci sourit.

— Et je te ferai un gros bisou sur la bouche à notre arrivée pour te réchauffer ! lui déclara-t-il pour conclure, sur un ton séducteur.

Kaya détacha son visage de son cou et le dévisagea, lasse.

— Il faut bien que je me réconforte du mal de dos que je vais me payer et tes lèvres sont violettes ! lui répondit-il pour se dédouaner. Prête ?

— Oui… répondit-elle, blasée par son insistance.

Kaya le lâcha et Ethan lui proposa son dos. Il lui attrapa une jambe et la souleva pour lui saisir la seconde. Il la réajusta sur lui et elle s'agrippa à son cou.

— Note, Kaya, que cela fait deux fois que je te porte sur mon dos ! À la troisième fois, le dédommagement sera plus lourd ! Tu es prévenue !

— Tais-toi et marche, au lieu de négocier des choses qui n'arriveront pas. On a dit qu'on ne parlait pas d'après.

Ethan grommela, mais se mit à sourire.

— Tu veux vraiment que j'aille plus vite ?

La question qu'il posa eut immédiatement sa réponse, mais pas par Kaya. Elle eut à peine le temps de la craindre qu'il la matérialisa sans préavis. Il se mit alors à courir le plus vite possible, tout en rigolant.

— Non ! Ethan ! C'est bon ! hurla-t-elle tout en s'agrippant à lui plus fort pour ne pas lâcher.

— Tu n'as pas encore tout vu et tu te plains !

— Je ne veux pas voir !

— Petite joueuse !

Il se mit à rire et commença à tourner sur lui-même. Kaya ferma les yeux et cria en réalisant que le monde tournait bien vite tout à coup. Puis, il monta les marches de l'escalier et arriva sur la place. Il se posa deux secondes pour reprendre son souffle et jeta un œil par-dessus son épaule pour voir la réaction de sa belle frigorifiée. Celle-ci avait caché son visage dans son épaule. Il se mit à rire.

— Tu es morte ?
— Je te déteste ! marmonna-t-elle, le visage toujours caché.
— OK, donc c'est que tout va bien !

Il se mit alors à siffler tout en se dirigeant tranquillement vers l'entrée du bâtiment où se tenait le gala. Kaya sortit de sa bulle et regarda par-dessus son épaule où ils se trouvaient.

— C'est bon ! lui dit-elle. On est arrivés, tu peux me poser.

Ethan lui sourit, mais ne répondit pas à sa requête. Il entra dans le hall avec Kaya sur le dos d'un air fier. Celle-ci lui souffla avec insistance à l'oreille des « Lâche-moi ! », mais il n'en tint pas compte. Il traversa le hall sous le regard ahuri de certains invités qui avaient assisté à leur dispute et se dirigea vers le petit couloir.

— Où vas-tu comme ça ? La réception est de l'autre côté !
— Je sais ! Mais d'abord, il faut te réchauffer.

Ils passèrent devant la porte de la salle de réunion puis continuèrent. Bientôt, ils arrivèrent sur une sorte de salle d'attente avec un canapé, des fauteuils et une table basse où étaient empilés des magazines. Il se positionna devant le canapé et la fit basculer. Kaya poussa à nouveau un cri, en tombant sans ménagement, et pesta devant son indélicatesse.

— Mais qu'est-ce que tu fiches, bon sang ?

Ethan retira son manteau et le posa sur les jambes de Kaya, puis il s'assit à côté d'elle et les attrapa pour les passer par-dessus ses cuisses. Il saisit ensuite les lanières de ses chaussures pour les lui enlever et les posa au sol, sous le regard stupéfait de la jeune femme.

— Il faut te réchauffer.

Il commença à lui frictionner les jambes de ses mains par-dessus son manteau. Kaya se mit à rougir devant sa soudaine prévenance.

— Ça va aller ! Tu n'es pas obligé de…
— Et sinon, tu sais dire « oui » de temps en temps, au lieu

d'être tout le temps sur la défensive ?

— Désolée, mais je n'ai pas pour habitude d'accepter de me faire réchauffer les jambes par un homme que je connais à peine.

Ethan s'arrêta alors et la regarda.

— À peine ? Vous êtes dure, mademoiselle Lévy ! Je pense que je peux avoir la prétention de dire que je vous connais bien mieux que certains autres hommes !

Ethan lui décocha à nouveau son sourire coquin. Elle lui tapa gentiment l'épaule et y concéda malgré elle. Il se pencha alors sur elle et la serra contre lui.

— Vos lèvres sont violettes, mademoiselle Lévy.

Kaya se mit à rire. Il n'oubliait pas. Il n'oublierait jamais ses objectifs.

— Ah bon ? fit-elle, amusée. Je pensais pourtant qu'elles se réchaufferaient toutes seules, maintenant que je suis au chaud !

— Mademoiselle Lévy, il n'y a que le corps à corps qui réchauffe ! lui murmura-t-il alors qu'il se lovait déjà dans son cou et qu'il posait juste ses lèvres contre sa peau.

Kaya frissonna, mais elle savait que ce n'était pas de froid. Ethan Abberline était en mode cajoleur. Et quand il enclenchait ce mode, sa sonnette d'alarme retentissait automatiquement. Il posa une main sur sa taille tandis que son autre bras la tenait contre lui.

— Kaya, j'ai froid. Tu ne voudrais pas me réchauffer par hasard ? lui chuchota-t-il alors que son nez remontait vers son menton puis sa joue.

Bientôt, elle pouvait percevoir son souffle l'appeler pour un baiser qui, elle le savait, serait une nouvelle fois difficile à repousser.

— Je croyais que c'était moi qui avais les lèvres violettes ! lui répondit-elle alors flattée, mais terre-à-terre.

— Kaya… Comment t'expliquer, te convaincre ?

Il soupira puis se positionna un peu plus sur elle et posa son front contre celui de la jeune femme.

— Ma proposition… devient pertinente dans ce genre de situation. Je te réconforte, te console et tu en fais autant. Pas de sentiments. Juste une réponse à un besoin. Teste, s'il te plaît ! Essaie de comprendre l'idée sans te braquer… Je ne te forcerai plus, mais… accepte de lâcher prise avec moi. Juste un peu. Juste une fois ! S'il te plaît. Consolons-nous mutuellement… Juste… un baiser, ça me va ! Si tu ne veux pas dire « oui » par fierté, alors on peut dire sinon, que c'est ma récompense pour avoir fait souffrir mon dos, hum ?

— Tout ce que je vois, c'est que ton idée de réconfort n'est rien d'autre qu'une tentative de flirt avec moi ! Tu cherches juste des prétextes pour coucher avec moi et c'est tout !

Un rictus navré apparut sur le visage d'Ethan.

— Pas du tout ! Je suis très sérieux ! Et je t'assure que je n'ai fait cette proposition à aucune autre femme.

— Parce que tu fais comment avec les autres femmes ? lui demanda-t-elle, très sceptique.

— Déjà, je ne leur cours pas autant après ! répondit-il de façon désabusée. Elles me cèdent bien plus facilement, ou plutôt je n'ai même pas besoin de faire quoi que ce soit, vu qu'elles n'attendent que ça ! Je me sers, je baise et je passe à autre chose.

Kaya grimaça.

— Oui, donc c'est bien ce que je disais, je suis un défi ! Et ta proposition ne change rien à ta façon de faire avec les autres femmes !

— Je te l'ai dit… Tes attentes ne sont pas les mêmes que les leurs ! C'est ce qui m'arrange ! Tu es simplement la solution possible à un problème que je rencontre de façon récurrente avec les femmes que je fréquente et je suis sûr que ça peut marcher ! Je sais que l'amour n'est pas d'actualité entre nous et ne le sera jamais, et c'est très bien comme ça ! C'est ce que je cherche, et même si tu réfutes le sexe sans amour, je sais pertinemment que tu peux le faire. Et toi aussi ! On l'a constaté déjà tous les deux à deux reprises. Tu peux faire des choses très coquines si tu le veux ! Je ne veux pas te changer et effacer tes sentiments pour ton fiancé. Tu fais ce que tu veux de tes sentiments affectifs, je m'en moque ! Quant à moi, je ne compte pas changer mon mode de fonctionnement... Il m'est impossible de le faire...

Kaya constata un voile de regret passer dans le regard d'Ethan comme s'il acceptait une punition, une sentence ou quelque chose de l'ordre de la résignation douloureuse.

— Je ne peux donner dans le sentimental. J'en suis incapable. Il faut juste que tu acceptes ce compromis de sexe dans un but primaire...

Kaya put lire dans ses yeux une détresse qui la toucha, comme si son état était irrémédiable. Elle passa sa main sur sa joue.

— Tu sais, l'humain, tout comme l'animal, ne peut être totalement dénué de sentiments affectifs. Tu m'as fait un câlin pour me réchauffer tout à l'heure ! Tout n'est donc pas perdu pour toi ! Assez dingue pour un connard, j'avoue... J'ai du mal à croire que je puisse cerner en toi des notes chaleureuses par moments, mais elles existent ! Le monde n'est peut-être pas perdu !

Ethan se mit à rire légèrement. Même dans les discussions sérieuses, ils finissaient toujours par retomber dans leurs travers belliqueux.

— Alors, j'en déduis qu'on a une chance d'avoir du sexe à ta façon, même si c'est minime, infiniment minuscule, ridicule et impensable ? Pourrions-nous donc repartir sur de bonnes bases tous les deux ?! Ça me paraît... invraisemblable !

Kaya s'esclaffa.

— Tu as de drôles de façons de définir des bonnes bases ! Moi, j'appelle ça un gros n'importe quoi !

Il sourit.

— Il faut toujours que tu voies les choses sous un angle improbable dès que ça me concerne ! Tente et tu verras si tu as de quoi être sceptique ! Juste une fois ! Regarde ! Je ne bouge pas ! Je ne ferai rien de réprobateur ! Je te laisse même faire ce que tu veux pour qu'on se réchauffe dans de bonnes conditions !

Il lui caressa le bout du nez avec le sien, d'un air quémandeur. Kaya sourit devant son air presque mignon pour le coup.

— C'est ridicule ! Tu m'énerves tout le temps !

— Tu peux parler !

— Ça n'a aucun sens ! tenta-t-elle de se convaincre.

— Mais on s'en fiche !

— Je ne t'aime pas !

— Moi non plus ! lui répondit-il droit dans les yeux.

— Tu m'as promis tout à l'heure que tu ne magouillerais rien pour que je maintienne le contrat.

— Je t'ai promis. Aucun espoir ni perspective d'avenir ensemble. Aucune attente de quoi que ce soit. Juste un test ! Juste pour me remercier d'avoir sacrifié mon dos pour la bonne cause ! finit-il d'ajouter avec un grand sourire pour justifier ce qui pouvait suivre, sans qu'aucun des deux ne puisse se culpabiliser de leur attitude déviante.

Elle lui caressa alors le visage et avança ses lèvres contre celles d'Ethan. Le contact fut léger et doux. Elle prit son temps pour apposer la marque de ses lèvres sur les siennes tout en lui jetant de petits coups d'œil pour voir ses réactions. Ce dernier se laissa faire, complètement dévoué au moindre geste qu'elle pouvait avoir pour lui. Sa délicatesse lui redonnait espoir. Il ferma un peu les yeux, savourant à nouveau ce plaisir qu'était de sentir ses baisers sur ses lèvres. Il resserra son étreinte et par la même occasion appuya davantage ses lèvres sur les siennes. Ce contact plus marqué le conforta sur le fait qu'il pouvait savourer ce moment sans avoir la crainte que tout se finisse trop vite. Kaya laissa sa main sur sa joue et embrassa ses lèvres délicatement encore et encore. Ethan se mit à sourire, heureux de tant d'initiatives, mais aussi d'apprécier autant les lèvres de sa princesse. Il ouvrit les yeux et la fixa. Kaya cessa un instant et contempla ses prunelles marron. Elle pouvait y lire du bonheur, mais aussi une certaine forme d'inquiétude.

— Quelque chose ne va pas ? Aurais-je mal fait quelque chose ? Il y a une clause dans ce nouvel accord ?

Kaya se mit à rougir, intimidée. Ethan posa son front à nouveau contre le sien.

— Non… lui chuchota-t-il. Je suis juste content que ce soit toi qui m'embrasses pour une fois !

Une sensation bizarre parcourut le corps de Kaya. Son cœur se serra. Elle se sentit rougir, son corps pris soudainement d'un coup de chaud. La gêne arriva et elle retira la main de la joue d'Ethan. Ce n'était pas le premier baiser qu'ils échangeaient et pourtant, il était en tout bien différent de tous les autres.

— Hé ! Il n'y a pas à avoir honte ou peur. Ne retire pas ta main ! Je veux que tu me caresses encore !

— Je… Non ! Ça craint ! fit alors Kaya, paniquée de se voir si démunie face aux sentiments qui envahissaient son corps et son esprit, mais surtout par l'air ravi d'Ethan qui ne cachait pas sa satisfaction de la voir faire des gestes plus tendres.

— Ça craint ? répéta Ethan tout en riant. Ouais, tu as raison, mais c'est cool, non ?

Il se précipita à nouveau sur ses lèvres, encore plus amusé par la réaction de Kaya qui poussa un petit gémissement surpris. Il retira sa main de la taille de sa partenaire et la posa au niveau de sa nuque pour être sûr que ses lèvres resteraient ancrées sur les siennes. Kaya posa sa main sur son bras, surprise, mais finalement ne tenta pas de le repousser. Elle ferma les yeux et se laissa faire.

Très rapidement, leurs langues se trouvèrent, leurs souffles s'accélérèrent et le désir monta. Ethan n'hésita pas à faire des pauses pour voir les réactions de Kaya qui perdait peu à peu pied et se laissait aller à ses envies. Chaque contact amplifiait le désir d'aller plus loin. Chaque échange de regard était pour sonder l'autre et savoir s'il pouvait encore continuer, s'il pouvait aller au-delà des nouvelles limites qu'ils se fixaient en s'arrêtant. Leurs retrouvailles dans leurs baisers confortaient ce bien-être si simple, si rassurant. Ethan avait de plus en plus de mal à contenir sa fougue. Il pouvait l'embrasser comme bon lui semblait. Son cœur se gonflait d'enthousiasme, mais aussi de peur face à l'éventualité que tout s'arrête une nouvelle fois. Quitter ses lèvres était un supplice qu'il ne pouvait envisager et la rapidité avec laquelle il fondait à chaque fois sur elles le démontrait. Il en devenait avide, au point de vouloir goûter ses lèvres sous tous les angles possibles, ne pas en rater une miette, y calquer sa marque afin que Kaya ne veuille plus d'autres lèvres que les siennes, qu'elle ne puisse plus s'en passer.

Le regard d'Ethan devint brûlant de désir. La poitrine de Kaya se soulevait péniblement. Elle était abasourdie par autant d'attention, autant d'implication de la part d'Ethan qui semblait lui-même perdu dans son désir. Il glissa sa main sur son visage et posa son front contre celui de Kaya pour reprendre son souffle et retrouver une logique à tout cela. Kaya apprécia cette nouvelle pause avec soulagement. S'il continuait, elle serait capable de l'agripper avec ses jambes et ne plus le laisser arrêter ses baisers.

— Je crois que tu as bien réchauffé mes lèvres maintenant… lui dit-elle avec évidence.

— Je crois que tout mon corps bout maintenant. Félicitations ! Tu es très efficace, toi aussi ! lui dit-il en reprenant son souffle et refusant de détacher son front de celui de la jeune femme.

Il posa son pouce sur les lèvres de Kaya. Ce simple contact lui

donna des frissons. Elle pouvait facilement anticiper ce qui pourrait advenir s'il continuait. Elle se voyait déjà prendre son pouce dans sa bouche et tourner sa langue autour, si elle faisait appel à sa folie et son insouciance. Il ne détacherait pas son regard de son geste licencieux et il le lui retirerait brutalement pour remplacer son pouce par sa langue une nouvelle fois. Le trouble la saisit. Elle se redressa un peu et toussota, rompant son contact front contre front avec Ethan. Elle avait chaud. Très chaud. Nul doute qu'elle était réchauffée ! Ethan constata son teint rosi et ses pupilles brillantes. Elle se dégageait pour reprendre le dessus sur ses émotions. Il en sourit. Il regarda son pouce maintenant loin des lèvres de Kaya puis la fixa.
— Encore, Kaya ! Encore…
— Quoi ? lui dit-elle, surprise qu'il ne soit pas satisfait de ce qu'il venait d'avoir.
— Encore !
Il ne la quitta pas du regard, s'étala une nouvelle fois sur elle et plongea sur ses lèvres. Cette fois-ci, il ne retint rien. Ni son calme, ni sa fougue, ni son envie. Le baiser fut plus sauvage, plus bestial. Il caressa ses hanches sans retenue. Son appétit d'elle devenait si puissant qu'il ne voulait plus se contenter que de ses lèvres. Il embrassa sa joue, puis suivit la ligne de sa mâchoire pour ensuite dévorer son cou. Kaya poussa un soupir de plaisir et agrippa les cheveux d'Ethan pour accentuer son geste. Il prit cela comme une invitation à plus d'ardeur dans sa tâche. D'un geste sec, il la souleva par les hanches et l'allongea totalement sur le canapé. Kaya écarquilla les yeux de surprise, se rendant compte que finalement ce n'était pas l'endroit idéal. Il l'observa un instant de façon neutre. Seul son regard perçant parlait pour lui. Il l'enjamba et s'allongea sur elle. Kaya put sentir contre sa cuisse son érection. Elle s'en trouva plus que confuse bien que dans sa culotte, cela ne devait être guère mieux. Il lui caressa un instant

les cheveux.
— Kaya, il suffit d'un mot de toi. Juste un seul mot et je prendrai soin de ton bien-être.
La jeune femme déglutit. Sa voix grave et éraillée par le désir, ses yeux brillants et assurés, la chaleur et l'excitation qui se dégageaient de lui, tout la mettait en émoi. Il faisait preuve d'une sincérité qui la tétanisait au point d'avoir peur de ce qui pourrait arriver si elle disait oui. Comment les choses pouvaient-elles finir avec une tension sexuelle si forte entre eux ? Elle ne devait pas flancher et se laisser aller par les pulsions qui traversaient son corps et son esprit juste après un simple baiser. Elle ne devait pas envisager ce « et si… ». Elle ne devait pas craquer sinon elle serait finie.
— Tu viens de le faire. Tu as pris soin de moi en me réchauffant. Je te remercie. Ce fut… efficace ! Tu… n'as pas besoin de t'allonger sur moi, je t'assure ! Je suis complètement réchauffée !
Ethan se mit à rire, alors qu'elle grommelait tout en rougissant.
— Complètement… complètement ? Il ne manque pas un endroit qui ne soit encore froid ? Non, parce que je suis entièrement volontaire, engagé et altruiste dans ce cas-là ! Dis-moi qu'il reste un endroit, s'il te plaît ! Kayaaa…
Kaya se mordit les lèvres. Il jouait avec ses nerfs, avec le peu de raison qu'il lui restait. Il se faisait taquin, suppliant, dévoué et elle craquait de plus en plus. Devant son silence, il approcha une nouvelle fois son visage vers celui de la jeune femme.
— Non… dit-elle d'une toute petite voix alors qu'elle se sentait harponnée par son regard. Je n'ai plus rien pour toi…
Ethan lui sourit tendrement tout en continuant à lui caresser les cheveux.
— Moi, je crois plutôt que tu as tout pour me satisfaire… à commencer par ça.

Il effleura alors une nouvelle fois ses lèvres des siennes qu'elle mordilla par réflexe juste après.

— Tu es en train de les maltraiter en les mordillant… après ce que tes lèvres viennent de vivre, ce n'est pas très sympa, vilaine Princesse…

— Ce qu'elles viennent de vivre ? Tu parles de tes baisers ou du froid ? lui demanda-t-elle tout en fixant celles du PDG avec gourmandise.

— Du froid. Mes baisers sont le baume qui apaise leurs meurtrissures. Et comme tu viens de les blesser en les mordillant…

— Tu vas encore une fois les soigner…

— Je vais encore une fois les soigner.

Lentement, il se pencha sur sa bouche et l'embrassa. Un baiser léger, à peine effleuré. Une simple caresse du bout des lèvres, initiatrice de tant de choses qui la rendaient folle. Ethan en jouait. Il aimait souffler légèrement sur ses lèvres, l'appeler à la tentation de craquer, la voir se débattre tant bien que mal avec sa libido ne demandant qu'à s'affirmer. Il aimait son regard à la fois suppliant d'arrêter et de continuer. Il aimait les réactions sur son corps à chaque geste ou mot qu'il avait. Kaya affichait alors une sensibilité touchante, bien loin de la battante ayant survécu à tant de péripéties dans son quotidien. En ces instants, elle était juste belle. Il la trouvait attirante à en crever. Sa naïveté et son humilité étaient adorables. Il retrouvait sa fragilité, ce trésor qu'il avait pour lui seul et qu'il ne voulait partager avec aucun autre homme. Il se sentait enfin fort, pouvant la protéger, la soutenir. Il était enfin ce pilier sur lequel elle pouvait se reposer. Il avait enfin l'impression de lui être utile, d'être là, d'exister pour quelqu'un qui avait besoin de lui et rien que de lui. Sa langue trouva à nouveau celle de Kaya. Ethan se montra bien plus tendre, bien plus engagé dans son bien-être. Kaya encercla alors son cou de ses bras et se laissa complètement aller. Elle se sentait bien. La façon dont il la serrait ne faisait pas que la rassurer ; elle l'encourageait à avoir confiance en lui. Tout était différent des autres fois. Il n'y avait plus cette pudeur, ce frein qu'elle actionnait en gage de moralité malgré ses actes. Il n'y avait pas Laurens, ni une blessure à faire oublier. Il n'y avait que leurs besoins et cette envie de s'oublier un peu, malgré le cadre de leur pacte verbal.

Le temps s'égrainait et leurs bouches ne se détachaient plus. Leurs cœurs se gonflaient à l'unisson. Leurs envies devenaient difficiles à contenir. Ethan déboutonna le manteau de la jeune femme lentement, feignant presque l'innocence de ses intentions, avant de poser sa main sur sa poitrine et la serrer. Ce simple contact les électrisa tous les deux. Lui, ne pensait qu'à l'idée de pouvoir remplacer sa main par sa bouche. Elle, sentait cet attouchement comme un appel bien plus fort vers d'autres encore plus excitants. Chacun espérait prestement l'après. Il continua sa balade le long de son corps sans attendre sa permission et glissa sa main sur ses fesses. Kaya se cambra un peu plus et expira d'aise. Ethan eut alors un accès plus large à son cou qu'il ne ménagea plus.

Des talons résonnèrent dans le couloir, mais leur petite bulle ne leur permettait pas de se détacher un tant soit peu de leur étreinte. Ethan refusait toute possibilité de se laisser déranger. Il était trop engagé dans son plaisir pour vouloir le lâcher après tant de batailles. Pourtant, quand les talons vinrent à eux, la bulle éclata.

— Non, mais c'est une blague ! Tu te fous de moi, Ethan ! Elle te plante, tu fous en l'air la soirée et finalement je te retrouve à la bécoter dans un coin alors que tout le monde se demande où est l'hôte de la soirée ! Bordel ! Ta priorité est *Magnificence* ! Rien d'autre ! En particulier ce soir, merde !

Je te veux ! T3 – Chapitre 6

Brigitte avait les mains sur ses hanches et sa colère semblait évidente. Plus que la colère, elle affirmait son inquiétude. Ethan et Kaya se séparèrent instantanément. Ethan s'essuya la bouche et sourit. Kaya baissa les yeux, comme si elle avait fait l'école buissonnière et qu'elle venait d'être prise en faute.

— Qu'est-ce qui ne va pas chez toi ? Bon sang, depuis que tu as rencontré cette fille, je ne te reconnais plus. Réveille-toi ! Elle est en train de foutre en l'air tous nos efforts. Ton projet de signature avec Laurens est bien gentil, mais si c'est pour tout saborder à côté, je ne suis pas d'accord.

Ethan se leva en silence et lui fit face. Il mit les mains dans les poches de son pantalon et la toisa avec dédain.

— Je ne te demande pas ton avis, Brigitte. C'est ma vie et je fais ce que je veux avec. Si je veux cette chieuse auprès de moi…

Il montra du doigt Kaya qui fit la grimace. Ethan lui décocha un sourire taquin.

— … cela ne regarde que moi. De même, je gère mon entreprise comme bon me semble. Tu n'es qu'une employée et je suis ton patron. Tu n'as pas à me dire comment gérer mon business, ni cette soirée. Si tu n'es pas contente, tu connais la sortie.

Brigitte ne répondit rien, mais Kaya fut aussi choquée qu'elle par ce qu'elle venait d'entendre. Comment pouvait-il se montrer aussi froid avec Brigitte ? N'était-elle pas son amie avant tout ? Brigitte serra les poings. Kaya put voir qu'elle se sentait meurtrie par ses propos. Peut-être fut-ce son côté féministe ? Ou encore son indignation face à autant d'injustice et de manque de reconnaissance ? Toujours fut-il que la main de Kaya atterrit une nouvelle fois sur la joue d'Ethan. Elle l'avait claqué tellement fort qu'elle en sentit les picotements dans la paume de sa main. Ethan la fusilla du regard, tout en se tenant la joue endolorie.

— Comment peux-tu être aussi froid et distant avec ton amie ?

s'exclama-t-elle, effarée par son égoïsme. Comment oses-tu la traiter ainsi après tout ce qu'elle a fait pour toi ?

— Cela ne te regarde pas.

Le ton sévère qu'il employa ne perturba pas Kaya. Elle souffla, attrapa ses chaussures et se saisit du bras de Brigitte.

— Où vas-tu ? lui demanda-t-il alors.

— Tu n'es pas digne d'elle… et donc, de moi non plus !

Toutes deux partirent loin du PDG qui pesta encore et encore, jusqu'à donner un grand coup de pied au canapé.

— Hé ! Qu'est-ce que tu fais ? lui demanda Brigitte, surprise en se voyant tirer sans ménagement loin d'Ethan. Attends ! Qu'est-ce que tu me veux ? Je crois que tu as fait assez de dégâts comme ça. Fiche-moi la paix !

— Je suis sincèrement désolée. C'est un connard, mais il a besoin de toi… même s'il refuse de l'avouer. Il peut avoir des signes d'affection s'il le veut et tu peux en avoir toi aussi !

Toi aussi ?

Brigitte s'esclaffa.

— Tu parles de lui comme si tu le connaissais depuis des lustres. Qu'est-ce qui te permet de croire qu'il regrette ses mots ? Je n'ai pas besoin de ton aide.

Kaya lui sourit.

— Tu es son amie et malgré tout, il a besoin de toi. Je le sais, c'est tout. Il est allé trop loin.

BB fut touchée par ses mots. Ils lui faisaient plaisir, même s'ils ne venaient pas de la personne qu'elle souhaitait. Kaya s'arrêta deux minutes le temps de remettre ses chaussures.

— Ton action est vaine, Kaya. Il ne reviendra pas sur ses mots. Il ne revient jamais sur ses mots quand il s'agit des femmes. Il peut avoir besoin de moi autant qu'il veut, il trouvera une autre parade s'il le faut. Et garde bien ça aussi en tête : il ne me considérera jamais comme proche de lui.

Kaya la regarda, peu convaincue. Brigitte baissa les yeux, triste. Son assurance habituelle avait disparu.

— Il te fera des excuses. Crois-moi ! On va lui faire mordre la poussière !

Brigitte dévisagea Kaya, comme si ses propos étaient d'une absurdité incroyable. Elle voyait presque une utopiste, rêvant d'un monde meilleur. Mais même si elle savait que c'était une cause perdue avec Ethan, elle avait envie de la croire, ne serait-ce qu'un peu.

— Comment comptes-tu faire ?

Kaya lui fit un clin d'œil pour seule réponse. Ethan vint alors les retrouver, visiblement très agacé.

— Je peux savoir à quoi tu joues, Kaya ?

Kaya leva le menton avec dédain.

— Si tu ne t'excuses pas immédiatement auprès de Brigitte, je ne continue pas le contrat avec Laurens. Plus aucun accord ! insista-t-elle pour qu'il comprenne l'enjeu mis sur la table des négociations. Voilà ma condition !

— Quooooi ? rétorquèrent alors Ethan et Brigitte en chœur, sidérés par cet ultimatum.

7
Surmené

Brigitte s'esclaffa en voyant le regard ferme et assuré de Kaya.
— C'est donc ça ton idée pour qu'il revienne sur ses paroles ! commenta BB, effarée. Mettre en jeu votre contrat ? Et dire que j'ai failli te croire…

Kaya ne quitta pas des yeux Ethan, qui serrait les dents de rage. Les propos de Brigitte ne lui firent pas quitter son objectif premier : faire fléchir M. Connard obstiné, buté, bref têtu.

— Très drôle, mais mal calculé ! déclara-t-il enfin, après une brève réflexion. Crois-tu franchement que tu sois si importante à mes yeux au point de me faire revoir mes mots à la moindre discussion qui ne te plaît pas et, qui plus est, ne te regarde pas ? Je ne fonctionne pas comme ça, Kaya. Tu peux remballer ton chantage et toute forme de contrat avec.

Kaya fronça les sourcils. Son entêtement devenait plus qu'agaçant. Il gardait son cynisme et son machiavélisme à deux balles, non pas pour garder sa prestance ou confirmer son autorité, mais bien pour la contrer, soutenir cette défiance qu'il y avait toujours eu entre eux, peu importaient les sacrifices que cela pouvait induire. Son arrogance l'insupportait tellement qu'elle aurait pu lui attraper sa langue et la lui enfoncer au plus profond dans sa bouche ! On parlait de son amie et il se couperait la jambe pourvu qu'il arrive à lui donner tort !

— Tu lui dois des excuses, Ethan ! Sans son travail, tu n'en serais pas là ce soir.

— Certes, je ne dévalue pas son travail. Je dévalue son comportement vis-à-vis de son patron.

Brigitte baissa les yeux, la mine meurtrie.

— Laisse tomber, Kaya. Il a raison. Je suis allée trop loin.

— Quoi ? Certainement pas ! Tu mérites ta position et il n'a pas à te parler comme ça !

— Bien sûr que si. J'ai dépassé les frontières qu'il m'était interdit de franchir.

Ethan écarquilla les yeux à ces mots. Sa poitrine se serra.

Encore des frontières... des limites...

Malgré le fait qu'il accepte de franchir les siennes avec Kaya, il lui était bien impossible d'envisager plus. Et encore moins avec d'autres femmes. Brigitte était certainement la femme avec qui il avait le plus relâché sa bride, mais elle n'en restait pas moins une femme dont il fallait se méfier et garder ses distances. Reconnaître une familiarité avec elle serait aussi reconnaître qu'il en était proche et que toutes ces murailles qu'il avait érigées autour de lui ne seraient alors que du vent. Finalement, chacun avait ses propres frontières, ses limites à ne pas dépasser. Chacun se construisait avec des interdictions. Brigitte devait garder aussi les siennes, pour leur bien à eux deux.

— C'est bien de le reconnaître, Brigitte.

— Elle ne reconnaît rien du tout ! s'offusqua alors Kaya. Elle se sent juste obligée de courber l'échine devant toi parce qu'elle ne veut pas se fâcher avec toi ! C'est différent. Brigitte, ne te laisse pas faire ! Je t'en prie !

Kaya lui saisit les mains et la regarda avec compassion. BB se mit à rougir devant tant de bienveillance. Elle savait qu'elle avait raison. Mais son cœur ne pouvait se résoudre à s'éloigner de l'homme qu'elle avait toujours aimé secrètement. Cela avait été un coup de foudre immédiat. C'était Sam qui lui avait présenté Ethan. Il avait ce côté rebelle et torturé dans le regard qui l'avait fait craquer immédiatement. Mais elle était de nature timide lorsqu'il s'agissait de drague et elle n'avait jamais trouvé la force d'aller vers lui pour se confesser sur les sentiments qu'elle lui portait. Elle avait vu passer pas mal de femmes entrant dans son tableau de chasse et, chaque jour, elle se confortait en se disant qu'elle était toujours là, même si ce n'était pas dans ses bras. Chaque jour, elle voyait qu'il mettait tôt ou tard une distance avec les femmes qu'il côtoyait plus intimement. Un éloignement voulu, comme vital, comme s'il se sentait étouffé au bout d'un moment avec une même femme à son bras. Il ne manifestait jamais d'attentions tendres avec elles non plus. Jamais elle ne l'avait vu faire un cadeau à l'une de ses petites amies, ni même en serrer une dans ses bras. Il n'avait jamais été démonstratif d'une quelconque affection. Finalement, à part le sexe, ces femmes n'avaient pas plus qu'elle. Elle pouvait s'estimer heureuse d'être encore dans son cercle dix ans après. Il ne la choyait pas, mais il ne la rejetait pas. Il pouvait être dur, humiliant même, mais il finissait toujours par continuer à la garder auprès de lui. Ce soir, elle pouvait encore se taire et encaisser. Son travail était la seule excuse pour le voir quotidiennement. Si on le lui enlevait, que resterait-il ?

— Kaya, mon boulot, c'est ma vie… J'en ai besoin. Je ne peux pas me permettre de tout perdre. C'est gentil, mais ce que tu fais ne m'aide pas.

Kaya leva le menton et la toisa un instant, puis regarda Ethan qui affichait un sourire de vainqueur.

— Ethan n'est pas irremplaçable. S'il n'est pas capable d'admettre que tu lui es aussi importante dans sa vie que dans son boulot, alors tu peux trouver mieux ailleurs. Il ne te mérite pas. D'ailleurs, ça tombe bien… Alonso Déca veut m'inviter à dîner. Vu que je lui plais bien apparemment, je suis sûre que si je lui glisse un mot en ta faveur, il sera enclin à t'aider. Après tout, L'Oréal c'est bien mieux que Abberline Cosmetics…

Tiens ! Prends ça, Abberline ! La concurrence, il n'y a rien de mieux pour attiser la jalousie et le besoin indéfectible d'une personne !

Kaya afficha un petit sourire narquois qui sidéra autant Brigitte qu'Ethan. Brigitte devait avouer que là, elle allait loin et son premier réflexe fut de se tourner pour voir la réaction d'Ethan face à cette provocation bien plus vicieuse que la précédente. S'il avait pu avoir une trousse chirurgicale à portée de main, il aurait pris un malin plaisir à torturer l'entremetteuse et la charcuter, morceau après morceau. Il serait bien devenu un serial killer et aurait commencé par ces deux femmes qui mettaient à mal sa patience et son autorité. Il ne disait pas un mot, mais son regard noir parlait pour lui. Kaya fit un petit geste d'épaule montrant sa désinvolture et enfonçant le clou jusqu'au bout. Brigitte n'en croyait pas ses yeux. Kaya lui prit le poignet.

— Viens Brigitte, on va voir si on trouve Alonso ! fit Kaya en insistant bien sur le prénom du concurrent comme pour lui rappeler la familiarité qu'elle pouvait avoir avec Déca. J'espère qu'il n'est pas parti. Je suis sûre qu'il sera ravi de te débaucher.

Elle la tira vers elle pour l'inviter à la suivre dans la salle, mais Ethan attrapa aussitôt l'autre poignet de Brigitte pour l'empêcher de partir. Brigitte se sentit tirée en arrière et réalisa que c'était Ethan qui la retenait. Elle put voir dans ses prunelles marron l'hésitation, un combat intérieur dont il n'avait pas encore trouvé l'issue, malgré son visage fermé et grave. Mais pire encore pour son cœur de femme meurtrie, il la retenait. Un geste qui réparait à lui seul toutes les railleries qu'il avait pu avoir à son égard depuis dix ans. Kaya constata que Brigitte ne la suivait pas et sourit quand elle comprit pourquoi.

— Un problème, Monsieur Abberline ? fit-elle amusée.

Ethan ne déclara rien, mais gardait sa main serrée sur le poignet de Brigitte qui lui sourit, attendrie.

— Kaya, c'est bon. Je ne veux pas voir Alonso Déca.

Brigitte était heureuse. Son refus de la suivre était accompagné d'un espoir et d'une reconnaissance qu'elle ne cachait pas. Le geste d'Ethan lui suffisait amplement. Elle savait que c'était déjà beaucoup pour lui. Kaya croisa les bras.

— Tu rigoles ! Il ne s'est même pas excusé ! Si Monsieur pense que retenir quelqu'un par le bras suffit à tout pardonner, je suis désolée Brigitte, mais c'est niet. On ne lâche pas l'affaire !

Brigitte se trouva confuse et commença à hésiter. Ethan fonça alors sur Kaya et lui saisit la mâchoire de sa main.

— Mais tu vas la fermer, ta sale petite bouche de peste enquiquineuse, bordel !

La bouche de Kaya se trouva tordue sous la pression qu'il exerça. Elle tenta de résister à son étreinte, mais la grimace qu'elle faisait ne se détendit pas sous ses doigts tortionnaires. Il jeta alors un regard incendiaire à Brigitte.

— Je m'excuse ! Voilà ! Si tu pars retrouver l'autre enfoiré, je te jure que tu vas passer un sale quart d'heure !

Brigitte ne pipa mot et déglutit sous la menace. Il avait finalement fait tout ce que Kaya avait voulu. Cela avait été dur, mais elle avait réussi l'incroyable challenge. Elle n'en revenait pas. Il s'était même montré possessif avec elle au point de la menacer. Son cœur battait la chamade, entre la peur et la joie d'être importante à ses yeux. Elle secoua la tête positivement et lui dit un merci timide qu'il accepta sans plus de considération. Il fixa ensuite une nouvelle fois Kaya, toujours avec sa bouche prise en étau.

— Contente ? Je peux te dire que quand on va rentrer après le gala, je vais devenir ton pire cauchemar. Tu vas voir à quel point tu vas regretter ce contrat, car maintenant, tu n'as plus de raison de le rejeter. J'ai rempli ma part du marché, donc le contrat est toujours valable et crois-moi, je ne vais pas te rater.

Il la lâcha prestement et réajusta son costume et son manteau qu'il avait remis sur lui. Kaya se massa la mâchoire endolorie. Brigitte ne réalisait toujours pas le tour de force qu'elle avait réussi à provoquer pour tourner les choses à son avantage. Ethan s'était excusé. Elle ramena ses mains près de sa poitrine et les serra, heureuse.

— Ça manque de conviction, je trouve...

Brigitte et Ethan écarquillèrent les yeux simultanément.

— Franchement, plus sincère, tu meurs ! ironisa Kaya, toujours dans l'entêtement. À son amie, on fait un câlin !

— Pardon ? fit Ethan, hébété.

— Non, Ethan, c'est bon ! s'empressa de déclarer BB, satisfaite déjà des efforts qu'il avait faits. Kaya, c'est bon.

— Non, ce n'est pas bon ! Quand il s'excuse face à moi qui ne suis pas son amie, il me fait un câlin et il n'en fait pas à toi ? Non ! Ce n'est pas logique ! Ethan, allez ! Câlin ! De suite !

Elle montra BB du doigt avec un air autoritaire qui stupéfia aussi bien Brigitte qu'Ethan. Brigitte vit cette ultime provocation comme un suicide. Elle ne se rendait vraiment pas compte qu'elle allait trop loin avec lui et qu'il allait devenir méchant si elle continuait à s'acharner comme ça. Toutefois, la mention du câlin la laissa perplexe.

Il lui fait des câlins ?

Ethan dévisagea Kaya, pris entre la honte et la colère de la voir révéler leurs petits secrets. Il regarda ensuite Brigitte, elle-même rouge de honte à l'idée d'y avoir droit également. Elle ne doutait plus que Kaya ne lâcherait plus l'affaire maintenant. Son air déterminé le confirmait et Ethan n'avait pas refusé d'entrée de jeu ; il hésitait encore. Elle avait vraiment le don de le manipuler comme elle le voulait. Ethan soupira, sentant ses résolutions vaciller devant l'acharnement de Kaya à vouloir lui faire faire des choses auxquelles il ne songerait pas même une seconde d'ordinaire.

— Kaya, ne me demande pas ça. S'il te plaît…

Kaya put voir la contrariété sur le visage d'Ethan. Il s'agitait, les mains dans ses poches.

— Ethan… fit-elle, perplexe devant la mine tourmentée qu'il affichait tout à coup.

— Je ne peux pas… tout à l'heure, c'était différent et… pardon, Brigitte. J'ai été dur. Je ne te prendrai pas dans mes bras, mais je suis désolé. Sincèrement. Ça me ferait franchement chier que tu travailles pour quelqu'un d'autre que moi. Maintenant, je ne fais pas dans l'affectif, donc ne me demandez pas plus.

Ethan leur tourna le dos à toutes deux, gêné de s'ouvrir ainsi devant elles. Kaya sourit. Brigitte avait les larmes aux yeux.

— Je ne veux pas partir loin de toi… lui déclara-t-elle très émue.

Kaya alla faire face à Ethan qui refusait toujours de montrer son embarras. Il avait gardé sa tête baissée, le menton caché dans son cou et ses mains dans les poches. Elle se baissa pour tenter de sonder ses prunelles. Quand il croisa enfin son regard, elle lui sourit.

— Pardonné aussi !

Elle lui fit alors un baiser sur la joue. Le trouble le saisit et il recula. Brigitte l'envia. Elle se permettait des choses qu'aucune femme avant elle n'avait osé faire sans avoir une réprimande. Bizarrement, avec elle, tout passait. Plus que ça, elle le déstabilisait.

— Tu peux au moins lui faire un bisou sur la joue, comme moi je viens de te le faire !

Ethan tiqua. Il se mit à rougir autant par l'idée qu'elle lui ait fait un bisou aussi inattendu que mignon, que par l'idée qu'il doive en faire un à Brigitte.

— Jamais de la vie !

Il regarda Brigitte de façon alarmée.

— Préférerais-tu finalement le câlin ? déclara Kaya, amusée.

Brigitte était morte de honte. Ethan sentait son corps aussi lourd que si on lui avait mis des boulets aux chevilles.

— Quand est-ce que tu seras enfin satisfaite ? vociféra-t-il entre ses dents. Si je ne le fais pas, tu vas faire quoi ?

Kaya se contenta de sourire de façon forcée, laissant planer le doute, mais s'affichant ostensiblement comme la femme maligne qu'elle pouvait être si on l'y obligeait. Il râla encore et encore, puis se tourna vers Brigitte et vint à elle.

— Que l'on soit bien d'accord, c'est la première et la dernière fois !

Kaya ne put se retenir de rire dans son coin alors que BB et Ethan étaient rouges de honte. Il se pencha délicatement et déposa un baiser sur la joue de Brigitte qui pensait vivre un rêve éveillé. Il toussota ensuite pour casser un peu le malaise dans lequel ils étaient tous les deux et se tourna vers Kaya.

— Tu es morte !

— Vous êtes très mignons tous les deux quand vous faites la paix. On voit que vous vous aimez bien en fin de compte.

Ethan serra la mâchoire, à l'idée de devoir accepter ses brimades, mais finalement souffla de dépit, puis sourit. Brigitte n'était pas mauvaise en soi, il devait le reconnaître et il l'appréciait malgré tout. Même si c'était difficile à accepter de par son statut de femme, incompatible avec ses convictions, elle était devenue son amie contre toute attente. Il avait partagé avec elle beaucoup plus qu'avec beaucoup d'autres et elle avait gardé suffisamment ses distances pour qu'il ne se sente pas obligé de la rejeter en bloc.

— Bon, ce n'est pas tout, mais Brigitte, tu as eu raison de venir le chercher. Il a du pain sur la planche. Monsieur Abberline est attendu par ses convives. En route !

Elle attrapa le bras de Brigitte et l'invita à aller à la salle de réception. Cette dernière rit légèrement en voyant la conclusion absurde à toute cette histoire. Elle lui formula un merci du bout des lèvres, auquel Kaya répondit par un haussement d'épaules. Ethan les regarda s'éloigner avec une impression étrange. Ces deux femmes étaient rentrées dans sa vie en passant par des chemins détournés et en contournant tous les obstacles qu'il leur imposait et pourtant, elles résistaient. Contre vents et marées, elles étaient toujours là. À des degrés de relation différents, mais elles ne le lâchaient pas. Et plus bizarrement encore, il s'en trouva heureux. Un sentiment de plénitude qui le soulageait et qui lui donnait l'impression d'être devenu plus fort. Il passa sa main dans ses cheveux et s'esclaffa des aléas de la vie qui lui imposaient des rencontres l'obligeant à revoir sa façon de se comporter. Il regarda Kaya. Ce bout de femme à première vue banale, ne cessant de bouleverser sa vie depuis leur rencontre, il avait encore envie de l'embrasser.

Ça ne va vraiment plus, Ethan. Maintenant, tu as envie de l'embrasser même quand elle fait tout pour t'énerver. Ça devient vraiment grave ! Il faut que t'arrêtes avec ces conneries !

Il gémit un instant en regardant son fessier se mouvoir sous son manteau et s'imagina comment c'était en dessous.

Vraiment grave !

Il courut alors les rejoindre et se faufila entre elles deux. Il passa son bras sur les épaules de chacune et sourit.

— On va tous les manger ! déclara-t-il, le cœur empli d'espoir.

La soirée battait son plein. Ethan s'était éclipsé avec Brigitte pour parler aux clients et amis de leurs produits. Kaya avait rejoint Sam, Simon et Barney et avait dû trouver des réponses convenables à leurs questions pour le moins embarrassantes au sujet de leur dispute. Leur expliquer la cause de tout cela fut grandement éludé par la jeune femme, se contentant de leur dire qu'il avait une nouvelle fois agi comme un connard et qu'ils avaient donc dû s'expliquer. Simon avait souri de façon complice, comme si ce qu'il y avait à retenir c'est qu'après les disputes, il y avait les réconciliations et qu'au regard du sourire d'Ethan depuis leur retour, les réconciliations avaient dû être fort agréables ! Sam resta plus réservé, toujours dans l'attente d'explications plus concrètes, mais qui ne vinrent pas, encore une fois. Quant à Barney, sa discrétion avait encore marqué des points, car il ne se formalisa de rien et passa vite à autre chose. Les problèmes conjugaux, très peu pour lui !

Richard Laurens fut heureux et soulagé de revoir son amie. M. Nielly était avec lui lorsqu'il vint la retrouver. Kaya serra M. Nielly dans ses bras comme si elle avait connu cet homme depuis des années. Hubert Nielly fut surpris par tant de spontanéité et de générosité, mais en rigola de bon cœur. Le temps passa beaucoup plus vite en leur compagnie. Après s'être enquise des nouvelles de M. Ruinart et M. Pompery alias M. Moustache, les deux autres hommes qu'elle avait rencontrés en même temps que ses deux amis à la soirée d'Agnès B., leurs discussions partirent des pâtisseries, pour dévier sur le jardinage et l'énonciation des différentes propriétés de Richard et Hubert. Kaya fut invitée dans trois propriétés de M. Nielly, chacune à un bout du monde. Celle-ci eut des yeux comme des soucoupes à l'idée d'être hébergée comme une princesse dans une villa de luxe sur une île ou dans un pays qu'elle ne pouvait s'imaginer qu'en regardant des magazines. Richard rit encore et encore face au refus catégorique de Kaya, plus que gênée d'être conviée ainsi. Un match pour convaincre l'autre d'accepter sa requête avait lieu sous ses yeux. Tous les arguments étaient valables, toutes les considérations et politesses furent dites pour faire céder l'autre, mais au final, seul l'entêtement de chacun gagnait. Devant la moue boudeuse d'Hubert qui joua sur son statut de pauvre vieux bonhomme mal-aimé et seul, Kaya se vit dans l'obligation de s'avouer vaincue et accepta en soupirant pour ne pas vexer son ami.

Ce fut lors de cette terrible capitulation qu'Ethan vint les rejoindre. Il arriva par-derrière, sans bruit, et la prit dans ses bras. Kaya sursauta et relâcha instinctivement la tension quand elle vit que ce n'était que lui.

— Je vois que vos discussions sont bien animées. À croire que cela devient une habitude… Vous n'avez pas pris les chaises comme la dernière fois pour faire votre petit sitting ?

— On y songe ! Kaya est une femme délicieusement agréable que l'on a toujours un grand plaisir de retrouver, fit M. Nielly bienveillant, mais quelle entêtée !

Ethan sonda Kaya, surpris par cette remarque. Celle-ci haussa les épaules nonchalamment.

— À qui le dites-vous ! répondit Ethan, las. Si vous saviez…

Kaya lui donna un coup de coude dans le ventre afin de lui rappeler qu'il n'avait pas besoin de s'étendre sur son pauvre statut d'homme incompris, assoiffé de sexe.

— Elle se sent gênée par l'invitation que lui a faite M. Nielly d'aller séjourner dans une de ses villas ! ajouta Richard, toujours amusé.

— Elle s'offusque pour l'achat d'une robe ou le prêt d'un bijou, alors si vous l'attaquez avec des vacances paradisiaques, elle va faire une syncope, c'est certain…

Un second coup de coude partit retrouver le premier, l'obligeant à ne pas finir sa phrase. Kaya fit une moue chagrine. Ethan la questionna du regard, cherchant ce qu'il avait encore dit de mal puis finalement, s'esclaffa en remuant sa tête négativement, abasourdi par son despotisme.

— Plus une femme est entêtée, plus la victoire est belle quand elle s'incline, pour l'homme à qui elle tient tête !

La conclusion de Richard mit tout le monde d'accord, hormis Kaya qui se sentait maintenant comme le vilain petit canard que l'on montrait du doigt. M. Nielly trinqua avec lui tandis qu'Ethan souriait à Kaya, comme si Dieu venait de parler et qu'il n'y avait rien à ajouter devant l'expérience du vieil homme. Devant sa mine chagrine, Ethan posa son menton sur la tête de la jeune femme et serra son torse contre son dos pour la réconforter. Kaya se mit à rougir devant sa prévenance. Ethan, quant à lui, se sentit à l'aise ainsi. À croire qu'à force, il s'habituait à être contre elle.

— Pourquoi es-tu venu ? Pour me surveiller ? demanda-t-elle alors en se détachant de lui.

— Non, je voulais juste me poser un peu…

Avec moi ? Avec qui il s'engueule tout le temps ?

— Tout va bien ? demanda-t-elle en le fixant, trouvant sa réponse étrange.

Elle contempla le visage d'Ethan. Elle le trouva bien pâle. Ses prunelles n'avaient pas leurs petites lueurs de malice et de détermination si ardentes qu'il arborait d'ordinaire. Même ses sourires étaient timides après réflexion. C'était comme si un masque voilait ses véritables intentions. Tout paraissait faux. Sa visite, son attitude, ses mots.

— Tout va bien… lui répondit-il calmement.

— En es-tu sûr ? Je te trouve bizarre.

Ethan lui fit un petit sourire crispé.

— Ce n'est pas nouveau. Depuis le début, tout est bizarre entre nous. De plus, tu n'es pas mieux que moi, si ça peut te rassurer, dans le genre inquiétant. D'ailleurs, je pense que tu es la pire de nous deux !

Kaya pesta, mâchant des jurons entre ses lèvres et s'avouant qu'effectivement, il allait bien. Sa langue de vipère n'avait pas fourché !

— Kaya est une charmante demoiselle, déclara Hubert, et je trouve en vous voyant ensemble que vous formez un très beau couple !

Kaya se trouva gênée une nouvelle fois et ne savait plus quoi dire ni faire. Elle ne pouvait démentir ni accepter cette affirmation. Leurs chamailleries passaient pour des preuves d'amour maintenant. C'était désolant. Ethan sourit poliment, mais ne sembla pas plus offusqué que cela, au grand étonnement de la jeune femme. Il aurait pu répondre par une boutade pour démentir, ou la tacler une nouvelle fois pour casser cette idée, mais tout comme elle, il acquiesça.

— M. Nielly, je n'ai choisi que la plus merveilleuse des femmes à mon bras ! déclara alors Ethan, toujours avec ce même air poli et convenu.

Il posa alors sa main sur la tête de Kaya et la caressa de façon bienveillante, mais entendue, comme on pouvait caresser la tête de son animal de compagnie.

Évidemment, le plus beau des compliments ne pouvait que s'accompagner du geste le plus rabaissant qui soit ! JE NE SUIS PAS TON CHIEN ! Non ! Pas de doute, il va très bien !

— Elle est d'un grand soutien… ajouta-t-il doucement, amusé de la voir se contenir pour ne pas révéler la vérité sur ce qu'ils étaient et n'étaient pas. Je découvre des choses très intéressantes grâce à elle, mais je l'avoue, elle est très perturbante. Elle sait vous décontenancer sans qu'elle ne se rende compte elle-même de quoi que ce soit. Sa naïveté est impressionnante parfois. Malgré cela, elle vous fait sourire et vous fait accepter l'inacceptable en un claquement de doigts. En fait, elle est dangereuse. On pourrait la suivre aveuglément si on relâche son attention. J'aime le danger. J'aime jouer. Je dois dire qu'avec Kaya, je suis servi. Elle est le plus beau danger qui soit. Mais comme tout danger, on peut y laisser sa peau et parfois, elle me fait peur, car elle m'oblige à revoir complètement ma façon d'être. Vous prenez des décisions aux antipodes de vos habitudes... Dans certains cas, c'est utile et j'en ressors gagnant. Je suis heureux finalement de l'avoir près de moi... Dans d'autres, je me vautre méchamment en cédant et là, je regrette d'être allé si loin et de la connaître. Je maudis la terre entière de l'avoir mise sur mon chemin. Puis, son sourire revient me narguer et on repart dans un nouveau duel...

Richard et Hubert regardèrent Ethan, surpris. Ils l'avaient écouté attentivement, absorbant chacun de ses mots, comme s'ils s'y retrouvaient dedans. Kaya le dévisageait, dubitative. Il n'avait pas pour habitude d'en dire autant sur leur pseudo-couple et encore moins de la complimenter. Il n'agissait pas comme d'habitude. Ethan se trouva troublé par ses propres mots. Il était surpris de voir avec quelle facilité il s'était épanché sur ses sentiments, lui si discret, voir étranger à cela d'habitude. Il se racla la gorge pour retrouver contenance puis se mit à rire légèrement.

— Bref ! Il va peut-être falloir que je songe à revoir comment je joue avec le danger !

— Bienvenue dans la vie de couple, M. Abberline ! s'amusa à dire M. Nielly. C'est une formidable estime que d'avoir des personnes capables de vous contredire pour votre bien.

La vie de couple ?

Ethan tiqua. Il ne s'estimait pas être en couple avec Kaya et ne pouvait l'envisager. D'ailleurs, il ne l'envisageait avec aucune femme. Il avait du mal à comprendre où M. Nielly voulait en venir. Ses propos se résumaient donc à ça : la vie de couple ? Se mettre en danger avec Kaya signifiait se comporter comme un homme aimant ? Tout cela l'embrouillait.

— Ma regrettée épouse était comme ça… déclara Richard, le vague à l'âme. J'avais parfois l'impression qu'elle prenait plaisir à me désobéir. Et pourtant, à chaque fois, elle souriait. Elle souriait bien plus en en faisant qu'à sa tête qu'en m'écoutant. C'est vrai, les femmes sont dangereuses, mais sans elles, nous serions bien minables. Je m'en rends encore plus compte aujourd'hui qu'elle n'est plus parmi nous. Je me sens vidé d'une partie de moi-même.

Kaya alla le prendre dans ses bras instinctivement pour lui faire un câlin, sous le regard surpris des hommes. Ethan n'était pas d'accord avec les paroles de Richard. Les femmes étaient dangereuses. Il en avait fait les frais et il ne regrettait pas d'être seul. Il se sentait même bien mieux loin d'elles. Et pourtant, voir Kaya réagir ainsi le mettait hors de lui. Elle était le contre-exemple parfait, par ce geste, qu'une femme pouvait être un réconfort à tout moment d'un homme. Alors pourquoi avec lui, ce réconfort n'avait toujours été qu'illusion jusqu'à maintenant ?

— Je suis sûre qu'elle aimait vous taquiner. Elle devait se sentir bien plus vivante quand vous cherchiez à la faire plier par tous les moyens…

Les paroles de Kaya réchauffèrent le cœur du vieux monsieur. Richard la serra à son tour dans ses bras et sourit.

— Elle vous aurait adorée…

— Ça veut dire que tu te sens bien plus vivante quand on se dispute et que ça te fait triper ? demanda alors Ethan d'un air sceptique et soudainement plus sadique à l'idée de pouvoir en rajouter une couche.

Kaya se détacha de Richard et regarda Ethan de façon hautaine.

— Non, je ne peux comparer notre relation avec celle de Richard. Sa femme cherchait la bagarre pour avoir droit à un maximum d'attention lors des réconciliations, car Richard devait être un homme pris constamment par son travail. C'était sa façon à elle de garder un lien avec lui. Pour nous, c'est différent. C'est… inné.

Elle haussa les épaules avec indifférence. Ethan resta comme un idiot, ne sachant que répondre. Chez eux, c'était inné… OK. Inné. Genre dans leurs gènes, comme une incompatibilité immuable. Ils ne savaient rien faire d'autre que se chercher des noises et c'était instinctif. En y réfléchissant, cela pouvait être plausible. Pourtant, il admettait que les réconciliations étaient plaisantes aussi et la relation de Richard avec sa femme trouvait également un écho favorable à toutes ses constatations autour de sa relation avec Kaya. Il finissait lui aussi par chercher les embrouilles avec elle pour qu'elle le remarque.

— Moi aussi j'aime les réconciliations… dit-il alors d'un ton presque plaintif.

Kaya leva les yeux d'exaspération.

— Qui n'aime pas les câlins de réconciliation ! s'amusa à ajouter Hubert.

— Ah bah tu vois ! fit remarquer Ethan à Kaya, heureux de trouver un complice dans son isolement. Quand je te dis que tu peux me laisser te faire du bien !

— Ethan, on ne va pas revenir sur le débat…

Kaya lui fit un regard dur, ne voulant reparler de sa proposition, ni même parler d'un eux deux.

— Je te veux… lui murmura-t-il du bout des lèvres.

Kaya se mit à rougir et le poussa loin de Richard et Hubert, pour qu'ils n'entendent pas la suite qui s'annonçait mal pour elle. Elle posa sa main sur sa bouche pour qu'il se taise. Elle tiqua quand elle réalisa qu'il était bien chaud. Elle lui sauta presque au cou et posa sa main sur son front pour vérifier ses craintes.

— Qu'est-ce que tu fabriques ? lui demanda-t-il agacé par son empressement à vouloir le faire taire sur LE sujet qui lui tenait à cœur.

— Tu… tu es brûlant, Ethan !
— Mais non ! lui répondit-il sur la défensive. N'importe quoi ! Je t'ai dit que j'allais très bien ! C'est toi qui divagues !
— Quoi ? Mais non ! protesta-t-elle en regardant sa main. Tu as de la fièvre.
— Pas du tout ! lui déclara-t-il de tout son flegme, soutenant son regard, malgré l'aspect brillant de ses pupilles.

Richard et Hubert se regardèrent, se demandant à quoi ils jouaient encore.

— Ethan, tu es pâle. Tu devrais te poser. Il n'y a pas de honte à se trouver mal.
— Je ne suis pas malade ! s'agaça-t-il. Je vais très bien.

Tout à coup, ses yeux s'écarquillèrent et sa vue se troubla. Un vertige le saisit et il tituba. Il s'attrapa l'arête du nez et se recroquevilla. Kaya le rattrapa, prise d'inquiétude.

— Ethan ? s'alarma-t-elle, cherchant à comprendre ses symptômes.
— Ça va… lui répondit-il d'une petite voix en prenant appui sur son épaule. Je vais…

Un grand boum retentit dans la salle. Ethan venait de s'écrouler sous le regard ahuri de Richard, Hubert et Kaya qui se trouvèrent impuissants.

— Ethan !

Kaya se précipita sur lui, aidée de Richard et Hubert. L'un l'aida à le relever un peu tandis que l'autre alla chercher de l'eau et des serviettes. Tous les invités vinrent vite autour pour alimenter leur curiosité. Voir l'hôte du gala s'effondrer valait son pesant d'or et les photos commencèrent à circuler entre les convives. Brigitte se précipita pour éloigner la foule et les commérages. Sam se laissa glisser auprès de Kaya. Le visage pâle d'Ethan ne lui plaisait guère.

— Il s'est écroulé d'un coup...

Kaya semblait perdue. Elle avait le regard hagard, cherchant encore à comprendre ce qu'elle avait manqué de remarquer.

— On va le soulever et l'emmener loin des invités.

Oliver, Simon et Barney se joignirent à eux et Barney aida Sam à le relever. Ethan était encore conscient et murmurait des mots incompréhensibles. Il n'arrivait plus à avancer et Barney et Sam n'étaient pas trop de deux pour le déplacer. La tête d'Ethan restait pendante. Ils le traînaient presque. Kaya les suivit, tout en se rongeant les ongles. Elle ne s'attendait pas à ça et s'en voulait d'avoir été si négligente, de ne pas avoir fait confiance à son instinct.

— Bordel ! Mais qu'est-ce que tu nous fais encore, mon pote ? déclara Sam tout en ne mâchant pas sa peine.

— Il a de la fièvre, déclara Kaya paniquée. Cette tête de mule m'a soutenu le contraire et voilà que...

Kaya baissa la tête, inquiète.

— C'est un dur à cuire. Ne te bile pas.

La voix grave de Barney la rassura. Elle lui sourit, même si le cœur n'y était pas. Ils l'allongèrent sur le canapé où ils s'étaient embrassés un peu plus tôt dans la soirée. M. Nielly leur tendit de l'eau et des serviettes. La fraîcheur de l'eau sur son visage aida Ethan à retrouver un peu plus ses esprits.

— Je vais bien... Donnez-moi cinq minutes et c'est reparti !

Son trait d'humour n'amusa personne. Sam grimaça.

— Ethan, tu ne vas pas bien. Arrête de faire l'homme fort. Tu ne tiens plus sur tes jambes.

— C'est passager ! rétorqua-t-il d'une voix tremblante. Vous allez voir, je vais me relever ni vu ni connu ! Juste cinq minutes...

— On peut dire que celle-là est pas mal, mon vieux ! fit Simon, amusé. Je ne te pensais pas capable d'un tel coup pour inquiéter notre amie Kaya.

La phrase de Simon trancha avec sa fierté mal placée. Ethan tourna la tête vers la jeune femme qui continuait à se manger les ongles. Il n'aurait jamais pensé à lui faire une telle mascarade, mais il put constater que, pour une fois, elle semblait tracassée pour sa santé.

— C'est juste un petit coup de pompe, rien d'alarmant… dit-il alors à la jeune femme avec un petit sourire. De toute façon, on a besoin de moi.

Sa voix détonnait avec ses propos. Il était faible. Lui-même s'en rendait compte. Il avait la tête lourde et n'arrivait même plus à bouger le petit doigt. Tout son corps était en train de l'abandonner. Il se trouvait ridicule. Il avait honte de leur infliger cette vision de lui. Pire ! Il se détestait d'être si faible.

— Il faut te coucher ! lui dit Kaya en colère. Tu en as trop fait pour ce gala et ton corps ne suit plus ! Tu as même fait une nuit blanche la veille ! Pourquoi n'as-tu rien dit sur ta fatigue ? Pourquoi m'as-tu portée sur ton dos ? Crétin !

Le vert de ses yeux avait disparu. Elle avait lâché ses ongles de sa bouche et serrait maintenant les poings.

— Tu ne peux pas continuer comme ça ! Que cherches-tu ? À en mourir ?

La rage qui émanait d'elle s'estompa immédiatement quand les larmes commencèrent à remplir ses yeux.

— S'il te plaît… J'ai perdu déjà Adam à cause de sa stupidité à vouloir tenir bon, à travailler plus que de raison… et il est mort de fatigue contre cet arbre. Je ne veux pas revivre ça…

Tous furent surpris par sa demande. Les larmes commencèrent à lui couler sur les joues. Le cœur d'Ethan rata un battement. On pleurait pour lui. Elle pleurait pour lui, pour sa santé, son bien-être. Quelle personne avait pleuré pour lui ? Sa mère… oui, seule sa mère biologique l'avait fait, le jour où tout avait basculé. Il repensa aux mots de Stan…

« *Je vais te donner ta première et dernière leçon paternelle, à défaut d'avoir un père. Souviens-toi toute ta vie d'une chose avec les femmes : la gentillesse apporte la douleur, l'amour mène à la souffrance. Tu as voulu être gentil, prouver ton amour... Regarde à quoi cela t'a mené. Regarde-la. Elle pleure, mais tu crois qu'elle souffre, elle. Non. Tout n'est que cinéma. Elle t'aurait vraiment aimé, elle ne t'aurait pas traité comme un objet dont elle se sert pour vivre, se consoler ou s'amuser. Les femmes sont toutes pareilles...* »

Ethan déglutit. Pouvait-il croire les paroles de Stan à nouveau ? Ce jour-là, sa mère n'avait rien fait. Elle avait pleuré, mais elle n'avait rien fait pour le défendre. Elle était restée prostrée dans son coin, tandis que Stan laissait glisser la lame de son grand couteau sur sa poitrine. Elle l'avait vu souffrir, crier, mais elle n'avait pas bougé. Il avait saigné un moment, mais elle s'était contentée de se cacher le visage dans ses mains. Stan lui avait prouvé que ses paroles n'étaient pas vaines, qu'il pouvait les croire, que cette leçon était la plus importante des leçons de vie. Aimer, c'était souffrir. Les femmes, ce n'était que mensonge et illusion.

« La gentillesse apporte la douleur, l'amour mène à la souffrance. »

La leçon de toute sa vie. La phrase qui résumait tout. Sa mère disait l'aimer, avait pleuré et pourtant l'avait trahi… Kaya ne l'aimait pas, mais elle pleurait pour lui. Que pouvait-il conclure de cette situation à laquelle il n'avait jamais eu à faire face auparavant ? Kaya ne l'aimait pas, mais elle souffrait à cause de lui. Il ne l'aimait pas, donc ne devrait pas s'en inquiéter plus que ça. Or sa seule envie était d'être gentil avec elle… Cette même gentillesse qui le mènerait indubitablement vers la douleur de ne pas en recevoir en retour, vers un amour qui le ferait plus souffrir que le rendre heureux. Comment réagir face à une personne comme Kaya, qui n'entre pas dans le moule que l'on vous a construit ? Elle ne l'aimait pas, mais se sentait blessée comme une personne éprouvant un vif intérêt pour quelqu'un. Que faire quand tous les sentiments se mélangent ? Quand tout se confond ?

Il repensa à leurs confidences sur le matelas à propos de la vie de Kaya et la mort d'Adam. Aux larmes qu'elle avait versées pour l'homme qu'elle disait aimer. La jalousie qui l'avait rongé en l'écoutant raconter sa vie auprès d'Adam, malgré l'adversité. Il avait envié cet homme. Peu de temps, mais il l'avait envié. Adam avait eu l'amour qu'il avait donné en retour. Kaya lui donnait encore cet amour aujourd'hui. En comparaison, il se rendait compte qu'il était ridicule. Il pensait connaître l'amour, mais tout était faux. Il savait que ce qu'il avait fait autrefois était honteux, qu'il n'y avait pas de mots pour décrire l'abomination dont il avait été l'acteur consentant. Il savait qu'il était perdu, qu'il ne serait jamais un homme « normal ». Personne ne le sauverait. Cindy et Charles Abberline l'avaient empêché de sombrer, mais il était un cas irrécupérable. Même si ses parents adoptifs pensaient le contraire, que tout le monde avait droit à une seconde chance, il ne se la donnerait jamais. Il ne méritait pas cela et ne se pardonnerait jamais d'avoir été aussi naïf. Il était un monstre. Il avait fait l'impensable, l'indicible, l'inconcevable. Il n'aurait pas de répit à sa désillusion.

L'amour mène à la souffrance…

Malgré tout, son cœur battait. Il battait encore et toujours. Il battait fort. De façon déraisonnable. Cela tambourinait si fort contre sa poitrine qu'il dut se rendre à l'évidence : il aimait ce qu'il voyait. Ses larmes lui faisaient un bien fou. Elle venait de le comparer à Adam. Un rival qui n'en était pas tellement un, tant il ne s'estimait pas apte à comparable. Mais il avait cette agréable sensation d'être estimé de la même manière. Il regarda ses amis qui semblaient tout aussi surpris, mais aussi sereins que lui. La fièvre ne le faisait pas encore divaguer. Elle pleurait pour lui, mais aussi pour elle. Devait-il envisager cela de façon égoïste ? Devait-il croire qu'elle pensait à elle avant de penser à lui ? Il n'en avait pas envie. Il avait envie d'y croire. C'était sans doute présomptueux de sa part, mais c'était plus fort que lui. Son cœur le réclamait à s'en arracher la poitrine. Il voulait lui faire plaisir. Il voulait calmer ses larmes. Il voulait… Avec Kaya, ce verbe résonnait encore et encore. Aucune femme ne lui donnait autant envie. Envie de tant de choses différentes.

Tant pis pour la gentillesse…

Il se redressa un peu et sourit. Il regarda Oliver, heureux et apaisé.

— Est-ce que je peux te confier la soirée, avec Brigitte et Sam ?

Oliver lui rendit son sourire et acquiesça.

— Évidemment. Ce n'est pas bien de faire pleurer les filles…

Ethan baissa les yeux.

— Elle serait capable de me tuer elle-même avant que j'en meure !

Oliver et Simon en rirent. Sam passa son bras autour du cou de Kaya pour la conforter et lui fit un petit sourire. Kaya regarda Sam, interdite.

— Sèche tes larmes, lui dit-il doucement. Tu as gagné. Il capitule.

— Il vient encore de me tacler, là ? fit-elle, à moitié assommée par son chagrin.

— Broutilles ! Teu-teu-teu ! Il anticipe ! répondit Sam amusé.

— Kaya, on rentre… les coupa Ethan, se rasseyant lentement. Barney, je te confie la Corvette. Simon pourra te suivre en voiture derrière.

Oliver l'aida à se relever. Kaya fonça l'aider. Ethan la regarda surpris, puis soupira. Encore une fois, elle répondait présente.

— Es-tu sûr de pouvoir te lever ? s'enquit-elle, toujours inquiète de son état.

Ethan se sentait faible. Mais il ne voulait pas la voir plus inquiète.

— Tu n'as pas beaucoup dormi ces derniers temps, ajouta-t-elle. Tu as beaucoup travaillé. Il est normal que ton corps lâche à un moment donné. Tu n'as pas besoin de jouer les vaillants avec nous.

— Ça craint... lui dit-il doucement. Je ne peux pas me relâcher entièrement devant mon ennemi.

Kaya grimaça et il sourit.

— OK, fit-elle, on n'a qu'à proclamer une paix temporaire. Une sorte de trêve afin d'élaborer de nouvelles stratégies d'attaques, chacun de son côté.

Kaya lui proposa ce plan dans un murmure, mais son regard pétillait de malice. Ethan rit doucement.

— Je serai sans pitié à la prochaine bataille !

— Dixit celui qui ne tient plus debout !

Elle lui envoya une pichenette sur le front, comme pour chasser la fièvre qui lui troublait l'esprit.

— Je tiendrai debout jusqu'à la maison. Tu vas voir. De toute façon, tu as dit que tu ne voulais pas me voir mourir, donc pas de soucis pour que tu me laisses crever dans un coin, pas vrai ? J'ai hâte de voir comment tu vas jouer à l'infirmière avec moi ! Mandela disait : « Pour faire la paix avec un ennemi, on doit travailler avec cet ennemi, et cet ennemi devient votre associé ». Tu veux une trêve, il va falloir que tu y mettes du tien !

Kaya se détacha un peu de lui, une fois de plus étonnée par sa capacité d'adaptation pour chaque situation. Ethan perdit équilibre, ne trouvant plus appui sur Kaya, et Oliver eut du mal à le retenir seul. Ethan se mit à rire, tout en laissant aller sa tête en avant.

Je te veux ! T3 – Chapitre 7

— Bon, bah je crois finalement que je ne peux pas compter entièrement sur toi !
— La ferme !

8
Collectionneur

Kaya regardait les lumières des lampadaires défiler. Ethan avait les yeux fermés. Sa tête avait tendance à partir en arrière dès qu'il s'assoupissait. La douleur de sa mauvaise posture le rappelait à la réalité très vite et il se réveillait. Barney conduisait la Corvette en silence, tandis qu'ils étaient tous deux sur la banquette arrière. Simon les suivait avec sa voiture quelques mètres plus loin. Elle posa une nouvelle fois la main sur son front pour voir si la fièvre était descendue un peu. Ethan la regarda d'un air hagard. Il avait chaud, puis froid. Il voulait dormir, mais ne pouvait se laisser aller dans la voiture. La main de Kaya lui apparut comme une bouffée de fraîcheur sur son front. Un moment de répit qu'il apprécia d'autant plus que l'on prenait soin de lui. Il était rarement malade et les personnes ayant veillé sur sa santé ne se comptaient même pas sur les doigts de la main. Il avait toujours préféré souffrir en silence, se soigner seul, éviter tout réconfort. Le réconfort était une hantise qui le rongeait et il prenait bien soin d'éviter de montrer ses faiblesses aux autres pour ne pas avoir droit à cette attention qui lui donnait des frissons amers. Et malgré tout, il l'avait suggéré à Kaya. Malgré toutes ses réticences, il insistait à le partager avec elle.

En voyant la main de Kaya posée sur lui, il ressentit l'envie qu'elle fasse plus. Il avait envie de fermer les yeux et de la laisser faire, se laisser dorloter un peu. Encore. Toujours. Serait-ce si mal ? Depuis le début, il recherchait cette douceur qu'elle avait laissé entrevoir à de rares moments. C'était bizarre. Cette douceur sous-jacente l'intriguait. Elle l'avait intrigué encore plus quand il avait compris la relation si fusionnelle qu'elle avait entretenue avec Adam. Était-il vraiment possible d'être gentil avec lui sans arrière-pensée ? L'opportunisme des femmes… sa mère lui aurait au moins appris cela. La naïveté de Kaya et sa simplicité le faisaient douter. Il avait besoin de confirmer que toutes les femmes étaient pareilles, Kaya y compris. Elle ne pouvait être différente des autres… Pourtant, tout semblait si spontané chez elle qu'il y avait toujours cette indécision en lui. Son regard franc, déterminé, mais aussi inquiet lui laissait espérer l'impossible. Les paroles de Cindy Abberline lui frappèrent alors le cerveau…

« *Un jour, tu connaîtras la vérité sur l'amour et quelle place accorder à chaque chose. Ta mère n'a pas su mettre de limites à l'amour. Elle s'est perdue en route et t'a entraîné dans sa chute. Mais tu es fort et intelligent. Je ne doute pas qu'une femme un jour te dévoile les mystères de ce magnifique sentiment. Un jour, Ethan... Un jour.* »

Elle lui avait caressé la joue avec un air confiant et tendre. Ethan avait toujours eu du mal à lui faire confiance. Pourtant, les Abberline étaient des exemples de bonté et d'altruisme. Mais la peur était une chose dont on ne se séparait pas comme ça. La trahison est un sentiment qui ne vous laisse pas indemne, surtout quand c'est la personne en qui vous aviez le plus confiance qui vous a abandonné.

— Je pense que ta fièvre a encore augmenté. Ce n'est pas bon. Serait-ce le fait d'être sorti me chercher dans le froid, cumulé à ta fatigue, qui donnent un tel résultat ou es-tu en train de couver une grippe ou un truc bien mauvais ?

— Ça va… je gère.

Sa tête tomba sur l'épaule de Kaya, qui soupira. Il ne gérait rien.

— Tu peux relâcher. Il n'y a que nous. Barney n'a rien vu et moi, je regarde les lampadaires par la fenêtre, donc tu peux souffler. Pas vrai, Barney ?

— Ouep. Je ne dirai rien sur ce qui pourrait se passer sur cette banquette arrière !

Ethan constata son petit sourire complice à travers le rétroviseur intérieur.

— Très drôle ! répondit-il, la voix tremblante à cause du chaud et du froid qui le saisissaient coup sur coup.

Il se redressa alors et se positionna de l'autre côté de la banquette. Il posa sa tête contre l'autre fenêtre et se caressa l'arête du nez. La boutade de Barney le mettait encore plus mal à l'aise. Il ne pouvait se laisser aller, c'était maintenant clair et net. Il aurait droit à toutes les brimades quand il irait mieux.

— Crétin ! Ne l'écoute pas ! lui dit alors Kaya, amusée. Il fait exprès de t'embêter, mais il n'est pas du genre à juger… Enfin, je pense… Barney, arrête de le chambrer ! Tu vois bien qu'il ne tient plus debout.

— Ce type est d'un prévisible. Regarde-le ! Il n'a qu'une envie, c'est de s'étaler sur toi, mais ma présence le gêne. Donc autant que sa fierté se justifie ! Je l'aide à tenir !

Kaya grimaça. Tous les deux faisaient la paire. Barney s'en amusait sans nul doute. Il le provoquait volontairement, mais Ethan était loin de pouvoir jouer comme à son habitude. Elle lui attrapa la main du bout des doigts.

— Viens ! lui chuchota-t-elle tout en faisant un geste de la tête pour qu'il revienne près d'elle.

Ethan l'observa un instant et se laissa alors tomber contre elle. Elle amortit un peu sa chute en lui retenant la tête contre ses cuisses. Ethan soupira de soulagement. Le fait d'être allongé apaisait enfin son mal. Tant pis pour Barney ! Il n'en pouvait plus et Kaya était contre toute attente son havre de paix. Sa résistance pouvait enfin disparaître. Il ne craignait rien avec elle. Les représailles auraient lieu quoi qu'il arrive. C'était une habitude maintenant, donc un peu plus ou un peu moins, peu lui importait. Kaya commença à lui caresser les cheveux. Il ferma les yeux et se laissa faire.

— Eh beh… Il en aura mis du temps à comprendre ! déclara Barney tout en actionnant le clignotant pour tourner sur sa gauche.

— Je ne dors pas, Barney, même si j'ai les yeux fermés.

— Tu devrais ! On aurait des vacances et je pourrais discuter en paix avec Kaya !

Kaya se mit à sourire. Barney lui fit un clin d'œil à travers le rétroviseur et Ethan soupira une nouvelle fois. Il se laissa aller à la douce berceuse que les mains de Kaya produisaient sur lui en caressant ses cheveux de façon concentrique et mesurée. Il s'assoupit très vite. Si bien que lorsque Barney gara la Corvette et que Kaya le réveilla, il crut que seulement cinq secondes s'étaient écoulées. Il se redressa difficilement. Barney aida Kaya à le soutenir. Ils montèrent ensemble dans l'ascenseur et le guidèrent jusqu'à sa chambre. Ethan se laissa tomber sur le lit sans ménagement, la tête la première dans son coussin. Barney souffla à Kaya un « prends bien soin de lui » et les laissa.

— Il faut te déshabiller. Tu ne peux pas rester en costard. Tu transpires. Il faut te mettre plus à l'aise.

Ethan ne lui répondit pas. Elle s'assit alors sur le bord du lit et regarda sa chambre malgré l'obscurité. Ce lieu interdit selon ses dires, mais qu'elle avait déjà visité en douce. Elle regarda le cadre où Ethan apparaissait avec une jeune femme. Il semblait heureux de la tenir dans ses bras. Puis, elle regarda son corps immobile, étalé.

— Ethan, encore un effort et je te laisse tranquille.

Ethan se retourna et passa son bras sur son front.

— Je ne pensais pas que tu me déshabillerais dans un tel contexte.

— Tu n'es pas le premier. J'ai fait ça maintes fois avec mon père ivre, et quelques fois aussi avec Adam, quand il revenait éreinté par le boulot.

Elle se leva et lui retira les chaussures.

— Redresse-toi s'il te plaît. Tu ne peux pas rester en manteau et smoking.

Ethan s'assit en marmonnant. Elle l'aida à retirer son manteau puis sa veste de smoking. Il lui lança un petit sourire quand elle attaqua sa chemise.

— Je ne sais pas pourquoi, mais mes forces me reviennent !

— Je ne sais pas pourquoi, mais je pense qu'il y en a un qui va finir assommé s'il a des pensées lubriques.

— Fais gaffe ! Ne touche pas mon torse !

— Ça va ! Je sais !

Les pupilles d'Ethan apparaissaient marron clair malgré l'obscurité de la pièce. Il observa Kaya avec insistance pendant qu'elle lui déboutonnait le vêtement.

— Ne me regarde pas comme ça ! lui dit-elle, toujours concentrée sur ces petits boutons qui dévoilaient au fur et à mesure en dessous un maillot de corps.

— Désolé. Je devais te faire regretter d'avoir signé ce contrat, mais je n'imaginais pas que ce soit dans ce contexte.

— Je te l'ai dit. Cela ne me gêne pas. J'ai vécu ça avec mon père. Heureusement, tu n'es pas ivre. Lui, était violent parfois.

— Il te frappait souvent ? lui demanda-t-il, surpris par la révélation.

— Il était malade. Pas comme toi ce soir. L'alcoolisme est une maladie difficile à vaincre.

— Je sais. Avec la drogue, cela peut faire pas mal de ravages…

Kaya arrêta son action et le regarda, dubitative.

— Tu as connu quelqu'un dans ce cas ?

Ethan regarda les plis de sa couette et sourit amèrement.

— C'était… une autre vie… rhaaa t'es vraiment pas douée avec les boutons ! Un manchot irait plus vite que toi. Je n'ose imaginer te voir faire un strip-tease ! Je finirais par m'endormir avant que tu n'aies enlevé le premier vêtement !

Il lui ôta la chemise des mains et retira lui-même le dernier bouton en l'arrachant. Il l'enleva ensuite avec hâte et la jeta sur la figure de Kaya qui fit un « oh » sidéré.

— Punaise… Je ne vais vraiment pas bien…

Il se coucha aussitôt et remit son bras en positon de protection au-dessus de son nez.

— Ça tourne ? As-tu mal à la tête ? Je vais te chercher une aspirine ou quelque chose dans la pharmacie pour calmer ta fièvre. Je reviens. Enlève ton pantalon, puisque je ne suis pas une rapide. On va voir si tu fais mieux.

Kaya fonça vers la salle de bain pour retourner de fond en comble la petite boîte à pharmacie qu'elle avait vue à l'occasion dans un des placards et y trouver le remède miracle. Quand elle trouva le tube d'aspirine, elle le fit sauter dans sa main et sourit. Elle alla ensuite récupérer une bassine qu'elle remplit d'eau froide, un gant et un verre d'eau. Elle revint dans la chambre d'Ethan, les mains chargées et stoppa sa progression quand elle vit qu'Ethan n'avait pas bougé d'un pouce depuis. Elle soupira et posa la bassine d'eau au pied de la table de nuit avec le gant.

— Tu abuses. Tu aurais pu au moins faire l'effort.

— Tu peux parler… Je suis peut-être mal en point, mais tu peux quand même prendre le temps d'enlever ton manteau !

Kaya regarda ses vêtements et toucha son manteau. Elle n'avait même pas pensé une seconde à cela.

— Je sais que tu réalises un fantasme en jouant l'infirmière avec moi, mais ta dévotion n'est pas obligée d'être si extrême.

Elle retira alors son manteau et le posa sur une chaise. Elle ramassa dans la foulée les affaires d'Ethan et les mit avec.

— Tiens ! Bois ça...

Elle lui tendit le verre d'eau et l'aspirine. Ethan regarda d'un œil suspect le médicament.

— Si je voulais te tuer, crois-moi que ça ferait longtemps que cela serait fait !

Il se redressa en râlant un peu pour la forme, prit le médicament et l'avala avec l'eau.

— Parfait ! lui dit-elle satisfaite. Maintenant, pantalon !

Elle lui attrapa la ceinture du pantalon sans autre précaution. Ethan, stupéfait par tant d'initiatives et peu de pudeur, lui bloqua la main par réflexe. Il la fixa, presque honteux.

— Le viol est puni par la loi ! lui déclara-t-il pour seule défense.

— Le meurtre aussi, si tu fais tant de simagrées ! gronda-t-elle pour qu'il arrête de faire l'idiot. Cesse de faire l'enfant. Plus vite tu seras à l'aise, plus vite tu dormiras sous ta couette.

— Je ne fais pas l'enfant ! C'est juste que ta fougue m'a surprise... Franchement, tu es... effrayante parfois ! finit-il de dire dans un soupir las.

— Effrayante ? Dis plutôt que c'est le caleçon que tu portes qui est effrayant et que tu as peur de me le montrer !

Ethan loucha sur son pantalon et se mit à rire, alors qu'il sentait son cerveau bouillir.

— Qui t'a dit que je portais des caleçons ? Montre-moi ta lingerie qu'on rigole un peu !

— Tu n'es pas en état, Ethan ! lui dit-elle avec un petit sourire.

— C'est vrai. J'avoue que j'aurais du mal à faire quoi que ce soit ! Pour info, je porte les trois : caleçon, boxer ou slip. Cela dépend des circonstances et de ce que je mets par-dessus. Et il est noir aujourd'hui ! Crétine ! Tu m'épuises ! En fait, c'est de ta faute si je suis dans cet état. C'est toi qui m'as conduit au

Je te veux ! T3 – Chapitre 8

surmenage !

Kaya baissa les yeux. Elle se sentait effectivement coupable. Sa présence n'avait pas dû arranger sa fatigue et leurs constantes disputes avaient dû mettre ses nerfs à rude épreuve.

— Je suis désolée. Ta soirée n'aura pas été éclatante comme tu l'avais imaginée. Tu as raison. Je n'aurais jamais dû signer avec toi.

Kaya serra ses poings sur ses genoux. Ethan eut l'impression d'être le grand méchant réprobateur qui faisait apparaître la vérité au peuple.

— Bon, j'exagère aussi un peu… Ne te formalise pas non plus. J'ai eu un rythme de travail qui n'a pas aidé. Et puis, tu me sers bien pour certaines choses. Certes, il n'y a pas beaucoup d'exemples, mais on ne peut pas jouer tout le temps et finir heureux systématiquement.

— Tu essaies de me remonter le moral, là ? Parce que pour l'instant, je tiens à te dire que j'ai plus envie de t'étouffer avec ton oreiller que de te soigner !

— OK, OK, j'enlève mon pantalon…

Ethan soupira et déboutonna son pantalon.

— Tu comptes examiner la bête à travers le tissu longtemps ? Tu veux une paire de jumelles peut-être ?

Kaya tourna la tête, rouge de honte suite à son flagrant délit de voyeurisme. Ethan s'affaira tout en gloussant et se glissa sous sa couette.

— Coquine ! Je te promets que la prochaine nuit sera la bonne ! lui déclara-t-il avec un air filou qu'il alla chercher loin dans ses dernières forces.

Kaya attrapa le gant et le trempa dans la bassine d'eau fraîche. Elle l'essora puis l'étala sur la totalité du visage d'Ethan comme on aplatit une tarte à la crème sans ménagement.

— Dors, pervers ! Tu divagues ! Je n'attends rien de toi. Ni ce

soir, ni demain soir, jamais !
 Ethan pouffa sous son gant. Sa fraîcheur lui faisait du bien.
 — Et c'est moi qu'on traite de pervers. Je suis sûr qu'elle est une fétichiste des sous-vêtements masculins. Ça devait être gai pour ton fiancé...
 — Mais tu vas te taire, bordel ! Ce n'est pas possible !
 Ethan se mit à sourire à travers son gant. Il n'avait plus de forces, mais elle lui en donnait pour tenir encore et encore. Elle le regarda en soupirant.
 — Même malade, il est chiant ! Je vais l'euthanasier !
 — Tiens ! lui dit-il en lui tendant son gant. Infirmière, mon gant n'est plus frais !

Elle plongea une nouvelle fois le tissu humide dans la bassine d'eau tout en ronchonnant. Ethan ferma les yeux puis finalement se laissa porter par son sommeil.

La nuit était déjà bien avancée quand Ethan se réveilla. Il lui fallut un moment pour réaliser où il se trouvait. Allongé, dans le noir... sa chambre ! Il posa la main sur son front, sentant un poids qui le gênait. Il vit alors dans la pénombre le gant et se rappela sa fièvre. Il tourna la tête vers là où il avait vu Kaya la dernière fois avant de s'assoupir. Il cligna plusieurs fois des yeux avant de constater qu'elle était toujours là et que ce n'était pas une hallucination due à sa fièvre ou un rêve. Elle s'était endormie contre son lit, la tête dans ses bras, le corps assis par terre. Elle semblait épuisée. Elle avait dû veiller sur lui une bonne partie du reste de la nuit. Il regarda son réveil. Cinq heures du matin. Il s'assit deux minutes et soupira. Dormir lui avait fait du bien. Sa fièvre semblait être tombée. Il se gratta le crâne et regarda sa belle endormie à son chevet.

Idiote... Aucune fille ne reste dans ma chambre et ne va dans mon lit.

Il soupira et leva les yeux de consternation. Il avait déjà en tête de faire le contraire de ce qu'il pensait.

— Fais chier !

Il l'attrapa lentement et la souleva comme il put pour la faire monter totalement dans le lit. Il la glissa doucement sous la couette tandis que Kaya murmurait des mots incompréhensibles.

— Ethan, arrête d'embêter Adam. On va rater la quiche…

Ethan resta pantois un instant puis pouffa devant l'inattendu de ses mots.

— Mais qu'est-ce que tu racontes encore ? Je me demande à quoi tu rêves…

Il la regarda se blottir un peu contre lui. Il passa son coude sous sa tête et la contempla un instant. Il sourit.

— Tu en fais une belle, de quiche.

Il s'esclaffa et lui remit une mèche en place.

— Mais je suis content, tu rêves un peu de moi… ça change de la dernière fois.

Kaya soupira dans son sommeil et grommela un « Elle est fichue ! Je te déteste ! ». Ethan sourit à nouveau et appuya son index sur son nez pour s'amuser un peu.

— On en refera d'autres des quiches ! murmura-t-il. Promis !

Il ferma les yeux et finit par s'assoupir à nouveau.

Kaya se réveilla en sursaut. Elle venait de rêver d'Adam. Elle ne se souvenait plus vraiment du début de son rêve, mais se rappelait parfaitement la fin. Ils étaient sous la tour Eiffel. Adam venait de se brouiller avec ses parents, préférant rester avec elle plutôt que de la quitter et s'assurer un avenir plus serein. Elle se remémorait parfaitement de sa colère. Un rêve, aux allures de souvenirs, qui lui faisait mal.

— Kaya, cette décision, je l'ai mûrement réfléchie. Ma vie, c'est toi. Ça a toujours été toi. Depuis tout petits, nous sommes ensemble. Je refuse de nous voir séparés une nouvelle fois. Ton déménagement a été douloureux. Je me suis vite ennuyé au collège. Je te cherchais partout. Tu n'étais plus dans mon périmètre d'action. Te voir seulement quelques secondes pouvait suffire à calmer mes angoisses. Te retrouver a été salvateur. Je me noyais dans des travers qui ne me ressemblaient pas. Je ne veux pas revivre ce sentiment de manque, de vide et de désintérêt de tout. Tu m'es complémentaire. L'ultimatum de mes parents ne changera rien à ce que je ressens. Rompre avec toi n'est pas envisageable. On est restés deux semaines séparés à cause d'eux et j'ai été encore plus médiocre à la fac. Tu es ma raison d'être, Kaya. Je refuse de te perdre. C'est au-delà de toute raison ; tu m'es vitale.

— Adam…

— Ne pleure pas, bébé. On va s'en sortir. Toutes ces épreuves, on les vaincra ensemble. J'ai confiance en nous. Je sais qu'on va y arriver.

Kaya s'essuya le visage avec la manche de son manteau. Il faisait nuit, mais il n'était pas tard. Le froid de novembre n'était pas encore arrivé cette année-là, mais Kaya avait senti son cœur se réchauffer quand Adam l'avait prise dans ses bras. Il l'avait embrassée encore et encore, comme s'il jouait sa vie dans ses baisers. Leur étreinte les avait chamboulés tous les deux. Leurs cœurs résonnaient à l'unisson. Adam la lâcha quelques instants et alla voir un marchand ambulant vendant divers souvenirs de Paris. Kaya avait regardé avec curiosité sa démarche. Il acheta un objet au vendeur, mais elle n'avait pu voir son achat de là où elle était. Lorsqu'il revint vers elle, il la contempla avec un mélange d'anxiété et d'excitation dont elle n'avait pas compris la cause sur le coup. Il la prit une nouvelle fois dans ses bras et l'embrassa sur le front.

— Kaya, c'est tellement bon d'être près de toi. Tu me combles de bonheur. Je sais que ce que je te dis peut te paraître absurde au vu de ce que nous vivons avec ton père et ses dettes, mais je suis un homme heureux quand tu es dans mes bras.

Kaya ne pouvait voir son visage qu'il avait posé sur sa tête. Elle se contentait de l'écouter, au rythme des battements de son cœur qu'elle entendait cogner contre sa poitrine.

— Je veux que ça dure encore et encore. Je veux tout partager avec toi. Si je dois partager tes peines et tes difficultés pour pouvoir aussi partager tes joies et ton bonheur, alors ça me va. Je n'envisage pas ma vie sans toi, bébé.

Adam s'était alors décollé d'elle et avait posé un genou à terre. Kaya l'avait regardé avec incompréhension. Ce ne fut que lorsqu'il lui montra la petite bague en forme de fleur, violette, qu'elle comprit. Ses larmes redoublèrent et elle posa sa main sur son front, se demandant si elle n'était pas fiévreuse.

— Kaya Lévy, je serais l'homme le plus chanceux au monde si vous acceptiez de m'épouser. Je veux vivre avec vous jusqu'à la fin de mes jours. Avoir des enfants avec vous. Un chat, un grand écran plat et manger des sushis à volonté avec vous. Je ne peux vous garantir tout cela dans l'immédiat, mais je vous promets d'y parvenir bientôt. Je m'y engage avec cette bague — vraiment ridicule certes, face à ma demande disproportionnée — et par mon cœur qui souhaite se consacrer à vous jusqu'à la fin de ses jours.

Elle avait regardé à droite et à gauche. Sa main avait glissé de son front à sa bouche, tentant de retenir ses sanglots. Mais devant le regard interrogateur et stressé d'Adam, elle se contenta d'un signe de tête affirmatif qui entraîna un sourire gigantesque d'Adam.

Kaya sourit contre son oreiller. Ce sourire d'Adam, ses yeux brillants de bonheur, son étreinte heureuse qui avait suivi sa réponse, elle s'en rappelait comme si Adam était toujours là. Son cœur se serra. Il n'était plus là. Tout à coup, elle réalisa que son rêve n'était qu'un rêve. La réalité la rattrapa aussi net qu'elle se sentit seule. Elle regarda autour d'elle. La pièce était sombre. Il lui fallut quelques secondes pour revenir, puis faire disparaître les larmes qui pointaient sur le bord de ses yeux. Elle avait du mal à rassembler les morceaux de ce qu'était aujourd'hui sa vie face au si distinct souvenir de cette demande en mariage. Où était-elle et que faisait-elle déjà ? Très vite, l'image d'Ethan malade lui revint à l'esprit. Elle voulut se redresser, mais sentit un poids sur sa taille l'en empêchant. Elle tourna légèrement la tête et vit Ethan contre son dos en train de dormir. Elle se mordit la lèvre, se rabrouant alors intérieurement d'être si nulle. Se coucher dans son lit telle une somnambule, c'était la pire déconvenue dont elle était capable. Comment allait-il réagir s'il s'en rendait compte ? En même temps, il ne semblait pas en être gêné.

Oui, mais il est malade, donc il n'a pas dû percuter que j'étais là ! Quelle cruche !

Elle se rappela le nombre de fois où Adam s'était moqué d'elle en lui racontant ses paroles tenues pendant son sommeil ou encore ses gestes très troublants parfois quand elle dormait. Elle ferma les yeux un instant, se maudissant d'être née aussi maladroite et malchanceuse. Il semblait bien dormir. Elle tenta de se retourner légèrement pour lui faire face et posa doucement sa main sur son front pour voir s'il avait toujours de la fièvre. Ethan se mit à grogner à son contact. Elle s'immobilisa immédiatement. Croiser son regard était bien la dernière chose qu'elle souhaitait. Visiblement, sa fièvre était tombée. Elle s'en sentit soulagée, mais son plus gros problème allait être de quitter son lit. Elle attrapa lentement le poignet d'Ethan pour le soulever et échapper à son étreinte. Chaque centimètre qu'elle gagnait loin de sa taille était une victoire qu'elle savourait en observant attentivement le manque de réaction d'Ethan. Le plus dur fut de reculer loin de lui. Elle tenta avec ses jambes de se décaler, observant que la main du grand dormeur ne la touche pas à nouveau. Ce fut peine perdue.

Je te veux ! T3 – Chapitre 8

— Hello toi ! Je peux savoir à quoi tu joues… demanda-t-il les yeux fermés avant de prendre la peine de les ouvrir deux secondes après.

La voix encore embrumée d'Ethan dépareillait avec son regard amusé.

— Ce n'est pas ce que tu crois ! Je peux tout t'expliquer ! Il y a une très bonne raison au fait que je sois dans ton lit, je t'assure !

— Ah oui ?

— Tout à fait ! J'ai des tendances au somnambulisme et je peux faire des choses au-delà de ma volonté !

— Vraiment ? lui déclara-t-il surpris, mais continuant à feindre le scepticisme.

— Vraiment. Donc, ne te fâche pas ! Je voulais justement partir de ton lit le plus rapidement possible. N'y vois pas un acte volontaire d'être contre toi ou que sais-je !

Ethan s'esclaffa et commença à s'étirer, nullement gêné ou fâché par l'incongruité de la situation.

— C'est moi qui t'ai glissée sous mes draps. Tu dormais pliée en deux entre le sol et mon lit. Si je n'avais rien fait, j'aurais eu des reproches jusqu'à la Saint-Glinglin pour le prix trop cher payé de m'avoir veillé toute la nuit.

— Oh… C'est toi qui…

Le visage de Kaya se décomposa au fur et à mesure qu'elle réalisait qu'il l'avait une nouvelle fois menée en bateau.

— Comme c'est mignon, tu rougis ! lui dit-il en lui caressant la joue.

— Je ne rougis pas ! Ne dis pas n'importe quoi ! s'indigna-t-elle alors, tout en repoussant le visage d'Ethan de sa main.

Ethan se mit à rire pendant que Kaya le maudissait toujours un peu plus.

— Dans tous les cas, je n'ai plus de raison de rester dans ton lit, donc je pars.

— Eeehh ! Je suis peut-être toujours malade ! On n'abandonne pas son patient sans vérifier avant ! protesta-t-il alors, ne voulant pas la voir partir si vite.

— J'ai vérifié ton front. Ta température est tombée. Il n'y a donc plus de quoi s'inquiéter.

— Ma température a peut-être baissé, mais… ouille… aaaahh… j'ai mal ! feignit-il tout en se tortillant dans tous les sens sous le regard pas dupe de la jeune femme. Il faut que tu me soignes… là !

Il montra alors ses lèvres de son index avec un air taquin.

— Et là… dessous ! tout en lui montrant du regard une partie sous les draps qu'elle refusait d'imaginer.

Kaya leva les yeux de consternation tant son cinéma était grotesque. *Au moins, on peut dire qu'il est très clairement en forme après son coup de pompe de la veille.*

— Appelle une de tes conquêtes ! Elle fera très bien ta petite affaire !

Kaya décida de sortir du lit, mais il la retint par le poignet.

— Aide-moi à la choisir !

— Hein ?! Tu plaisantes ?

— Non, j'en ai trop dans mon répertoire.

— Pfff ! Ridicule !

Ethan sortit alors du lit en trombe sous le regard médusé de Kaya. Il attrapa son téléphone dans la poche de sa veste de costume posée sur la chaise et revint sur le lit. Il pianota quelques secondes dessus et lui tendit l'appareil.

— Vas-y ! Je te laisse choisir ! Si elle s'y prend mal avec moi, ce sera de ta faute et tu devras veiller sur mon pauvre petit corps deux nuits d'affilée en compensation !

Kaya attrapa son téléphone d'un geste sec.

— Rêve toujours, mon pote ! Je vais m'arranger pour t'en trouver une qui te remette bien K.O finalement. Tu me fatigues déjà !

Elle commença à faire défiler son répertoire. Au fur et à mesure qu'elle constatait la longueur de la liste, ses yeux s'arrondissaient d'effroi. Elle leva la tête un instant pour tenter de comprendre comment ce connard pouvait avoir un tel harem à sa disposition.

— Bluffée, n'est-ce pas ? fit-il fièrement. Ah ! Il faut rajouter les trois d'hier soir !

Il descendit à nouveau du lit et chercha dans la poche de son pantalon quelque chose. Il en sortit trois bouts de papier qu'il défroissa sous le nez de Kaya encore plus choquée.

— On t'a fait des avances… alors que tu t'affichais avec moi ?

Ethan constata une pointe de déception chez Kaya.

— Les femmes sont prêtes à beaucoup de choses pour servir leurs intérêts… déclara-t-il d'un haussement d'épaules tout en regardant les draps.

La réponse laconique, glaciale, d'Ethan la figea un instant. Cette réponse sonnait comme un constat effrayant et blasé aux yeux de son partenaire. Elle attrapa alors les bouts de papier qu'il tenait dans ses mains pour en lire le contenu puis releva la tête avec un air à moitié dégoûté.

— Iphigénie ? Comment peut-on s'appeler Iphigénie à notre époque ?

— Tout simplement parce qu'elle est née à une autre époque. Cette vieille bique m'a fait des œillades toute la soirée. Dans le genre cougar, on atteint des sommets. Perso, je ne fais pas dans les vieilles peaux.

— Sans déconner ! déclara Kaya, effarée par l'incongruité de la situation. Si vieille, et pourtant elle croit pouvoir se taper des petits jeunes ?

— C'est comme ça… lui répondit Ethan d'un nouveau haussement d'épaules. Bon, tu choisis ?

Kaya replongea son nez dans le téléphone portable d'Ethan, sidérée par son pouvoir d'attraction sur les femmes. Certains numéros étaient accompagnés de photos. Des brunes, des blondes, plus ou moins rondes, plus ou moins hâlées. Elle déglutit en remarquant le charme certain de quelques-unes. Son regard tiqua sur une d'entre elles.

— Cette fille, je l'ai déjà vue ! C'est la nana hautaine qui nous a chopés chez Abberline Cosmetics !

Ethan jeta un œil sur son téléphone et acquiesça.

— Oui, Alexia. Je préférerais que tu évites de l'appeler. J'ai eu du mal à m'en défaire. Elle a colporté des ragots comme quoi j'allais me marier avec elle. Beurk ! Me marier ! Comme si j'étais un gars qui prônait l'amour unique et véritable ! Elle ne m'a pas bien vu, je crois ! Dommage, elle avait un bon cul !

Kaya fronça les sourcils en entendant son détachement et sa vulgarité, mais ne rétorqua pas. Après tout, cela ne la regardait pas. Elle continua son listing et s'arrêta sur une seconde photo.

— Oooh ! La fille du Delicatessen… qui m'a valu mon renvoi ! finit-elle sa phrase en grommelant. Quand je pense ce que ça m'a coûté et tout ça pour quoi ? Pour que mademoiselle continue à se rabaisser ! Pfff ! Elle est toujours à tes basques ?

Ethan sourit en l'observant commenter ses conquêtes. Plus improbable, il n'y avait pas ! Mais ça lui plaisait.

— Je m'en suis débarrassé. Elle ne voulait pas comprendre, alors je l'ai piégée. J'ai manigancé un rendez-vous avec elle pour qu'elle me surprenne en train d'en sauter une autre. Une très bonne sodomie d'ailleurs ! Je pense qu'elle a compris. Je n'ai pas eu de nouvelles depuis.

Kaya en tomba la mâchoire tant les sentiments de colère, de dégoût, de stupeur et d'effroi la saisirent.

— Tu m'écœures ! Comment peut-on être aussi méchant, sans cœur ? Ces femmes ont des sentiments pour toi. Une charmante femme m'a trouvée hier soir au gala. Elle m'a dit de me méfier de toi. Je ne sais pas ce que tu lui as fait et je ne veux même pas le savoir. Rien que ces deux filles sur ce téléphone me montrent que tu es un connard sans nom ! Mais une chose est sûre, je ne choisirai pas une fille de ce répertoire pour qu'elle soit ensuite blessée par ton manque de sentimentalisme.

Ethan rampa alors jusqu'à elle et posa son nez à deux centimètres du sien.

— Parfait ! Donc, tu te sacrifies pour la bonne cause ?

Elle ne cilla pas. Cherchant dans ses yeux provocateurs, la raison de tant de cynisme envers les femmes.

— Cette fille, sur la photo, sur ta table de chevet… c'est elle qui t'a brisé le cœur au point d'être si méchant ?

Ethan recula instinctivement, surpris par cette demande. Il regarda la photo dans le cadre puis fixa Kaya un instant. Une femme lui avait bien brisé le cœur, le corps, l'esprit. Kaya l'avait deviné, mais il ne put s'empêcher de rire. Si profond dans ses tripes que son rire résonna dans toute la chambre.

— Tu as une imagination très fertile ! C'est ma petite sœur, Claudia !

Kaya fixa le cadre et se mit à rougir une nouvelle fois. Elle se trouva subitement idiote, à côté de la plaque et affreusement ridicule. Ethan se tordait de rire devant cette inconcevable révélation. Aussi, sa seule vengeance fut d'attraper son ami l'oreiller, pour le balancer une nouvelle fois dans la figure de celui qui ne méritait finalement aucun égard.

— Va trouver ton infirmière du sexe en enfer, abruti !

Ethan buvait son verre de jus d'orange tout en la regardant bouder. Il ne pouvait s'empêcher de garder son sourire scotché sur ses lèvres. Il se sentait bien. En forme même ! Il pourrait faire des choses insensées pourvu qu'il puisse encore se délecter des grimaces d'agacement de Kaya. Elle était une source à son énergie au point qu'il n'avait pas envie de passer une seconde loin d'elle.

— Arrête de rire ! C'est bon, je me suis plantée ! J'ai compris, c'est ta sœur !

Ethan ricana dans son verre une nouvelle fois.

— Pfff ! Tu sembles si heureux avec elle que j'ai douté. Elle est très mignonne en plus.

Ethan posa son verre et croisa les bras sur le comptoir de la cuisine. Il la contempla quelques secondes avec son petit sourire amusé.

— Claudia est la seule femme à qui je permets certaines choses à mon propos. Elle est ma sœur adoptive, mais j'ai un lien très particulier avec elle. On peut dire que c'est une forme d'affection.

— Une forme d'affection ? Tsss ! Pourquoi tournes-tu autour du pot ? Avoue juste que tu l'aimes comme un grand frère. Il n'y a pas de honte à avoir ! rétorqua Kaya tout en avalant une cuillère de cornflakes.

— Je te l'ai dit : « je n'aime pas ».

— Je te l'ai dit : « je n'aime pas » ! le singea-t-elle tout en prenant une voix grave. Ce que tu peux être barbant des fois ! Elle a droit à quoi en particulier ? Te baiser les pieds dès ton réveil ?

Le sarcasme dans sa demande le fit rire. Il l'observa droit dans les yeux, espérant peut-être savoir si elle avait droit à ses confidences.

— Je la prends dans mes bras. C'est un privilège.

Kaya pencha la tête sur le côté, incrédule.

— Tu m'as prise dans tes bras et je ne suis pas ta sœur.

— Tu as eu droit à ce privilège également... lui dit-il doucement.

— Vous êtes trop bon, mon Roi.
— Kaya, comprends bien que je ne suis pas… comme les autres garçons. Je ne veux pas à avoir à justifier mes actes et mes choix avec les femmes. C'est comme ça.
— C'est juste dommage… lui dit-elle en se levant pour aller nettoyer son bol.
Elle contourna le comptoir et passa à côté de lui.
— Tu passes à côté de beaucoup de choses en agissant ainsi.
— Toi aussi, en restant fidèle à un mort, tu passes à côté de beaucoup de choses.
Kaya se retourna pour lui faire face.
— Ne me compare pas à toi. Je ne blesse personne par mes actes. Toi, tu es odieux.
— Tu me blesses en refusant mon deal.
Kaya s'esclaffa.
— Arrête, tu vas me faire pleurer ; comme si c'était imprimé dans ta peau ! Ne compare pas ce qui n'est pas comparable.
— Tu as raison. Tu es au stade de la peine incommensurable…
Ethan se leva de son tabouret et posa le verre dans l'évier.
— … moi, je suis au stade d'après, le rejet pur et simple. Mes actes sont dictés par cela. Tu ne connais pas ma vie alors épargne-moi tes leçons de morale. J'en ai eu assez.
Il quitta la cuisine avec un air meurtri. Kaya ne sut comment interpréter cette discussion. Pourtant, elle avait la sensation étrange qu'elle devait creuser encore pour mieux le cerner.
— Très bien ! Alors, raconte-moi ton histoire !
Ethan s'arrêta au milieu du salon et leva la tête vers le plafond, puis se retourna vers elle.
— Non. Je veux garder ce contrat. Si je le fais, tu ne me regarderas plus avec cette lueur taquine dans les yeux. Tu ne voudras même plus me voir et je n'ai pas besoin de ce jugement. Je n'ai pas envie de l'avoir aujourd'hui. Aujourd'hui, je veux

m'amuser et j'ai une idée géniale qui devrait te plaire. Je parie que tu vas m'adorer quand tu verras où on va.

— Je vais au cimetière ! Voilà l'idée géniale ! J'ai besoin de voir Adam. Cela va faire presque une semaine que je n'y suis pas allée.

Ethan soupira.

— Il lui a poussé un arbre dans l'une de ses orbites depuis ! Tu as raison ! Tu vas pouvoir l'engueuler de s'être laissé envahir !

Kaya fit un « oh ! » offusqué.

— On ne se moque pas des morts s'il te plaît !

— Comme s'il allait venir me maudire ! Remarque, c'est trop tard, je suis déjà maudit avec toi à mes côtés !

Il se mit à sourire et ouvrit ses bras.

— Vas-y ! Saute-moi dessus et frappe-moi ! Je suis prêt !

Kaya serra les poings le long de son corps. Pire tête à claques, il n'y avait pas. En même temps, répondre à sa demande lui était impossible. Il n'attendait que ça. Maintenant, il savait la contrer avec ses propres attaques.

— Connard !

— Si tu veux, je veux bien t'embrasser pour signer le pacte de réconciliation et te pardonner ! Tu vois, je suis un gentil connard !

— Va t'amuser tout seul !

— Tu viendras avec moi.

— Je ne viendrai pas avec toi cet après-midi.

— Tu viendras avec moi...

9
Foireux

— Pourquoi j'ai insisté pour qu'elle vienne avec moi ! Ethan tenait son front entre son pouce et son index, comme si le mal de tête pointait au fond de son crâne.

— Bah quoi ! Ce n'est pas de ma faute si le gars est resté sur mes genoux ! Il pouvait partir ! Je ne le retenais pas en otage ! scanda Kaya, fâchée.

Ethan stoppa son avancée et lui fit face, blasé.

— Kaya… Tu es la seule à entrer dans un train fantôme et à te retrouver à chatouiller le mec censé te faire peur grâce à son déguisement, au point de l'obliger à se recroqueviller SUR TES GENOUX !

Ethan soupira de désespoir. Si on lui avait raconté le sketch, il ne l'aurait jamais cru possible. Pourtant, Kaya était la preuve vivante que l'improbable était toujours d'actualité avec elle.

— Ça m'apprendra à vouloir l'emmener à la fête foraine… marmonna-t-il en serrant les dents. Quelle honte !

— Oh hééé ! J'y suis pour rien ! Il a pris un risque, il assume ! Il n'avait qu'à pas grimper dans le manège et me pincer le bras et la taille ! Je suis certaine que c'est un pervers en fait… finit-elle par souffler entre ses dents. Je n'ai fait que lui rendre la pareille.

— Mais bien sûr… lui dit-il ironiquement, las de cette nouvelle situation incongrue dans laquelle elle l'avait mis. Que veux-tu faire maintenant ?

Kaya fit un tour d'horizon puis sourit. Elle montra du doigt les machines à pinces. Ethan soupira, résigné, avant de lui céder le passage. Il acheta des jetons qu'il partagea pour eux deux. Très vite, Kaya se précipita vers une peluche en forme de diablotin, jugeant qu'elle irait très bien pour Ethan. Celui-ci resta en retrait quelques instants pour l'observer se démener avec ses pinces. À son grand désarroi, les pinces accrochèrent difficilement la peluche. Au bout de la cinquième tentative, elle se tourna vers Ethan, déçue et sceptique sur la réelle possibilité de gagner.

Celui-ci haussa les épaules en réponse et s'éloigna d'elle pour aller jouer dans son coin. Kaya le suivit des yeux pour voir sur quel objet il avait jeté son dévolu. Sa curiosité fut attisée quand elle vit son petit sourire sournois. Quand elle aperçut plus nettement le lot, elle crut rêver. Le genre de blague dont elle se serait passée. Il inséra un jeton et commença à bouger le joystick permettant la manipulation des pinces. Il se recula deux secondes après son premier échec et lui fit un clin d'œil.

— Si je gagne, tu la mets ce soir ?

Elle s'approcha et examina le lot en question de plus près et s'affola.

— Hors de question ! Plutôt mourir que de la mettre !

— Elle t'irait bien, je suis sûr.

— Non, ce sont des tailles pour femme forte !

— Non, j'ai l'œil pour ça et je te dis qu'elle mettra bien en valeur ton charmant fessier !

— Ethaaaan… gronda-t-elle pour tenter de l'impressionner. Non !

Il se frotta les mains sur son jean, bougea ses épaules pour se décontracter comme s'il était un sportif tentant de se déstresser avant son épreuve de haut niveau, puis lui sourit.

— À moi la petite culotte bleu nuit, en denteeeeeelle !

chantonna-t-il alors qu'il insérait un nouveau jeton pour actionner les pinces.

Kaya scruta le moindre mouvement de celles-ci comme si sa vie était en jeu. Ethan ne se débarrassait pas de son rictus arrogant tandis qu'il aimait le suspense insoutenable qu'il provoquait. La pince alla chercher un bout de dentelle vers le fond. Lorsqu'il fut certain du bon emplacement de la pince, il lâcha le joystick et regarda Kaya.

— Je te préviens… si je réussis, non seulement tu la mets, mais je te l'enlève aussi !

Kaya respira un grand coup et se redonna courage devant son ultimatum.

— Je connais leur fonctionnement. Je l'ai testé. Il n'y a pas assez de force dans leurs ressorts pour les faire bien fermer et peu de moyens d'accroche à leurs extrémités. Tu peux toujours rêver, mais ce sera une nuit solitaire, Chaton !

Ethan se sentit déstabilisé quelques secondes par la charmante et ridicule appellation qu'elle lui avait donnée, mais il savait que ce genre de petit mot affectif était une ultime provocation dans sa bouche. Un moyen de pousser le défi à son summum en lui faisant perdre ses moyens. Il renifla et appuya sur le bouton actionnant l'abaissement de la pince tout en continuant à la fixer droit dans les yeux. Kaya savait qu'il perdrait et refusait déjà la défaite de ce duel visuel, avant même celle des pinces. Elle aurait le dernier mot coûte que coûte. Pourtant, quand la pince toucha sa cible, tous deux foncèrent voir qui gagnerait ce combat improvisé. Kaya posa ses deux mains sur le plexiglas de la machine quand la pince remonta avec trois culottes. Ethan siffla des « vas-y, vas-y ! » comme une prière. La pince arriva sur le bord gauche de la petite cabine dans un balancement qui fit retenir leur souffle aux deux parieurs. Une culotte tomba alors qu'elle reprit sa course vers le trou amenant au gain. Ethan pesta pendant que Kaya couina de joie. C'était une bataille de gagnée dans cette guerre à la petite culotte. Leurs yeux suivirent avec une attention fébrile la pince qui perdit dans son chemin une seconde culotte. Leurs visages trahissaient leurs émotions, passant du sourire pour l'un à la déception pour l'autre, jusqu'à ce qu'à la dernière seconde le sort en décide autrement. Dans un dernier balancement, la pince envoya la dernière culotte suffisamment loin pour qu'elle tombe sur le rebord du trou. Kaya colla son nez sur la vitre alors qu'Ethan ne cachait plus ses encouragements destinés à la petite dentelle bleue qui glissait lentement vers le trou. Kaya cria enfin un « nooooonn ! » sonnant le glas de sa pudeur en plus de sa défaite. Ethan se précipita pour récupérer son gain alors qu'elle lui sautait dessus pour tenter de la lui voler.

— Ce soir, je sens que je vais prendre mon pied ! déclara-t-il en faisant tourner en l'air sur son index et loin de sa portée la petite culotte de la discorde, avec fierté.

— Tu ne prendras rien du tout ! Je n'ai jamais donné mon accord !

— Avoue que tu ne me pensais pas capable de l'avoir.

— Tu as eu la chance de l'arrogance, mais tu ne le referas pas deux fois !

— Si je gagne ta peluche, je veux ma soirée culotte sexy et tes lèvres quand je le désire.

Il lui tendit sa main, paume en l'air pour un pari. Kaya la fixa, indécise puis finalement la tapa pour lui signifier qu'elle acceptait le jeu.

— OK. Si tu rates, tu n'as rien du tout ! lui dit-elle alors en contrepartie.

Ethan grimaça, mais le cadeau était trop tentant. Kaya plissa les yeux, pleine d'espoir.

La chance du débutant ! Il ne l'aura pas deux fois ! Les pinces sont conditionnées pour un quota limité de gains.

Ethan sourit et mit la petite culotte dans la poche de son manteau. Tous deux se postèrent devant les petits diablotins avec chacun la ferme intention de gagner le nouveau pari.

— Pas d'entourloupe ! lui déclara-t-il en prévention. Pas de tentatives de distraction ou de sabotage. On joue sérieusement, compris ?

— Tu vas perdre. C'est impossible que tu gagnes une seconde fois. Je n'ai pas besoin d'esbroufe pour te voir échouer.

— Il me reste huit jetons donc huit tentatives ! C'est faisable…

Ethan recommença son rituel de préparation de grand sportif et inséra son jeton. Les cinq premières tentatives furent des échecs. Kaya était excitée comme une puce en voyant que ses chances de gagner ce pari augmentaient avec les échecs consécutifs qu'essuyait Ethan. Alors qu'il avait un regard très sérieux jusque-là, son visage changea d'expression et son sourire sournois réapparut à la sixième tentative. Un sourire si soudain qu'il intrigua la jeune femme, car il avait eu le même avant de gagner sa petite culotte. C'était comme s'il prévoyait l'issue de ce jeu, qu'il en manipulait la donne. Il inséra le jeton, la pince bougea selon son bon vouloir. Après deux virages à quatre-vingt-dix degrés, elle se posa sur un petit diablotin, le souleva puis repartit avec une simplicité enfantine, la peluche coincée dans ses serres. Ethan garda son comportement assuré tout le long de la partie. Lorsque la pince s'ouvrit et lâcha la peluche dans le trou, Kaya ne sut que dire. Elle était subjuguée par le mystère Ethan. Avait-il perdu délibérément avant ? Jouait-il au bluff avec elle lors des tentatives précédentes ? Avait-il préparé le terrain avec ses premiers échecs ? Il ne pouvait savoir le comportement de la machine à l'avance, ni même à quel moment ses chances pouvaient augmenter. Alors comment pouvait-il montrer cet air si convaincu sur son visage ?

— Comment as-tu…

Il mit le petit diablotin devant son visage.

— Je suis le diable ! Rien n'est impossible pour moi ! Ah ah ah !

Il retira la peluche de devant lui et attrapa Kaya par la taille.

— Je pense que je suis en période de veine ! Une petite culotte pour moi ce soir avec son mannequin et des baisers… Aaaah ! Top du top !

— No… nooon ! Je… tu ne peux pas ! Tu as forcément triché ! Il y a forcément une explication.

Elle se détacha à la hâte de ses bras et examina avec minutie la machine.

— Un jour, je te raconterai peut-être mon secret, mais là…

Il la fit pivoter et posa ses lèvres sur celles de Kaya. Celle-ci se figea, sentant la panique s'installer. Elle savait que si elle rentrait dans ce jeu, elle perdrait encore. Ses lèvres avaient tendance à avoir un pouvoir hypnotique sur elle. Son cœur se rappelait déjà au bon souvenir de certains moments passés ensemble où une intimité plus profonde s'était installée entre eux. Intimité autant effrayante qu'agréable, autant dangereuse qu'attirante. Et par-dessus tout, elle ne comprenait pas comment il pouvait désirer cette intimité autant qu'elle parfois, alors qu'il la détestait autant qu'elle ne pouvait supporter son comportement arrogant.

Ethan décolla légèrement ses lèvres des siennes pour la sonder.

— Calme-toi, ce n'est qu'un petit bisou sur la bouche. Je ne pensais pas que je te faisais autant d'effet ! dit-il avec un petit sourire, sentant son affolement.

— Ne dis pas n'importe quoi ! Je… Je suis juste sceptique sur tes intentions. Comment peux-tu être à la fois détestable et par moments…

— Oui ? Par moments ? répéta-t-il en attendant la suite.

— Par moments si bienveillant, si désinvolte, si nonchalant…

dragueur ! Comme si aimer ou détester, finalement c'était pareil. Comme si aider ou négliger avait la même finalité. Par exemple, tu as payé mes loyers de retard et quelques factures juste avant de venir ici. Je... Tu n'étais pas obligé de faire tout ça. On ne s'aime pas après tout. J'ai toutes les raisons de te détester, mais parfois, je n'y arrive pas quand tu agis comme ça... Ça me gêne, je suis perdue.

Ethan haussa un sourcil face à cet aveu.

— Le contrat disait bien que je te paierais ta prestation à la semaine, non ? Cela fera une semaine, dans deux jours. Mais comme le lundi, je travaille beaucoup et que j'ai le lancement officiel de Magnificence à gérer, je n'aurai pas le temps de régler cela avec Oliver, mardi non plus, jour marquant notre première semaine ensemble. Donc je m'en suis chargé aujourd'hui, dimanche ! Par ailleurs, quitte à te payer, je préfère régler tes dettes les plus urgentes plutôt que de te voir te payer une paire de talons hauts. Il me semble pourtant te l'avoir déjà expliqué à ton appartement tout à l'heure. Je suis pragmatique. Ne vois pas cela comme de la gentillesse. Il y a toujours un intérêt : je ne dépense pas mon argent n'importe comment. Qu'est-ce qui te gêne à cela ?

Kaya baissa les yeux.

— Rien. Juste que je ne réalise pas que ce contrat m'est enfin profitable... Tu m'enlèves une sacrée épine du pied en payant mes factures. Et là, tu m'offres des manèges pour je ne sais quelle raison, tu joues de façon désinvolte avec moi... J'ai beaucoup de mal à te suivre.

Kaya sentit une boule se former dans sa gorge. Il était tout aussi inconcevable de constater enfin un résultat profitable à ce contrat que de voir ses dettes disparaître et s'amuser. Pourtant, le sentiment qui prédominait en cet instant était de la reconnaissance mélangée à une sympathie bien trop affectueuse à son goût concernant Ethan. Depuis quelques jours, ils jouaient aux montagnes russes des émotions ensemble. La plus grave des situations pouvait se retourner en moment des plus tendres, des plus romantiques ou des plus épiques. Chacun de ces moments devenait plus intense et la faisait douter sur le côté négatif d'Ethan.

De petites attentions comme celle du règlement en avance de son loyer et de ses crédits à la consommation la mettaient dans une situation gênante quant au comportement qu'elle devait adopter avec lui. Tout était bien plus simple quand ils se contentaient de se détester. Devant de tels actes, Kaya ne se trouvait pas insensible à Ethan. Même s'il lui avait fait un chèque, elle aurait utilisé cette première somme pour cela. Aussi, quand il signa les montants atteignant une somme supérieure à ce qu'elle aurait dû toucher, elle s'interrogea sur ses intentions. Pourquoi s'occupait-il lui-même de cela ? Que gagnait-il à donner autant, si tôt ? Pourquoi tant de générosité sans garantie de sa part pour que le contrat tienne encore durant les semaines à venir ?

— On ne peut vivre dans de telles conditions et mes chèques deviennent miraculeux, pas vrai ? répondit-il d'un air suffisant. Ta prochaine étape aurait été la rue et il n'y a rien de pire que d'errer sans but. Encore plus pour une femme. Je peux bien tenter de sauver un peu les apparences. Quant aux manèges, j'ai besoin de décompresser aussi et je me doute que tu n'as pas dû en faire depuis un bail. Quant à la drague…

Ethan lui fit un grand sourire complice qui consterna la jeune femme.

— Je ne peux pas aller voir ailleurs à cause du contrat et de ce côté-là aussi, tu n'as pas eu de plaisirs depuis un bail alors…

Il s'esclaffa et elle le frappa à l'épaule.

— Je ne te savais pas l'âme d'un bon samaritain ! rétorqua-t-elle finalement, un brin agacée par son attitude intéressée. Quel sens du sacrifice !

— Il y a encore beaucoup de choses que tu ignores sur moi.

Maintenant, le problème de dettes de ton père m'inquiète bien plus. Payer tes dépenses courantes ne règle pas cette épée de Damoclès qui pointe au-dessus de ta tête. Je n'aime pas ça.

— Tu en as déjà fait assez, Superman. Je te l'ai dit : « C'est mon problème ». Tu m'as déjà beaucoup aidée. C'est suffisant et je refuse tout autre geste de complaisance de ta part qui m'imposerait une gratitude. Plutôt mourir que d'être redevable à un connard !

Ethan sourit une nouvelle fois à l'élocution de sa dernière phrase, mais ne fut pas convaincu pour autant par ses propos. Il se fichait bien de la question de gratitude. Il avait vécu pas mal de choses dans une autre vie pas si lointaine pour savoir que cette histoire de dettes et cette menace de ces deux types étaient inquiétantes. Il avait mis Eddy sur le coup pour se renseigner, mais il avait peur de ce qu'il allait découvrir. Le milieu de la nuit était un milieu implacable quand on fréquente les mauvaises personnes. Il avait déjà constaté des règlements de comptes finir mal. Ils avaient même vu des amis se faire blesser ou mourir pour de l'argent ou des provocations suicidaires. Heureusement, Eddy était aussi débrouillard qu'intelligent. Il l'avait protégé suffisamment pour ne pas se retrouver dans une situation comme celle du père de Kaya. Il avait été en quelque sorte son « maître d'école ». La rue pouvait être impitoyable quand on est dans le besoin.

Il regarda son diablotin dans la main. Cette part sombre était toujours là, en lui. Il avait vécu beaucoup trop de moments difficiles pour accepter de voir une autre personne la vivre aussi. Même s'il avait changé, sa noirceur restait là malgré tout, sous-jacente. Charles Abberline avait mis du temps à lui faire canaliser cette colère, cette rage envers le monde. Il l'avait éduqué, lui qui n'avait jamais eu vraiment d'éducation avec sa mère, ni eu de père véritable en exemple. Il lui avait appris à se maîtriser, à utiliser son intelligence hors-norme sciemment. Il se rappelait encore le temps qu'ils avaient passé ensemble et les montées de rage qu'il avait, dès que Charles lui imposait des choses dont il n'avait pas envie.

Kaya le sortit de ses pensées en l'invitant à faire une nouvelle attraction, ne souhaitant pas plus s'épancher sur ses états d'âme à son égard. Il regarda la jeune femme de dos devant lui. Beaucoup d'événements avaient eu lieu depuis cette époque. Il calmait sa rage via le sport, il était devenu le PDG d'une start-up florissante, il avait même des amis sur qui compter. Pourtant, avec Kaya, à deux reprises, il avait laissé aller ses vieux démons. Si elle lui apportait une bouffée d'oxygène, elle ranimait aussi tous ses malheurs. L'angoisse le prenait. Serait-il assez fort pour résister et ne pas sombrer s'il continuait à la fréquenter plus longtemps ?

Il secoua la tête pour effacer ses mauvaises pensées. Il avait besoin de se rassurer. Il attrapa la main de Kaya et lui sourit. Kaya visa cette main chaude, grande.

Tout en Ethan était dangereux et pourtant, un geste aussi simple que celui-ci la désarçonnait, puis l'apaisait. Ethan lui serrait la main comme si celle-ci voulait rester collée à elle sans qu'elle puisse vraiment trouver à y redire. Il ne devrait pas la lui tenir : Richard n'était pas là pour justifier qu'il faille donner le change. Il agissait finalement comme si le contrat n'était plus depuis leur dispute de la veille. Presque comme si ce geste était normal, anodin. La jeune femme écarta instinctivement les doigts, comme le ferait une cavalière voulant les grâces de son cavalier. Ethan répondit à cet appel en glissant ses doigts entre les siens, comme si tout allait de soi. Sa panique augmenta. Finalement, le discours qu'elle venait de lui tenir sur son côté déroutant se matérialisait à nouveau sous ses yeux et il ne semblait pas s'en rendre compte. Ou bien était-ce elle qui divaguait ou voyait des signes là où il n'y en avait pas ? Elle qui faiblissait à son contact et voyait inconsciemment des choses qui lui manquaient ? Elle repensa à la proposition d'Ethan…

« Réconforte-moi et je te consolerai en retour. Un accord donnant donnant, suivant nos besoins… Je sais que ma proposition semble aberrante à première vue, mais elle est défendable… tout comme notre contrat avec Laurens. Ça paraît dingue, improbable, complètement irresponsable, mais l'idée est digne d'intérêt justement parce que tout ce qui nous désigne semble incompatible. Tout ce qui nous sépare, nous rend si différents, va être notre force, notre atout pour que ça marche… »

Sans doute, ses paroles l'avaient marquée bien plus qu'elle ne le pensait. Elle se rendait compte que cet accord avait peut-être finalement commencé sans qu'ils ne s'en rendent compte vraiment tous les deux. Il la choyait plus ou moins volontairement et elle y adhérait contre toute attente. Au point d'avoir une trouille bleue de ne plus pouvoir contrôler ses sentiments si cela venait à se reproduire.

Je dois me reprendre. Je ne peux pas accepter cet accord. Mon bien n'est pas dans une relation bizarre avec lui. Ce n'est tout simplement pas possible ! On se déteste, point. Il ne voit que ses intérêts, c'est tout. Il n'y a aucun sentiment ni aucune sympathie. Niet ! Nada ! Que tchi ! Ni pour lui ni pour moi ! Ce n'est donc pas possible !

Sur ces nouvelles résolutions qu'elle s'imposait mentalement, elle retira rapidement sa main de la sienne. Ethan s'interrogea sur son geste si hâtif, presque inquiet.

— On continue ? demanda-t-il alors pour la forme, voulant s'assurer que tout allait bien.

Kaya hocha la tête de façon dubitative, prête à avancer dans cette angoisse qu'elle sentait déjà douloureuse pour son cœur.

On continue ?

Une simple demande qui la laissait songeuse. Continuer pour

aller où ? Continuer ensemble ? Elle savait qu'il était le roi de l'entourloupe, que pour ce qui était de sa vie privée, Ethan ne lui apporterait rien de bon tant ils avaient une conception différente de la relation homme/femme. Que pouvait-elle attendre de lui ? Pourtant, rien que de lui serrer la main, elle sentait le trouble la saisir. Son corps entier frémissait par ce simple rapprochement qui l'étonnait la première. Ce geste paraissait si simple en fin de compte entre eux, quand tous deux oubliaient leurs chamailleries. Une sensation si agréable qu'elle en devenait alarmante, tout comme chacune de ses demandes de baisers sur ses lèvres. Elle ne pouvait se trouver bien avec lui, ni même éprouver un sentiment plus affectueux pour lui. Quant à une attirance physique... Tout cela remettrait en cause son amour pour Adam. Pourtant, elle acceptait sans trop de réticences cette impression d'être sa possession. Cette main lui accaparant la sienne comme une évidence tandis qu'il fixait d'un œil assuré la prochaine attraction au loin. Un simple geste, mais le symbole de promesses plus douces pour elle. Non, son cœur vacillait, mais elle ne devait pas craquer. Pour Adam. Pour son salut.

Ils arrivèrent devant un grand bâtiment aux lumières bleues, principalement dues aux néons qui l'ornaient : le palais des glaces. Ethan paya les deux entrées et lança à la hâte un « Le dernier sorti du palais a un gage ! ». Et il se mit à courir vers l'intérieur.

Elle le regarda s'éloigner et s'exaspéra à l'idée qu'il veuille jouer une nouvelle fois avec elle.

Tu parles ! Vive les promesses ! Tout ce qui l'intéresse, c'est de me mettre à genoux, oui ! Me mettre plus bas que terre, me ridiculiser toujours plus ! Il m'énerve avec ses paris ! Connard !

Elle entra dans la bâtisse bercée par l'atmosphère bleutée, voire glaciale, un peu comme si elle vivait au Pôle Nord. Des glaces et des vitres se tenaient droites, un peu partout et une fumée grise s'échappait de temps à autre pour rendre cette attraction plus confuse, plus chaotique. Elle avança doucement. Elle ne pouvait voir Ethan, mais sentait sa présence non loin. Les glaces renvoyant son reflet de part et d'autre lui faisaient monter une certaine angoisse. Il y avait tellement de Kaya face à elle, qu'elle ne savait plus si elle était bien la vraie. Les reflets étaient pour certains difformes. Un coup, elle était petite, un coup géante, puis ondulée… Mais l'un des miroirs attira davantage son attention. Elle se mit de profil puis sourit. Ce reflet lui donnait une poitrine généreuse, une poitrine que les femmes envieraient sans problème. Elle se redressa et renforça la courbe de ses seins sur son reflet.

Plus elle se regardait avec ses nouveaux petits détails anatomiques, plus ce qu'elle voyait d'elle lui déplaisait. Ce n'était pas elle. Elle n'était pas une bimbo refaite à coup de silicone. Elle était juste Kaya… Un soupir s'échappa de ses narines ; de toute façon, elle ne risquait pas d'avoir de l'argent pour se faire refaire quoi que ce soit. Perdue dans cette contemplation grotesque d'elle-même, elle ne sentit pas la présence derrière elle qui l'encercla aussitôt de ses deux bras. Ethan posa sa tête sur son épaule, serra sa cavalière dans ses bras et contempla son reflet exagérant sa poitrine.

— Je trouve qu'il y en a un peu trop. Je préfère ma princesse ainsi, au naturel… lui dit-il en alternant un coup d'œil sur la glace et un autre en direction de la vraie poitrine de Kaya.

Kaya écarquilla les yeux. Outre le fait qu'il matait ostensiblement sa poitrine et qu'il pensait comme elle, l'image sous ses yeux la choqua. Elle se voyait avec Ethan dans le miroir, l'enlaçant tendrement et n'osait imaginer que ce même reflet était un écho de sa réalité. Il la tenait naturellement dans ses bras et venait de lui dire un des plus beaux compliments qu'une femme pouvait espérer. Et il l'aimait telle quelle ! Elle dévisagea son cavalier à travers le reflet de la vitre déformante puis, finalement, se mit à rougir devant son regard si insistant et sous l'effet du compliment. C'était tout elle de rougir pour trois fois rien... et pourtant, un compliment venant de son pire ennemi était à marquer sur le calendrier comme un événement tenant du miracle.

À présent, elle se trouvait encore plus idiote de réagir au quart de tour pour le moindre mot ou geste de la part de celui qui l'enlaçait. Ce n'était pourtant pas la première fois qu'elle se trouvait face à un miroir avec lui. Et pourtant, comme pour la fois où il lui avait mis son collier autour du cou, elle s'était sentie à nouveau mal à l'aise.

Ethan se mit à sourire en voyant la confusion de sa cavalière. Il n'aurait su dire si c'était le fait de l'avoir surprise en flagrant délit de complexe sur sa poitrine ou si c'était son compliment qui la troublait, mais il aimait cet air un peu paniqué sur son visage. Elle ne se maîtrisait plus et se dévoilait ainsi sous un autre jour. Il arrivait à la déstabiliser suffisamment pour y lire une gêne alimentée par une pudeur et une timidité tout à fait mignonnes. Il se détacha alors à regret d'elle.

— Je pense que je vais gagner ce pari si tu continues à minauder devant une telle tricherie ! souffla-t-il cyniquement.

Chassez le naturel, il revient au galop ! Je ne cherchais pas à tricher et je minaudais encore moins ! Crétin ! Abruti !

Il reprit les devants, laissant une Kaya consternée par sa propre stupidité à croire qu'il pouvait vraiment avoir une âme bienveillante et romantique. Ce fut une projection de fumée blanche qui la fit sursauter tout en la sortant de sa réflexion. Un nouveau sourire se dessina sur son visage. Elle comptait bien gagner ce pari et lui donner un gage dont il se rappellerait toute sa vie ! Elle avança donc dans ce dédale de glaces transparentes. Malheureusement, chaque vitre était bien nettoyée et ne laissait aucune marque visible indiquant leur présence. C'est alors que la jeune femme se rappela un film où des personnes étaient enfermées dans un labyrinthe. Il fallait toujours laisser sa main gauche toucher le bord et cela la mènerait vers la sortie. Elle posa alors sa main sur la première vitre rencontrée et avança, une main sur sa gauche et l'autre devant elle, au cas où. Ses pas la firent considérablement avancer dans le palais. Jusqu'à ce qu'elle se retrouve dans un cul-de-sac. Elle baissa ses mains un instant, forcée de constater que cette théorie de la main gauche était du pipeau et qu'elle devait rebrousser chemin. Elle pesta intérieurement d'avoir si peu de chance. Elle était sur le point de donner un coup de pied sur l'une des vitres quand elle le vit à nouveau.

Ethan était devant elle, cherchant à tâtons une sortie. Ce dernier sentit sa présence et se retourna. Il lui sourit et leva sa main pour lui faire un coucou joyeux, limite provocant, histoire d'intensifier un peu plus leur pari, avant de s'avancer vers elle. Son entrain était tel qu'il ne vit pas une vitre postée juste devant eux et sa tête alla la percuter négligemment. La vitre trembla tant le choc fut considérable. Il recula alors sous l'impact, portant ses mains sur le front et le nez endoloris, tandis que la jeune femme éclata de rire. C'était plus fort qu'elle. Elle revoyait la scène au ralenti dans sa tête : lui fonçant vers elle, le sourire ravi et puis le « BONNGGG ! » qui suivit. C'était un drôle de bruit d'ailleurs. On aurait presque pu se demander ce qu'il avait dans la tête pour que l'impact provoque un tel résultat. À cette idée, elle se remit à rire de plus belle, se tenant même le ventre tellement elle n'en pouvait plus. Ethan fit une grimace boudeuse devant le peu de compassion de sa cavalière, mais finalement sourit en la voyant rire à gorge déployée. Elle semblait si heureuse à cet instant. Il retrouvait son magnifique sourire et il en était l'initiateur. Kaya jeta un coup d'œil entre deux gloussements vers son faux petit ami ; une petite larme brillait au coin de l'œil, mais son fou rire réapparut bien vite quand elle vit la grosse marque rouge sur son front, enflant maintenant légèrement. Ethan se fâcha devant son insistance à le tourner au ridicule. Il se frotta encore une fois le front pour voir s'il ne saignait pas. Kaya cessa alors son fou rire pour s'enquérir de l'état de son rival et vérifier les dommages causés par ce violent impact. Elle s'approcha de la vitre et posa ses deux mains dessus.

— Ça va ? Pas trop mal ?
— Un peu quand même ! Satanée vitre ! Elle n'a même pas flanché sous l'impact ! Je n'en reviens pas ! Pourtant, j'ai la tête dure ! Pour le héros brisant la vitre afin de retrouver sa princesse, on repassera, je crois !

Kaya lui offrit un regard compatissant. Il s'approcha alors un peu plus et colla son front endolori sur la vitre. Le froid soulagea son mal de tête. Ethan se mit à sourire et posa ses mains au même endroit que celles de Kaya. Son souffle alla former une buée. Kaya passa d'un état d'euphorie à un nouvel état de trouble. Machinalement, elle rapprocha son visage encore plus de la vitre et colla son front, elle aussi, comme pour combler un peu plus cette distance, tenter d'occulter cette séparation qu'il y avait entre eux. C'était comme s'il était près, mais intouchable.

Depuis leur première rencontre, elle avait cette drôle d'impression. Comme si briser la glace était impossible, comme si derrière cette vitre se cachait un autre homme dont on n'avait pas le droit de connaître les secrets, dont la vraie personnalité était inaccessible. Le bout de ses pieds toucha la surface transparente. Elle ne savait pas pourquoi, mais elle avait envie de passer ce mur invisible, aller au-delà pour découvrir celui qui lui faisait face. Son cœur agissait à la place de sa raison. Elle devait se connecter à lui pour comprendre comment il pouvait être si détestable en apparence et pourtant si énigmatique et attirant juste après.

Ethan fut troublé face à ce rapprochement plus intime. Pour une fois, c'était elle qui allait vers lui. Il regarda ses mains collées sur la vitre et du bout des doigts tenta de caresser d'une main celle qui lui faisait reflet. Il voulait encore plus la toucher. Elle était près de lui, mais inaccessible. Comme d'habitude… Kaya le regarda faire, à la fois surprise et paniquée par ce nouveau geste si avenant pour son pauvre cœur. Il y avait dans son regard une infinie douceur et une indéfectible minutie dans ses gestes. C'était intime, mais léger. Délicat, mais chargé d'une intense tension sexuelle qui la déstabilisait comme jamais. Ce simple geste du bout des doigts était la simple image de ce qu'il pouvait faire sur son corps. Elle pouvait facilement s'imaginer ses doigts courir le long de son avant-bras, remonter sa clavicule, contourner la courbe de son sein pour explorer son ventre et finir loin, très loin dans son intimité. Elle déglutit en regardant la pulpe des doigts d'Ethan posée face à sa main. Elle regarda à nouveau le visage de son cavalier qui la fixait maintenant intensément. La buée exhalant de leur bouche respective accentua le désir perceptible de l'autre. Kaya recula alors précipitamment. Le chaud de son corps, le froid de la vitre, la lumière aveuglante des néons. Tant de détails qui la propulsaient ailleurs, dans une bulle de sensualité qui la happait autant qu'elle tentait en vain de la repousser. Reculer était son seul espoir.

Ethan retira ses mains de la vitre, mais ne la lâcha pas des yeux. Elle reculait, mais il se refusait à la laisser partir sans agir. La quitter des yeux serait lui signifier qu'il acceptait sa fuite. Or, il lui était inconcevable de la voir s'échapper. Il la désirait toujours un peu plus et ce simple contact contre cette vitre lui prouvait la plus évidente des réalités : il voulait vraiment la faire sienne. Il voulait la cajoler autant qu'être cajolé. Ce doute qui le taraudait au début n'était plus. Son attirance était plus forte que tout et il devait combler cette frustration.

Kaya reprit rapidement contenance et lui déclara alors, pour sortir de ce malaise qui la pourchassait :

— Crois-tu que je vais te retrouver à la sortie ? Tu sembles un peu... assommé ?!

Ethan sourit à cette remarque à double sens, car effectivement il était assommé par son désir d'elle bien plus que par le coup sur son front.

— Tu ne sembles pas non plus en excellente posture pour gagner ce pari. Tu es encore loin de la sortie.

Ravie de la nouvelle tournure que prenait leur conversation, Kaya se sentit plus à l'aise et osa jouer davantage.

— Crois-tu ? Mmmh ! J'ai de la ressource quand il s'agit de gagner ! La probabilité est bien plus grande ici qu'aux pinces ! Et puis, il est hors de question que je sois la victime de ce pari. Je compte bien effacer le gage de la petite culotte !

— Et moi il est hors de question que je perde ma princesse dans ce dédale ! Je la retrouverai coûte que coûte pour qu'elle joue les infirmières avec moi ! Oui... sois mon infirmière si je gagne... encore !

Ethan lui offrit un magnifique sourire en guise d'ultime provocation. Cette phrase coupa tout élan à Kaya qui était, l'instant d'avant, d'humeur espiègle. Un flot d'images et d'émotions prit place dans son esprit, ce qui se traduisit par un vacillement de ses pupilles. Elle fit un pas en arrière, emportée par son trouble. Elle avait senti en une fraction de seconde cette envie si malsaine et si annonciatrice de plaisir lui suggérer de perdre à nouveau face à lui.

— Attends-moi, j'arrive ! lui murmura-t-il avant de s'éloigner.

Kaya n'osa lui dire quoi que ce soit alors qu'il tournait les talons pour trouver le bon chemin. C'est un nouveau « BOONNG » qui la sortit une nouvelle fois de sa réflexion. Un petit rire étouffé partit de sa bouche, se doutant de qui en était la cause. Elle repartit alors, cherchant la sortie. Les minutes passèrent, chacun les mains devant soi pour avancer dans ce dédale.

Je ne dois pas le laisser gagner ! Kaya, ressaisis-toi, bordel ! C'est un manipulateur ! C'est un charlatan. Ne tombe pas dans son panneau ! La culotte en dentelle, les baisers, l'infirmière… il fait exprès de t'allumer ! C'est juste un jeu.

Elle se rabroua, se traitant d'idiote trop influençable, trop vulnérable, trop pathétique tout en avançant, utilisant sa technique à défaut d'avoir un fil comme Ariane pour retrouver son chemin. Bientôt, ils se retrouvèrent l'un face à l'autre et la sortie à deux mètres devant eux. Tous deux se toisèrent du regard avec un petit air rusé. L'enjeu était très important. Il fallait gagner coûte que coûte pour obtenir de l'autre l'exécution de son souhait. Ethan soupira tandis que Kaya lui lança un sourire plein de défi. L'heure de vérité avait sonné. Ethan ferma les yeux un instant pendant que Kaya réfléchissait à la meilleure façon de le battre. Il les rouvrit doucement et croisa à nouveau ceux de sa belle.

Quand soudain, tous deux se précipitèrent vers la sortie. Chacun se mit à courir jusqu'au tournant menant vers l'escalier de sortie sur la droite pour l'un, sur la gauche pour l'autre. Ils se tamponnèrent alors par un grand coup d'épaules pour pouvoir passer dans le virage. Kaya, pleine d'imagination, donna un petit coup de coude dans les côtes d'Ethan qui lâcha un petit cri de douleur. Mais ce fut sans compter sur ses réflexes… Alors qu'elle passait devant lui, prête à franchir la première marche de l'escalier, Ethan l'attrapa par la taille, lui faisant faire un demi-tour autour de lui alors qu'elle se débattait comme un diable.

— Je t'avais dit que je te retrouverais, mais le gentleman que je suis ne peut te laisser gagner.

Et il sauta trois marches de l'escalier et franchit la sortie sous le regard effaré de Kaya. Elle resta un instant en haut de l'escalier, les bras crispés le long de son corps, tant elle se maudissait de s'être fait avoir de la sorte.

Je t'en mettrais moi des "gentleman"!

Ethan se tourna alors vers elle et posa son pied sur la première marche de l'escalier. Il lui tendit sa main tout en s'étirant.

— Si ma Princesse veut bien se donner la peine, je me ferais un plaisir de l'aider à descendre les marches de son palais. Il ne peut y avoir d'autres raisons à ne pas laisser passer en premier une femme !

Kaya resta stupéfaite. Il venait de se comporter comme un malotru en ne lui cédant pas le passage et pourtant, son action, il venait de la justifier en l'aidant à descendre ces marches par un acte des plus courtois. Était-il sincère ou se moquait-il encore d'elle, en rajoutant une couche à sa défaite ? Elle fit un pas en avant, tout en lui tendant la main. Elle aurait pu le snober, lui montrer son mécontentement d'avoir perdu, pourtant elle commençait à croire qu'elle était vraiment une princesse à ses côtés. Bizarrement, elle voulait y croire.

Ethan lui attrapa la main et y déposa un baiser léger sur le dessus, en parfait cavalier. Kaya se mit à rougir, peu habituée à de telles attentions venant d'un homme. C'était la seconde fois qu'il lui baisait le dessus de la main. Plus de doutes, il ne se moquait plus cette fois. Même dans ses rêves les plus fous, elle n'aurait pu imaginer tant de prévenance et de gentillesse de sa part. C'était comme si en un après-midi, il effaçait tous les sarcasmes et défiances à son égard. Elle descendit la deuxième marche dans cet état second. C'est alors qu'elle le vit l'attraper par la taille et la porter jusqu'à lui. Il la posa doucement à ses pieds et rapprocha son visage de son oreille.

— J'ai beaucoup aimé cette attraction ! Pas toi ?

Kaya ne trouva pas les mots pour lui répondre. Elle était comme anesthésiée. Son cœur battait à une vitesse folle. Elle venait de vivre un instant des plus romantiques, un moment que toutes les filles saines d'esprit rêveraient de vivre. Lentement, il lui caressa le bout du nez avec le sien.

— Console-moi… lui dit-il alors doucement. Je souffre. J'ai mené une rude bataille pour te retrouver, Princesse. Maintenant, prends soin de moi. Regarde-moi… mon visage est tuméfié !

Les jambes de Kaya se mirent à flageoler. Elle savait ce qu'il attendait. Elle sentait aussi que tout son être en avait envie, mais l'image d'Adam restait imprimée en elle, comme tant de blessures dans sa chair. Si elle devait jouer les infirmières avec lui, il serait également un baume faisant disparaître les dernières marques qu'Adam avait laissées en elle. Elle ne pouvait pas faire disparaître Adam. Elle se contenta alors d'encercler son cou de ses bras et de le serrer fort contre elle. Ethan écarquilla les yeux, ne s'attendant pas à ça.

— Je suis désolée, mais je ne peux pas faire mieux que cela pour soulager ta douleur. La consolation peut être manifestée de différentes manières. Le sexe ou les baisers ne sont pas les seules options. Le réconfort peut être une compassion, un soutien pour ne pas flancher, un sourire ou un cadeau pour offrir un moment meilleur. Je veux bien compatir et te prêter mon épaule comme maintenant, mais je ne peux faire plus. Un jour, tu trouveras sans doute une femme qui te donnera en plus des bisous et des super câlins, mais ce ne sera pas moi. Mais c'est déjà bien pour un connard ce que j'offre, non ?

Le cœur d'Ethan se serra. Outre le fait qu'elle l'ait éconduit, elle appuyait sur un fait qu'on lui avait déjà répété. Cindy Abberline lui avait déjà fait cette remarque. Elle lui avait déjà dit que le réconfort ne passait pas que par le sexe, que le sexe ne soignait pas toutes les souffrances, que parfois un simple geste comme une main dans une autre pouvait suffire à ne plus souffrir et se sentir seul. Il avait beaucoup de mal à comprendre cela. Même si ses parents adoptifs avaient tenté de démontrer ces propos, il avait toujours été peu réceptif au simple cliché de l'entourage bienveillant. Il voyait bien que l'intention n'était pas mauvaise, mais il ne percevait pas cet élan de réconfort, aussi fort qu'une partie de jambes en l'air qui arrivait à effacer un court moment ce qui le rongeait.

Malgré cela, le simple câlin improvisé par Kaya le touchait plus que d'ordinaire. Peut-être à cause de sa candeur et sa fidélité manifeste à Adam, son abnégation à espérer qu'il trouve quelqu'un qui réponde à ses besoins malgré leurs divergences ou bien simplement parce que le jeu serait trop simple si elle craquait aussi facilement que toutes les femmes qu'il avait rencontrées. Le seul constat qui s'offrait à lui était l'effet inverse de ce qu'elle souhaitait pour son bien-être. Il voulait finalement plus que ce qu'elle pouvait lui offrir, ce qui était déjà une marque de considération dont pourraient se vanter peu de femmes. Elle venait de lui présenter ce qu'il cherchait à comprendre en vain depuis des années. Son câlin était un réconfort qui le touchait enfin, qui trouvait un écho en lui. Mais bien plus que son geste, ses paroles le faisaient carrément flancher. Elle pouvait être toutes les options qu'elle venait de citer. Il n'en doutait pas. Elle lui avait montré déjà cela. La dispute avec Brigitte était un parfait exemple. Il voulait ressentir toutes ces possibilités de réconfort avec elle. La plus simple des attentions qu'un simple câlin lui réchauffait le cœur et le corps. Il ne pouvait se contenter de ce simple geste alors que tant de promesses étaient à portée de bras.

Il serra Kaya dans ses bras et nicha son visage dans son cou en soupirant. Son doux parfum d'abricot caressait ses narines et il s'imaginait bien rester ainsi encore longtemps.

— D'accord. Ce n'est pas du câlin 4 étoiles, mais je prends… Pour cette fois !

Kaya se détacha de son étreinte subitement et le fixa, inquiète de voir qu'il ne renonçait qu'à moitié.

— Pour cette fois ?

— Pour cette fois… répondit-il avec un petit sourire taquin. Je ne renonce jamais à mes objectifs, Kaya, et mon objectif est d'obtenir les 4 étoiles.

Kaya leva les yeux, consternée, tandis que le soleil commençait à descendre dans le ciel.

— Évidemment… Tes objectifs ! Comment ai-je pu oublier !

10
Bagarreur

Le son des basses faisait résonner son cœur, mais qu'importe ! Kaya s'amusait comme une petite folle sur la piste de danse avec Simon. La journée avait été étrange. Pour la première fois, il n'y eut aucune réelle dispute entre Ethan et elle. Leur après-midi était resté placé sous le signe de la complicité. Ethan n'avait pas cherché à la pousser dans ses retranchements de quelque manière que ce soit et cela lui fit un grand bien. Le grand méchant loup avait fait une pause et le résultat sur l'ambiance s'en était ressenti. Ils avaient crié comme des fous lors de l'impressionnante descente du grand huit, s'étaient émerveillés en voyant la Tour Eiffel s'illuminer de leur point de vue en haut de la Grande Roue, puis avaient mangé une barbe à papa. Elle avait eu l'impression d'être choyée comme une gamine à qui l'on accordait tout, même si elle n'avait jamais eu à lui forcer la main pour payer quoi que ce soit. Il y avait une éternité qu'elle ne s'était pas amusée de la sorte. À aucun moment, elle n'avait ressenti le manque d'Adam ou le regret de ne pas être allée finalement le voir au cimetière. Cette journée fut un grand bol d'oxygène pour elle. Pour la première fois, elle avait oublié les soucis de son quotidien et elle le devait à Ethan. Elle avait beaucoup de mal à admettre qu'il avait été plutôt charmant aujourd'hui, mais les faits parlaient d'eux-mêmes. Malgré son gros coup de fatigue de la veille, il avait fait passer son bonheur avant le sien. Et cette gratitude qu'elle se refusait d'avoir pour le connard qu'il pouvait être, elle l'avait pour l'homme gentil qu'il continuait de demeurer maintenant.

Contre toute attente, il lui avait proposé de passer la soirée au Sanctuaire, le bar-discothèque que tenaient Simon et Barney, et où il y avait des parts. Revoir ses amis ne la gênait pas ; elle les appréciait. La contrepartie de cet accord fut qu'il se repose une heure avant. Ethan avait grimacé, refusant d'être traité comme un enfant à qui l'on faisait la morale sur sa santé et son hygiène de vie, mais il avait accédé à sa requête et dormi même deux heures après leur retour de la fête foraine. Il évitait visiblement toute source de conflit avec elle. Quand ils arrivèrent au Sanctuaire, Simon lui sauta au cou, heureux de la revoir et la guida directement sur la piste de danse, si bien qu'elle ne put faire qu'un geste de la main pour saluer le reste de la bande. Et depuis, elle épuisait tout ce qu'elle avait encore d'énergie pour donner le change à un Simon monté sur ressorts. Barney avait alors servi un verre à Ethan qui avait rejoint le reste de ses amis à leur table fétiche dans un coin du club.

— Je n'y crois pas ! Comment Simon l'a kidnappée pour se la garder pour lui tout seul ! protesta Sam, halluciné par le manque de respect de la concurrence.

Il se mit à sourire, puis se tourna vicieusement vers son ami.

— Hé ! Tu n'es pas un peu jaloux ? Elle a vraiment du succès auprès de Simon, ta Kaya. Ça ne t'énerve pas ? Pas même un peu ?

Ethan soupira et lui lança un regard désabusé.

— Pourquoi serais-je jaloux ? D'un, Simon est gay. De deux, ce n'est pas MA Kaya. De trois, qui voudrait flirter avec une casse-pieds de première ?

— OK. Message reçu.

Sam lui fit un salut militaire pour conforter ses propos.

— Moi, je veux bien flirter avec elle ! cria-t-il tout en lui faisant un clin d'œil de défi et fonçant sur la piste.

Ethan se redressa légèrement pour l'en empêcher, mais se retint, tout en pestant intérieurement. Oliver, Brigitte et Barney ne rataient pas une miette de ce spectacle où leur ami pouvait être confondu. Il but alors d'une traite son whisky sans quitter des yeux la piste de danse et garda ses craintes pour lui comme il put.

Brigitte commença à s'agiter à côté de lui au bout de quelques minutes, contemplant au loin les simagrées de Sam pour se faire remarquer par Kaya. Au point qu'elle décida d'y mettre un terme.

— Il est intenable. Non, mais regardez-le ! Même pas le moindre respect pour les fréquentations de ses potes ! Je reviens, je vais le recadrer illico presto.

Elle s'élança alors sur la piste et commença à l'enguirlander comme il fallait. Sam joignit ses mains devant lui, en mode suppliant, pour qu'elle l'épargne et qu'elle concède un pardon, avant de l'attraper par la taille et la soulever dans les airs. Elle tenta en vain de crier et de le repousser, mais Sam sembla plus que déterminé à danser cet air de pop-rock comme un slow. Ethan s'esclaffa tout en se reservant un verre.

— Content de voir que tu vas mieux, mais ne forces pas trop sur l'alcool ! déclara alors Oliver avec un petit sourire.

Ethan le fusilla du regard.

— Oui, maman numéro trois ! railla-t-il pour la forme. Décidément, je n'ai jamais été aussi chouchouté de toute ma vie que depuis vingt-quatre heures !

Oliver lui renvoya un sourire complice.

— Sois content qu'on s'inquiète, au lieu de marmonner comme un gamin ! Kaya semble avoir bien pris soin de toi pour te remettre aussi vite sur pied. C'est elle, ta maman numéro deux ?

Ethan s'étouffa dans son verre en entendant les propos équivoques d'Oliver qui lui faisait un sourire ultra bright.

— Très drôle. Je pourrais très mal le prendre, tu sais…
— Évidemment… cela n'est pas dans le sens d'une comparaison avec ta vraie mère. Toi-même, tu suggérais plutôt Cindy en maman numéro un plutôt que Sylvia, pas vrai ?

Ethan grogna dans son verre pour la forme.

— Toujours est-il, ne te fais pas de film avec Kaya. Il ne s'est rien passé ! J'ai juste… bien dormi.

Ethan replongea dans ses pensées. Il préférait garder pour lui le détail crucial ayant fait qu'il ait si bien dormi la nuit précédente. Déjà, car pour lui, c'était inconcevable d'avoir pu réussir à dormir avec elle. Aucune femme n'avait eu cette possibilité auparavant et pourtant, il avait volontairement accepté cette incartade une nouvelle fois avec sa pire ennemie. Comme si dormir sur le canapé avec elle n'avait pas suffi… Il ignorait encore pourquoi il avait eu pitié d'elle comme ça au point de l'accepter dans son lit, ni même comment il avait pu s'en accommoder aussi facilement. Tout ce qu'il savait, c'était qu'il avait bien dormi et Oliver ne devait pas avoir plus de détails, sans quoi il ne l'aurait pas lâché sur cette nouvelle croustillante. Il le voyait déjà dire « Quoi ! Une femme a dormi contre toi toute la nuit ! Nooonn ! ». Il préférait garder ce secret pour lui, comme un trésor. Bizarrement, il ne voulait pas donner une chance au destin de s'acharner contre le début de bonne entente qu'il construisait avec Kaya, en risquant une révélation pouvant tout détruire. Il avait apprécié cette nouvelle relation de l'après-midi et avait renoncé à tout acharnement sur elle. L'étreinte qu'elle lui avait prodiguée le plus simplement du monde lui avait coupé toute envie. Il n'avait pas le cœur à la provoquer, ni même à la contraindre de coucher avec lui. La vérité était qu'il était un peu paumé sur ce qu'il ressentait. Son désir au niveau du pantalon était contrarié par d'autres désirs bien plus insidieux.

Elle avait ri toute la journée. Ses yeux s'étaient illuminés devant chaque chose qu'il lui proposait. Elle avait même gémi devant sa première bouchée de barbe à papa tant elle était heureuse. Il n'avait pas souvenir d'avoir donné autant de bonheur à quelqu'un avec si peu de choses, en faisant si peu d'efforts. Il avait toujours douté de pouvoir même en donner réellement un jour. Ethan pensait toujours que ce qu'il donnait provoquait un bonheur illusoire, que les femmes étaient les championnes de la comédie et que tout n'était que duperie pour mieux le blesser. Pourtant, Kaya semblait être sincère dans tout ce qu'elle faisait. Elle n'agissait jamais dans l'exagération portant à croire qu'elle en rajoutait des caisses. Tout restait dans une retenue adorable. La retenue. Un mot dont il avait beaucoup de mal à faire usage. Alors qu'il ne voyait que le sexe avec les femmes, elle lui montrait une autre relation, simple, sans promesses ni demandes. Juste un rapport bienveillant entre un homme et une femme, suffisant pour ne pas être sur la défensive. Un lien invisible qui le connectait à elle sans avoir à tricher ou se forcer. Juste elle et lui, l'un près de l'autre, à profiter du moment présent sans appréhension. Une situation aussi inédite qu'invraisemblable à ses yeux. Bien plus poussée que sa simple relation amicale et professionnelle avec Brigitte. Cet après-midi avait été différent. Son bien-être avait été différent.

    Leur retour à l'appartement était resté dans cette ambiance doucereuse où il pouvait relâcher la pression en sa présence. Oui, il avait bien dormi. Seul, cette fois-ci, mais avec le sentiment d'être couvé, d'avoir eu un réconfort dix fois plus efficace que toutes les parties de sexe qu'il avait pu avoir jusque-là. De toute façon, même s'il ressentait le besoin d'être choyé, il n'avait jamais voulu le demander à une femme, avant Kaya. Il était hors de question de tomber dans les travers d'autrefois, à croire qu'il était important aux yeux de quelqu'un, qu'il pouvait à lui seul être un réconfort suffisant pour balayer tous les soucis.

Cindy Abberline lui avait dit un jour où sa colère avait fait exploser toute la souffrance qu'il gardait en lui : « *Les personnes passionnées sont toujours celles qui souffrent le plus. Tu n'es pas trop gentil, comme le disait Stan, ton beau-père. Tu es simplement passionné. Et tout ce que tu fais en mal ou en bien, tu le fais à fond et c'est aussi pour cela que tu souffres autant quand tu es déçu. Ne te punis pas d'être ainsi. Assume ce que tu es ! Revendique-le et fais-en une force. Construis-toi des objectifs et ne lâche pas l'affaire tant qu'ils ne sont pas réalisés. Cela peut prendre une heure, des mois ou des années, mais ne tombe pas dans la tristesse de l'échec, car tu es un battant. Tu réussiras toujours. Donne-toi une chance.* ». Elle lui avait alors offert un tableau d'écolier et des craies. Elle y avait dessiné deux colonnes. La première consistait à faire la liste de ses objectifs, ce qu'il souhaitait plus que tout. La seconde devait être une réflexion sur les moyens d'y parvenir. Aujourd'hui encore, il se servait de ce tableau. Il était dans son téléphone portable et était comme un guide de survie. Les mots de Cindy avaient été une ancre sur laquelle il s'était accroché. Se reconstruire, aller vers l'avenir. Telle était la force que les Abberline avaient réussi à lui insuffler. Ne plus se morfondre et maudire la terre entière. Ne croire qu'en soi pour mieux affronter la réalité.

 La déception, la douleur, la tristesse avaient atteint le stade de non-retour quand il avait appris par les Abberline que sa mère biologique avait renoncé à sa garde et qu'ils étaient à présent ses tuteurs. Le pire échec de sa vie, le pire sentiment qu'il ait pu avoir : le rejet. Il leur avait alors demandé d'être adopté, au même titre que Max, son grand frère, et Claudia, sa petite sœur. La rupture avec sa mère avait été nette, évidente. Elle l'avait abandonné. Il ne voulait plus avoir de lien de parenté. Il était à présent orphelin, comme ceux de l'orphelinat de la police nationale, où il allait de temps en temps avec les Abberline. Il ne lui pardonnerait jamais. Il ne voulait ni la revoir ni lui accorder le moindre bénéfice du doute. Il l'aimait comme un fou et ce n'était pas réciproque. Stan le lui avait pourtant prouvé lorsqu'elle était restée passive, à le voir se faire ouvrir le torse. Ce constat avait été confirmé par les Abberline. Tout était fini. Il ne lui restait plus rien. Les Abberline ou la rue, peu lui importait maintenant qu'elle l'avait rejeté. Finalement, son désir d'adoption était un acte de vengeance pur et simple envers sa mère. Les Abberline avaient été déroutés par sa demande si abrupte suite à leur annonce, à l'époque. Il allait sur ses dix-sept ans et n'avait bientôt plus besoin de ses tuteurs, la majorité approchant. Cette requête fut autant une surprise qu'une belle preuve de confiance pour eux. Même si pour Ethan, le côté affectif de leur relation était loin d'être évident, il voulait trouver un moyen de rompre définitivement tout lien avec sa mère biologique. Son changement de nom de famille était un pas, son adoption une nouvelle vie. Sa nouvelle vie était là, sous ses yeux. Ce bar, ses amis, son travail… et Kaya. Une tempête qui avait déboulé sans crier gare et dont il ignorait ce qu'il allait en faire. Lui et ses objectifs étaient bien démunis quant à l'avenir. Chaque jour était une découverte improbable avec elle. Que pouvait-elle lui apporter dans sa vie reconstruite à part plus de doutes ?

    Oliver le regarda observer la piste en silence. À croire que cela devenait un rituel dès qu'elle dansait avec un autre que lui. Il avait dans ses yeux le regard du mec jaloux, un brin possessif et protecteur. Il sourit. Ce spectacle, il le devait à la femme qui tentait de faire une danse du ventre improvisée. Elle était aussi maladroite que ridicule, mais elle fixait l'attention de nombreuses personnes autour d'elle. C'était ça, le charme de Kaya et pour une fois, Ethan n'y était pas insensible lui non plus et se laissait aller à manifester des comportements que tout homme sensé aurait eus. Il se doutait que son ami ne lui disait pas tout de cette première semaine à vivre avec elle. Il n'avait pas encore mis un terme à ce jeu grotesque, donc il pouvait en déduire facilement qu'elle lui plaisait vraiment, malgré leurs accrochages. Pour la première fois sans doute, il le voyait insister avec une femme, lui si peu enclin à présenter un intérêt quelconque à ces dernières, à part pour un cinq à sept sous une couette.

Kaya tentait toujours de faire des pas de danse chorégraphiés sous le regard moqueur de Sam et Simon, qui lui expliquaient les mouvements quand soudain, un homme s'approcha d'eux. Autant dire un frigo, une armoire à glace ! Oliver tourna instinctivement la tête vers Ethan. Et sa crainte prit forme sur les traits du visage de son ami qui, sur le qui-vive, commençait à serrer les dents et se crisper, prêt à agir.

Ça ne sent pas bon. Même très mauvais...

Le rugbyman commença à danser près d'eux, mine de rien. Sam le calcula rapidement et lança un regard vers la table d'Ethan. Il s'aperçut alors que son ami était dans les starting-blocks. Bientôt, l'homme se posta devant Kaya et commença son cinéma.

— Tu danses super bien, dis-moi ! déclara-t-il, presque en poussant Simon pour le mettre hors jeu.

Sam leva les yeux, consterné par l'approche de gros naze. Kaya perdit son sourire et recula, n'aimant pas cette intrusion dans sa bulle de plaisir. Son assaillant en profita pour l'acculer un peu plus en se rapprochant et distançant Sam et Simon qui commençaient sérieusement à voir les choses mal finir.

— Non, je ne sais pas danser… tenta-t-elle de répondre poliment, mais le cœur n'y étant pas.

— Allons, allons… c'est parce que tu n'as pas trouvé le bon cavalier !

Il l'attrapa par la taille subitement et commença à se frotter contre elle. Kaya tenta de le repousser, mais en vain, quand soudain, ils entendirent un « hé ! ». Le pseudo séducteur tourna la tête pour voir qui l'interpellait et prit une droite en pleine mâchoire, le faisant chanceler et lâcher sa proie. Kaya écarquilla les yeux en remarquant l'auteur de ce geste. Ethan était là. Son regard furibond ne laissait plus de doute sur la raison de sa présence sur la scène. Son rival se frotta la mâchoire et sourit.

— Tu viens de faire une grossière erreur, mon gars. Crois-tu franchement qu'un poids plume peut faire la différence contre moi ? C'est ta petite amie ? Très chevaleresque, sauf qu'elle va ramasser un morceau de steak tartare.

Pour illustrer ses propos, il colla alors son poing sur la joue d'Ethan qui ne sembla pas vouloir l'éviter. Kaya posa sa main devant sa bouche en voyant la force de l'impact contre sa mâchoire et la douleur qui avait dû en découler. Barney arriva en renfort et fit un signe à deux agents de sécurité non loin de se rapprocher d'Ethan. Simon et Sam vinrent en soutien, tandis que Brigitte fit reculer Kaya plus loin.

— Les gars, c'est foutu, on y a droit ! fit Sam, embarrassé.
— Il va le détruire… lança Simon, fataliste.
— Il faut arrêter ce type ! cria Kaya, inquiète pour le sort d'Ethan. Il va le rétamer !

Ethan bougea sa mâchoire et fit craquer son cou. Kaya constata qu'il souriait. Son regard était noir et il ne le détachait pas de son adversaire, comme une ultime provocation avant sa déchéance.

— Je crois que c'est toi qui n'as pas compris à qui tu avais affaire, mon pote. Tu joues AVEC MON JOUET !

Il fonça alors dessus et lui asséna plusieurs coups de poing en plein visage. Sa colère explosait sous le regard médusé de Kaya qui voyait toute cette violence sauvage se décharger sur son rival. Elle était subite, puissante, incontrôlable. Sam donna un coup de coude à Barney qui acquiesça.

— Et c'est parti ! souffla alors Simon, désabusé.

Ils se jetèrent tous trois sur Ethan, afin de stopper ce qui s'annonçait indubitablement comme un massacre. Mais la force titanesque d'Ethan quand il se battait, rivalisait encore contre leurs bras et il réussit à se décrocher de leur emprise. Il fonça alors à nouveau sur le gars, qui voyait déjà des étoiles, et le plaqua au sol pour lui mettre encore des coups en pleine face.

— Je vais t'apprendre à la toucher, enflure ! cria Ethan, sous adrénaline.

Les trois amis revinrent à la charge et le soulevèrent d'un geste coordonné afin de laisser respirer le pauvre fou ayant provoqué leur ami. Un des agents de sécurité vint en renfort pour épauler Simon, Barney et Sam. À quatre, ils purent enfin les séparer, l'agent de sécurité faisant rempart face à Ethan et ramassant toutefois une droite au passage. Ethan s'agita comme un forcené, criant des « lâchez-moi, je vais le démolir ! ». Barney lui répondit par des « plus tard ! » blasés, tandis que le second agent de sécurité évacuait l'armoire à glace comme il put, loin des yeux de son bourreau. Kaya constata une nouvelle fois à quel point Ethan pouvait avoir un fond dangereux. Une noirceur que ses amis avaient anticipée et qui ne semblait pas les terrifier outre mesure. Comme si cette attitude était logique chez lui. Pourtant, c'était un autre Ethan qu'elle voyait dès qu'il se battait. Il éprouvait vraiment un plaisir dans la bagarre, à détruire ce qu'il avait face à lui. Pourquoi tant de violence et de haine explosaient-elles d'un coup en lui ? D'où venaient-elles ? Car s'il y avait bien une certitude que Kaya avait acquise, c'est que ce n'étaient pas totalement ses adversaires qui les provoquaient, qui faisaient naître tant de brutalité. Il y avait bien un homme abîmé sous cette carapace. Elle en était de plus en plus persuadée. Son désamour des femmes, de tout sentiment amoureux, cette colère et cette amertume… tout se regroupait sous un même résultat : qu'est-ce qui avait pu l'affecter au point d'être si rebelle, si ténébreux, si sauvage ? Sans parler de ses deux cicatrices sur le torse et de sa relation particulière avec Eddy qui en faisait vraiment un mauvais garçon. Ethan était face à elle, en train de calmer sa colère entre les bras de ses amis qui le maintenaient et elle se rendait compte que cet homme restait un mystère. Plus elle passait du temps avec lui, moins elle arrivait à le cerner. Elle connaissait ses facultés à la baston, mais elle sentait qu'il y avait autre chose sous ce plaisir à cogner sans relâche.

Ethan croisa le regard pensif de Kaya et cessa de se débattre. Sa respiration était saccadée, mais son regard ne lâchait pas celui de la jeune femme. Ses prunelles si noires reprenaient lentement leur couleur noisette habituelle. Ses pupilles dilatées par la fureur et l'adrénaline reprenaient une forme normale.

— Crise calmée ? lança Oliver, arrivant tranquillement de la table où il n'avait pas bougé jusque-là et se postant devant lui d'un air sévère. Ou dois-je m'en mêler ?

Ethan le considéra un instant, toujours retenu par les bras de ses amis. Il l'observa sans un mot, mais ne le quitta pas des yeux, signe pour Oliver qu'il pouvait encore repartir à la charge.

— C'est bon, mon pote… lui dit alors Oliver doucement, avec un sourire complice. Tu lui as mis sa race. Si tu l'achèves, on va devoir t'enfermer en taule et elle va devoir rester seule ! Ce serait chiant qu'on se la coltine à ta place quand même !

Il montra alors du doigt Kaya qui ne savait comment réagir, entre la remarque d'Oliver peu sympa et son sauveur qui tenait plus de la bête enragée que du chevalier servant. Ethan expira fortement et baissa la tête, puis la secoua affirmativement. La boutade d'Oliver eut raison de ses dernières volontés à se battre. Non pas qu'il eût pitié pour ses copains devant Kaya, mais bien parce que son ami avait toujours les mots les plus grotesques pour lui faire comprendre qu'il allait trop loin. Immédiatement, Sam, Barney et Simon le relâchèrent.

— Putain, tu fais chier, Ethan ! Je vais encore me ramasser un sacré bleu à cause de toi ! rétorqua Simon, en se frottant le bras. Je suis un petit gabarit et tu pourrais penser à nous pendant tes crises, sérieux !

Ethan lui jeta un regard coupable, mais ne répondit rien. Il reprenait lentement une respiration normale.

— Et encore ça va ! On n'a pas utilisé l'option Oliver cette fois ! scanda Sam, amer, tout en se soulageant le dos.

Kaya tiqua à cette remarque.

— Parce que tu es capable de faire pire ? demanda-t-elle à Ethan, effrayée. C'est quoi la botte secrète d'Oliver ?

— Rien de bien méchant... déclara Barney de façon désinvolte. Il remplace la victime.

— QUOIII ! fit Kaya offusquée. Tu cognes ton meilleur ami ?

Ethan ne broncha pas et garda la tête baissée. Oui, il avait déjà cogné Oliver, mais celui-ci savait très bien qu'il serait toujours un frein immédiat à sa rage et sa déchéance. Oliver était sa bouée pour ne pas plonger, tout comme Eddy. Il s'était déjà battu contre eux deux, mais c'était finalement lui qui mettait un point final à cela. Ses deux amis arrivaient toujours à le faire passer pour un imbécile. Et encore une fois, Oliver avait fait preuve de sa perspicacité légendaire en lui dévoilant l'exagération de son emportement. Ethan se trouvait à présent idiot, mais surtout inquiet. Il pétait la goupille trop facilement ces derniers temps et prenait bien trop de plaisir à se battre hors du cadre sportif. La présence de Kaya lui faisait vraiment perdre tout self-control et cela, à tous les niveaux. Plus il passait du temps avec elle et plus son masque s'effritait. Cette idée lui donnait la nausée.

— Oui, on aurait pu avoir pire ! fit Simon, serein. Une fois, on a même dû les emmener tous deux à l'hôpital ! Et le pire, c'était qu'ils étaient tous les deux morts de rire devant l'infirmière ! Je te jure, il y a des trucs qu'il ne faut pas chercher à comprendre avec eux ! Personnellement, j'y ai renoncé il y a un moment. Sam, lui, cherche toujours une réponse à l'équation Ethan. Je crains que ce soit peine perdue.

Simon finit finalement par lui donner un petit coup de poing sur l'épaule, comme pour lui rendre son coup de façon amicale et lui pardonner. Ethan sourit à cette démonstration, d'un air reconnaissant. Barney en fit de même. Kaya demeura complètement déconcertée par l'amitié qui pouvait unir la bande. Sam se positionna face à lui et se pencha à son oreille :

— Si ça n'avait pas été toi, je l'aurais fait aussi. Après tout, on ne casse pas mon plan drague !

Ethan releva la tête. Sam lui sourit de façon moqueuse. Ethan s'esclaffa de son éternel répondant de Casanova et ils se firent un « check » pour renforcer leur complicité. Ses amis retournèrent alors à la table s'offrir un verre après tous ces efforts. Kaya resta avec Ethan sur la piste de danse. Elle était sidérée par la facilité avec laquelle ils lui pardonnaient sa démonstration de violence, comme si, en fin de compte, elle était normale. Son dragueur inconscient était ressorti salement amoché. Méritait-il autant ? Si les deux premières fois, elle avait pu admettre que son entrain à se battre était mué par le besoin de faire une certaine justice quand elle avait eu ses problèmes au Silky Club ou avec Phil et Al, cette fois-ci son emportement paraissait trop extrême à ses yeux pour jouer l'ignorance.

— Tu n'étais pas obligé de le frapper autant…

Ethan la contempla de façon contrite.

— Il ne t'a pas fait mal ? lui demanda-t-il, esquivant au passage sa remarque.

Kaya se regarda un instant, plus inquiète pour lui que pour elle.

— Non… ça va.

Il poussa alors un long soupir de soulagement et s'approcha d'elle. Elle recula d'un pas, comme si instinctivement elle craignait qu'il s'acharne maintenant sur elle. Ethan remarqua son besoin de mettre de la distance entre eux et serra ses poings tachés de sang.

— Pardon… Je n'aurais pas dû te laisser seule sur la piste de danse.

— Ethan, le problème n'est pas sur ta présence ou pas ! Quand tu te bats, tu es… différent. Tu me fais peur.

Ethan encaissa sans rien dire. Le ton de la confidence qu'elle venait d'employer, comme un souffle de déception et de reproche, lui serra la poitrine. Il savait qu'il pouvait être incontrôlable et flippant quand il se défoulait de la sorte, mais il ne voulait pas de ce dommage collatéral avec elle.

— Je ne te ferai jamais de mal. J'ai beau éprouver une grande méfiance envers les femmes, je ne les ai jamais frappées. Mon exutoire est ailleurs.

— Mais je reste responsable de ta violence… par trois fois. Est-ce que tu te bats toujours à cause des femmes ?

Ethan montra un air surpris à Kaya face à cette demande.

— Tu n'as rien à te reprocher cette fois-ci. Tu peux être pénible, mais pas aujourd'hui. Là… c'est moi. J'ai besoin d'évacuer parfois et le fait que lui, te touche, alors que moi…

Ethan s'agita et regarda autour de lui, coupable. Admettre qu'il puisse perdre son sang-froid de la sorte était effectivement invraisemblable. Pourtant, l'idée qu'un autre la touche lui était insupportable. Et se l'avouer autant que le lui avouer, encore moins envisageable. Tous deux restèrent ainsi immobiles, l'un face à l'autre.

— Dois-je le prendre comme de la jalousie ? demanda alors Kaya, suspicieuse.

— Et puis quoi encore ! s'opposa-t-il rapidement, presque choqué. C'est simplement une question d'équité et de justice ! Si je paie et que je ne peux en profiter, pas de raisons que d'autres t'aient gratuitement ! Ton amour pour Adam, je peux m'en accommoder, mais hors de question d'en voir un autre s'ajouter sur la liste ! Par ailleurs, sa tronche ne me revenait pas ! Ne me dis pas qu'il te plaisait ?!

Kaya grimaça sur la valeur marchande qu'elle pouvait représenter à ses yeux, mais secoua la tête pour faire signe qu'elle n'envisagerait jamais quoi que ce soit avec ce type. Avec un rictus compatissant, finalement elle se rapprocha de lui et passa ses bras autour de son cou pour décréter la paix, le pardon et apporter son réconfort malgré tout.

— Merci pour ton intervention.

La poitrine d'Ethan s'agita devant cette nouvelle étreinte. Alors qu'il pouvait encore sentir l'adrénaline vivifier chacun de ses sens, elle y apportait une douceur apaisante. Un instant de repos salvateur qui fit relâcher instinctivement toute tension en lui. Il ferma les yeux et la serra dans ses bras. Il posa son visage contre ses cheveux attachés et respira un bon coup. Comme s'il retrouvait la sérénité dans ses bras.

Elle se détacha alors de lui avec un sourire complice et soudainement lui donna un énorme coup de poing dans l'épaule. Ethan renonça automatiquement à son étreinte pour se masser la partie douloureuse. Son sourire avait disparu et elle fronçait les sourcils. Il la questionna en silence du regard sur son revirement inattendu de comportement.

— Ça, c'est de la part DE TON JOUET !

Ethan la fixa, complètement ahuri, puis ricana.

— Un jouet plein de surprises !

Il tenta une nouvelle approche, mais elle le contra en lui montrant son index, comme un avertissement à son prochain geste.

— Kaya... s'il te plaît. Je n'ai plus envie de me battre, je viens d'avoir ma dose.

— Promets-moi que c'est la dernière fois que tu me traites ainsi. Je ne suis pas ton jouet. Tu me paies peut-être pour jouer ta petite amie, mais cela ne signifie pas que je suis un objet que tu utilises en fonction de tes envies.

Ethan lui offrit un grand sourire amusé puis fit une petite révérence en signe d'acceptation.

— Promis, princesse ! Puis-je... avoir un peu de votre... attention, maintenant ?

— Tu as eu ton petit câlin, c'est largement suffisant !

Ethan regarda un point au loin dans le bar, toujours amusé, puis soudain, sans prévenir, l'attrapa par la taille. Il glissa sa main dans le creux de ses reins tandis que l'autre main partit à la recherche de celle de Kaya pour une petite danse improvisée. Kaya se sentit rougir tout à coup. Ils commencèrent à se balancer doucement. Leurs prunelles ne quittaient pas celles qui leur faisaient face. Kaya perçut à nouveau de doux émois lui traverser le corps en sentant celui d'Ethan contre le sien. Elle regarda alors la main qui tenait la sienne et grimaça.

— Ethan, c'est très gentil d'être si charitable en faisant danser l'éléphant pataud que je suis, mais... tu aurais pu m'épargner cette vision d'horreur.

Ethan regarda sa main et blêmit. Si lui ne se trouvait que peu gêné d'avoir du sang sur lui au vu du nombre de fois où ça lui était arrivé, il pouvait comprendre que Kaya ne pouvait en faire l'impasse.

— Excuse-moi... Huumm. OK, viens.

Il se détacha d'elle à contrecœur et la conduisit hors de la piste. Il lui ordonna de l'attendre puis demanda une trousse d'urgence à l'un des agents de sécurité et prit une bouteille d'eau au bar. Il revint et l'invita du regard à le suivre vers un escalier menant à une mezzanine au-dessus du bar. Ce coin de la discothèque ne semblait pas ouvert aux clients, mais faisait partie de la boîte. Kaya put y voir des tables basses, des fauteuils et des canapés.

— Cet espace est ouvert d'ordinaire, mais nous refaisons la

toiture donc les hommes du chantier ont laissé leur matériel en haut et nous ne pouvons y risquer un accident avec les clients.

— Oui, donc si je suis ton raisonnement, moi, c'est différent. Je peux finir à l'hôpital, ça ne gênera personne. Merci.

Kaya ronchonna. Il l'invita à s'asseoir sur une des banquettes rouges tout en ricanant dans son coin. Elle prit place à côté de lui. Il renversa alors de l'eau contenue dans la petite bouteille sur des compresses et essuya les mains de la jeune femme puis les siennes. Kaya put constater qu'elles étaient assez égratignées au niveau des jointures. Elle attrapa une pommade contre les coups et posa les mains d'Ethan sur ses genoux.

— Je vous jure… Il a fallu que tu réussisses ton coup et que je me sente vraiment obligée de jouer les infirmières une seconde fois ! lui déclara-t-elle en grommelant. Tu m'énerves ! Je te déteste encore plus quand je me rends compte que je me suis fait encore avoir !

Ethan se fendit d'un sourire gigantesque.

— À croire qu'il y a de l'espoir pour la petite culotte en dentelle bleue !

Les yeux de la jeune femme s'écarquillèrent devant le nouvel aplomb d'Ethan qui faisait sauter ses sourcils de provocation. Elle appuya alors plus fortement sur ses plaies et Ethan poussa un petit cri tout en se recroquevillant sur ses pauvres mains torturées.

— Je crois que mes oreilles ont mal entendu ! Tu disais ?

Ethan courba le dos, pris en étau entre son envie de rire et la douleur qu'elle lui infligeait.

— Embrasse-moi, Kaya ! lui dit-il tout en s'esclaffant.

Kaya appuya un peu plus fort sur ses mains, mais Ethan se redressa, préférant lutter contre cette torture que de changer d'avis.

— J'ai bien mérité une récompense et non, je ne lâcherai pas l'affaire cette fois-ci !

— C'est d'un puéril ! soupira-t-elle, désabusée.

Il retira alors ses mains des siennes et l'attrapa par le poignet pour l'inviter à se mettre contre lui. Kaya paniqua en réalisant cette nouvelle proximité si rapide, assise sur ses genoux.

— Mon visage est comment ? Je suis sûr qu'il a besoin d'être soigné ! dit-il alors doucement.

Kaya pouffa en le regardant. C'était plus fort qu'elle.

— Clairement, il y a du travail ! lui répondit-elle, moqueuse. Je ne suis même pas sûre que le maquillage puisse arranger cette gueule de connard !

Ethan resta sans voix, puis tous deux rirent devant cette évidence.

— Tu es un peu rouge et enflé au niveau de ta pommette. Il ne t'a pas ouvert, mais tu es un peu brûlé, égratigné. Ne bouge pas, je vais te mettre ta super pommade dessus ! Avec un peu de chance, tu pourras cacher ton côté rebelle chez Abberline Cosmetics demain matin.

Ethan se laissa faire, ravi d'être l'objet de toutes ses attentions. Enfin. Elle semblait concentrée à bien étaler sa crème et il pouvait la contempler à loisir. Son sourire s'effaça au fur et à mesure qu'il se perdait dans son regard. Elle étalait de son index la crème avec minutie. Une application dont il appréciait chaque seconde tant le soin qu'elle lui prodiguait allait au-delà de son visage. Son cœur ne cessait de battre de plus en plus fort. Il ne voulait pas se contenter d'une simple caresse du bout du doigt. Il voulait la sentir encore plus contre lui, la toucher, l'embrasser, tout comme il voulait qu'elle le touche encore et l'embrasse avec fougue. Il savait que la fougue ne serait pas pour tout de suite, mais il désirait trop de choses pour que cela en soit cohérent. Lorsqu'elle croisa enfin son regard, une fois son baume étalé, elle se mit à rougir. Ethan la fixait avec une attente évidente. Sa mâchoire serrée tressautait, signe qu'il se contenait de faire quelque chose. Pourtant, elle se devait de faire comme si le désir qu'elle lisait en lui était inexistant.

— Voilà, je t'en ai mis une bonne couche. Ça devrait être efficace. Enfin, j'espère.

Ethan ne décrocha pas un mot et continuait à examiner ses moindres gestes. Elle pouvait sans mal sentir la tension sexuelle qui se formait entre eux, rien que par le silence et l'attitude passive qu'il lui présentait. Elle referma le bouchon du pot de crème avec angoisse et hésitation. Sa poitrine lui faisait mal. Elle se sentait comprimée. Elle ne devait pas répondre à son appel. C'était évident, mais il exerçait sur elle une attirance au-delà du supportable.

— Tu as dû avoir très mal, quand il t'a frappé ! lui dit-elle pour combler le silence étouffant, alors qu'elle sentait sa voix trembler sous l'émotion qui la gagnait. J'ai eu mal pour toi, et pourtant, tu n'as pas vacillé.

Elle n'osa le regarder, mais le silence continu d'Ethan et son regard insistant la mettaient très mal à l'aise et l'obligèrent à lui faire face. Le trouble la saisit comme un tsunami qui ravagea toutes ses craintes. Elle crut que son regard la scrutait en profondeur, comme s'il la mettait à nu pour trouver toutes ses failles. Son cœur répondit à cet examen implicite en se débattant outrageusement dans sa poitrine. Elle avait très chaud. La chaleur moite de la discothèque devait y aider, mais elle savait que c'était surtout son corps qui réagissait, dans l'attente insoutenable d'un geste, d'un mot d'Ethan. Ethan comprit son trouble et resserra son étreinte autour de sa taille. Il posa sa main sur son visage et caressa du pouce sa lèvre inférieure. Kaya se liquéfia sur place ; elle se sentait déjà perdue.

— Ce n'est rien comparé à la douleur que tu m'infliges maintenant en repoussant ma demande… dit-il enfin en rompant son silence de sa voix grave et revendicatrice.

Kaya sourit amèrement alors que le pouce d'Ethan tirait sur sa lèvre pour l'obliger à ouvrir sa bouche. Elle ferma les yeux un instant par la force de sa caresse qui la laissait pantoise.

— Embrasse-moi, Kaya.

11
Dingue

— Kaya, embrasse-moi, je t'en prie.

Kaya ne savait plus quoi répondre devant ce visage suppliant. Son cœur cognait si fort dans sa poitrine qu'elle avait l'impression qu'il brûlait la peau de son sein. Une inflammation insidieuse qui se propageait lentement au point de rendre sa poitrine lourde et sa respiration de plus en plus difficile.

— Ce ne serait pas bien… prononça-t-elle difficilement, alors que le pouce d'Ethan se retirait de sa bouche et qu'il la forçait à rapprocher son visage du sien.

Bientôt, leurs fronts se touchèrent. Ethan put percevoir la respiration de plus en plus chaotique de Kaya, qui masquait difficilement les soulèvements emportés de sa poitrine. Ce constat amplifia son désir d'assouvir sa demande. Il lui faisait de l'effet. C'était indéniable. Elle cogitait. Elle luttait aussi. Lui-même sentait sa cage thoracique se mouvoir exagérément, entre attente insoutenable et désir à assouvir rapidement.

— On s'en fiche de ce qui est bien ou pas bien. On se fiche des autres, du contrat, de Laurens. Ce qui compte, c'est l'envie qui est en train de nous rendre dingues tous les deux. Putain, Kaya, ne sens-tu pas cette électricité entre nous dès qu'on est proche ? N'es-tu pas curieuse ? N'as-tu pas envie de calmer cette fichue attirance et enfin combler ce vide qu'il y a entre nous ?

Ethan lui massa la nuque et la fixa sévèrement. Il ne souhaitait pas en démordre et mettait en avant des vérités qu'il était dur pour Kaya d'accepter. Pourtant, elle ne pouvait le contredire. Cette électricité était effectivement là, encore. Tels deux atomes opposés voués inlassablement à se retrouver s'ils venaient à graviter trop près l'un de l'autre. Et l'attraction était à un point que résister devenait aussi douloureux que d'y succomber.

— Je... je ne peux pas être aussi légère que toi. Je ne suis pas comme toi...

— Bien sûr que si ! lui dit-il avec un petit sourire. Quand tu veux, tu sais te lâcher. C'est d'ailleurs ce qui m'a le plus séduit aux vestiaires du Silky Club.

Kaya recula sa tête et rompit leur intimité. Elle fronça les sourcils.

— Tu es terriblement sexy quand tu te lâches ! rajouta-t-il avec provocation.

Kaya pouffa.

— Crétin ! souffla-t-elle alors comme seule réponse.

— Embrasse-moi !

L'ambiance séductrice qu'Ethan avait instaurée mettait à mal les résolutions de Kaya. Plus elle l'observait, plus elle se savait charmée. C'était un sentiment affreux que d'être sous une telle emprise, avec peu de chance d'y survivre. Elle regarda autour d'elle. Il n'y avait personne pour la fustiger. Personne pour la blâmer. Pas le moindre prétexte pouvant rejeter l'insistance d'Ethan à vouloir être encore plus proche d'elle. Aucune échappatoire. Les confidences devaient se faire, qu'elle le veuille ou non. Elle devait choisir. La raison serait de dire non et cela marquerait cette fois un « non » définitif. La raison... Elle était loin d'avoir un droit de veto quand son cœur se manifestait ainsi, comme s'il avait doublé de volume en un instant.

— Il y a juste nous deux, Kaya ! lui déclara-t-il comme s'il lisait ses doutes. Juste toi et moi. Notre secret. On se fout du reste. L'essentiel est de nous satisfaire, de combler les manques de l'autre. Il n'y a rien de mal quand un accord est passé, que les deux parties sont volontairement engagées.

Elle tourna la tête vers lui. Elle le trouvait outrageusement beau, malgré sa cicatrice sur son sourcil et son coup sur la joue. Et son cœur continuait à battre toujours un peu plus...

— Donne-moi tes lèvres, Kaya. Juste un peu. Juste une parenthèse...

La voix d'Ethan devenait un murmure, comme on pourrait imaginer une prière d'une pauvre victime agonisante pour revivre enfin. Kaya pencha la tête sur le côté, l'air suppliant. Son talent à se faire presque plaindre était divin. Elle avait vraiment l'impression que ses yeux ne voyaient qu'elle, que tout le corps d'Ethan était au diapason avec son bon vouloir. Cela lui plaisait autant qu'elle se sentait amère de le voir quelque part éprouver une souffrance dans cette attente passive, à espérer un oui de sa part. Refuser sa demande devenait un supplice aussi pour elle. Plus il parlait, plus elle avait peur de ce qui pourrait arriver si une nouvelle fois... Elle ne devait pas craquer, même si elle devait éprouver des regrets plus tard. Elle ne devait pas tomber dans ses bras.

— Que les choses soient claires... il n'y a rien entre nous...

Kaya tenta de le regarder durement, mais sa prestation était peu convaincante. Sa voix tremblante nuançait incroyablement l'impact qu'elle voulait y donner.

— ... Je ne t'aime pas.

— Moi non plus. Il n'y a rien du tout... lui répondit-il à peine offusqué. Pas le moindre soupçon d'amour ou de quoi que ce soit... à part que je vais devenir complètement fou à espérer comme ça ! PUTAIN KAYA, EMBRASSE-MOI !

Kaya écarquilla les yeux devant la hausse de ton d'Ethan qui perdait définitivement patience.

— ÇA VA, J'AI COMPRIS ! lui cria-t-elle en réponse. Je ne suis pas sourde ! Tu veux que je t'embrasse ! J'ai entendu...

Elle soupira, agacée.

— Pas besoin de prendre tes grands airs de connard exigeant ! ajouta-t-elle plus doucement avant de poser ses mains sur ses joues et ses lèvres lentement sur les siennes.

Ethan gémit instinctivement. Jamais il n'aurait pensé aimer se faire réprimander de la sorte. La douceur de ses lèvres était bien plus efficace que toutes les crèmes contre les coups qu'on avait pu lui appliquer. Il sentit son cœur au bord de la rupture. Son besoin de la sentir contre lui ne pouvait plus attendre. Tout en gardant ses lèvres contre les siennes, il déplaça lentement les jambes de la jeune femme afin qu'elle se mette à califourchon sur lui et qu'il puisse la prendre enfin dans ses bras, tout contre lui. Kaya se laissa faire, déjà happée par la puissance du désir provoquée par ce simple baiser. Elle posa finalement ses bras sur ses épaules et lui caressa les cheveux alors que déjà leurs langues se cherchaient comme jamais. Entre baisers féroces et baisers plus doux, l'un mordait la lèvre de l'autre ou caressait du bout du nez le visage qui lui faisait face, dans un sentiment de soulagement et de besoin. Un besoin de contact, qui pouvait les faire chavirer en un instant si chacun ne reprenait pas un peu le contrôle. Cette lutte entre moment d'abandon et moment de retenue était ponctuée par leurs petits gestes de provocation réciproque. C'était leur meilleure façon de communiquer et dès que leurs regards se croisaient, aucun des deux ne pouvait s'empêcher de sourire. Entre rage et envie, tous deux menaient un combat qui faisait reculer l'un puis l'autre. La force de leurs baisers les mettait dans un état d'excitation qu'ils n'arrivaient presque plus à contenir.

Ethan glissa ses mains sous le t-shirt de Kaya rapidement. Il voulait sentir sa peau sous ses doigts. Une attraction si forte que déjà son besoin d'invasion montait jusque dans le haut de son dos, ce qui électrisa un peu plus le désir de Kaya. La sensation du contact de ses doigts décuplait au fond d'elle sa volonté à ne plus être seule, à se faire dorloter, choyer. Ses mains étaient chaudes, grandes. Elles n'avaient pas besoin de bouger beaucoup pour couvrir du terrain. Elle les voulait partout sur son corps. Ethan glissa ses avant-bras le long de son dos et posa ses mains sur les épaules de la jeune femme qui porta sa tête en arrière, heureuse d'avoir cette impression d'appartenir enfin à quelqu'un. Ethan plongea ses lèvres dans son cou et l'embrassa encore et encore. Si ses premiers baisers étaient gourmands, les suivants devinrent plus doux, s'attelant à poser la marque de ses lèvres sur chaque centimètre de peau. Il laissa volontairement une légère trace de sa salive sur elle, comme pour y apposer son empreinte, se mélanger. Il remonta jusque derrière son oreille droite. Kaya frémit, releva la tête et se colla un peu plus contre lui. Il grogna alors, en la sentant emprisonnée entre son corps et ses bras. Il la tenait enfin. Elle ne lui échappait plus. Il pouvait humer son odeur si douce, si apaisante, tel un appel à se lover et s'endormir. Une fragrance à la fois étrangère, mais si attirante qu'on ne veut qu'y être familier.

L'air devenait suffocant. Tous deux respiraient difficilement. Leur étreinte les enflammait à un point qu'ils se sentaient à la fois orphelins dès qu'ils se détachaient l'un de l'autre, mais aussi oppressés par ce trop-plein de désir qui les accablait. Lorsque Ethan s'écarta de son oreille pour croiser le regard de la jeune femme, il put y lire la même convoitise que la sienne. Il ne put contrôler ses ardeurs et fonça à nouveau sur ses lèvres pour affirmer à nouveau son emprise.

— Kaya... Bordel de merde ! dit-il doucement en collant son nez et son front contre celui de sa belle et en fermant un instant les yeux. J'ai tellement envie...

Il attrapa de ses lèvres sa lèvre inférieure, pour exprimer par ce geste toutes ses envies sous-jacentes : la dévorer, l'embrasser, la faire sienne, puis la serrer si fort contre lui au point de ne lui laisser aucune possibilité de s'échapper de son étreinte. Un geste synonyme de tant de belles promesses si excitantes, mais interdites. Invraisemblables et pourtant bien réelles. Kaya laissa échapper un petit soupir surpris devant sa sollicitation à la fois tendre et sauvage, puis sourit. Il se mit à rire en voyant qu'elle se sentait obligée de suivre sa conduite sous peine de voir sa lèvre encore plus souffrir.

— Ethaaan ! grogna-t-elle alors.

Il lâcha le morceau de chair pulpeuse et précipita ses lèvres une nouvelle fois sur sa bouche contestataire avec un air malicieux. Il adorait cette nouvelle forme de provocation, intime et complice. Il ne pouvait imaginer un autre type de relation avec elle. Et son caractère indomptable était annonciateur de bien des choses d'un point de vue sexuel. Il ne pouvait s'empêcher de penser à l'idée de tout ce qu'ils pourraient faire ensemble, nus l'un contre l'autre. Kaya posa ses mains autour de sa mâchoire pour tenter de contrôler son appétit d'elle et pouffa. Il fit un assaut si fort et répété sur sa bouche qu'elle avait du mal à tenir le rythme. Son entrain lui mettait du baume au cœur. Elle pouvait réaliser à quel point il avait dû se retenir et combien il lui était plaisant de pouvoir enfin satisfaire sa frustration. Bientôt, leurs langues se retrouvèrent à nouveau et se caressèrent encore et encore, insufflant un nouveau palier de désir à leur étreinte. Ethan fit glisser ses mains le long des côtes de sa belle puis posa sa main droite sur le sein gauche de Kaya, enrobé par son soutien-gorge. Kaya ne le repoussa pas, pour son plus grand bonheur. Un accord tacite qui rétrécissait un peu plus encore l'espace dans son jean. Il recula alors d'un geste sec sa tête et la regarda un instant. Elle le questionna du regard. Il secoua alors la tête avec un air résigné et tout à coup, se saisit du tissu en dentelle et le souleva d'un geste sec vers le haut, libérant la poitrine de Kaya sous son t-shirt. Puis, sous les yeux ébahis de Kaya, surprise par sa fougue, il souleva lentement le t-shirt. Kaya déglutit en voyant les pupilles d'Ethan se dilater légèrement devant le spectacle qui se dévoilait au fur et à mesure sous ses yeux. Une onde de choc lui vrilla le cœur et alla directement se nicher entre ses jambes. Son sexe s'exprimait maintenant de façon alarmante. Un délicieux écho à leur premier instant intime dans les vestiaires du Silky club lui revint en mémoire. Elle revoyait la façon dont il lui avait titillé le téton puis le clitoris. Une sensation si exquise alors qu'elle était à califourchon comme maintenant et qu'elle le dominait d'une tête, alors que c'était lui qui dirigeait les opérations. Elle identifiait aisément la suite. Elle se désespérait presque de ne pas encore voir sa main englober son sein et le pétrir encore et encore, avant de finir par tirer sur son téton. Elle devinait déjà la douce réjouissance de sa caresse à pleine main sur son sein avant de finir par la pointe de douleur attisant encore un peu plus son envie d'orgasme.

Pourtant, il n'en fut rien. Ethan ne posa pas une de ses mains sur un de ses seins. Il sourit avec un air de défi heureux. Il fit alors tressauter son sourcil droit, insinuant à Kaya une surprise de taille pour la suite, et d'un coup rabattit son t-shirt sur sa tête et posa ses dents sur son téton. Kaya expira fortement à ce contact et se redressa brutalement. Ethan l'enserra un peu plus contre lui et commença à lui sucer l'extrémité du sein, soit à pleine bouche, soit la seconde d'après du bout de la langue. La torture était divine et Kaya serra la tête d'Ethan sous son t-shirt un peu plus contre sa poitrine à chaque nouvelle décharge de plaisir qui l'enivrait. Ethan tira une nouvelle fois d'un coup sec sur le soutien-gorge pour avoir l'accès qu'il souhaitait à sa poitrine. Il n'hésita plus à s'en prendre au second sein. Kaya gémit une nouvelle fois et Ethan sourit sous le t-shirt. Il se sentait bizarrement bien dans cette cachette improvisée. Il pouvait apprécier sa poitrine à souhait sans qu'elle puisse émettre le moindre jugement sur ses gestes. Il pouvait jouer la surprise des sensations et alimenter encore plus leur envie de l'autre. Il aimait aussi cette confiance sous-jacente qu'elle lui accordait. Il ne voulait pas rater une miette de cette occasion. Aussi, il examina sa poitrine sous les moindres détails, s'amusant à balader le bout de sa langue de la courbe de l'un de ses seins vers l'autre, sentant ainsi la chair de poule apparaître de temps en temps contre ses papilles. Il aimait l'effet qu'il lui infligeait ; il aimait l'effet qu'elle lui infligeait par son côté aussi sensible et réceptif.

Très vite, sa poitrine ne lui suffit plus. Il voulait en explorer davantage et l'obligea en silence à se relever encore plus sur ses genoux en la soulevant de ses deux mains sur sa taille. Kaya se laissa guider sans broncher, à l'écoute des moindres sensations de son corps. Elle ferma les yeux et Ethan commença à lui embrasser le ventre, maintenant un peu plus à sa hauteur. Les baisers d'Ethan si proches de son sexe étaient une nouvelle torture qu'elle avait beaucoup de mal à accepter tant elle s'imaginait déjà les sensations s'il venait à descendre encore plus bas. Elle les avait déjà expérimentées avec lui et elle ne doutait pas une nouvelle fois du résultat. Ethan voulait savourer et prendre son temps, mais sa frustration était plus forte : il retira sa tête du T-shirt, déboutonna rapidement le bouton du jean de Kaya et fit coulisser sa braguette vers le bas. Il put y voir une petite culotte blanche en dentelle tout à fait charmante.

Il jeta un regard brûlant sur Kaya, qui avait posé ses mains sur sa nuque. Elle était à genoux devant lui, la poitrine à moitié nue, son t-shirt et son soutien-gorge relevés négligemment au-dessus de ses seins, au niveau de ses clavicules. Il la trouvait magnifique. Il posa ses mains sur ses fesses. Son jean l'empêchait de la peloter comme il le souhaitait. Il fit alors glisser ses mains au niveau de ses reins puis redescendit cette fois-ci en longeant sa peau et passant sous sa culotte et son jean. Kaya, toujours le regard rivé dans celui de son partenaire, ouvrit légèrement sa bouche quand elle sentit ses doigts descendre doucement le long de la raie de ses fesses jusqu'à son intimité. Ethan posa son front contre ses seins et rompit leur connexion visuelle, quand il sentit l'humidité qu'elle avait déjà sécrétée dans sa culotte. Elle le désirait. Plus de doutes. Son envie était au même point que celle qu'exprimait son sexe dans son pantalon. Il était heureux. Un trop-plein d'allégresse qu'il gérait difficilement. Il devait se poser, calmer cette excitation qui le propulsait loin de la réalité. Une bulle s'était formée autour d'eux. Les lumières du Sanctuaire, sa musique, son ambiance, lui semblaient loin. Tout ce qu'il entendait, c'était leurs souffles rauques, engendrés par leur libido exacerbée.

Kaya ferma les yeux et prit une grande inspiration pour tenter de garder le contrôle sur ses sensations. Elle attendait inlassablement la suite. Le voir complètement désorienté contre sa poitrine augmentait son envie de le déstabiliser encore plus. Aussi, elle commença à se mouvoir légèrement. Elle voulait sentir ses doigts en elle, mais le jean les gênait tous les deux. Ethan releva la tête et lui souffla un « attends ! ». Elle cessa instantanément. Ethan semblait complètement troublé.

— Tu me perturbes trop ! lança-t-il dans un petit ricanement cynique. Pause ! Comment peux-tu me faire autant d'effet au point que je suis à deux doigts de passer pour un éjaculateur précoce ? Je te déteste !

Il reposa sa tête entre ses seins et respira un bon coup. Son parfum venait lui chatouiller les narines. Kaya se rabaissa pour se mettre un peu plus à sa hauteur. Il releva une nouvelle fois la tête, cette fois-ci, très gêné.

— Désolé… J'ai trop envie de toi. Rentrons à la maison, dit-il doucement, et laisse-moi te montrer à quel point nous pouvons nous donner un plaisir au-delà de tout ce que tu as pu connaître jusque-là.

Ethan lui lança un sourire entendu, mais il put voir son humeur conquise perdre en intensité, jusqu'à disparaître. Une certaine déconvenue se muant en colère évidente s'installa alors dans les prunelles de Kaya. Elle se releva tout à coup et descendit subitement son soutien-gorge et son t-shirt sur elle. Elle le fixa à présent de façon agacée.

— Alors, c'est ça que tu cherches depuis le début ? Me rabaisser en me démontrant que mon amour envers Adam n'est rien ? Que tu es meilleur que lui sur tous les plans ? C'est ça l'idée ? Satisfaire ton ego de connard meilleur que tous les autres ?

— Quoi ? fit-il, ne comprenant pas son changement soudain d'attitude.

— C'était donc ça ton « objectif » avec moi ? Tu as juste changé de stratégie ! Être gentil toute la journée pour mieux m'amadouer.

— Mais pas du tout ! tenta-t-il en vain de contredire.

— Tu t'es dit que la pauvre fille que j'étais méritait bien de rêver un peu. Après tout, elle n'a connu que des misères dans sa vie. Que peut-elle vraiment connaître du bonheur avec un homme qui n'était pas capable de lui assurer un quotidien serein ? Il n'existe pas de plus belle vengeance que de lui faire manger sa propre naïveté dans les dents sur son amour en lui montrant la « vraie vie » avec un « vrai mec » !

Kaya regarda autour d'elle et rit amèrement. Ethan resta abasourdi par ses propos. Il ne trouvait pas les arguments pour la contredire ni même comment une simple phrase avait pu faire autant tourner au vinaigre leur situation. Il était consterné par son cheminement de pensées.

— Je suis vraiment une imbécile… ajouta-t-elle alors que les larmes commençaient à inonder ses yeux. Le pire, c'est que ça a marché... Je n'avais pas pensé à Adam de la journée alors que ça faisait plusieurs jours que je ne l'avais pas vu. Tu es vraiment très fort Ethan Abberline. C'est clair. Il n'y a pas pire connard sur Terre. Tu aimes te réjouir du malheur des autres, pas de doute. Félicitations. On m'avait prévenue. Je savais que tu pouvais être un enfoiré de première, mais là, ça dépasse tout ce que je pouvais imaginer.

Cette fois-ci, Ethan se leva et s'agaça. Il n'aimait vraiment plus la manière dont elle l'accusait de quelque chose qui était au-delà de toutes ses considérations. Il était même incapable de se faire une idée à son sujet tant elle passait son temps à le bousculer dans ses convictions. Sa vengeance, il avait fait un trait dessus depuis bien longtemps. Il ne trouvait plus cela drôle.

— Arrête tes conneries, je n'ai jamais fomenté un plan aussi tordu.

Elle reboutonna à la hâte son jean, mais son empressement la rendait maladroite.

— Kaya, calme-toi et parlons. Tu te fais des films...
— Non, je ne veux même plus t'écouter ! lui dit-elle maintenant en pleurs. Je ne joue plus. Tu as gagné.
— Kaya, je ne gagne pas. Tu n'es pas dans mes bras.

Elle posa alors la paume de ses mains sur son torse et le poussa vivement.

— Vas-y ! Noie encore le poisson des fois que la grande gourde Kaya se fasse encore un peu plus duper par tes compliments et ton côté « victime voulant être consolée » ! Continue ton stratagème comme si de rien n'était. Tu me dégoûtes !

— Quoi ? Mais pas du tout !

Eh merde, vas-y, mets les deux pieds dans le plat ! Imbécile !

— Je dois le voir... dit-elle alors évasive. Il m'attend.

Elle tourna alors subitement les talons, sans un regard pour

Ethan et courut vers les escaliers menant au rez-de-chaussée du club. Ethan se trouva complètement décontenancé par ce revirement de situation. Comment les événements avaient-ils pu capoter à ce point ? Il avait suffi d'une phrase mal interprétée et la bulle avait éclaté. Tout à coup, il ne restait plus rien. Retour à la réalité aussi brutale que déprimante. Il ne pouvait rester là, passif d'une fin qu'il ne voulait pas. Il se hâta alors à sa suite. Kaya passa devant la troupe assise à siroter leurs boissons dans leur coin privé du club.

— Ça y est ! commenta alors Simon, enjoué. Tu l'as bien soigné ?

Kaya attrapa son manteau et ne prit pas la peine de lui répondre. Elle les quitta aussi précipitamment qu'elle était arrivée.

— Bah qu'est-ce qu'il lui arrive ? s'interrogea alors Sam, aussi surpris que Simon par son absence de considération.

Quelques secondes après, ils remarquèrent Ethan venir à eux et prendre son manteau, lui aussi sans un mot. Ils purent le voir courir après Kaya avec inquiétude.

— Tsss ! Il y a de l'eau dans le gaz ! déclara Simon, légèrement déçu.

Ethan sortit du club, inquiet. Il faisait froid et Kaya avait pris la fuite pour aller il ne savait où. Il regarda à droite puis à gauche, cherchant sa fugueuse par un regard panoramique des lieux. Il l'aperçut de l'autre côté de la rue héler un taxi.

Elle paie le taxi cette fois-ci ?

Ce simple fait l'inquiéta davantage. La veille, elle était prête à rentrer à pied et aujourd'hui, elle dépensait ses quelques billets. Pourquoi ? Il la vit monter dans la voiture et pesta contre son inconscience et surtout son caractère changeant. Il s'empressa alors d'aller retrouver sa Corvette garée devant la discothèque et surveillée par les videurs, puis démarra en trombe et partit à sa poursuite. Le taxi prit le périphérique parisien et s'emboucha dans un quartier qu'il ne connaissait pas.

Putain Kaya, où vas-tu ? Qu'est-ce qui te prend ?

Le taxi parcourut plusieurs rues puis s'arrêta au bord d'un trottoir. Kaya paya le chauffeur et sortit de la voiture. Ethan marmonna une nouvelle fois. Il devait se garer rapidement pour ne pas la perdre de vue.

Mais qu'est-ce que je fous à la suivre à trois heures du matin ? Mais quel con ! Ça devient vraiment grotesque, ton acharnement, pauvre abruti !

Il trouva une place à une rue d'elle. Il sauta hors de sa voiture et retrouva le dernier endroit où il l'avait vue la dernière fois.

Évidemment, elle ne pouvait pas m'attendre ! Merde !

Il regarda autour de lui, mais ne la vit pas. Son angoisse monta d'un cran. Elle lui échappait encore. Inlassablement. Et lui continuait de la poursuivre. Toujours. Il passa sa main dans les cheveux, excédé de cette constante impuissance qui le poursuivait.

Où as-tu pu aller ?

Il regarda alors machinalement les panneaux et comprit.

Ne me dis pas que... non, c'est une blague.

Il ricana amèrement et frappa de rage contre une benne à ordures avec son pied. Il n'y avait qu'une personne pour qui elle était prête à se délester de ses derniers billets sans même se soucier de son devenir. Il prit la direction du cimetière en courant et la vit du coin de la rue, les mains contre le portail d'entrée, le visage entre deux barreaux de la grille, le regard au loin dans le cimetière. Il était évident que le cimetière serait fermé à cette heure de la nuit. Pourtant, quand il la vit reculer, pousser une benne à ordures contre le mur et grimper dessus, il comprit que ce ne serait pas cette grille qui la freinerait. Elle escalada le mur et pénétra dans le cimetière. Le cœur d'Ethan se serra un peu plus en voyant jusqu'où elle était prête à aller pour un homme. Son amour dépassait les frontières de l'entendement. Il n'existait plus, mais elle l'aimait tel un saint qu'elle déifiait. Il baissa la tête et se trouva démuni. Que pouvait-il faire contre cela ? Comment lutter face à un adversaire invisible et omniprésent ?

Il se posta devant la grille et regarda à travers. Il n'aimait pas ce qu'il faisait encore pour elle, mais c'était plus fort que lui. Il persistait à vouloir la comprendre, à vouloir saisir comment un tel amour pouvait être possible. Et par-dessus tout, il voulait savoir ce qu'Adam avait pu vivre avec elle. Il avait eu quelques extraits de cette vie puisqu'il vivait depuis presque une semaine avec elle, mais il devenait de plus en plus gourmand, impatient, curieux… Il posa ses mains sur les barreaux de la grille. Il savait que s'il la suivait, ce qu'il verrait ne lui plairait pas. Il savait que cette fois-ci, plus que sa fierté, ce serait sa poitrine qui le ferait souffrir.

— La gentillesse apporte la douleur, l'amour la souffrance… murmura-t-il avec tristesse. Ne pas tomber amoureux, ne pas donner son cœur… alors pourquoi, même dans ces conditions inverses, est-ce si dur à supporter ?

La pluie commença à tomber. Il regarda le ciel. Même le ciel avait triste figure. Il recula et regarda la benne à ordures sur laquelle Kaya avait grimpé quelques minutes plus tôt. Il ne devait pas céder à la tentation, mais il ne pouvait rester passif. Il ne supportait pas de constater les faits en silence. Elle l'avait planté pour un mort. Elle l'avait rejeté pour quelque chose qu'elle ne revivrait pas. Elle préférait être malheureuse le reste de sa vie que de passer une heure nue contre lui. Il n'y avait pas plus désagréable constat. Une fois de plus, le rejet était dur à accepter. Une fois de plus, il était le seul à en souffrir. Une fois de plus, il avait cette horrible sensation d'être la cinquième roue du carrosse, le vilain petit canard, l'éternel perdant. Il serra le poing de rage.

Il se dirigea vers la benne à ordures, grimpa dessus et passa par-dessus le mur du cimetière. Ses pas le firent errer sans but dans le silence, au milieu des tombes. Pourtant, il trouva sans mal Kaya. Ses pleurs lui déchirèrent le cœur. Il la vit à genoux, à moitié allongée sur la tombe d'Adam. Elle caressait d'une main le marbre froid alors que les gouttes de pluie redoublaient d'intensité. Il déglutit devant ce spectacle aussi navrant qu'insupportable. Son chagrin était grand, ses sanglots déchirants. Il pouvait l'entendre couiner des « pardon », « je ne recommencerai plus » ou encore des « tu es le seul qui compte ». Autant de phrases qui lui lacéraient la poitrine comme la lame du couteau de Stan qui avait tranché sa peau il y a quelques années. Elle regrettait ses actes avec lui, elle regrettait les petits bonheurs qu'il avait pu lui apporter, elle n'assumait pas. Elle annihilait tout ce qu'il avait pu lui offrir jusque-là, pour garder intact son amour pour Adam.

Il pleuvait à présent comme le poing. L'eau lui collait aux vêtements, ses cheveux étaient trempés, mais il ne bougeait pas. Caché derrière un arbre, il la regardait, le visage contre cette plaque de marbre comme si elle la câlinait, en train d'épancher sa peine, ses malheurs. Il l'écoutait dire à quel point elle regrettait ses écarts de conduite et qu'elle ne ressentait rien pour cet homme arrogant qu'il était. Que ce qu'elle avait pu faire avec lui était une erreur, que rien ne les séparerait, que son amour pour Adam était plus fort. Que rien ne changerait. Et des sanglots, encore et toujours malgré la pluie frappant fort contre toutes ces tombes. Il se raidit et se tourna un instant pour ne plus voir ce qui le blessait au-delà de l'imaginable. Il ferma un instant ses yeux, tentant de se rassurer sur le fait que ce n'était qu'une femme parmi tant d'autres, qu'elle était comme toutes les autres, que finalement il pouvait se conforter sur cette certitude que les femmes étaient égoïstes et que rien ne changerait pour lui non plus. Il n'avait plus qu'à rentrer chez lui et passer à autre chose. Il n'avait juste qu'à la laisser seule avec son chagrin dans ce cimetière et reprendre sa vie. Reprendre ses conquêtes d'un soir et ce détachement de tout, comme il le faisait jusque-là. C'était simple. Facile. Elle serait contente et lui n'éprouverait aucun remords à ne plus la voir se servir de lui comme il se servait d'elle. Remettre les compteurs à zéro, comme si rien n'avait eu lieu. Il soupira. Des souvenirs de leurs disputes lui revinrent en mémoire. Elles étaient déjà annonciatrices de désastres. Pourtant, quand il se revoyait la mettre dans le coffre de la voiture, il la voyait aussi l'embrasser dans la foulée. Quand il la provoquait, elle lui répondait avec un sourire. Quand il la voyait en détresse, il la secourait. Il ressentait encore le goût de ses lèvres sur les siennes. Ses bras autour de son cou cet après-midi...

Il ouvrit les yeux tout à coup et sortit de sa cachette. Kaya entendit du bruit et se retourna. Elle écarquilla les yeux en le voyant debout devant elle. Son maquillage avait coulé et elle était trempée. Pourtant, elle ne semblait pas être gênée par le froid et l'humidité. Elle était tout entière dans sa lamentation déchirante jusqu'à ce qu'il se montre.

— Debout ! lui dit-il froidement.

— Tu m'as suivie...

Kaya put voir la colère sur le visage d'Ethan, mais tourna la tête vers la tombe d'Adam. Il put y lire l'épitaphe « Adam Galdi, 1985-2013, à notre fils bien-aimé. »

— J'arrête tout. Tu peux rentrer chez toi, Ethan.

— On a un contrat. Tu es ma petite amie. Tu n'as rien à faire ici. Ton rôle est d'être avec moi. Ton passé ou ta vie réelle ne doivent pas interférer dans notre contrat ! lui déclara-t-il sévèrement, le poing serré et la gorge nouée par la colère.

— Je me fiche du contrat. Je me fiche de ce que les autres peuvent penser. Je me fiche de ce que tu veux. Rentre chez toi.

La pluie continuait de s'abattre sur leur tête. Elle masquait le volume de leurs voix, mais Ethan n'eut pas besoin de lire entre ses lèvres pour comprendre les souhaits de Kaya.

— Je ne le répéterai pas deux fois ! menaça-t-il gravement.

Kaya fronça les sourcils et le fusilla du regard. Elle s'esclaffa puis se leva.

— Je n'ai pas d'ordre à recevoir. Tu n'es pas mon père et encore moins mon petit ami. Tu n'es rien.

Kaya avait eu ses yeux rivés dans ceux d'Ethan pendant toute sa tirade. Une façon bien à elle de le défier une nouvelle fois et lui montrer que son aplomb à lui donner des ordres n'était rien face au sien à lui désobéir. Il y avait un mépris dans sa voix qu'Ethan avait encaissé sans sourciller.

— Tu as fini ton discours de rebelle ? On peut rentrer maintenant ? lui dit-il d'un ton toujours aussi sec, mais gardant son assurance à la faire plier. Tu me dois de l'argent. Je t'ai fait une avance sur ta semaine en payant des factures au lieu d'attendre mardi, donc on rentre !

— Tu ne comprends pas ce que je dis ? lui cria-t-elle alors. Je ne te suis plus ! Terminé ! Je ne joue plus. Rentre tout seul et fous-moi la paix. Je te rembourserai, ne t'inquiète pas !

Elle le poussa de ses deux mains sur le torse. Ethan regarda sa poitrine. Cela devenait une habitude. Braver ses interdits pour mieux se rebeller et l'envoyer promener, lui et ses ordres. Il sourit, aigri. À force, ce geste ne le gênait même plus. Il était même devenu une habitude à son grand dam. Elle avait même dompté ses interdits avec la plus déconcertante des facilités. Et lui se contentait de constater, encore et toujours.

— C'est sûr, lui dit-il en ricanant. C'est tellement mieux de chialer sous la pluie et le froid devant la tombe d'un cadavre qui se fout comme de l'an quarante de ton amour et autre considération de pauvre fille naïve !

Ses mots glacèrent Kaya bien plus que le froid et l'humidité qui s'infiltraient à travers ses vêtements. Sa méchanceté dépassait la simple provocation. Elle était teintée d'un cynisme destructeur, blessant sa dignité autant que ses sentiments. Elle leva alors la main pour le gifler, mais pour la première fois, Ethan esquiva de sa main, en lui attrapant le poignet.

— Lâche-moi ! hurla-t-elle tout en se débattant.

— Pourquoi ? La vérité te déplaît ? C'est quoi le plus dur ? De l'entendre ou de la constater ? C'est sûr que me frapper est une solution pour faire taire cette réalité. Autant s'en prendre à ce connard d'Ethan, ce type arrogant qui te fait vivre les pires misères ! Tellement plus simple de nier en rejetant la faute sur les autres ! Cette fois-ci, je ne te laisserai pas me frapper en riposte. Tu sais très bien que j'ai raison et je ne le mérite pas !

— Tais-toi ! Tu ne sais rien de lui, ni de moi. Tu crois être le sauveur de quelque chose ? Je ne t'ai rien demandé. Tu t'imposes dans ma vie, mais je n'ai pas besoin de toi. Oublie-moi ! Bordel, oublie-moi ! Fous-moi la paix !

Ethan lâcha son poignet avec agacement. Il n'en pouvait plus de voir son entêtement, mais aussi son propre entêtement à insister.

— Tu étais pourtant bien contente de me trouver quand tu t'es fait agresser, quand tu as mangé une crêpe ou une barbe à papa ou même des sushis. Tu étais bien soulagée quand j'ai payé tes factures. Il n'y a pas plus tard qu'une heure, tu étais bien heureuse de danser avec MES potes ! C'est donc si dur d'être reconnaissante ? Mais oui, je suis un connard par rapport au Saint Adam ! Le mec parfait, allons ! Quelle terrible vie je te propose ! C'est certain ! Comment pourrais-je être à la hauteur du prince charmant ? Le grand Adam ! C'est tellement mieux de vivre sur des regrets, des souvenirs. Kaya, c'est fini ! Il n'y a plus rien ! Il ne reviendra pas ! Regarde !

Il l'attrapa par la nuque et l'obligea alors à regarder la tombe.

Kaya tenta de se défaire de son emprise, mais il la serra contre son corps pour la bloquer et l'obliger à faire face à la tombe. Il savait qu'il devenait vraiment mauvais, mais c'était plus fort que lui. Toute sa frustration sortait. Tous ces non-dits qui le bouffaient depuis quelques jours. Cet amour dégoulinant qui le dégoûtait au final. Il lui cria à l'oreille :

— Regarde ! C'est un bout de pierre ! Rien d'autre ! Il n'y a plus rien. Il n'est pas là pour venir te défendre ! Il n'est pas là pour me contredire ! Il n'est plus là, bordel ! Tu pleures le vide ! Regarde ! C'est fini ! Tu l'as perdu !

— Lâche-moi ! hurla-t-elle en pleurant. Lâche-moi !

— Cet homme t'a abandonnée. Il t'a plantée, Kaya. Il t'a laissée dans ta merde ! Il ne mérite pas que tu continues à l'aimer !

— Nooon ! hurla-t-elle, complètement dévastée. Il m'aime. Il m'aime !

Elle s'écroula alors, les genoux lui faisant défaut. Ses larmes se mélangeaient aux gouttes de pluie. Ses sanglots devinrent des cris de douleur. L'adrénaline mue par sa colère faisait battre le cœur d'Ethan comme jamais. Il n'aimait pas ça. Il était un connard et il estimait désormais devoir passer pour le plus grand connard à ses yeux si cela pouvait la faire réagir devant son illusion.

— Il t'a sans doute aimée... lui dit-il plus doucement. Mais aujourd'hui, il ne le peut plus. Laisse-le partir, Kaya. Votre relation n'est plus.

Kaya se laissa aller une nouvelle fois contre le marbre de la tombe. Ses mains étaient à présent rouges, tant la pluie froide de décembre entrait dans sa peau. Ethan soupira et finalement se baissa. Il la releva un peu et la serra dans ses bras. Elle ne prêta pas attention à lui, son regard toujours fixé sur l'épitaphe. Kaya se sentait vide. Il n'était plus là, elle le savait. Mais son amour était toujours là. Elle l'entretenait. Elle y veillait et y veillerait jusqu'à sa mort. C'était ça, son évidence.

— Kaya, il ne reviendra pas. Il ne t'embrassera plus...

Ethan lui parla doucement, tentant de lui faire entendre raison sur ce qu'elle avait définitivement perdu.

— Il ne t'embrassera plus. Il ne te serrera plus dans ses bras. Il ne te surprendra plus. Il ne te sourira plus. Kaya, tu es seule.

Elle regarda le nom d'Adam gravé dans la pierre. Il était sous cette tombe, dans ce cercueil noir que ses parents avaient payé. Elle se souvenait de ce jour où le cercueil fut mis en terre loin d'elle, où il avait complètement disparu de sa vue. Son dernier baiser en catimini au funérarium avant que ses beaux-parents n'arrivent et qu'ils l'empêchent de lui dire une dernière fois à quel point elle l'aimait. Elle resta de longues heures devant cette tombe, après que le cortège fut parti. Ce soir, elle était dans ce même état, entre hébétement, dévastation et impuissance. Pourtant, elle sentait Ethan lui masser l'épaule.

— Kaya... lui dit-il doucement, alors qu'elle s'était calmée, comme anesthésiée par la souffrance.

Il soupira et l'obligea à tourner sa tête en lui attrapant lentement le visage. Il le cala dans son cou et la serra dans ses bras. Kaya se laissa faire, tel un pantin, et pleura une nouvelle fois.

— Rentrons. Nous sommes trempés et gelés. Tomber malade n'est pas l'idée du siècle. Tu me dois encore une journée, donc tu restes avec moi jusqu'à mardi matin et c'est non négociable.

Kaya lui maintint le manteau quand il tenta de se relever. Il se pencha alors sur elle. Elle tremblait à présent de froid.

— Je te déteste... lui déclara-t-elle alors doucement, tout en le regardant droit dans les yeux.

Ethan ne lâcha pas son regard.

— Si ça peut te faire plaisir. Je ne t'ai pas suivie pour être gentil de toute façon.

Il lui attrapa le bras d'un geste vif et la releva, avant de l'obliger à le suivre hors du cimetière.

12
Seuls

Kaya et Ethan étaient rentrés à l'appartement en silence. Aucun des deux n'avait envie de s'expliquer davantage sur ce qu'il venait de se passer. Chacun avait du mal à contenir sa colère et sa frustration. La démonstration d'asservissement à propos d'Adam que Kaya venait de présenter à Ethan au cimetière lui avait étouffé toute envie, tout espoir d'une réelle intimité avec elle. Il s'en voulait d'être si naïf, si positif sur un possible changement de relations avec les femmes. Il lui en voulait d'être aussi accrochée à son Adam, comme s'il était une fin en soi, comme si plus rien d'autre ne comptait. Il ne le supportait pas. Il avait lui-même été ainsi autrefois, à croire qu'aimer était une chose merveilleuse, pouvant vous suffire à rester vivant. Et au final, à part des morceaux de cœur brisé et un sentiment immense d'amertume et de regret, il ne restait pas grand-chose de tout cet amour qu'il pensait indestructible à l'époque. Il ne pouvait aujourd'hui que se contenter d'aller de l'avant. Kaya le devait aussi, pour son salut. Elle se détruisait en aimant à outrance. Avancer vers son avenir était la seule perspective qui lui restait pour relever la tête et ne plus finir en larmes.

Malgré tout, il comprenait qu'il était difficile de faire abstraction de son passé, de ce qu'on avait pu vivre avant. Kaya avait connu le bonheur par le passé, puis le malheur. Comme lui. Et tous deux vivaient aujourd'hui avec leurs regrets. Lui le regret d'avoir été tenté par l'amour et en avoir perdu la foi, elle de l'avoir apprécié et se l'être vu retirer sans crier gare. Finalement, aujourd'hui, ils avaient perdu leur insouciance d'être amoureux. Une mélancolie qui restait là, les rongeant lentement, pernicieusement. Chacun portait son fardeau. Un fardeau dont il mesurait vraiment le poids pour Kaya ce soir.

Jamais il n'aurait pu croire cela possible. Une telle dévotion pour un homme. Sa colère, il la devait à son impuissance à n'être rien à ses yeux, mais surtout à la jalousie de n'avoir connu cela lui-même à cause d'une femme. En même temps, le voulait-il vraiment depuis ? Il avait toujours repoussé le moindre sentiment venant de l'une d'elles, sincère ou pas. Outre le fait d'être agacé par ces sentiments mielleux, il ne supportait pas que ce soit autant. L'exagération avait toujours été synonyme de mensonge pour lui, d'opportunisme. Il ne pouvait croire en une sincérité chez les femmes.

Pourtant, Kaya ne faisait pas semblant. Ses cris de douleur et ses larmes étaient loin d'être le fruit d'une comédie. La voir pleurer ainsi son fiancé sur la tombe lui avait effacé son détachement des choses, son insensibilité qu'il avait mis tant de mal à bâtir. Il avait eu mal pour elle en la voyant ainsi, si malheureuse. Cette douleur, cette souffrance, il la vivait lui aussi au quotidien. Ce sentiment d'abandon, de solitude, faisait écho à sa propre expérience. Mais la voir chez une autre personne et sentir toute sa détresse, c'était bien la première fois qu'il s'en trouva autant touché. Il avait eu l'impression de voir son double en elle. Cette profonde tristesse, cette impression que tout s'était écroulé, que tout était foutu. Oui, ils avaient la même expérience de la vie. Mais il avait eu la chance de se relever en rencontrant les Abberline. Il avait pu sortir la tête de l'eau. Certes, il avait toujours des poids aux chevilles le tirant vers les ténèbres, mais il se débattait pour respirer, encore et toujours. Il n'était plus seul. Il avait une famille et des amis aujourd'hui. Kaya n'avait pas cette même chance.

En ouvrant la porte d'entrée de l'appartement, il réalisa qu'il ne pouvait l'abandonner. Il aurait pu la planter dans ce cimetière et ne plus jamais la revoir. Après tout, elle l'avait dit elle-même : il ne représentait rien à ses yeux. Pourtant, la laisser ainsi, c'était comme ne pas reconnaître la main qu'on lui avait tendue à lui aussi il y a quelques années. Il ne voulait pas être son sauveur. Il n'avait même pas la prétention de pouvoir la sauver de quoi que ce soit, alors qu'il avait déjà beaucoup de mal à se sauver lui-même. Néanmoins, ne pas réagir lui était impossible. Il avait été sans doute brusque. Il avait eu des mots terribles, mais tout cela l'insupportait. Elle devait réagir… Elle devait faire preuve de discernement.

Il soupira. L'autre problème était bien là : il ne s'était pas senti aussi insignifiant depuis bien longtemps. Elle ne voyait pas sa main. Elle ne le voyait même pas du tout. Il s'était juré de ne plus être invisible, d'exister aux yeux du monde. Il venait de prendre une nouvelle claque, même si celle que Kaya venait de lui infliger au cimetière n'avait pas abouti sur sa joue. Trop de sentiments se bousculaient en lui pour qu'il arrive à en desserrer la mâchoire et articuler un mot compatissant. Kaya l'avait suivi sans vraiment avoir le choix. Malgré sa propre colère contre Ethan, le ton qu'il avait employé ne lui aurait pas permis plus de liberté pour l'envoyer paître. Elle avait senti qu'il était en train d'atteindre ses limites de patience et que si elle continuait, elle pouvait finir aussi mal que le dragueur du Sanctuaire ou Al et Phil. Il n'avait pas eu son sourire heureux juste avant de péter son câble et relâcher sa violence, mais son regard sombre lui avait indiqué qu'il pouvait toutefois devenir brutal si elle le poussait trop à bout. Il avait retenu sa gifle. C'était bien la première fois qu'il réagissait par la défense à ses attaques physiques. Un indicateur suffisant pour percevoir sa colère et lui faire dire sa façon d'abuser de la situation. Une raison de plus, pour elle, d'être en colère contre son ton moralisateur sur sa façon d'aimer. Il était clairement énervé. Son corps était aussi raide qu'un piquet, son visage fermé, ses doigts crispés autour des siens, montrant sa profonde intention de ne rien lâcher les concernant. Mais le pire était son silence depuis qu'ils étaient sortis du cimetière. Un silence pesant. Il ne l'accablait certes plus, mais il ne se radoucissait pas pour autant. Il était très clair qu'il lui en voulait. Mais en même temps, elle ne comptait pas non plus faire le premier pas. Elle n'acceptait pas son ingérence dans sa vie, ses sentiments. Ce besoin qu'il avait de maîtriser tout ce qui le touchait de près ou de loin. Ils n'étaient pas ensemble, il n'y avait qu'un contrat entre eux et pourtant, il agissait en imposant ses propres règles, ses propres distances. Ne pas le toucher sur le torse, mais par contre oui pour la partie de jambes en l'air ! Pas de relation sérieuse, mais attention ! Pas touche à mon jouet !

Et après il veut me faire connaître le bonheur, l'extase ultime ? Il m'éneeeerve !

Et en plus, voilà maintenant qu'elle n'avait plus le droit d'aimer qui elle voulait alors qu'il lui avait dit qu'il s'en fichait. Même un mort ! Elle sentait à nouveau son sang bouillir dans ses veines en repensant à son totalitarisme envers ses amis et elle.

Mais comment font-ils pour accepter cela ?

Dès qu'elle posa ses chaussures à l'entrée de l'appartement, elle fonça à la salle de bain, sans se retourner. Elle avait besoin de prendre de la distance. Elle se réchauffa avec une douche brûlante. Elle n'avait plus de larmes pour pleurer. C'était la fatigue qui à présent l'accablait. Quand elle sortit de la salle de bain, Ethan n'était déjà plus dans le salon. Il s'était enfermé dans sa chambre.

Elle ne sut comment il s'était séché ni même s'il avait froid. *Il peut souffrir, je m'en moque ! Qu'il aille au diable avec ses objectifs et ses principes !*

Elle enfila son long t-shirt de basket appartenant à Adam et se jeta sous la couette. Ses pensées la ramenèrent à quelques heures plus tôt. Les événements avaient vite dérapé. Elle enfouit son visage dans son oreiller et s'agita comme une forcenée pour évacuer son agacement. Au bout de plusieurs longues minutes, elle finit par s'endormir et les rêves la rattrapèrent...

Adam caressait son épaule nue au-dessus des draps. Elle fermait les yeux, blottie contre son torse, écoutant sa respiration lente, tranquille.

— Tu sais bébé, j'ai réfléchi... lui lança-t-il alors sur le ton de la confidence.

— Hum... gémit-elle en réponse.

— Après notre mariage, je veux trois enfants !

Kaya ouvrit soudainement les yeux et se redressa pour lui faire face.

— Combien ? lui fit-elle répéter, inquiète.

— Trois ! lui dit-il en montrant trois doigts levés pour confirmer ses dires.

— Euh... Tu ne vas pas un peu vite, là ? Où comptes-tu les caser ? Regarde notre appartement ! Sans compter qu'il faut que je me tape trois grossesses !

— On changera de maison ! rétorqua-t-il en ricanant. Je rêve d'une petite villa avec jardin. Je me vois déjà jouer avec les gosses sur la pelouse. Jack ne cesserait de me demander de jouer avec lui au football.

— Jack ? demanda-t-elle, amusée par son imagination débordante.

— Oui, notre premier fils ! répondit-il, telle une évidence.

— Pourquoi « Jack » ?

— C'est le nom de mon grand-père.
— OK, mais notre fille s'appellera Amandine !
— Marché conclu ! Je suis sûr qu'elle sera fière de porter le prénom de sa défunte grand-mère.

Adam se pencha sur elle et lui déposa un baiser sur le bout du nez.

— Et le troisième ? lui demanda-t-il de façon plus câline.
— À la courte paille ? répondit-elle avec un grand sourire.
— Non ! Au jeu du « Pierre-feuille-ciseaux » !
— Certainement pas ! s'insurgea-t-elle. Tu gagnes tout le temps.
— Je t'ai déjà dit qu'il fallait toujours commencer par « feuille » pour gagner !
— Je m'en fiche, c'est non ! Tu changes ta règle dès que je le fais et tu gagnes encore !

Il posa alors ses lèvres pour un doux baiser sur sa bouche, puis la fixa intensément.

— De toute façon, tu sais que je ne peux rien te refuser. Je ferai n'importe quoi pour toi. Je suis même prêt à tout pour que tu sois heureuse. Je n'abandonnerai pas. On aura un jour notre mariage, notre maison et nos enfants. Et on oubliera très vite ces années de malheur, car le meilleur est devant nous.

Kaya se sentit émue et heureuse. Adam était la plus belle chose dans sa vie et elle la remerciait tous les jours d'avoir autant de chance d'être auprès de lui. Elle répondit à son baiser de manière plus marquée, enserrant son cou de ses bras. Adam se mit à sourire contre sa bouche.

— Eh… J'ai intérêt à m'entraîner pour faire ces trois enfants ! Qu'en penses-tu ?

Kaya pouffa sur ses lèvres.

— Au boulot… papa !

Kaya se réveilla en sursaut, en sueur. Un sentiment d'amertume et de nostalgie lui compressa la poitrine. Encore une fois, elle avait rêvé d'Adam. Quoi de plus logique ? Les derniers événements l'avaient poussée à réfléchir beaucoup sur son amour, son avenir, sur les plaisirs de la vie. Elle regarda autour d'elle. La chambre d'ami d'Ethan. Elle serra les dents de déconvenue. Le stress et l'angoisse n'étaient pas près de disparaître à cause de ce contrat avec Ethan. Elle regarda son réveil. Onze heures. Elle poussa un long soupir de lassitude et finalement se leva. Le salon était vide de la présence d'Ethan. Un grand soulagement lui fit relâcher la tension de ses muscles. Elle ne savait comment elle aurait réagi en sa présence. Et elle avait encore moins envie de rentrer dans un sempiternel conflit avec lui. Pour arriver à la conclusion que chacun avait raison dans son argumentation, elle ne souhaitait pas en ajouter une couche. Elle alla voir le comptoir de la cuisine. Un post-it était posé.

**Ne m'attends pas de la journée.
Ethan**

Kaya grimaça. On ne pouvait pas espérer plus succinct en explications. Au moins, elle savait qu'elle pouvait appréhender l'heure qui venait plus sereinement. Elle regarda l'appartement. Elle avait besoin de prendre l'air. La pluie de la nuit avait fait place au soleil en ce lundi de décembre. Il passerait sa journée au bureau d'Abberline Cosmetics. Elle décida de sortir.

Elle prit le métro jusqu'au Jardin des Plantes. Un endroit parfait pour respirer un coup et faire le vide. Elle avait besoin de se ressourcer au calme et de faire le point sur cette semaine de fou. Elle longea l'allée des fleurs, s'extasia devant les parterres multicolores malgré le froid hivernal. Elle sourit en voyant deux

Je te veux ! T3 – Chapitre 12

enfants supplier leur père de les emmener à la ménagerie pour voir les animaux. Ce bol d'air l'apaisa. Le soleil sur son visage et les couleurs qui jonchaient le sol la réconcilièrent un moment avec la vie. Tout n'était pas tout noir finalement. Elle finit par s'asseoir et regarder les gens se promener. Des joggeurs passaient régulièrement. Dans un coin un couple s'embrassait avec en fond sonore dans leurs écouteurs certainement les dernières chansons à la mode. Ils riaient joyeusement. Au loin, un jeune jouait au diabolo. Elle couvrit un peu plus son cou et se laissa aller contre le banc. Cette quiétude apaisa son esprit tourmenté. Entre ses rêves d'Adam, son amour et les propos blessants d'Ethan, elle commençait à douter de tout. Elle se rendait bien compte que tout était fini. Elle en était consciente qu'elle avait perdu bien plus que la présence d'Adam. C'était aussi des projets d'avenir qu'elle avait perdus. Se tourner vers l'avenir... Elle pensa aux mots d'Ethan. En avait-elle envie, de croire en l'avenir, maintenant qu'elle était seule ? Elle contracta sa mâchoire aux souvenirs des mots durs qu'il avait eus la veille.

« Regarde ! C'est un bout de pierre ! Rien d'autre ! Il n'y a plus rien. Il n'est pas là pour venir te défendre ! Il n'est pas là pour me contredire ! Il n'est plus là, bordel ! Tu pleures le vide ! »

Son cœur se serra. Elle était effectivement seule. Il pouvait arriver n'importe quoi, Adam ne réapparaîtrait plus pour elle. Ce terrible fait, elle ne voulait l'accepter. Elle avait toujours espéré. Espéré que cela était un cauchemar dans lequel elle avait sombré et qu'elle allait tôt ou tard se réveiller. Espéré qu'on lui avait fait une blague, que ce n'était pas la réalité, un peu comme Jim Carrey dans *The Truman Show* où on le filmait pour voir ses réactions en fonction des événements. Elle avait même imaginé une hypnose, une transe, un coma dans lequel elle était plongée et qu'un jour cela cesserait. La réalité était pourtant bien là. Bientôt un an qu'Adam avait disparu et rien n'avait changé. Il n'était plus réapparu. Leurs projets d'avenir s'étaient effacé ce matin du 26 décembre. Il ne lui restait plus rien. Elle devait s'y faire.

« Pourquoi ? La vérité te déplaît ? C'est quoi le plus dur ? De l'entendre ou de la constater ? C'est sûr que me frapper est une solution pour faire taire cette réalité. Autant s'en prendre à ce connard d'Ethan, ce type arrogant qui te fait vivre les pires misères ! Tellement plus simple de nier en rejetant la faute sur les autres ! »

Kaya inspira un bon coup en repensant à ses propos. Il avait raison. Elle l'avait accablé alors qu'au fond, elle savait que ses propos étaient cohérents. Il avait été incisif, mais il ne voulait que la faire réagir. Elle avait bien compris qu'il ne l'avait pas suivie jusque dans ce cimetière, à rester là sous la pluie, par plaisir. Il ne serait sans doute pas allé aussi loin, juste pour prendre une revanche non plus. S'était-il inquiété ou avait-il juste satisfait sa curiosité ? Elle ne saurait vraiment le dire, mais le résultat était qu'il avait mis sa rancœur initiale de côté pour s'assurer de son bien-être, même si pour cela il devait passer pour un connard une nouvelle fois. Et il avait encore joué ce rôle à merveille. Elle s'esclaffa en repensant à l'ambivalence du personnage. Ethan était aussi mystérieux qu'imprévisible. Elle pouvait cerner aussi bien sa goujaterie que sa gentillesse et au final, elle ne savait à quoi se fier. Était-ce son propre bon caractère qui la faisait espérer un bon fond chez ce type qui n'en avait sans doute pas ? Ou bien avait-il finalement vraiment ce bon fond et ne le cachait-il pas qu'à elle, par méfiance ? Elle n'arrivait plus à donner un jugement pertinent sur cet homme. Il pouvait être si détestable et la minute suivante si…

agréable ? Doux ? Attentionné ? Atrocement sexy ?

Kaya se renfrogna à l'évocation de cette dernière définition. Comment pouvait-elle encore penser à une telle chose alors qu'elle était censée le détester comme jamais ? Elle posa ses mains sur son visage et frotta énergiquement pour tenter d'effacer ces terribles pensées lubriques. En vain ! Comme l'effet d'un boomerang qui revenait en plein visage, elle visualisa leur petite incartade des vestiaires, puis celle encore plus poussée chez elle, après son agression. Elle avait tenté de l'oublier, d'écarter ces deux passades qui lui faisaient autant honte qu'elles lui rappelaient ce moment merveilleux où elle avait tout relâché pour son propre plaisir, pour se sentir libre et vivante. Ethan avait réussi à repousser toutes ses réticences, à les mettre au placard et à réveiller ses besoins les plus primaires. Il avait très vite compris qu'il avait mis le doigt sur autre chose que son clitoris : son appétit sexuel. Sa demande lui revint une nouvelle fois en mémoire…

« Réconforte-moi et je te consolerai en retour. Un accord donnant donnant, suivant nos besoins. Je ne peux toucher d'autres femmes à cause de notre contrat et toi… tu ne peux plus éprouver certains plaisirs avec l'homme que tu aimes. Et trouver ces plaisirs auprès d'un autre homme est pour toi hors de question. Il ne te reste plus que moi. On a déjà fait certaines choses tous les deux qui peuvent te permettre de dire que je ne suis pas si inconnu que ça. Je ne tomberai pas amoureux de toi, donc pas d'inquiétude pour ton amour pour Adam. Je ne réclamerai pas ton cœur. Je peux lui laisser. Quant à moi, je n'aurai pas une de ces femmes groupies que je suis obligé de larguer, car trop soûlante ou parce qu'elle rêve du prince charmant et de la bague qui va avec. Je n'aurais pas ce souci avec toi vu que tu as déjà la bague et que tu n'espères rien de moi ! J'y ai réfléchi et ça peut marcher. Le concept semble viable, cohérent. Pas d'embrouilles puisqu'on se retrouve sur ce qu'on veut et ce qu'on ne veut pas. Chacun ses objectifs, mais un point qui nous unit : combler les besoins sexuels de l'autre. Qu'en penses-tu ? »

Kaya déglutit. Était-ce cela son avenir ? Était-ce cet objectif qu'il projetait en lui tenant tête sur sa façon d'agir devant la tombe d'Adam ? Comment repérer une véracité à ses paroles ? Pensait-il vraiment ses belles paroles sans une arrière-pensée qui la blesserait immanquablement ? Elle soupira. Son cerveau était un véritable sac de nœuds. Si elle demandait à Ethan des explications, comment réagirait-il ? Serait-il sincère ? Pourrait-elle le croire ? Et quand bien même ! S'il était vraiment loyal, que ferait-elle de plus ?

Dois-je pour autant tomber dans ses bras ? Que ferais-je si j'acceptais sa demande ?

Elle se leva de son banc et marcha. Elle éprouvait le besoin de bouger, comme si le fait d'être en mouvement ne permettait pas à ses pensées néfastes de s'accrocher à elle. Elle décida de retourner au cimetière. Peut-être pour trouver une réponse. Se conforter de quelque chose qu'elle n'arrivait pas encore à déterminer.

Ethan avait couru encore et encore. Il avait besoin d'évacuer sa rage qui bouillait en lui. Il n'était pas allé travailler. Il n'avait pas le cœur à s'expliquer ni à penser à Magnificence, alors que tout le monde l'attendait pour étudier les premières réactions après le gala, les premières promesses de vente. Il avait appelé Abbigail, lui demandant de gérer sans lui aujourd'hui. BB avait sans nul doute dû pousser sa gueulante, mais il s'en foutait. Il avait besoin de faire le point. Courir avait été son envie première pour évacuer son mauvais karma. Il avait très peu dormi, tournant sans cesse dans son lit, cherchant des réponses qu'il ne parvenait pas à trouver. Il avait regardé son téléphone portable durant des heures. Son tableau des objectifs restant vide de nouvelles idées. Seule la colonne « ce que je veux » avec écrit en gros en dessous

Je te veux ! T3 – Chapitre 12

« KAYA » attirait son regard. Il avait bien marqué dans celle des « moyens pour y parvenir » : « tous », mais il bloquait sur ce mot. Il était à court d'idées. Bizarrement, au-delà de l'agacement certain, il était déçu. Il avait pourtant fait des efforts qu'il n'aurait d'ordinaire exécutés avec aucune autre femme. Il savait qu'il pouvait être brusque, voire maladroit, mais cette fois-ci, il ne comprenait pas ce qui avait pu faire penser à Kaya qu'il se jouait encore d'elle. Il la tenait dans ses bras et d'un coup, tout s'était volatilisé. Leur superbe journée avait volé en éclats. À croire que tout bon moment passé ensemble entraînait immanquablement une chute. Cette dispute avait été plus acerbe que les autres. Les vérités les plus difficiles à entendre étaient sorties et finalement tous deux en étaient sortis K.O. Et pire que tout, devant son téléphone, il n'avait trouvé aucune solution de sortie de crise. Il avait vraiment l'impression d'être dans une impasse, d'avoir fait le tour de toutes les possibilités pour qu'elle craque. En fin de compte, ses bonnes intentions avaient été perçues comme des stratagèmes à un plan machiavélique de vengeance.

Ethan n'arrivait pas à se débarrasser de cette sourde colère qui l'habitait depuis. Il avait beau faire le plus grand sprint de sa vie, ce sentiment de nullité ne le lâchait pas. Il se trouvait nul de s'accrocher ainsi à du vent. Il se trouvait nul de se prendre autant la tête pour une femme qui se foutait de lui comme jamais. Il se trouvait nul de vouloir encore espérer quelque chose.

Lorsqu'il rentra à l'appartement, il comprit très vite qu'elle n'était plus là. Un drôle de sentiment lui comprima le cœur. Il fut triste de voir qu'en fin de compte, ils s'évitaient. Leur dernière journée ensemble allait donc se solder par un jeu de cache-cache. Voilà donc la conclusion à cette semaine contractée avec elle. Il devait se faire une raison. C'était ainsi. Après tout, il s'était promis de ne plus courir après une femme.

La journée passa ainsi, chacun de leur côté. Ethan sortit après une bonne douche. Il n'avait aucune envie de s'expliquer auprès de ses amis sur leur départ précipité du Sanctuaire. Il avait encore moins envie de parler à qui que ce soit. Il était tout simplement dégoûté. Il n'avait pas envie de faire le moindre effort. Il alla pourtant voir Eddy. Eddy était avec ses potes des Blue Wolves dans leur repère habituel. Quand la bande le vit arriver, chacun tapa sur l'épaule de l'autre. Tous le regardèrent avec intérêt. Ethan venait peu les voir. Eddy sourit en voyant son ami.

— Hé ! Tu ne bosses pas ? Tu n'es pas avec ma poulette ? Où est Kaya ?

— Je ne sais pas et je m'en fous ! lui répondit-il sèchement, ce qui surprit admirablement Eddy.

— Bon eh ben, ce n'est toujours pas le grand amour, à ce que je vois...

— Tu en as d'autres des blagues comme ça ? Parce que sinon, je repars de suite.

— Tu sais bien qu'Ethan n'est pas un sentimenteux ! lança l'un des voyous de la bande.

— Sentimental, Jay ! Sentimental ! le reprit un second, blasé visiblement par son langage approximatif.

— C'est pareil ! fit Jay, grognon.

— OK, OK ! répondit alors Eddy. Tu veux donc qu'on te change les idées, c'est ça ? demanda-t-il avec un petit sourire à Ethan.

— Non.

Aussi déprimant que cette réponse, il n'y a pas !

Eddy continua à lui sourire malgré tout. Il était clair qu'Ethan était dans un de ses « mauvais jours ».

— J'ai juste besoin d'une clé. Je voudrais faire un tour.

Eddy regarda ses potes.

— Seb, tu lui files la tienne ? dit-il à celui qui avait repris l'orthographe de Jay.

— Ouep ! Tiens ! Attrape !
Sans aucune hésitation, Seb lui jeta les clés en question.
— Tu sais où la trouver.
Ethan lui fit un salut militaire et sourit avant de tourner les talons.
— Il semblerait que Kaya n'ait pas fini de le perturber, notre pauvre ami ! dit alors doucement Eddy en le voyant s'éloigner.
— J'ai bien hâte de la rencontrer, cette meuf ! fit Jay en se grattant le crâne. Cela faisait longtemps qu'il n'avait pas été comme ça.
— C'est bien pour ça que j'ai toujours dit qu'une femme ne remplacera jamais une bonne moto ! lança Seb fièrement.
— Pas si sûr ! rétorqua Eddy. Kaya est… différente. Elle vaut dix fois une bonne moto ! Crois-moi ! Et je suis persuadé que notre cher ami est en train de s'en rendre compte.

Kaya passa la soirée seule dans l'appartement. Ethan n'était pas rentré pour le souper. Elle était partagée entre l'inquiétude de ne pas avoir de nouvelles et le soulagement d'éviter tout conflit ou toute discussion pouvant être désagréable. Elle n'osait pas non plus l'appeler ou lui laisser un message sur son téléphone. Elle se voyait mal lui faire une remontrance ou jouer les espionnes matriarcales avec lui. Elle savait malgré tout qu'il fallait qu'ils se retrouvent pour parler. Elle ne pouvait finir ce contrat sans ajouter un mot, ou même lui dire au revoir. En même temps, en regardant bien autour d'elle, elle devait reconnaître qu'elle trouvait cela dommage de quitter cet appartement. Elle l'aimait bien. Et ce qui l'attendait n'était pas des plus chaleureux. Vide, froid, sans vie. Sans télévision. Son petit plaisir depuis une semaine que de zapper avec frénésie et de s'émerveiller des nouveaux programmes sur des chaînes insoupçonnées allait lui manquer. Elle grimaça à l'idée que c'était sans doute son dernier soir où elle pourrait profiter de ce confort avant de retrouver son appartement sans âme.

Retrouver Adam au cimetière n'avait pas été une idée si judicieuse que cela. Elle était restée à genoux devant la tombe à contempler le marbre en silence pendant une bonne heure. Elle s'était sentie stupide. Elle d'ordinaire si loquace avec Adam ne trouvait pas les mots pour lui parler de ses doutes. Sûrement parce qu'elle savait qu'il ne lui répondrait pas pour l'encourager. C'était bien là le souci. Ethan l'avait plongée dans un tel trouble qu'elle en avait perdu ses marques avec Adam. En y réfléchissant, le jardinier devait la trouver bien ridicule à parler à un bout de pierre, comme lui avait fait remarquer Ethan. Si elle pensait qu'Adam l'avait toujours écoutée, qu'il avait toujours été là pour compatir à ses peines, aujourd'hui tout cela lui paraissait obsolète. Elle avait regardé sa tombe avec une grande perplexité. Par moments, elle tentait d'ouvrir la bouche pour lui dire qu'elle était toujours là, près de lui. Mais elle réalisait qu'effectivement, elle était la seule à s'accrocher à cette douce chimère. Adam ne s'était pas accroché à leurs doux rêves. Il ne lui répondrait pas et cette simple idée révélait la véracité des mots d'Ethan. Il lui avait tourné le dos. Elle n'arrivait pas à savoir si elle lui en voulait vraiment. Ni même si toute leur histoire avait finalement eu un sens. Ses tourments avaient pris une trop grosse ampleur pour pouvoir démêler le vrai du faux, et espérer trouver à nouveau son chemin vers la paix de son âme. Seul le silence étouffait les lieux. Un silence lourd de vérité : l'absence définitive d'Adam de sa vie. Elle le savait, mais aujourd'hui cette impression de solitude avait été écrasante. Un poids sur ses épaules qu'elle avait eu du mal à supporter. Au final, elle était rentrée à l'appartement et s'était enfermée dans la chambre. Dormir pour échapper à sa réalité était sans doute une solution. Reposer ses neurones pour pouvoir mieux appréhender la suite.

Or ce soir, elle était toujours au même point. Elle ne savait qui avait raison dans l'histoire : elle et son amour incommensurable pour son fiancé, Ethan et sa vision étriquée de l'amour, ou Adam et sa fuite loin de tout. Elle regarda l'heure sur la pendule de la cuisine. Vingt-trois heures trente. Elle soupira.

Tant pis ! Qu'il aille au diable !

Elle se leva et alla se coucher dans son lit. Son sommeil fut très agité. Elle ressassa cette dernière semaine avec intérêt au point qu'à deux heures du matin, elle se leva à nouveau pour boire un lait chaud. La douceur du lait calmerait peut-être son émoi. Elle alla à la cuisine et commença à se servir son verre. Laissant la pénombre dans l'appartement pour ne pas heurter ses yeux, elle jeta un œil vers la chambre d'Ethan. Était-il rentré ? Elle ne le savait. Elle savait qu'elle s'était assoupie une petite heure et qu'il avait pu très bien rentrer à ce moment-là. Elle porta le verre à ses lèvres et regarda le salon quand soudain elle poussa un cri. Ethan était assis par terre, près de la porte vitrée à regarder dehors. Elle poussa un juron en réponse à la peur bleue qu'elle venait d'avoir en réalisant que la présence qu'elle avait sentie lui était tout compte fait familière. Ethan était en jean et chemise, le coude sur son genou et sa main soutenant son menton. Il n'avait pas bougé d'un cil, même quand elle avait poussé son cri. Il semblait vouloir volontairement ignorer sa présence. Son visage était éclairé par la pleine lune qui brillait dehors. Elle trouva cette scène touchante de beauté. Elle ne savait pourquoi, mais cette image amplifiait encore plus son côté mystérieux et torturé. Elle posa son verre et soupira. Ils devaient se parler. C'était impossible de mettre un terme à tout cela en s'ignorant ainsi. Elle contourna alors le comptoir de la cuisine et se posa à genoux devant lui. Ethan ne détourna toujours pas son regard de la rue. Son absence de réaction affligea Kaya. Sa posture digne d'une geisha s'affaissa alors d'un coup, de dépit. Elle laissa glisser ses pieds sur les côtés et posa ses fesses au sol.

— Tu comptes m'ignorer encore longtemps ?

Ethan quitta enfin sa contemplation et la regarda un instant. Il l'examina des pieds à la tête, toujours son menton dans sa main, puis regarda à nouveau dehors si le spectacle était plus intéressant. Kaya sentit à nouveau son agacement pointer le bout de son nez, mais décida de ne pas se dégonfler devant sa suffisance.

— Écoute, je suis désolée pour hier soir, mais ni toi ni moi ne changerons d'avis sur ce sujet, donc soyons un peu adultes. Dans quelques heures, tout sera fini. Je partirai. Autant finir cela en bons termes, ne crois-tu pas ?

Ethan détacha enfin son menton de sa main et la regarda à nouveau, visiblement toujours énervé.

— Comment voudrais-tu que ça finisse « en bons termes » pour reprendre tes mots quand tu oses venir jusqu'à moi en portant son t-shirt ! finit-il par dire avec une colère difficilement contenue.

Kaya visa sa tenue. Son fameux t-shirt de basket d'Adam qu'elle mettait pour dormir ne l'aiderait effectivement pas à le calmer. Elle renifla un coup, feignant l'innocence.

— Je n'ai rien d'autre à me mettre et il est super chaud pour un t-shirt.

— Rien à foutre ! Retire-le si tu veux vraiment finir en bons termes !

Kaya plissa les yeux. Elle se demanda si sa bonne volonté allait résister à ses caprices de gamin. Pire, elle ne comptait pas se mettre à poil pour satisfaire son bon vouloir. Voyant son inactivité, Ethan reprit sa position initiale et détourna à nouveau son regard d'elle, feignant une nouvelle fois de l'ignorer.

Crétin ! Gamin ! Connard ! Il m'éneeeeerve !

— Et je mets quoi à la place de mon t-shirt ? Hein ? Monsieur Casse-pieds !

Ethan relâcha une nouvelle fois sa position et soupira, puis finalement sourit, comme s'il avait attendu cette question depuis une éternité, comme s'il avait tout fait pour en arriver à ce point précis. Il déboutonna donc un peu sa chemise, puis la retira, restant en maillot de corps.

— Mets ça. Ça irritera moins mes yeux.

Il lui jeta la chemise au visage tandis qu'elle marmonna en silence tout en le singeant. Son attitude l'exaspérait. Elle n'avait jamais aimé cette façon bien à lui de toujours tirer à lui la couverture. Pourtant, elle n'avait guère le choix si elle ne voulait pas que leur contrat se finisse à l'hôpital après l'avoir égorgé !

— Ferme les yeux ! Interdit de tricher ! Je te tue si tu ouvres d'un millimètre tes yeux !

Ethan souffla et leva les yeux de consternation.

— Comme si je n'avais jamais rien vu auparavant… murmura-t-il, dépité.

Il s'exécuta cependant, le sourire aux lèvres.

— Et efface-moi ce sourire sournois de tes lèvres ou sinon mon envie de « bons termes » va finir en pâté pour cochons !

— Toujours dans la délicatesse et la douceur, je vois…

Ethan ferma les yeux, las de tout ce cinéma. Kaya tenta de se changer le plus rapidement possible, surveillant avec minutie les moindres gestes d'Ethan.

— Na ! Tu peux ouvrir les yeux ! Content ? De toute façon, si t'es pas content, c'est pareil ! Je m'en fous !

Elle croisa alors les bras, fâchée alors qu'il l'observait avec plus de douceur.

— Il n'y a pas à dire… ma chemise te va mieux ! lui déclara-t-il alors avec fierté.

Kaya se mit à rougir en regardant la chemise sur elle.

— N'importe quoi… souffla-t-elle tout à coup intimidée.

Ethan regarda à nouveau dehors, mais sembla moins sur la défensive. Kaya remarqua une tasse à côté de lui.

— C'est quoi ce qu'il y a dans ta tasse ? On dirait un chocolat chaud… Est-ce que je peux… y goûter ?

Ethan la fixa un instant. Il constata qu'elle faisait vraiment un pas vers lui, même si elle était prête à parler de tout et n'importe quoi pour apaiser leurs différends.

— Ce n'est pas parce que je te prête ma chemise que tu dois te sentir en territoire conquis !

Kaya grimaça et marmonna une nouvelle fois un nom d'oiseau pour le moralisateur qu'il aimait être, mais surtout, pour le râleur impénitent qu'il resterait.

— Ce n'est pas comme si j'avais la gale… et en plus, tu as déjà goûté à ma salive ! finit-elle par dire, rouge de honte devant son propre aveu.

Ethan écarquilla les yeux et la dévisagea une nouvelle fois. Depuis quand elle admettait ouvertement ce genre de choses entre eux ? Surtout après son impeccable discours de la veille sur son gigantesque amour pour son Adam ! Kaya entortilla ses doigts, reflétant maladroitement la gêne de ses propres propos. Il la trouva atrocement mignonne tout à coup. Elle regardait partout par terre pourvu qu'elle ne croisât pas son regard. Il s'esclaffa, pris par la stupeur qu'elle lui insufflait.

Elle trouve encore le moyen de me désarçonner, de la façon la plus mignonne qui soit en plus !

Il passa sa main sur son visage et inspira un grand coup. Décidément, il était vraiment faible devant cette femme. Il n'en doutait plus à présent. Il attrapa finalement sa tasse et en but une gorgée devant elle, la narguant bien au passage.

Tu as beau être super mignonne, tu m'énerves quand même !

Kaya se figea en le voyant boire sous ses yeux. Il passa ensuite sa langue sur ses lèvres dans un geste lent, calculé, presque trop sensuel pour paraître anodin et retira la trace de lait au chocolat, tout en la fixant intensément. Kaya loucha sur ses lèvres et poussa un grognement d'agacement. Elle se leva alors tout à coup.

— Tu n'es qu'un connard-abruti-crétin-arrogant et... et... je te déteste !

Ethan ricana. Elle tourna alors les talons pour retourner dans sa chambre.

— Tiens ! lui cria-t-il tout en lui tendant sa tasse. Viens, Princesse ! Ne te vexe pas !

— Pauvre con ! lui répondit-elle de la cuisine.

— Kaya ! Viens ! C'est bon, je te pardonne !

Kaya se raidit à ses propos.

Je te pardonne ? De quoi ? Pardon ? Celui qui doit s'excuser, c'est lui ! Mais quel pauvre type !

— Tu vas voir comment je te demande pardon ! lui cria-t-elle très énervée maintenant.

Elle revint vers lui aussi vite qu'elle était partie et lui donna un coup de pied dans la cuisse. Ethan rigola de plus belle tout en criant « aïe ! ».

— Fais gaffe, tu vas tout renverser ! pouffa-t-il tout en tendant sa tasse loin de lui pour éviter une catastrophe sur son jean.

— Je vais t'en mettre moi, des pardons dans ta sale tronche d'enfoiré ! C'est à toi de t'excuser !

Elle lui sauta alors littéralement dessus pour le rouer de coups. Ethan fut surpris par la façon dont elle le plaqua presque au sol pour le frapper.

— Kaya ! La tasse ! Bordel ! dit-il en riant sans vraiment se défendre.

Elle se stoppa un instant et regarda la fameuse tasse. D'un geste rapide, elle la lui prit des mains, sous les yeux encore plus éberlués d'Ethan. Puis, elle porta la tasse à ses lèvres et commença à boire. Une gorgée, deux gorgées... La tasse se souleva au fur et à mesure qu'elle avalait le chocolat chaud.

— Eh ! Ne bois pas tout ! T'es pas chier ! lui dit-il alors en lui reprenant le récipient des mains.

Il jeta un œil dedans et n'en crut pas ses yeux.

— Putain, mais tu as tout bu ! J'y crois pas ! Mon chocolat chaud !

— Délicieux ! fit-elle avec un sourire conquérant.

— Évidemment qu'il est délicieux ! C'est moi qui l'ai fait ! déclara-t-il comme une évidence, alors qu'il cherchait la dernière goutte sur le bout de sa langue. Il va falloir que tu revoies un peu les bonnes manières, Princesse impolie. Elle m'a tout sifflé, la bourrique ! J'y crois pas !

— Hééé ! cria-t-elle tout en lui assénant un nouveau coup de poing à l'épaule. Tu n'avais qu'à pas me provoquer. Tu vas voir si je suis une bourrique !

— C'est de ta faute, tu m'énerves ! lui rétorqua-t-il pour sa défense. Oui ! Tu n'es qu'une bourrique !

— Non, c'est toi qui m'énerves et qui as tort ! Répète un peu pour voir ! lui dit-elle alors avec un regard encore plus menaçant et le poing levé en l'air.

Ethan renifla, peu convaincu devant une Kaya qui ne comptait pas pour autant en démordre. Il posa la tasse à côté de lui et se rassit plus convenablement.

— Si c'est comme ça que tu veux finir « en bons termes », je crois qu'on ne doit pas avoir la même définition, Kaya...

— En attendant, je fais plus d'efforts que toi ! J'ai même enlevé mon t-shirt pour ta chemise ! Toi, à part me provoquer et râler pour ton chocolat chaud, qu'as-tu fait dans ce sens ?

Ethan sonda son regard un instant. L'air de défiance de Kaya contrastait à présent face à celui un peu plus attendri d'Ethan. Il tendit alors ses bras vers elle.

Je te veux ! T3 – Chapitre 12

— Viens… lui dit-il doucement. C'est bien toi qui m'as dit que les petits câlins, c'était bien aussi, que c'était tout ce que tu pouvais me donner. Alors, donne-moi… Donne-moi, Kaya. J'en ai besoin, là, maintenant, tout de suite… Je vais vraiment péter un câble si…

Ethan n'eut pas le temps de finir sa phrase que Kaya répondit à son appel. Elle encercla son cou de ses bras et se mit à califourchon sur lui. Les derniers mots d'Ethan avaient fait fondre toute résistance chez la jeune femme. À vrai dire, elle avait aussi besoin de cette étreinte. Elle ne savait pas pourquoi. Elle n'attendait que ça. Un besoin de soulager sa conscience sur leur relation ou juste par simple compassion à son regard presque suppliant. Qu'importe ! Elle se laissa aller contre lui et posa sa tête sur son épaule. Elle désirait, elle aussi, arrêter rapidement leurs chamailleries. Il était trop tard dans la nuit pour qu'elle trouve encore la force de continuer à lui tenir tête. Ethan resta interdit quelques instants, réalisant difficilement qu'il avait gagné aussi facilement pour une fois. Il referma enfin ses bras sur elle en même temps qu'il laissa tomber ses paupières et qu'il cala son nez dans le cou de sa rebelle. Son parfum abricot lui revint enfin à ses narines comme une odeur si familière et apaisante. Son cœur se mit à battre à nouveau. Une sensation aussi déstabilisante qu'enivrante. Il voulait rester ainsi encore et encore.

— Kaya, je te jure que si j'ai eu un désir de vengeance, ça fait longtemps qu'il est parti. Je te promets que je ne joue pas avec toi. De toute façon, même si je le voulais, je ne pourrais pas. Tu es trop imprévisible. Tu mets tout plan en miettes tant tu défies toute logique.

Kaya ne bougea pas devant cet aveu.

— Je n'arrive pas à savoir si tu es sincère… lui dit-elle au bout de quelques secondes. Tu es toujours dans la provocation. On dirait que tu fais exprès de prêcher le faux et son contraire.

— Tu fais pareil ! s'insurgea-t-il en se décollant légèrement de son cou.

— Tu collectionnes les conquêtes et tu t'en vantes. Comment veux-tu que je croie en une quelconque franchise ? J'ai même vu d'anciennes conquêtes m'avertir de me méfier de toi !

— Qui ça ?! s'emporta Ethan, à nouveau agacé par son quotidien qui finalement se dressait contre lui.

— Ça n'a pas d'importance ! Je ne vais pas croire un type qui se joue des femmes.

— Kaya, tu n'imagines pas les efforts surhumains que je fais pour toi depuis une semaine. Je ronge mon frein constamment. Je n'ai même jamais autant offert à une femme. Crois-moi, cela relève du miracle ce que je fais pour toi ! Ta robe ou ta journée à la fête foraine, ce sont des choses que je ne fais pas d'ordinaire. Avec aucune autre personne. Ni même emmener quelqu'un au dojo. Mes amis ne connaissent même pas ce lieu !

Kaya se redressa, troublée par son aveu. Elle le regarda droit dans les yeux à présent pour tenter d'y lire une sincérité. Mais même en cherchant, elle réalisa que le problème demeurait ailleurs.

— Je suis désolée. Je ne crois pas que cela change grand-chose au final. Je ne répondrai pas à tes avances. Je ne suis pas quelqu'un pour toi. On est trop différents. Comment peux-tu me détester et vouloir coucher avec moi ? C'est insensé. Ça ne peut pas marcher. Je ne lâcherai pas Adam pour…

Kaya ne put finir sa phrase. Les lèvres d'Ethan s'écrasèrent sur les siennes pour la faire taire. La pression qu'il exerçait contre elles montrait à quel point il refusait son argumentation. Il posa son front contre le sien doucement, alors que Kaya sentait son cœur battre à tout rompre.

— Donne-moi ma chance, Kaya. Juste une nuit. Juste un peu. Toi et moi, et on emmerde le monde. Je t'en prie…

— Ethan… lui souffla-t-elle suppliante.

— Juste quelques heures. Pas plus. Je sais que tu n'es pas insensible à mes baisers. Fais-moi confiance… Laisse-moi combler ce vide en toi. Oublie-le un peu, s'il te plaît.

Les larmes commencèrent à apparaître sur le coin des yeux de la jeune femme. Ce vide lancinant qui ne la lâchait pas, Ethan commençait déjà à le remplir par sa présence. Elle ne pouvait que le constater. Mais qu'arriverait-il s'il le remplissait entièrement ? Que se passerait-il si elle y prenait goût ? L'idée qu'il puisse lui faire oublier Adam n'était tout simplement pas envisageable.

— Si je l'oublie, que ferai-je ?

Le sanglot la prit. L'émotion était trop forte. Elle s'écarta et s'essuya les yeux du dos de la main.

— Je me sens déjà si seule. Que ferai-je si j'oublie Adam ? J'ai tellement peur à l'idée de le perdre. Adam était toute ma vie. Que vais-je devenir s'il n'est plus du tout là, avec moi ?

Ethan lui caressa alors la joue de sa main. Elle ferma les yeux quelques secondes, absorbant en silence sa chaleur et son réconfort malgré ses craintes concernant le pouvoir qu'il pouvait exercer sur elle.

— Je ne peux pas te donner de garanties, Kaya. Je sais que je ne suis pas le meilleur exemple. Je suis loin d'être parfait. Mais… je te promets d'être l'homme le plus impliqué au monde si tu viens à me solliciter pour un petit ou un très gros câlin ! C'est notre deal, non ?

Kaya ouvrit les yeux et s'esclaffa. Son intention d'implication sur sa personne lui faisait du bien. Sa touche d'humour encore plus. Il arrivait si facilement à tout dédramatiser. À faire de son indifférence une forme d'insouciance si libératrice qu'elle pouvait en devenir gourmande. Il y avait longtemps qu'on ne lui avait pas porté autant d'intérêt et la manière dont il prêtait peu d'importance aux conventions finissait en fin de compte par la rassurer. Elle laissa alors retomber sa tête sur son épaule.

— L'homme le plus impliqué du monde… Idiot !

— Tu ne me crois toujours pas ?

— Tu m'énerves à toujours avoir réponse à tout, avec autant de désinvolture !

— Peut-être parce que je suis super intelligent et super perspicace, donc je ne m'inquiète pas…

— Super prétentieux aussi ! ajouta Kaya toujours blottie contre son épaule.

— Super cool, oui ! renchérit Ethan, amusé.

— Super tête à claques ! contra-t-elle alors.

— Super attendrissant, doux, appliqué, et une bête de sexe ! Bref ! Je suis ton parfait connard, ne crois-tu pas ?

Kaya se mit à rire dans son cou. Il fut content de voir que l'atmosphère se radoucissait. Elle était réceptive à ses mots. Mieux ! Ils communiquaient enfin. Ils brisaient enfin le mur des non-dits et cela faisait un bien fou. Et par-dessus tout, elle était dans ses bras. Mais Ethan en voulait maintenant plus.

— Super frustré aussi, car ma Princesse ne m'a toujours pas embrassé et elle ne veut toujours pas que je la touche.

— Super exigeant !

— Ce n'est pas de l'exigence ! C'est un appel à l'aide, ne sens-tu pas ? J'en peux plus de te voir repousser mes avances. J'ai l'impression de devenir un lourdaud puceau devant la bombasse du lycée ! Première fois que je me retrouve aussi nul et impuissant. Pourquoi n'es-tu pas séduite, sans déconner ? Que dois-je faire ? Là, je sèche ! Aide-moi !

Kaya se mit à nouveau à rire devant sa comparaison. Elle le trouvait vraiment adorable à se décrédibiliser ainsi, mais toujours avec cet humour attachant. Elle fixa ses prunelles marron éclairées par la lune et déposa lentement ses lèvres sur les siennes. Ethan ferma les yeux un instant, ne voulant croire qu'elle accédait enfin à ses doléances. Elle posa ensuite ses mains sur les joues rêches du plaignant mal rasé et effleura plusieurs fois sa bouche de la sienne. Ethan crut sentir son cœur exploser. Ces frôlements allaient avoir raison de sa patience. Il la ramena alors d'un geste sec un peu plus contre lui et glissa sa main dans ses cheveux pour plaquer ses lèvres davantage contre la bouche de Kaya. Il n'avait plus la force de se contenir. Son désir lui brûlait les veines tant il avait l'impression que son sang se transformait en lave.

— Kaya, dis-moi oui… Je n'en peux plus. J'ai tellement envie de te sentir contre moi. Je ferai tout ce que tu veux, mais dis-moi oui.

Kaya laissa échapper un soupir d'aise entre leurs lèvres, lasse de lutter, avant de lui répondre.

— Oui…

13
Profond

— Oui…

Ce mot, il l'avait attendu désespérément. Il l'avait rêvé. Mais l'entendre distinctement de sa bouche était la plus belle des délivrances, un soulagement sans fin à son supplice. Ce simple mot pouvait tout faire changer entre eux et annonçait les plus belles des promesses. Un seul bouton mettant en marche leurs désirs les plus intimes… Et elle l'avait prononcé.

Sa réponse avait enclenché un besoin rapide de combler son manque. Il lui était maintenant impossible de retenir son envie. Sa langue avait trouvé celle de Kaya immédiatement. Ses mains n'avaient pas attendu davantage pour glisser sous sa chemise. Il avait une soif, un appétit d'elle incommensurable. Il était si affamé qu'il ne savait pas par quoi commencer. Il voulait tout, tout de suite. Mais en même temps, il devait prendre son temps. Profiter de chaque instant et ne pas se laisser envahir par sa joie et son excitation. Et surtout ne pas la bousculer en faisant quelque chose de travers. Il aimait l'embrasser. C'était plus fort que lui. Dès que leurs lèvres s'effleuraient, il sentait immédiatement la tension sexuelle monter en eux. Leurs souffles devenant plus chauds, leur engagement de plus en plus prononcé. Il voulait agir. Il éprouvait ce besoin d'explorer Kaya sous toutes les coutures.

Mais à la fois, il craignait le geste de trop qui foutrait tout en l'air, comme à chaque fois. Avec hâte, il l'embrassa encore et encore, ses mains parcourant la courbe de ses fesses jusqu'à remonter la cambrure de ses reins puis son dos. Son cou l'appelait. Les deux boutons ouverts de sa chemise étaient une torture indicible, réclamant à ses yeux de voir ce qu'il se passait en dessous.

Finalement, il ne tint plus. Il la renversa alors au sol et s'allongea sur elle, comme pour s'assurer que plus jamais elle ne lui échapperait. Kaya continuait de répondre à ses caresses positivement. Il la sentait se relâcher sous ses doigts. La tension s'évanouissait pour laisser place à quelque chose de plus brut, animal : leur attirance respective. Leurs langues s'emmêlaient encore et encore. Les jambes de Kaya vinrent rapidement entourer la taille d'Ethan qui vit son désir grimper encore d'un niveau. Sa réceptivité l'enorgueillissait. Il ne voulait plus s'en éloigner et, visiblement, elle non plus. Elle semblait enfin vouloir vraiment se donner à lui, sans retenue, comme si dire oui avait débloqué sa pudeur et dissipé une grande partie de ses doutes.

— Je te préviens, Kaya, je ne te laisserai pas reculer cette fois-ci. J'irai jusqu'au bout ! lui dit-il en caressant de son pouce sa lèvre inférieure gonflée par ses attaques répétées. Es-tu sûre ?

Elle lui sourit et répondit à son avertissement en lui mordant le doigt comme ultime provocation à ses avertissements dont elle n'avait que faire. Sa princesse se montrait joueuse, féline. Son regard espiègle, chargé d'une sensualité ravageuse, le désarma instantanément. Il laissa tomber son front contre sa poitrine quelques secondes, réalisant qu'elle aurait sa peau, même dans ces moments plus intimes. Elle venait de lui répondre par la promesse que pouvait rêver tout homme : une partie de jambes en l'air de tous les diables ! Elle voulait autant que lui partager ce moment et elle le lui montrait.

— Kaya, ne me provoque pas dans ce genre de moments sinon

je vais envoyer valser tous les codes de bienséance d'une première fois !

Kaya pouffa.

— Parce que d'habitude, tu te soucies de la bienséance ?

Ethan la contempla d'un air mi-surpris, mi-affligé. Une simple phrase, et elle balançait aux orties toute sa bonne volonté d'espérer bien faire les choses pour leur réelle première fois. Un paradoxe en soi, elle qui agissait comme une princesse rêveuse du grand amour et de tout le respect qu'imposait une relation amoureuse, il la voyait en train de le pousser au vice. Il leva les yeux au plafond, cherchant encore l'ombre d'une retenue, mais il ne la trouva pas. Devant sa question aux airs d'invitation, il baissa à nouveau les yeux sur elle et attrapa les pans de sa chemise, puis tira d'un geste sec. Kaya poussa un cri surpris quand elle vit les boutons sauter sur le plancher.

— Tu as raison… J'ai trop envie de toi pour être bienséant. On en est plus là, quitte à être un connard, autant jouer le jeu jusqu'au bout. Veux-tu que je te réconforte, Kaya ? lui demanda-t-il pour signer le pacte tant espéré.

Kaya sourit. Cette question, il lui avait posé souvent, mais cette nuit, elle résonnait comme une évidence.

— J'ai envie… Je n'ai plus la force de lutter… lui dit-elle alors comme seule explication à son consentement.

— Alors, ne luttons plus ! lui dit-il avec un magnifique sourire.

Il posa alors une main lestement sur son sein et pressa à nouveau ses lèvres sur les siennes. Kaya gloussa comme une gamine devant le grand méchant loup impatient. Son rire conforta un peu plus Ethan sur ses actes et sur le fait que cette fois-ci, il n'y aurait plus aucune ombre au tableau. Il embrassa sa bouche encore et encore, lui souriant à chaque nouveau baiser qu'il lui donnait. Elle lui caressa alors les cheveux et ce fut le geste de trop qui le fit chavirer. Il lâcha un grognement rauque tandis qu'il s'écrasait un peu plus contre elle. Sa bouche dévala alors son cou, n'hésitant pas à laisser balader sa langue le long de sa carotide, remontant derrière son oreille pour lui murmurer son prénom de façon atrocement sexy. Sa voix avait pris une tonalité plus grave, mue par le désir certain qu'il avait pour elle. Kaya frissonna, sentant ses synapses en totale réception à ses moindres faits et gestes. Son frisson se descendit jusqu'au bout de ses seins qui se mirent à pointer instinctivement. Sa respiration se coupa un instant lorsqu'il pinça un de ses tétons entre son pouce et son index. Ethan adorait la voir réagir à chacune de ses caresses plus ou moins impétueuses. Son corps manifestait une sensibilité qui le rendait fou. Plus il attisait ses réflexes, plus il souhaitait en découvrir de nouveaux. Très vite, il prit en bouche un de ses seins pendant qu'il malaxait l'autre de sa main. Kaya se cambra, inspirant légèrement, puis retenant sa respiration sous cette nouvelle forme de caresse. Le mélange entre le plaisir et la douleur de torturer son téton excitait encore plus ses sens. Elle lui fourragea les cheveux, un coup en appuyant sa tête encore un peu plus contre sa poitrine, la fois suivante en l'éloignant un peu pour qu'elle puisse se remettre de cette délicieuse sensation. Ethan longea du bout du nez la courbe de son sein, puis plaqua son visage contre, respirant à pleins poumons l'odeur de sa peau. Il tenta alors de contrôler la terrible érection qui le serrait dans son pantalon. Juste une poitrine à découvert, et il était déjà au trente-sixième dessous. Son contrôle était affreusement mis à mal. Qu'en serait-il quand il la verrait totalement nue, offerte ? Il ne pouvait tout lâcher maintenant. Encore moins être un petit joueur alors que le spectacle commençait à peine et que le meilleur restait à venir. Il cala finalement son front contre son ventre pour se recentrer.

— Tout va bien ? lui demanda-t-elle alors, voyant qu'il ne bougeait plus.

Cette question le gênait encore plus. Ce devait être lui le chef d'orchestre, le partenaire de danse et c'était lui qui s'affaissait négligemment une nouvelle fois à cause d'un désir trop pressant.

— Non... lui dit-il en réponse, riant jaune. J'ai... beaucoup de mal à contrôler l'effet que tu me fais.

Kaya sourit devant cet aveu si peu gratifiant pour un homme. Elle le trouva touchant. Malgré le caractère honteux de son inactivité soudaine pour le macho qui pouvait sommeiller en lui, il avait toutefois révélé son trouble. Elle attrapa son visage de ses deux mains, l'invitant à remonter vers elle. Kaya put voir dans ses prunelles brillantes reflétées par la lumière de la pleine lune à travers la fenêtre combien il était bouleversé par leur étreinte. Alors qu'il voulait se faire réconfortant, Kaya éclipsa ce qu'il estimait être son devoir et déposa un léger baiser sur ses lèvres en consolation.

— Je te désire tellement... lui murmura-t-il dans un souffle. C'est dur !

— Encore ?! demanda-t-elle en faisant référence à la veille où déjà au Sanctuaire il avait demandé une pause.

Ethan secoua la tête, contrit, et cacha à nouveau son visage dans ses seins pour ne pas la laisser voir son affliction.

— Si ça peut te conforter, je crois que ma petite culotte n'en mène pas large non plus ! lui rétorqua-t-elle, amusée.

Elle se mit à rire discrètement, ce qui relâcha instantanément la tension entre les deux.

— Vraiment ? feignit-il, faussement intéressé. Je peux vérifier ? l'interrogea-t-il tout à coup en relevant finalement son visage, une nouvelle lueur coquine dans ses yeux.

— Certainement pas ! s'offusqua-t-elle innocemment. Comme si j'étais allée vérifier ce qu'il se passe dans ton pantalon !

Ethan grogna une nouvelle fois à cette idée et se réfugia dans son cou.

— Je te déteste, Kaya. Tu m'énerves à me foutre la tête à l'envers avec tes idées, toutes plus pernicieuses les unes que les autres !

Kaya ricana à nouveau, heureuse de son petit effet. Il pressa toutefois ses mains sur la petite dentelle qui couvrait ses fesses et la rapprocha un peu plus de lui pour lui signifier le gonflement de son entrejambe. Kaya écarta alors un peu plus ses jambes pour mieux le sentir contre elle.

— Tsss ! Effectivement, ça a l'air... important ! déclara-t-elle, impressionnée.

Cette fois-ci, ce fut Ethan qui ricana. Il sortit son visage de son cou et la contempla un instant. Il retira une des mains de ses fesses et lui caressa une mèche de cheveux.

— Qu'est-ce que je vais bien pouvoir faire de vous, mademoiselle Lévy ? Vous êtes si... surprenante. Si vous avez peur de savoir ce que vous ferez une fois seule, moi je suis franchement inquiet quand je suis avec vous. Vous me perturbez beaucoup trop, mademoiselle. Je perds tous mes repères, c'est très déroutant.

— Je t'avais dit que ce n'était pas une bonne idée ! lui souffla-t-elle alors.

— Peut-être... mais comment veux-tu que je renonce devant une telle vision ?

Kaya baissa les yeux pour mieux matérialiser la vision dont il parlait. Elle ne portait que sa petite culotte et sa chemise grande ouverte. Elle ne se trouvait pas aussi extraordinaire que ce qu'il prétendait. Par contre, elle constata qu'il y avait une drôle d'injustice dans tout cela.

— Que devrais-je dire ? Toi, tu vois quelque chose au moins ! Moi, je ne vois rien et pourtant, je suis dans le même état que toi !

Ethan tiqua, baissa aussi les yeux pour vérifier ses dires et pouffa. Il la regarda à nouveau d'un air séducteur.

— Voilà pourquoi j'attendais cet instant depuis longtemps. Parce qu'en fait, tu es une très grosse coquine !
— Pas du tout ! rétorqua-t-elle, confuse. C'est juste de la logique. C'est bien toi qui m'as sorti l'histoire du donnant donnant !
Ethan rit et déposa un baiser sur ses lèvres.
— C'est ça ! En fait, il se cache en toi un côté pervers et libidineux. On ne dirait pas comme ça, mais il faut toujours se méfier de l'eau qui dort !
— Mais non ! objecta Kaya, maintenant agacée par ses propos. Je disais ça comme ça !
— Tatata ! Tu le penses vraiment ! Et le pire, c'est que j'ai encore plus envie de découvrir la tigresse en toi maintenant ! murmura-t-il sur ses lèvres.

Il glissa alors sa main derrière sa nuque et l'embrassa plus intensément, obligeant Kaya à lui offrir une nouvelle fois sa langue. La danse dura plus d'une minute, alternant les petits baisers, les caresses joue contre joue, les saisies d'une lèvre et les baisers sauvages. Kaya fit glisser ses mains sous son t-shirt. Elle voulait le toucher. Plus elle passait du temps à l'embrasser et à le sentir contre elle, plus elle voulait de contacts avec sa peau. Ethan se montrait fougueux, puis extrêmement tendre la seconde d'après, séducteur un coup, puis sadique le coup d'après. Elle adorait ça. Elle se retrouvait dans ce jeu de rôle auquel elle répondait volontiers. Ethan lui affichait un sourire à chaque changement d'attitude. Il prenait autant de plaisir qu'elle à la taquiner et la voir répondre à sa façon. Ses mains remontèrent son dos lentement. Elle put sentir ses omoplates, ses larges épaules. Un bouclier qu'elle voulait garder contre elle encore un peu. Une protection qui la rassurait et qu'elle n'avait pas connue depuis longtemps. Son parfum lui chatouillait les narines et stimulait ses hormones comme jamais. Une odeur typiquement masculine, à la fois brute et sécurisante, mais qui insufflait une atmosphère encore plus érotique qu'elle ne l'était déjà.

— Retire ton t-shirt ! lui demanda-t-elle alors, tout en accompagnant le geste à sa demande.

Ethan se figea.

— Non ! lui répondit-il plus froidement qu'il l'aurait voulu.

— Tu ne vas pas garder ton t-shirt indéfiniment ! lui dit-elle doucement.

— Et pourquoi pas ! Ce n'est pas cette partie de mon corps la plus importante pour faire ce qu'il y a à faire ! lui déclara-t-il tout en retournant embrasser sa poitrine.

Kaya grimaça, peu convaincue par son excuse. Puis, elle comprit.

— Ethan… si c'est à cause de tes cicatrices, je les ai déjà vues.

Ethan fit mine de ne rien entendre et descendit le long de son ventre, les deux mains prêtes à lui retirer sa petite culotte.

— Ethan ! cria-t-elle pour qu'il lui réponde.

Il se releva alors et s'agenouilla, le visage cette fois-ci sévère.

— Je ne retirerai pas mon t-shirt. Je ne l'ai jamais fait avant, ça ne changera pas avec toi ! lui dit-il plus durement. C'est comme ça et ce n'est pas autrement.

Kaya fronça les sourcils, peu à même à accepter son ton autoritaire sur la question.

— Très bien ! fit-elle en se redressant puis en se levant sous le regard tout à coup étonné de son partenaire. Puisque tu n'enlèves pas ton t-shirt, je n'enlèverai pas ma petite culotte. Pour moi, l'acte sexuel, c'est peau contre peau. J'ai besoin de toucher et sentir mon compagnon contre moi. Je crois que je me suis trompée. Tu ne seras pas un bon compagnon sexuel. Bonne nuit !

Elle referma à la hâte les deux pans de sa chemise sur sa poitrine et le laissa en plan pour retrouver sa chambre. Ethan paniqua, voyant qu'elle reculait à nouveau.

— Kaya ! Tu m'avais promis de ne pas faire machine arrière.

Elle lui répondit par un doigt d'honneur en contournant la table du salon.

— Putain, mais pourquoi es-tu si pointilleuse ?

Lorsqu'il la vit atteindre la porte de la chambre, il se releva soudainement et tenta de la rattraper.

— D'accord ! OK ! Je l'enlève ! asséna-t-il, ne voyant plus de choix possibles pour empêcher sa fuite.

Kaya garda sa main sur la poignée de la porte de sa chambre et le contempla. Il leva les mains devant lui, paumes vers le bas, comme s'il la suppliait de temporiser, de ne plus faire un seul geste pouvant déclencher la fin du monde.

— Je l'enlève. Ne pars pas.

Kaya leva le menton, d'un air dédaigneux, attendant la suite.

— Je l'enlève… mais promets-moi de ne pas les toucher.

Ethan parut tout penaud. Kaya lui sourit et lâcha la poignée. Ethan se redressa, rassuré d'avoir trouvé un répit.

— Poitrine contre poitrine, c'est envisageable ? demanda-t-elle presque sur un ton sarcastique. Il y a des positions qui risquent d'être compliquées sinon !

Les yeux d'Ethan s'écarquillèrent une nouvelle fois devant le peu de pudeur qu'elle manifestait.

— Bah quoi ? Ne fais pas cette tête ! Je parle d'un point de vue purement technique !

— Ni les lèvres, ni les mains… OK ? proposa-t-il dans un soupir.

Elle lui sourit en réponse et, paume vers le haut, dirigea son index vers le plafond, lui signifiant d'enlever l'objet de la discorde. Ethan souffla.

— Tu es vraiment chiante… marmonna-t-il avec un petit sourire, devant une Kaya presque vexée.

Il passa alors son T-shirt par-dessus la tête et le jeta au sol,

laissant son torse à l'air. Kaya bloqua une nouvelle fois sur ses cicatrices.
— Ne les regarde pas comme ça, s'il te plaît.
Le regard d'Ethan fixait le pied du comptoir, signe évident de sa gêne d'être à nu devant elle. Elle sourit, voyant bien qu'il avait fait un énorme effort pour elle une nouvelle fois. Elle laissa alors glisser sa chemise jusqu'au sol. Ethan tourna instinctivement la tête vers elle et la fixa à nouveau avec intérêt.
— OK. Tu as enlevé le t-shirt, j'ai enlevé ma chemise…
Elle lui montra d'un geste du doigt qu'il manquait encore son jean, mais Ethan ne réagit pas immédiatement, bien trop absorbé par le spectacle de sa quasi-nudité. Il passa sa main dans les cheveux, pour tenter de vérifier si ses neurones étaient encore tous connectés, après le court-circuit qu'elle venait d'infliger à son cerveau en laissant tomber au sol sa chemise. Ses yeux n'arrivaient plus à lâcher son corps magnifique. Il ne voulait à présent qu'une seule chose : la posséder.
— Kaya… Je te veux. Ardemment.
Kaya ne s'attendait pas à une telle déclaration en réponse. Elle sentit ses joues prendre chaud ; le regard de braise d'Ethan coulait sur elle inlassablement. Il était là, debout, à quelques mètres d'elle et il attendait patiemment, les yeux rivés sur son corps nu. Elle non plus ne voulait plus attendre. Finalement, à quoi bon jouer le strip-tease alors que l'envie était au contact, qu'aucun des deux ne supportait cette distance. Elle tendit alors les bras vers lui dans un petit sourire.
— Réconforte-moi, Ethan. Vite !
— J'attends que ça… souffla-t-il tel un aveu, un grand sourire finalement sur ses lèvres.
Il dévala à grands pas les quelques mètres les séparant et fonça dans ses bras. Sa bouche vint frénétiquement au contact de celle de Kaya. Les seins de Kaya touchèrent enfin le torse d'Ethan,

faisant monter d'un cran la chaleur de cette nouvelle étreinte. Ethan explora la bouche de Kaya de sa langue une nouvelle fois. Ses mains se mirent à migrer sous sa culotte pour apprécier la peau douce de ses fesses. Il voulait la sentir davantage contre lui, qu'elle soit collée à lui tel un adhésif. Il balaya le salon du regard et trouva son salut. Il finit par la plaquer contre la colonne située entre la cuisine et le salon. Son sexe durci vint alors contre celui de Kaya qui retint sa respiration à ce contact. Elle passa une jambe autour de sa taille et il la souleva au point de ne presque plus sentir le sol sous ses pieds. Ethan pressa fougueusement sa fesse dans sa main tout en marquant de ses lèvres sa mâchoire, puis son cou. Kaya garda ses bras autour de lui, afin d'être sûre qu'il resterait contre elle.

— Putain Kaya, je te veux, je te veux, je te veuuux ! lui susurra-t-il à l'oreille.

Il la reposa au sol et se recula alors un instant, laissant un courant d'air froid faire frissonner la peau de la jeune femme. Il l'examina un instant et secoua la tête négativement.

— Tu n'as pas la petite culotte bleue en dentelle que j'ai gagnée !

Kaya se mit à rire.

— Désolée. Celle-ci est blanche. C'est du « on ne peut plus classique » !

— Raison de plus pour la retirer ! Peu intéressant tout ça !

Il retourna dans ses bras. Kaya rit de bon cœur devant sa remarque. Il l'embrassa à nouveau, laissant courir ses mains sur ses reins et d'un geste vif, il accompagna en s'agenouillant la chute de la culotte jusqu'à ses chevilles. Kaya se retint de sourire, mais elle n'aurait jamais pensé qu'il serait si simple de se mettre nue devant lui. Alors qu'elle avait eu un peu honte les deux premières fois, ce soir, elle se sentait libérée d'un poids. Elle avait vraiment envie d'être insouciante et de se laisser porter par les frasques d'Ethan. Et celui-ci lui donnait volontiers le change. Tout était dédramatisé. Comme à leurs habitudes, ils jouaient à mesurer les réactions de l'autre et elle ne voulait pas perdre. Elle voulait le voir encore plus désarçonné. Elle voulait aussi être surprise, découvrir d'autres choses. Juste faire le vide. Son cœur n'avait pas battu aussi fort depuis longtemps. En y regardant de plus près, elle revivait à travers les yeux d'Ethan. Une sensation étrange, mais délicieuse. Délicatement, il posa ses lèvres sur ses genoux, puis sur l'intérieur de ses cuisses. Ses mains suivirent de près ses effleurements labiaux, puis remontèrent lentement derrière ses jambes. Plus il montait, plus la respiration de Kaya se faisait difficile. Son bas-ventre était un volcan sur le point de rentrer en éruption. Elle savait ce dont il était capable. Elle en avait déjà eu un échantillon les jours précédents et ce souvenir amplifiait la portée de ses baisers. Elle en devenait impatiente, mais ne voulait lui donner raison sur sa libido si exacerbée. Elle devait se contenir, même si cela devenait dur. Doucement, il posa ses lèvres sur son pubis. Kaya inspira fortement, levant la tête, puis ferma les yeux. Il y était enfin. Il était dessus. Pourtant, quand elle le sentit remonter vers son ventre, la déception lui fit à nouveau ouvrir les yeux.

— Non ! Redescends, bordel ! Qu'est-ce que tu fous !

Il lui lança un regard charmeur, aussi calculé que vicieux. Elle comprit très vite qu'il jouait encore avec ses nerfs. Et lui aussi comprit qu'elle avait effectivement les nerfs en pelote ! Il lui sourit tout en continuant son supplice et baisant légèrement la pliure de ses seins.

— Ethan... gémit-elle alors, sentant son impatience arriver à son paroxysme.

Il dévala alors rapidement sa poitrine et laissa un baiser dans son cou avant de sortir un « oui ? » interrogatif, aussi innocent que le loup pouvait être coupable de se trouver dans la bergerie.

Il se colla ensuite contre elle insidieusement. Il ne pouvait que reconnaître que sentir son torse contre sa peau apportait un plaisir accru à leur situation. Il adorait ça.

— Un problème, mademoiselle Lévy ? lui susurra-t-il à l'oreille.

Elle ferma les yeux, voulant apprécier encore mieux chacun de ses gestes.

— J'ai envie... déclara-t-elle d'une voix presque inaudible.

Ethan sourit. Jamais il ne s'était senti si heureux. Il avait torturé de nombreuses femmes durant les préliminaires pour les satisfaire encore mieux après, les mettre à sa merci, mais Kaya dépassait toutes les attentes. Son plaisir presque sadique à titiller le désir était bien plus appréciable avec Kaya. Sans doute était-ce dû au fait qu'ils étaient continuellement dans le défi et que c'était ainsi qu'ils avaient toujours fonctionné. Son envie de la soumettre était bien plus forte et la voir ainsi défaite finissait par l'achever lui aussi. Il ne pouvait rêver de plus belle capitulation de la part de la jeune femme que lors de ces moments intimes. Et pourtant, ce n'était pas le même désir de vengeance ou de supériorité qui l'animait que lorsqu'il baisait d'autres femmes.

— De quoi as-tu envie, Princesse ? lui murmura-t-il à l'oreille, alors que sa voix était terriblement joueuse et grave.

Kaya le regarda droit dans les yeux. Elle se mordit la lèvre, sachant très bien ce qu'il attendait. Il voulait qu'elle oralise ses attentes. Même si elle désirait ardemment qu'il s'occupe un peu plus « profondément » d'elle, elle ne voulait pas totalement être esclave de son tyran. Le jeu ne serait plus aussi drôle entre eux. Une lueur de défiance apparut dans ses yeux et Ethan tiqua immédiatement quand elle lui sourit. Il comprit que la partie était loin d'être gagnée et que le jeu était loin d'être fini. Son cœur s'accéléra à cette idée.

Bordel, Kaya ! Que me prépares-tu ?

Je te veux ! T3 – Chapitre 13

Elle attrapa alors le bord de son jean et commença à le déboutonner. Son regard ne lâchait pas celui de son partenaire, son sourire sournois toujours sur ses lèvres. Ethan s'esclaffa, un grand sourire également sur le visage. Il adorait cette prise en main des choses. Il ne la désirait que davantage.

— J'ai envie que tu enlèves ça ! lui dit-elle alors d'une voix plus affirmée.

Le dernier bouton lâcha et Ethan leva les yeux au plafond, comme s'il remerciait le ciel de ce qu'il lui arrivait. Elle fit glisser son jean le long de ses fesses et le laissa tomber à ses chevilles. Ethan s'en défit volontiers.

— Petite joueuse ! lui lança-t-il alors plus défiant encore qu'elle ne l'était.

— Qui t'a dit que j'en avais fini ?

Kaya regarda son boxer cachant difficilement son érection et se mit à rire. Elle passa son index sous l'élastique et commença à jouer avec. Ethan l'observa avec attention, mais aussi avec impatience quand soudain, elle fit claquer l'élastique contre sa peau. Ethan lâcha un soupir surpris et la fixa, l'air vengeur.

— Toi... lui dit-il un peu menaçant.

Kaya rit à nouveau, mais continua leur duel visuel avec délectation. Tout à coup, Ethan se raidit à nouveau. Il sentit le bout de son index caresser le tissu de son boxer lentement, faisant de petites boucles autour et sur son sexe. Ce simple geste était la torture de trop pour lui. Il ferma les yeux un instant, pestant contre le monde entier. Quand il les rouvrit, il fonça sur les lèvres de Kaya qui ricana de plus belle. Mais son rire s'étouffa dans sa gorge quand elle sentit l'index inquisiteur d'Ethan glisser entre les lèvres de son pubis. Elle se tendit alors comme un arc et l'agrippa fermement à la nuque. Ethan se plaqua contre son cou et se mit à rire.

— Tout va bien, mademoiselle Lévy ?
Il introduisit alors son majeur à sa suite et Kaya se mit à gémir de façon plus grave.
— Je… gère ! balbutia-t-elle.
Il lui mordit le lobe de l'oreille, plein de malice.
— Vraiment ? demanda-t-il alors qu'il enfonçait un peu plus ses deux doigts en elle.
Kaya eut un spasme de surprise qui l'obligea à se plaquer encore plus contre lui. La sensation était délicieuse et son désir commençait enfin à être comblé.
— Oui… répondit-elle au bout de quelques secondes. Tu peux continuer ! Pas de problème.
Ethan explosa de rire. S'il était désinvolte, elle n'était pas mal aussi dans son genre. Il n'en aimait que plus ce moment, le rendant précieux. Il lui décocha un petit baiser sur la joue et lui caressa la taille de son autre main.
— Dois-je comprendre que vous aimez cela, mademoiselle Lévy ?
Lentement, il commença à bouger ses doigts en elle. Toute cette mise en scène l'excitait férocement, lui aussi. Kaya plia le dos sous la nouvelle sensation qu'il lui offrait. Elle s'appuya un peu plus sur lui et ferma les yeux pour contrôler le flot de sensations qui la saisissait. Par moments, selon les gestes de son partenaire, elle sursautait légèrement, réponse réflexe aux points sensibles qu'il touchait du bout de ses doigts. Bientôt, elle vint d'elle-même au contact en remuant son bassin. Son souffle s'accentua, ce qui attisa un peu plus l'enivrement d'Ethan. Ses yeux brillaient par la fièvre de son désir. Il ne voulait rater une miette de ce que Kaya lui offrait.
— Qui ne dit mot consent… déclara-t-il devant le silence de Kaya, perturbé toutefois par ses halètements de plus en plus proches et sonores.

Il plaqua son pouce sur son clitoris et le caressa lui aussi. La double sensation fit raidir une nouvelle fois le corps de Kaya, prise de nouveaux frissons. Elle avait de plus en plus de mal à maîtriser les différentes vagues de bien-être la poussant vers la jouissance. C'était tellement bon, qu'elle ne voulait plus que cela s'arrête. Mais Ethan était un homme d'action et il n'aimait pas se contenter de ce qu'il avait. Les lèvres que Kaya mordillait afin de dompter la puissance de sa libido étaient une sollicitation bien trop grande pour qu'il y résiste. Il l'embrassa à nouveau à pleine bouche. Leurs langues se chevauchèrent à nouveau, avec impudicité. Chacun voulait ressentir de toutes ses papilles le goût de l'autre. Leurs nez se frottaient, se chamaillaient dans une tendre bagarre où finalement seuls les gémissements devenaient vainqueurs. Ethan retira bientôt ses doigts de son intimité et la serra contre lui par la taille. Kaya s'étira contre lui et lui caressa les cheveux. Leurs lèvres s'apprivoisaient encore et encore et rapidement, Ethan craqua.

— Putain, merde ! cria-t-il au bord de la rupture.

Il la porta alors jusqu'à la table du salon et l'allongea dessus. Son excitation dépassait à présent l'entendement et il fonça coller sa bouche contre le sexe de la jeune femme, qui poussa un soupir d'extase. Elle agrippa ses cheveux et commença à onduler en s'aidant de ses pieds sur les rebords de la table. Ethan tenait fermement ses jambes écartées tandis qu'il la léchait de manière insatiable. Sa langue passait encore et encore sur son clitoris, s'acharnant à faire décoller d'audacieuses sensations, provoquant de terribles frissonnements sur le corps entier de Kaya. Ses halètements se muèrent en cris plaintifs. Sa peau devenait de plus en plus moite. La fièvre les gagnait tous les deux. La faim d'Ethan devenait en lui insupportable. Il n'hésitait plus à mordiller ses petites lèvres par à-coups, entraînant des picotements de douleur si délicieux que Kaya frôlait sérieusement la jouissance. Ce fut quand il donna un grand coup de langue à l'intérieur de son intimité et qu'il remonta jusqu'à son clitoris que la décharge explosa. Kaya se cambra soudainement et hurla son plaisir. Elle tenta de se recroqueviller face à la dévastation qui était en train d'envahir son corps, mais Ethan ne lui laissa pas sa minute de répit. Il en voulait encore. Il lapa une nouvelle fois la partie devenue extrêmement sensible de son anatomie et Kaya gémit une nouvelle fois, jusqu'à se redresser légèrement tant le supplice était insoutenable. Ethan lui jeta un coup d'œil et un immense sourire se dessina sur son visage.

— Ne me dis pas que tu souffres ? l'interrogea-t-il alors ironiquement.

Kaya se rassit et fronça les sourcils. Il se releva à sa suite et arqua un des siens, curieux de ce qui allait suivre. Elle posa alors les deux mains sur les épaules nues d'Ethan et le poussa de quelques pas. Elle put alors se lever et finalement, se jeta à nouveau dans ses bras pour l'embrasser. Ethan, d'abord stupéfait par autant d'audace, ne résista pas longtemps à ce nouvel assaut, trop heureux de ce qu'il se passait entre eux. Leurs langues se retrouvèrent à nouveau. Ethan avait le goût salé de son corps. Cette note teintée d'un érotisme exacerbé encouragea davantage Kaya qui sauta et enroula carrément ses deux jambes autour de sa taille. Ethan tituba de quelques pas pour la retenir et se mit à rire.

— Encore ? lui dit-il d'un air complice.

— Il serait peut-être temps de commencer, monsieur Abberline ! Je m'impatiente !

Ethan rigola de plus belle tout en lui déposant de petits baisers sur les lèvres.

— Je n'attends que vous, Princesse ! lui murmura-t-il, transi de désir. Que préférez-vous ? Le canapé ? Le comptoir de la cuisine ? Le bureau ?

— Est-ce tout ce que vous avez à offrir à une princesse ? lui répondit-elle alors qu'elle titillait le lobe de son oreille.

— Ta chambre ? lui dit-il, joueur. Ne risquerais-je pas de tomber au milieu de ton petit bordel avant d'atteindre le matelas ?

— Humm… gémit-elle boudeuse. Trop loin !

— OK, tu ne me laisses pas le choix !

Il la porta jusqu'à la porte d'entrée. Kaya écarquilla les yeux en voyant que le trajet qu'elle espérait qu'il fasse était bien loin de ses attentes. Il la posa au sol et lui fit faire un demi-tour sur elle-même, l'obligeant à coller la paume de ses mains contre la porte. Ethan se baissa et attrapa une de ses fesses à pleine bouche. Kaya sentit une nouvelle onde de volupté décoller du bout des lèvres tentatrices de son intimité pour traverser sa peau et brûler directement l'intérieur de son vagin. C'était à la fois sensuel, excitant et terriblement agaçant. Elle trépignait sur place ; Ethan se délectait. Il laissa glisser une nouvelle fois son doigt dans l'antre humide de Kaya qui se liquéfia à nouveau à ce contact. La torture devenait insoutenable. Elle ne souhaitait qu'une chose : être emplie, encore et encore. Son impatience eut raison de sa bonne volonté.

— Ethan… gémit-elle comme une sourde supplique.

Ethan remonta ses deux mains le long de ses reins alors qu'il embrassait le creux de son dos. Il avait un besoin impérieux de la toucher de ses mains et de ses lèvres partout. Il avait envie d'elle, mais il avait aussi besoin de son contact, son réconfort. La sentir sienne jusqu'au moindre centimètre de peau. Découvrir ses petits défauts et les dompter, s'en souvenir et les garder précieusement pour lui. Ce soir, Kaya était toute à lui et il ne comptait pas regretter quoi que ce soit.

— Plaît-il ? feignit-il d'une oreille, trop absorbé à examiner la cambrure de son dos par une vue en contre-plongée sur la base de ses fesses.

— J'ai froid… J'ai chaud ! lui dit-elle alors, complètement

fébrile.

— Oh... répondit-il peu soucieux de ses frissonnements. Et ?

Il remonta alors son torse le long de son dos, ses mains caressant subrepticement son sexe, puis dévalant à pleines mains son ventre. Elles s'arrêtèrent ensuite avec insistance sur ses seins pour les broyer fermement. Kaya tressaillit à nouveau quand il termina sa caresse en tirant sur ses tétons. Elle pencha sa tête en arrière et la reposa sur son épaule, offrant à Ethan une vue imprenable sur sa poitrine. Son sexe dur, imposant, touchait à travers le tissu de son boxer les fesses de Kaya, ce qui ajouta un nouveau cran à leur excitation. Il embrassa sa tempe dans un acte de tendresse insoupçonné.

— Ethan... gémit-elle à nouveau, avec cette impression de souffrance extrême à présent.

— Rhaaa Kaya, ne gémis pas comme ça ! Ça me rend dingue !

Elle posa alors ses mains sur les siennes et accompagna Ethan dans son massage de poitrine.

— C'est moi que tu es en train de rendre dingue, bordel, Ethan !

— Ah oui ? dit-il, amusé et heureux de la voir devenir folle.

Il se détacha d'un de ses seins et remonta délicatement la paume de sa main le long de son plexus puis de sa gorge. Kaya sentit la chaleur de sa main la recouvrir et l'oppresser légèrement, empêchant sa respiration déjà irrégulière de se poser. C'était à la fois excitant et terrifiant. Jamais elle n'avait été autant à la merci de quelqu'un. Même Adam n'était jamais allé aussi loin, à la repousser dans ses retranchements.

— Dis-le-moi, Kaya... Dis-moi où tu veux que je pose mes mains. Dis-moi ce que tu veux que je fasse !

Cette fois, Kaya déglutit. Cette phrase, elle la connaissait. Il lui avait déjà sorti cette demande auparavant à son appartement. Elle savait que cette simple question était annonciatrice d'une suite allant au-delà de ses attentes. Elle était heureuse de l'entendre, mais à la fois apeurée. Elle avait déjà l'impression d'être une serpillière prête à être essorée. Qu'allait-il faire maintenant ? La suite, elle s'en doutait. Mais elle redoutait surtout l'intensité qui allait accompagner le passage à l'acte. Allait-elle y survivre ? Nul doute que cela allait avoir l'effet d'un raz-de-marée sur elle. Malgré tout, elle était impatiente et Ethan visiblement n'attendait que son aval pour réaliser cette prémonition.

— Prends-moi, Ethan. Prends-moi.

Kaya lâcha cette revendication dans un soupir. Ethan ferma les yeux un instant et la serra un peu plus dans ses bras. Il voulait imprimer ses mots dans son esprit et ne plus les oublier. Il n'avait jamais été aussi bouleversé par une telle demande. Kaya était une exception en tout. Il découvrait aujourd'hui une autre sexualité, d'une intensité incroyable. Rien à voir avec ce qu'il faisait avant. Certes, il avait déjà joué, il avait déjà flatté, excité, transcendé le corps de nombreuses femmes. Mais il n'avait pas éprouvé lui-même un tel bonheur dans cet acte. Kaya lui rendait chaque geste. Son cœur fonctionnait à plein régime depuis qu'ils avaient décidé d'enterrer la hache de guerre, depuis que les actes avaient dépassé la parole, depuis qu'ils s'étaient mis au diapason. Il était bien plus sensible à cet échange qu'à ceux qu'il avait vécus auparavant. Le simple fait de retirer son t-shirt en sa présence était un effort qu'il pensait insurmontable et qui, maintenant, devenait évident. Il était heureux d'apprécier la peau nue de Kaya contre lui. Sa douce chaleur, son parfum, ses frissons d'extase contre son torse étaient autant de petits détails qui le satisfaisaient. Il ne le regrettait pas un instant. Il lui caressa alors les cheveux et lui déposa un baiser sur le haut de la tête.

— Tout ce que tu veux, Kaya. Je t'avais promis tout ce que tu veux.

Il se saisit alors de sa main et la conduisit jusqu'à sa propre chambre. Kaya n'était pas comme les autres. Son émoi était bien trop ingérable pour qu'il la considère comme une simple conquête. Il ne pouvait faire comme d'habitude. Il n'en avait de toute façon pas envie. À femme exceptionnelle, cas exceptionnel. Kaya le suivit sans dire un mot, mais perplexe. Se voir être conduite dans la chambre d'Ethan fit monter son stress. C'était comme rentrer dans la tanière du loup pour s'y faire dévorer. Elle connaissait cette chambre. Elle avait même déjà dormi dans ce lit, mais cette fois-ci, le contexte était clairement différent. Sa gorge se noua d'appréhension.

— Tu ne m'avais pas dit « que ta chambre était une pièce privée » et que « sexe n'est pas forcément synonyme de lit + chambre et qu'aucune femme n'y avait accès » ?

— Effectivement... lui répondit-il sans la regarder, tout en contournant la table du salon.

— Alors pourquoi m'y emmènes-tu ?

Ethan ouvrit la porte de sa chambre et la fit virevolter dans ses bras. Kaya couina de surprise.

— Parce que notre deal est un secret à cacher sous une couette et que...

Il la contempla un instant, surpris. Il réalisa qu'il faisait vraiment tout et n'importe quoi avec elle, et qu'il était capable en plus de lui sortir des trucs mielleux qu'il exécrait d'habitude juste pour un sourire de sa part, sans y faire gaffe. Il se trouva tout à coup si pathétique qu'il lui était impossible de finir sa phrase ni envisageable de changer radicalement pour une femme. Il devait se ressaisir. Lui dire qu'il ne la considérait pas de la même manière que les autres était impossible.

— ... Et que c'est comme ça ! J'en ai envie ! Ça te pose un problème ?

Kaya le dévisagea encore plus perplexe.

— Euh... Non.

— Parfait ! lui dit-il sèchement.

Il la tira vers le matelas avec force. Kaya alla s'étaler négligemment dessus, la tête la première contre l'oreiller. Elle se retourna rapidement et vit Ethan telle une panthère se faufiler au-dessus d'elle. Son regard était à l'image d'un dévoreur d'âme, son sourire sournois en coin. Kaya tenta de reculer, mais il l'attrapa sous les genoux pour la ramener à lui. Elle poussa alors un petit cri, tétanisée par sa stature tout à coup plus impressionnante vue en contre-plongée. Il la poussa d'un geste sec sur le côté pour dégager la couverture puis la rabattit sur eux deux. Par deux fois, il ne la ménagea pas, mais bizarrement cela ajouta à son excitation. Il jouait vraiment de son ascendant sur elle, mais elle ne pouvait que reconnaître qu'au-delà de l'énerver, elle aimait jouer les proies sans option de survie. La température monta d'un cran. Ethan avait monté la couette au-dessus de sa tête afin d'être totalement cachés.

— Tu vois… que toi et moi, cachés du monde… lui dit-il doucement en lui caressant une mèche de cheveux.

Kaya avait du mal à le distinguer dans la pénombre, mais elle pouvait sentir son souffle sur elle et son parfum rassurant. Elle caressa son dos pour vérifier l'état dans lequel ils étaient. Ethan l'embrassa doucement sur les lèvres, puis de façon plus affirmée. Se retrouver dans son lit lui rappelait à quel point il avait eu envie de cela un jour auparavant, quand il s'était réveillé auprès d'elle. Ce soir, il avait tous les droits. Enfin ! Et il n'avait pas envie de se retenir.

— Kaya, me fais-tu confiance ?

Kaya acquiesça de la tête. Ethan sourit et l'embrassa à nouveau. Elle ferma alors les yeux pour calmer son angoisse et se laisser aller. Leur entrée dans le lit avait apaisé ses démons ardents pour faire place à un besoin de tendresse qu'Ethan semblait lui aussi ressentir. Il laissa balader le bout de sa langue entre ses deux seins, puis sur un de ses tétons. De nouveau, le corps de Kaya démarra au quart de tour, son bas-ventre toujours dans l'extrême attente d'être comblé. Pourtant, une certaine latence s'était emparée d'eux, comme si le temps s'était arrêté et que leur fougue avait fait place à une scène tournée au ralenti. Une langueur qui venait exagérer chaque attention que lui prodiguait Ethan. Loin de s'ennuyer, elle savourait.

Ethan remonta vers ses lèvres et inséra sa langue pour une nouvelle lutte délicieuse. Il la serra dans ses bras et Kaya se colla à lui davantage. Elle était prête. Elle le savait. Elle voulait le sentir en elle et succomber à tous les plaisirs qu'il voudrait bien lui offrir. Son manque était là, réel. Adam ne la toucherait plus jamais, mais son envie d'appartenir à un homme demeurait toujours vivante. Et Ethan, contre toute attente, répondait présent au-delà de l'imaginable. Il se déporta légèrement vers sa table de nuit pour allumer la lampe de chevet et sortir du tiroir un préservatif qu'il coinça entre ses dents, pour pouvoir retirer son boxer sous la couette. L'angoisse de ne pas être à la hauteur saisit la jeune femme. Ethan cessa tout geste en voyant qu'elle se figeait.

— Ne te raidis pas ! lui dit-il avec humour, en retirant le petit paquet d'entre ses dents. Je la laisse cachée sous les draps exprès pour que tu ne prennes pas peur !

Kaya écarquilla un peu plus les yeux, à présent extrêmement inquiète. Voyant la crainte et la stupeur de celle-ci, Ethan se mit à rire.

— C'est une blague ! Je plaisante ! Enfin presque… Elle n'est pas petite non plus après tout ce que tu me fais voir…

Réalisant qu'il s'emmêlait dans ses explications, il poussa un soupir désespéré et posa son front contre celui de sa belle, qui tentait de reprendre contenance.

— Dis quelque chose, Kaya ! Je me sens très idiot tout à coup.

Ne trouvant les mots pour exprimer son trouble, mais aussi son envie de continuer, elle posa les mains sur ses fesses à présent à nu. Ethan releva la tête, surpris par ce contact ô combien agréable ! Elle laissa glisser son index entre ses fesses. Cela entraîna chez lui une contraction de ses muscles qui la fit sourire, mais qui le lui fit perdre aussi vite quand elle sentit son membre proéminent contre elle.

— Tu vois… pas si énorme que ça ! Un détail ! fit-il, riant jaune.

Kaya se mit alors à rire. La tête confuse d'Ethan transforma la situation en fou rire incontrôlable chez la jeune femme. Celui-ci ne put que constater impuissant, la démolition de son sex appeal en moins de temps qu'il en fallut pour que son ami de l'amour fasse « coucou ». Ronchonnant, il s'écarta d'elle le temps qu'elle reprenne pied.

— Désolée. Sincèrement ! lui déclara-t-elle au bout de quelque temps, entre deux crises.

Elle lui attrapa la main et l'invita à revenir près d'elle.

— Viens… Je veux sentir ton énooorme ami en moi !

— C'est ça ! Fous-toi de ma gueule alors que j'essaie d'être conciliant ! Ça m'apprendra à vouloir être gentil !

Tout à coup, Ethan se figea. « Gentil ». Un seul mot, et le choc le saisit.

« La gentillesse apporte la douleur. L'amour provoque la souffrance. »

Les mots de Stan lui revinrent en mémoire comme un boomerang dont il avait mal apprécié le retour. Son cœur rata un battement. Le trouble vint frapper son esprit. Que faisait-il ? À quoi jouait-il ? N'était-il pas en train de perdre la face et de se corrompre avec Kaya ? Il ne devait pas être gentil. Il ne l'était pas normalement. S'il commençait à être gentil, il savait ce que serait la suite. Il était hors de question que l'amour s'immisce entre eux. Son immobilisme interloqua Kaya.

— Quelque chose ne va pas ? s'enquit-elle.
— Je... euh...

Elle lui caressa alors la joue et lui sourit.

— Pardon. J'ai été moqueuse alors qu'en fait, depuis que je suis dans ce lit, je n'en mène pas large non plus. Je... C'est très bizarre. J'étais à l'aise avec toi, je t'ai même demandé l'indicible jusque-là...

Elle lâcha un petit rire honteux.

— ... Mais ce lit... Cette chambre ! Savoir que cette fois, on passe vraiment à l'acte, je suis morte de trouille.

Ethan la sonda et sentit ses peurs dévier. La question de la gentillesse ou d'un sentiment amoureux fut balayée par une autre crainte : ne pas être encore une fois à la hauteur. Ses démons ressortaient les uns après les autres. Pire que d'éprouver des sentiments, celui de ne pas être une personne de confiance l'ébranlait. Tout découlait de là.

— Tu doutes de moi ? lui dit-il inquiet, le ventre noué.

— Non ! lui rétorqua-t-elle dans un souffle. Mais je n'ai connu qu'Adam et...

Ethan écrasa ses lèvres sur les siennes, soulagé de son affirmation. C'était une petite victoire qu'il savourait au-delà des doutes qu'il avait et des limites qu'il contournait. Le doute le rongeait constamment. Il avait douté de lui dès l'instant où sa mère l'avait laissé entre les mains de Stan. Il avait douté de sa capacité à aimer, à protéger, mais aussi à être aimé en retour et être protégé en retour. Il avait consolé et pensé l'être aussi, mais il s'était lourdement trompé. Tout n'était que faux-semblants. Il n'avait jamais été à la hauteur. Le serait-il avec Kaya ? Il voulait croire que oui. Elle venait de dire qu'elle croyait en lui et cela lui suffisait. Peu importe la gentillesse dont il faisait preuve. Elle ne doutait pas.

— Je vais coucher avec un homme que je n'aime pas...

continua-t-elle entre deux baisers avec le besoin d'exprimer ses sentiments. C'est un gros n'importe quoi assez flippant, en fait ! Ça ne me ressemble pas du tout ! Et si ça ne te convient pas...
Ethan posa son index sur sa bouche pour qu'elle se taise. Il soupira et posa son nez contre le sien.

— Je suis d'accord... Un gros n'importe quoi dont je n'ai moi-même pas toutes les réponses, mais Kaya, putain, qu'est-ce que c'est bon ! Ne trouves-tu pas ? Je déconne complet, moi aussi, mais j'ai envie de m'en foutre un peu des conséquences parce que tout me va en cet instant ! Et je voudrais que tout te convienne aussi alors... déstresse !

Kaya grimaça, mais serra la taille d'Ethan de ses bras.

— Vraiment de la folie quand même ! lui dit-elle, contrariée.

— Un sacré désordre aussi bien dans la tête que dans tout mon corps ! lui dit-il tout sourire, en l'embrassant à nouveau.

— Une belle pagaille qui ne ressemble à rien ! reprit-elle en répondant à son baiser, tout en riant.

— Tu vas voir où je vais te mettre la pagaille ! lui dit-il en lui mordant l'oreille.

Kaya poussa un cri amusé tandis qu'il la chatouillait. Bientôt, il lui dévora le cou puis la clavicule et le sein. La jeune femme continuait de rire tout en caressant sa chevelure. Ethan glissa un peu plus sous les draps et lécha son nombril, ce qui éradiqua instantanément le rire de Kaya, en le sentant redescendre un peu trop près de son intimité. Lorsqu'il lui mordilla une nouvelle fois une de ses petites lèvres cachant sa féminité, Kaya comprit que ses doutes allaient vite s'effacer. Elle put l'entendre déchirer l'emballage du préservatif. Ils y étaient. L'instant critique. Les battements de son cœur s'accélérèrent. Ethan remonta au niveau de son visage.

— Prête ? lui dit-il doucement, visiblement aussi nerveux qu'elle.

Il se trouvait affreusement ridicule d'être aussi tendu, nerveux, alors qu'il était loin de sa première fois, mais avoir attendu ce moment si longtemps avait eu raison de son assurance.

— Prête ! lui répondit-elle, déterminée.

Ethan déposa un petit baiser sur ses lèvres et la fixa un instant, lui caressant de son pouce le front. Il se plaça confortablement entre ses jambes et l'embrassa à nouveau, cherchant sa langue. L'entrain revint aussitôt et l'excitation réapparut à travers leur souffle plus marqué au bout de quelques minutes chargées de sensualité. La chaleur de leurs corps intensifia leur désir mutuel. Lentement, Ethan entra en elle. Kaya se détacha de ses lèvres, partagée entre douleur et plaisir, jusqu'à ce qu'elle referme ses jambes complètement sur lui. Ethan posa son visage dans son cou et ne bougea plus durant quelques secondes. La joie qui l'inondait était en train de jouer avec son self-control.

— Bordel, tu es brûlante ! lui dit-il dans un murmure.

Kaya se mit à rougir, gênée.

— Désolée ! lui répondit-elle pour seule réponse, confuse.

— Ne le sois pas ! C'est plutôt gratifiant ! lui dit-il dans son cou, ému.

Doucement, il commença son va-et-vient en elle. L'ivresse des sens s'installa, les obligeant très vite à oublier une quelconque gêne. Ethan agrippa ses fesses pour accentuer sa prise et maîtriser la profondeur de ses mouvements. Kaya commença à se mouvoir sous lui, voulant le sentir encore plus en elle. Son enthousiasme grisa ce dernier qui grogna de plaisir. Chaque geste de bassin amenait une vague de volupté plus forte que la précédente, au point que tous deux sentirent leur empressement à ce qu'elle revienne plus vite, plus intense. Ethan accéléra. Leurs respirations se manifestaient de manière plus chaotique. Les gémissements de Kaya se firent entendre de plus en plus.

Tout à coup, Ethan se retira et d'un geste rapide, fit retourner sur le ventre sa partenaire, surprise de son initiative. Il lui remonta le bassin et embrassa à nouveau ses fesses dans un excès de désir. Kaya serra de ses doigts les draps, à nouveau prise par des sensations d'un extrême délice. Ses dents allèrent mordre le coussin, seule solution pour elle pour dompter son trop-plein de plaisir. Ethan passa une nouvelle fois son index sur sa féminité et Kaya se raidit encore. Cela devenait un supplice dont elle ne trouvait plus de fin. Quand il attrapa à pleines mains ses fesses, elle sursauta. Elle n'avait qu'une envie : qu'il la prenne sauvagement. Mais il colla son sexe entre ses fesses et le fit coulisser lentement, insidieusement. Une nouvelle torture dont tous deux ne trouvaient de répit. Ethan ferma les yeux et se laissa aller à ce plaisir puis d'un coup, se retira et pénétra à nouveau loin, dans son vagin. Kaya poussa un nouveau râle de plaisir alors qu'il enfonçait ses doigts dans ses hanches. Son souhait fut réalisé. Il l'emplissait encore et encore, avec rage. Profondément. Les coups se suivirent frénétiquement. Kaya haleta, ses doigts toujours plus crispés dans les draps. Ethan relâcha un peu son emprise et lui caressa la zone rougie par ses doigts.

— Mon Dieu, que tu es belle… déclara-t-il dans un état second. Ton derrière me rend fou.

Il se stoppa un instant, retirant son sexe d'elle, le regard prolongeant la courbe de son dos. Il dévala ses reins de ses deux mains et les fit remonter sur le haut de son dos. Kaya frissonna sous cette caresse exquise. Il laissa le bout de sa langue partir de la raie de ses fesses puis remonter le long de sa colonne vertébrale. Kaya sortit la tête de son coussin et se redressa au fur et à mesure que sa langue atteignait sa nuque. Lorsque la bouche d'Ethan arriva à son cou, il passa un bras autour de sa taille et dévora sa nuque. Kaya sentit son membre plastifié contre ses fesses et bougea. Ethan grogna une nouvelle fois, appréciant cette caresse si agréable. Il déplaça alors sa main de sa taille vers sa poitrine et pétrit un de ses seins. Kaya laissa échapper un soupir d'extase puis il remonta sa main le long de sa gorge et caressa ses lèvres.

— Tu es si sexy quand tu te laisses aller, Kaya. J'ai envie de tant de choses.

Il fit alors glisser sa main dans ses cheveux et d'un geste sec, l'agrippa. Kaya poussa un cri quand, dans le même temps, elle sentit une nouvelle pénétration l'envahir et submerger ses sens. Ethan reprit ses va-et-vient tout en prenant un appui sur sa chevelure, obligeant cette dernière à garder sa tête en arrière. Elle trouvait cette prise en main déroutante, mais excessivement torride. Il la maîtrisait et elle adorait être à sa merci. Il contrôlait leurs désirs et leur bien-être. Il jouait aux montagnes russes avec elle et chaque descente était plus vertigineuse que la précédente, au point qu'elle voulait descendre encore et toujours et ne plus remonter, pensant qu'elle ne pourrait supporter plus. Mais Ethan ne l'entendit pas ainsi et se retira. Il la bascula une nouvelle fois sur le dos et revint à la charge de ses lèvres, comme si elles étaient la seule solution pour le maintenir en vie. Ils s'embrassèrent encore et encore alors que leurs sexes s'étaient à nouveau retrouvés sans difficulté. La passion les submergea et Ethan put sentir le vagin de Kaya se contracter sous l'ampleur de leur avidité. La réaction fut immédiate pour lui. Sans pouvoir maîtriser quoi que ce soit face à cette sensation, la jouissance explosa et il poussa un juron qui manifesta la puissance démesurée de son plaisir. Kaya sentit ses doigts à nouveau s'enfoncer dans sa chair et la palpitation de son membre en elle. Elle se figea, grisée par sa libération.

14
Planté

Ethan se laissa aller contre elle, le temps de retrouver ses esprits. Au bout d'une dizaine de minutes où chacun avait repris une respiration plus régulière et avait tenté de se remettre de ses émotions, il regarda Kaya avec complicité et l'embrassa une nouvelle fois avec force. Elle lui caressa les cheveux et sourit entre ses lèvres.

— Encore ! murmura-t-il, un sourire immense.
— Encore ?! C'est une blague ? Tu n'es pas rassasié ? lui demanda-t-elle en s'écartant à peine pour parler.
— Si… lui dit-il, heureux. Mais encore !

Il l'embrassa une nouvelle fois pour joindre ses gestes pleins d'envie aux mots. Elle se mit alors à rire devant l'insouciance dont il faisait preuve, puis elle regarda le réveil sur la table de chevet et grimaça.

— Il est deux heures du mat'. Je suis claquée…

Ethan attrapa la lèvre inférieure de sa belle entre ses dents, une lueur sauvage dans les yeux.

— Encore… insista-t-il dans un grognement d'insatisfaction devant ses réticences.

— Ethan, ce n'est pas une belle pagaille que tu as mise en moi, c'est un véritable tsunami qui m'a dévastée ! dit-elle après avoir détaché sa lèvre des dents taquines de son amant. Je pense même que tu vas devoir me porter jusqu'à ma chambre ! Tu vois dans quel état je suis !

Son partenaire laissa tomber sa tête contre son épaule, fier de ce nouvel aveu. Il ressentait, lui aussi, cette impression de tsunami qui avait ravagé aussi bien son cœur que son corps, mais les conséquences étaient si appréciables qu'il ne voulait pas qu'elles s'arrêtent. Et le simple fait de savoir qu'elle avait apprécié autant que lui leurs ébats le rassurait au point qu'il avait du mal à croire qu'il ne rêvait pas. Il se sentait léger, revivifié. Il lui effleura délicatement la mâchoire de ses lèvres, attisant encore un peu les bribes d'envie en elle.

— Tu es donc en train de me dire que je t'ai tuée... Morte ? Caput ? Plus de Princesse ?

— Exact. Mais sois consolé, je vais bien dormir maintenant ! C'est sûr ! Mieux que mon verre de lait !

Ethan se mit à rire. Il était sur son petit nuage et ne voulait se décoller d'elle. Il descendit cependant du lit après une minute à jouer à la taquiner avec sa bouche sur son visage et son cou, puis il retira son préservatif. Il attrapa un mouchoir en papier dans le tiroir de la table de nuit et s'essuya. Il se saisit ensuite d'un second, s'assit à côté de sa belle et poussa ses jambes pour la nettoyer à son tour. Kaya se mit à rougir devant sa prévenance. Elle se raidit quand il frotta au niveau de ce clitoris ultra sensible et Ethan n'en perdit pas une miette. Il repassa du coup volontiers une seconde fois, puis une troisième, examinant chacune de ses réactions jusqu'à ce qu'elle le repousse de ses jambes, agacée par son sadisme à la voir se démener avec ses sensations. Il éclata alors de rire, tombant presque du lit par la force de son geste.

— Petite joueuse ! lui lança-t-il à nouveau par provocation.

Elle lui tira la langue en réponse, entraînant un nouveau grognement chargé de désir chez Ethan à la vue de cette contre-attaque avec sa langue pleine de promesses. Il ne put se retenir et jeta les mouchoirs au sol, puis lui sauta presque dessus pour s'accaparer le morceau de chair délictueux. Le baiser prit une nouvelle fois des allures d'appétit insatiable. Les mains si grandes, si masculines d'Ethan dévalèrent les flancs de la peau nue de Kaya jusqu'à s'emparer de ses fesses.

— Encore… murmura-t-il entre ses lèvres.

Cette fois-ci, Kaya grogna aussi en réponse, plus aussi insensible à cette éventualité d'un second round. Elle caressa ses épaules, puis son visage à la barbe naissante. Elle se pensait repue, mais il était clair que leurs deux corps avaient encore du répondant. Leur attraction renaissait dès qu'ils étaient l'un contre l'autre. Ethan la bascula alors sur lui et lui caressa un peu mieux le dos et les fesses.

— Kaya, putain… mais pourquoi j'ai autant envie de toi… Tu m'énerves !

— Je n'en sais rien, mais je te déteste à m'allumer comme ça ! Ne me caresse pas, bon sang ! Je ne vais pas réussir à dormir.

Le visage d'Ethan se fendit d'un énorme sourire. Il l'embrassa de plus belle en la voyant craquer.

— Encore ? répéta-t-il, impatient maintenant, alors qu'il effleurait la fente de ses fesses du bout des doigts, déclenchant un immense frisson le long de l'échine de Kaya.

— Va te faire voir ! répondit-elle finalement, en pressant sa bouche contre la sienne et serrant ses mains sur ses joues pour un baiser encore plus torride que les autres. Va en enfer !

Ethan gloussa en réalisant que ses gestes contredisaient ses mots et la retourna sur le dos. Il réajusta la couette et la renversa à nouveau sur eux deux.

— À nous deux, Princesse ! Je veux l'apocalypse maintenant !

Il plongea alors au fond du lit tandis que Kaya se tordait de rire et hurlait en fonction de ce qu'il lui faisait ressentir à nouveau…

Je te veux ! T3 – Chapitre 14

Lorsque Ethan se réveilla, son premier réflexe fut de sourire. Le parfum abricot des cheveux de Kaya lui chatouillait les narines. Une odeur fruitée, agréable, familière. Il serra un peu plus ses bras autour d'elle pour s'assurer qu'elle était bien là, puis ouvrit les yeux. Il avait peu dormi. La nuit avait été pour le moins agitée, mais pour rien au monde il ne l'aurait échangée. Tellement épuisée, elle avait fini par s'endormir dans ses bras. Comme à son habitude. Et comme à son habitude à lui aussi, il n'avait pas bronché. Le service après-vente, il lui avait donné sans même y réfléchir. Comme une évidence. Il ne voulait pas la renvoyer dans sa chambre. Il voulait encore moins qu'elle décolle son dos de son torse. Son sommeil avait trouvé une quiétude qu'il n'avait pas eue depuis longtemps en sa compagnie. Et lorsqu'il vit à son réveil qu'il était mardi, sept heures trente-sept, il comprit que son travail sonnait le glas de sa tranquillité d'âme. Il devait la quitter. Abandonner sa peau douce pour quelques heures. Il soupira, plus que jamais contrarié par cette obligation. Lentement, il se détacha de son étreinte sans la réveiller. Kaya gémit, affichant une moue enfantine qui mit à mal sa volonté de partir. Il laissa alors tomber sa tête de dépit, partagé entre l'envie de lui sauter dessus à nouveau et celle de respecter son sommeil. Il lui remit une dernière fois une mèche de cheveux sur le côté et quitta la chambre.

L'arrivée chez Abberline Cosmetics fut accompagnée d'une joie communicative. Il salua les agents de sécurité avec un grand sourire, sortit de l'ascenseur et embrassa la joue d'Abbigail, sa secrétaire, qui fut tétanisée par cet élan affectif impromptu et si inhabituel. Puis, il fonça au bureau d'Oliver sans même une explication à sa secrétaire. Sans prendre la peine de frapper, il entra et alla s'asseoir face à son ami, tout sourire. Oliver était en pleine conversation téléphonique. Il écarquilla les yeux lorsque Ethan croisa ses pieds sur son bureau, patiemment, les mains sur son ventre. Une fois l'appel fini, il raccrocha et soupira. La bonne humeur de son ami était trop suspecte. Une visite si tôt le matin encore plus.

— Je t'écoute. Que t'arrive-t-il ? lui dit-il blasé.

— Rien du tout. Je viens juste aux nouvelles ! feignit Ethan, toujours guilleret.

— Ethan, pas à 8h30 un mardi matin, après l'absence de la veille et le fait que la dernière fois que je t'ai vu, tu étais en plein conflit avec une certaine femme. Et pas avec cette tête d'abruti béat, non plus ! Dis-moi plutôt qu'il s'est passé un truc avec Kaya qui te met dans un état de pure félicité et là, je comprendrais !

Ethan grimaça. Oliver le connaissait bien trop et finalement, ça l'agaçait.

— Rien de particulier... répondit-il innocemment. Comme... d'hab !

Oliver ferma les yeux un instant, puis le regarda à nouveau.

— Tu as la tête d'un mec qui vient de prendre son pied après une nuit endiablée. Regarde-toi ! Tu n'es même pas coiffé !

Ethan se redressa de son siège, posant ses pieds au sol et vérifiant rapidement sa coupe de cheveux.

— Je... ah bon ? lui dit-il alors, aussi étonné que sceptique. Ça... se voit tant que ça ?

Oliver se mit à rire. Il posa sa main sous son menton, s'enfonçant bien dans son fauteuil, et fit bouger son index sur son nez, tout en l'observant.

— J'en déduis que c'était chouette ? lui demanda-t-il avec un petit sourire complice.

Ethan s'esclaffa. Puis, il regarda un point, au loin, et soupira.

— Si je n'avais pas le devoir d'évaluer les répercutions du gala aujourd'hui, je ne pense pas que je serais là devant toi ! lui avoua-t-il timidement. C'est... un truc dément, cette fille ! Je suis... K.O. Je n'arrive même pas à comprendre ce qu'il m'arrive. Je ne sais même plus quoi en penser. C'est tellement improbable. On se déteste et pourtant, il y a un lien qui se tisse entre nous dont je n'arrive pas à me défaire. Il me tire chaque jour un peu plus vers elle.

— Rien que ça ! Eh bien ! Kaya aurait-elle battu notre grand Ethan ?

Ethan se passa la main dans les cheveux, contraint d'accepter qu'il était complètement à l'ouest depuis quelques heures.

— K.O. ou pas, il va falloir que tu mettes tes rêves coquins avec elle de côté ! Il y a du boulot. Sam et BB ne devraient plus tarder à arriver ! La gamme est officiellement lancée depuis hier et ton cinéma lors du gala entre ta dispute et ton malaise a fait grand bruit. À mon avis, BB va vite te faire redescendre de ton nuage avec ses chiffres.

Ethan se leva et marmonna. Il alla jusqu'à la porte.

— Je savais que j'aurais dû rester couché !

Oliver se mit à rire de nouveau et attrapa ses dossiers pour le suivre...

Lorsque Kaya ouvrit les yeux, elle se sentit complètement amorphe. Elle avait pourtant bien dormi, mais la nuit avait eu raison de tous ses muscles, tous ses nerfs, son cerveau et son cœur. Ethan avait été un amant exceptionnel. Elle sourit en repensant à la façon dont il l'avait transportée vers l'extase. Le visage écrasé sur l'oreiller, elle regarda autour d'elle, puis se tourna, réalisant qu'elle ne sentait plus sa présence. Le lit était vide de lui. Elle déglutit. Les draps étaient froids. Elle regarda le réveil. Dix heures.

Elle se douta rapidement qu'il était parti travailler. Le réveil lui rappela également qu'on était mardi. En toute logique, elle devrait partir et rompre le contrat. C'était ce qui était prévu après leur dispute du cimetière. Mais les choses avaient changé depuis. Elle avait succombé. Et le mot était faible. Elle était à un stade où elle était déjà en manque de sa présence. Elle se frotta le visage un instant, pour recadrer ses émotions. Toute la nuit durant, pas une seule fois elle n'avait pensé à Adam. Et ce matin encore, sa première pensée allait vers un autre homme que lui. Elle en était là, à devenir agacée de ne pas voir son amant d'une nuit, de ne pas le sentir encore près d'elle. La panique s'installa en elle. Ce qu'elle craignait se réalisait. Elle était en train de perdre Adam. Son corps, son cœur, ses pensées réclamaient un autre homme. Au-delà d'un sentiment amoureux qu'elle rejetait formellement, c'était cette notion de besoin qui l'angoissait. Ethan devait être une consolation, mais en rien un besoin insatiable.

Elle éprouva tout à coup un écœurement. Comment pouvait-elle arriver à un tel état de manque ? Comment avait-il réussi ce tour de force alors qu'elle était sûre de pouvoir gérer ses besoins sexuels et ses sentiments pour Adam en même temps ? Elle quitta le lit et la chambre d'Ethan en vitesse. Elle fonça prendre une douche pour retirer les restes de sensations que les mains d'Ethan avaient laissés sur elle. Elle devait vite les effacer. Faire table rase de toute cette nuit rapidement et retrouver une distance. C'était le deal. Se consoler mutuellement, mais rien d'autre !

Bordel ! Kaya, qu'est-ce que tu fous ? Ressaisis-toi !

Elle s'habilla et déjeuna rapidement, mais ses pensées érotiques de la nuit revinrent à la charge en voyant non pas une rose, mais carrément un bouquet sur le comptoir. Son cœur crut exploser. Elle était à la fois émue, terrorisée et en colère. En un mot perdue ! Comment pouvait-il se permettre ce genre d'attention ? Ils étaient censés se détester le reste du temps, ne pas jouer les lovers transis. Il ne devait pas manifester de remerciement ou de bienveillance. Ce n'était pas le deal. « Pas de service après-vente ! », avait-il dit. Alors quoi ? Il ne l'aidait pas à prendre du recul sur leur nuit ainsi ! Pourquoi toutes ces fleurs ? Elle regarda le post-it laissé dessus.

Je me suis dit qu'une rose, comme la dernière fois, ce n'était pas assez.

Je pense qu'un bouquet, c'est mieux !
Je pense aussi que ce soir, tu devras certainement me consoler de cette trop longue absence de toi.
Je suis déjà en manque.
Vivement !
Ethan

Tu penses beaucoup trop, Ethan... Et moi aussi.
Elle posa la carte sur le comptoir de la cuisine et se recroquevilla contre la colonne. Elle était heureuse, mais en même temps très triste. Les effets secondaires de cette folle nuit lui revenaient en plein visage et la douche était très froide. Elle ne contrôlait plus rien. Sa raison lui disait de mettre un frein impératif à cette relation. Son cœur hurlait son envie d'être à ce soir. Son téléphone sonna sur la petite table du salon. Elle se leva pour voir. Elle remarqua la réception d'un SMS.
Ethan...
Elle cliqua dessus pour le lire.

Mar. 9 Déc. 2014 10:17, Ethan
Encore !

Elle se mit à sourire devant ce mot si lourd de sens. Pas de mots mignons ni de platitudes. Juste un mot, et son cœur était en train de faire des bonds dans sa poitrine. Mais en même temps, elle se rendit compte que tout à coup, sa vision lui faisait défaut. Les larmes quittèrent ses yeux et dévalèrent ses joues toutes seules. Elle ne pouvait continuer comme ça. Il n'était pas prévu qu'elle se retrouve si dépendante de lui aussi rapidement. Elle avait cessé de lutter, mais finalement n'avait-elle pas lâché trop la bride, comme elle le craignait au départ ? Elle ne pouvait éprouver autant de bonheur avec seulement un mot de lui. Elle ne devait accepter ce mot. Un second SMS sonna. Elle n'eut pas besoin de l'ouvrir. L'expéditeur était toujours le même et elle put voir défiler rapidement son contenu en haut de l'écran.

Mar. 9 Déc.2014 10:18, Ethan
Je te veux !

Elle se mordit la bouche pour vérifier qu'elle ne rêvait pas, mais son chagrin, lui, ne la lâchait pas non plus. Elle se laissa tomber sur le canapé et posa le téléphone à sa place initiale. Elle tritura sa bague en forme de fleur et pleura finalement tout son soûl, entre ses mains.

— C'est bon ? Tout le monde est OK ?

La conclusion claqua dans la salle de réunion avec sévérité. Ethan regarda pour la énième fois sa montre. Cette réunion avec les collaborateurs commerciaux n'en finissait pas. Il faisait maintenant jouer ses doigts contre la table depuis dix bonnes minutes et son impatience se ressentait dans sa voix. Tous firent un signe affirmatif de la tête. Ethan referma le dossier qu'il avait

Je te veux ! T3 – Chapitre 14

sous les yeux d'un geste sec et se leva. Trois hommes vinrent à lui pour une discussion en privé, mais il les congédia rapidement, prétextant un rendez-vous important, et les renvoya vers sa secrétaire.

Il quitta le bâtiment à la hâte avec sa Corvette Stingray. Il ne savait pourquoi, mais il avait un drôle de ressenti. Kaya n'avait pas répondu à ses SMS. Il avait dû lui en envoyer chaque heure de la journée. Ne pas avoir de réponses l'inquiétait, mais plus il en envoyait, plus il se rendait compte qu'il en faisait sans doute trop. Peut-être maintenant le trouvait-elle trop collant ? Ou bien avait-elle tout simplement zappé l'usage du téléphone qu'il lui avait offert ? Pourtant, son silence l'agaçait. N'éprouvait-elle pas cette hâte de le revoir, comme lui ? Il accéléra un peu plus. Il devait soulager ce dilemme qui le bouffait depuis le milieu de journée.

Quand il arriva à l'appartement, son regard balaya le salon et son cœur se serra. Son ressenti se transformait en mauvais pressentiment. Le bouquet était toujours là, mais l'appartement était bien trop silencieux. Était-elle partie faire un tour ? Il l'appela, mais rien. Pas de réponse. Il fonça à sa chambre et constata très vite qu'elle avait été vidée. Les placards étaient ouverts et ne contenaient plus ses vêtements. Son cœur s'accéléra et la peur se fixa en lui. Pourquoi ne s'y trouvaient-ils plus ? Seul le petit diablotin de la fête foraine trônait sagement sur la commode. Il prit son téléphone et passa un appel, pour tenter de la joindre et calmer son inquiétude. Il entendit alors son téléphone sonner dans le salon. Il sortit rapidement de la chambre et se dirigea vers la cuisine où les sonneries le guidèrent. Une lettre se trouvait à côté du bouquet et du téléphone. Il la saisit alors avec appréhension.

Ethan,

Par où commencer ? Il m'est très difficile d'écrire cette lettre sans éprouver une certaine tristesse. Comme tu peux t'en douter, je suis partie. J'ai décidé d'arrêter ce contrat. Ce ne fut pas une décision facile, mais je pense qu'au final, elle est logique et raisonnable pour tout le monde.

Malgré nos disputes, tu m'as offert un confort de vie que je n'espérais plus avoir un jour. Tu m'as montré ce que pouvait être une vie sociale. Un comble pour un connard que les gens devraient détester, ne trouves-tu pas ? J'ai mangé et dormi à ma faim, j'ai même pu m'amuser avec insouciance. Et j'ai eu, contre toute attente, une nuit improbable avec toi.

La vérité est que cette relation dépasse l'entendement en tout point. Dès le départ, tout fut « trop ». Disputes trop cinglantes, paroles trop emportées, gestes trop imprévisibles, nuit trop incroyable. D'ailleurs, cette nuit m'a fait énormément de bien. TU m'as fait énormément de bien. Il y a longtemps que je n'avais pas ressenti ça... et c'est sans doute aussi ce qui me fait fuir loin de toi aujourd'hui...

Avec le recul, je me rends compte que je pourrais y prendre goût facilement, rapidement. Je ne peux t'en vouloir cette fois-ci et tu n'as rien à te reprocher à ce sujet non plus. C'est juste moi qui me perds dans cette surabondance d'événements. Je n'arrive plus à gérer mes émotions, ni même à réfléchir à un avenir. J'ai besoin de me retrouver, reprendre mes habitudes et ne plus vivre en fonction de toi. Cette semaine fut intense pour moi. À un point qu'il m'est même difficile de penser à Adam ou de le voir au cimetière. Tu as monopolisé mon attention en bien ou en mal, mais tu l'as fait ! Tu as été au centre de mon quotidien et aujourd'hui j'étouffe. J'ai toujours aimé Adam comme une folle, mais ce matin, au réveil, ma première pensée ne fut pas pour lui. Pour la première fois, mon premier réflexe fut de chercher les souvenirs d'un autre homme qu'Adam. Pour la première fois, j'ai eu l'impression de vivre une autre vie.

Or, nous savons tous les deux que ce n'est pas ma vie. Ma vie, c'est la solitude dans un appartement vide. Ce sont mes dettes, Phil et Al, mes jobs multiples pour survivre. Tout ce que je vis avec toi n'est pas ma réalité. Ma réalité est bien plus misérable que ce que tu me fais miroiter et elle va me rattraper tôt ou tard. Je ne veux pas t'entraîner dans ma spirale. Car si tu m'entraînes dans la tienne, immanquablement je t'entraîne aussi dans la mienne.

Il est évident que si je reste, cette relation pourrait prendre une tournure à laquelle je ne veux même pas songer, mais dont je sais déjà qu'elle serait dangereuse pour moi, comme pour toi. Je ne veux pas oublier mon fiancé et je ne souhaite pas non plus te donner de faux espoirs ou te décevoir involontairement avec mes boulets accrochés aux chevilles. C'est pourquoi je pense qu'il vaut mieux mettre fin à tout cela rapidement, avant que chacun ne regrette ses choix.

À ce titre, j'ai réfléchi. Beaucoup. Ce matin, j'ai tourné en rond dans l'appartement et la seule conclusion acceptable fut qu'il fallait que je dise la vérité à Richard. Cet homme, je l'aime. Foncièrement. Parmi les choses positives que tu m'as apportées, Richard est une de celles qui comptent le plus à mes yeux. Je ne pouvais disparaître sans le remercier ni même continuer à lui mentir. C'est maintenant au-dessus de mes forces. Je l'ai appelé et nous nous sommes rencontrés ce midi. Nous avons mangé ensemble et je lui ai tout raconté. Tu n'as pas à t'inquiéter. Il va signer ton contrat avec Abberline Cosmetics. Il devrait te contacter rapidement pour finaliser cet accord. Il a été d'une grande compréhension et je lui suis extrêmement reconnaissante de tout ce qu'il fait pour moi et pour toi. Je suis heureuse d'avoir pu au moins t'apporter quelque chose de positif malgré nos différends. Il m'a révélé avoir une grande estime pour ton travail et avoir envisagé déjà de signer avant mes aveux. Par chance, s'il fut agacé au début et s'était senti trahi, il a vite compris que ce contrat que nous avions signé tous les deux était sans issue. Ce n'est ni ta faute ni la mienne. Juste un concours de circonstances malheureux... Nous avions des besoins, nous les avons comblés. Cela nous a dépassé tous les deux. Richard était le point final à tout cela.

Je sais que je dois te remercier. Rétrospectivement, je pense que j'ai été plus souvent heureuse que malheureuse durant ce séjour chez toi. Tu es un connard assez déroutant ! Mais si je le fais, alors cela signifie que je ne te déteste plus autant et que tu ne m'énerves plus autant non plus. Or, nous savons tous les deux que ce serait franchir un interdit, une limite de plus qui nous mettrait mal à l'aise en fin de compte si j'acceptais que tu ne sois plus aussi connard qu'au début !

J'espère que cette semaine s'effacera vite de ta mémoire et que toi aussi, tu reprendras vite tes habitudes. D'ailleurs, là aussi, j'ai réfléchi ! D'après mes souvenirs, il y a une Samantha plutôt mignonne, rousse, avec des taches de rousseur, dans ton répertoire... Tu m'avais demandé de choisir pour toi, l'autre matin. C'est elle que je choisis ! Passe une bonne soirée avec elle, mais s'il te plaît, ne fais pas ton connard ! Celle-là, c'est ma protégée, alors ne la blesse pas ! C'est ma dernière requête.

Voilà, je crois avoir fait le tour. Ah si ! Tes roses sont magnifiques, mais je ne pouvais les prendre. Il vaut mieux ne rien garder de l'autre. Je t'ai laissé aussi le téléphone portable. À quoi bon le garder ? Je ne m'en servirai plus.

Que dire de plus maintenant ? Je n'aime pas les adieux, mais... merci pour cette nuit et pour tout le reste.

Kaya.

Ethan s'appuya contre les éléments de la cuisine un instant, la lettre toujours dans sa main, mais la tête baissée. Il se mit à rire. On ne pouvait faire plus belle sortie. Dans le genre rupture, elle avait fait fort. Techniquement, il ne pouvait rien lui reprocher. Pourtant, un sentiment d'amertume lui prenait les tripes au point d'en avoir la nausée. Son rire avait ce goût d'amertume. Elle avait fini par le planter. Il lui avait demandé quelques heures, le temps d'une nuit. Il n'aurait pas plus. Elle lui avait donné tout ce qu'il souhaitait. Elle avait tenu toutes ses promesses à ses yeux, mais au final, il se sentait perdant. Il avait beaucoup à redire à cette lettre, à commencer par cette Samantha dont il n'avait que faire ! Il était bien loin de vouloir passer sa soirée tant attendue avec une autre que Kaya. Et le pire était que sa provocation à lui demander de choisir une femme dans son répertoire pour la remplacer l'autre matin lui était revenue comme un magnifique pied de nez. Il aurait pu la tuer sur place rien que pour lui avoir balancé cette ineptie ! Comment en étaient-ils arrivés là ? Le fait était qu'il voulait continuer un peu avec elle. Tester encore d'autres pistes. Découvrir toujours plus d'elle.

Elle ne lui reprochait rien, mais en même temps tout. Trop. Il en avait fait trop selon ses dires. Alors pourquoi en cet instant, sa seule impression était qu'il n'en avait pas assez fait pour qu'elle reste ? Il se sentait démuni, mais surtout incapable. En fin de compte, c'est la peur d'un bonheur trop présent qui l'avait, semblait-il, fait fuir. Il ne pouvait se retenir de rire. Il avait rendu trop heureuse une femme et elle était partie. Si on lui avait dit cela, jamais il ne l'aurait cru. Lui, qui avait échoué sur tous les points avec sa mère, avait trop bien réussi avec Kaya. Il avait été trop présent pour elle. Il froissa la lettre et la jeta en boule au sol, écœuré. Il ne lui avait pas tout donné de lui, mais c'était déjà trop. Si parfait selon elle qu'il fallait le fuir. Il se leva et regarda le téléphone de Kaya. Il constata que seul le premier SMS avait été lu. Elle avait donc ignoré tous ses autres messages. Serait-elle restée si elle les avait tous lus ? Était-ce ce seul message qui avait fait tourner les événements en sa défaveur ?

Son téléphone sonna dans sa poche. Il jeta le portable de Kaya sur le comptoir nonchalamment. Ensuite, il décrocha sans même regarder l'identité de son interlocuteur sur l'écran, comme dans un état second.

— Abberline ? Laurens. Comment allez-vous ? J'ai une bonne nouvelle ! J'ai réfléchi et je vous appelle pour vous annoncer que j'accepte de signer avec vous et d'être votre investisseur pour Abberline Cosmetics ! Quand pouvons-nous conclure tout cela ?

Ethan ne répondit pas. Sa gorge était bien trop nouée. La déflagration qu'il ressentait dans sa poitrine ne lui permettait plus de trouver une connexion vers son cerveau et réfléchir. Un grand vide venait de s'installer en lui et une impression de trahison encore plus significative depuis qu'il savait que cet appel était une simple mise en scène pour ne pas dire que Kaya avait agi derrière pour adoucir son départ.

— Allô ? Abberline ? Vous m'entendez toujours ?

Il réalisa alors que ce qu'il voulait absolument, c'est-à-dire cet argent pour investir dans son entreprise, ne lui était plus aussi indispensable qu'il le pensait, en comparaison de ce qu'il venait de perdre. La rage monta d'un coup et il envoya valser le téléphone à travers le salon. Celui-ci se fracassa en morceaux au sol. Les roses et le téléphone de Kaya suivirent le même chemin. Il cria sa colère à travers des gestes amples qui rasèrent tout ce qui se trouvait sur le comptoir. Il sentait sa nervosité prendre des proportions ingérables. Sa respiration se fit chaotique. Les larmes lui montaient aux yeux. Il s'attrapa la tête pour réfléchir et trouver une solution.

En un instant, il fonça vers la porte d'entrée. Il ne put attendre l'ascenseur et passa par la sortie de secours. Il courut jusqu'à sa corvette et fit le chemin en voiture jusqu'à l'appartement de Kaya en un temps record. Il dévala les marches de l'escalier extérieur et frappa comme un malade à sa porte.

— Kaya, ouvre-moi ! C'est moi ! Il faut qu'on parle.

Il attendit quelques secondes beaucoup trop longues à son goût et recommença sa complainte. Il tenta de regarder par la fenêtre, mais les rideaux cachaient toute visibilité.

— Kaya, ouvre-moi ou je défonce cette porte, bordel !

Le gérant de l'immeuble sortit pour voir qui hurlait comme ça.

— Eh ! Ce n'est pas bientôt fini votre foutoir !

— La ferme ! Rentre chez toi ! lui lança alors Ethan d'une voix grave, le regard menaçant.

— Parle-moi mieux ou j'appelle les flics !

— Dégage ! lui hurla-t-il en avertissement.

— Ta copine n'habite plus ici. Elle a déménagé dans l'après-midi !

Les yeux d'Ethan s'écarquillèrent à l'annonce de la nouvelle.

— Quoi ? fit-il plus calmement. C'est impossible ! Comment aurait-elle pu trouver un appartement aussi rapidement ?

— Ah ça, je n'en sais rien ! Tout ce que je sais, c'est qu'elle a payé mes loyers pour préavis de départ et qu'elle est partie.

Ethan s'approcha de lui et le saisit par le col de son pull. Son visage se trouva à un centimètre de celui du gérant.

— Tu mens ! Elle n'a pas de quoi se payer une jupe ! Comment aurait-elle pu avancer une telle somme ?

— Je… je n'sais pas ! répondit le gérant à présent paniqué par la force de son interlocuteur. Je vous jure ! Elle a payé, puis elle a plié bagage.

Ethan le relâcha d'un geste violent. Le gérant alla cogner son épaule contre le chambranle de sa porte d'entrée. Ethan se mit alors à faire les cent pas pour réfléchir où elle avait pu aller.

— Elle ne t'a pas donné de nouvelle adresse ou un numéro pour la joindre ?

— Non et franchement, je me fiche de ce qui peut lui arriver. Elle me payait mal mes loyers. Au moins maintenant, je vais pouvoir trouver un locataire plus correct.

Ethan le bouscula et redescendit à la hâte les escaliers. Il ne voyait plus qu'une solution. Un seul endroit où elle pouvait aller : le cimetière. Il démarra sa voiture en trombe et, en une demi-heure, arriva devant le grand portail. Il courut jusqu'à la tombe d'Adam, mais constata avec déception qu'elle n'y était pas. Il regarda alors la stèle avec colère.

— Tout ça, c'est de ta faute ! hurla-t-il.

Il regarda partout dans le cimetière. Une vieille femme le fixait, mais poussa un petit cri étouffé quand elle croisa son regard menaçant et se cacha derrière la tombe où elle se recueillait. Il ne savait plus où aller, ni vers qui se tourner pour avoir des réponses. Kaya s'était volatilisée. Il se mordit les lèvres et se frotta la tête encore et encore, cherchant désespérément l'idée de génie qui calmerait sa colère, mais en vain. Finalement, il se laissa tomber devant la stèle et s'assit, perdu. Il n'y avait qu'ici qu'il pouvait la retrouver. Qu'ici, qu'elle finirait par revenir. Mais quand ? Il passa sa main sur son visage et sentit à nouveau le désarroi le prendre. En fin de compte, c'était lui qui se retrouvait seul. Seul avec son pire ennemi. Il ne pouvait se trouver plus pathétique. Il lut encore une fois l'épitaphe et se mit à rire amèrement.

— Bravo ! Tu es vraiment très fort… et moi je ne suis qu'un pauvre con !

Au bout de plusieurs longues minutes, le jardinier vint vers lui. Absorbé par sa déception à ressasser ce qui aurait pu inverser ce résultat, Ethan ne l'entendit pas arriver.

— Êtes-vous quelqu'un de sa famille ? demanda-t-il tout en désignant la stèle de la tête.

Ethan regarda, perplexe, la tombe puis le jardinier.

— Euh… non. Pourquoi ?

— Oh ! Juste que d'ordinaire, il n'y a qu'une personne qui vient se recueillir sur cette tombe.

— Kaya… murmura Ethan, songeur.

— Vous la connaissez ?! fit-il, surpris. Oui, c'est une demoiselle charmante. J'ai rarement vu une personne si engagée envers un défunt. Elle est si douce. J'ai toujours trouvé dommage qu'elle reste ainsi, si souvent, à votre place, à la contempler, lui parler et pleurer. Oh ! Je trouve cela magnifique de voir un tel amour et un tel respect pour les morts, mais…

Le vieil homme soupira.

— Si jeune et avec tout l'avenir devant elle et elle reste figée à son passé…

— La connaissez-vous bien ? demanda alors Ethan, piqué par la curiosité d'en savoir plus sur elle.

— Comme un jardinier devant une personne affligée par la mort d'une personne chère. Elle est d'une gentillesse incroyable ! Encore aujourd'hui, elle a…

— Vous l'avez vue ! le coupa-t-il subitement en faisant un bond pour se relever, attentif au moindre détail lui permettant de la retrouver.

— Euh… oui ! fit le vieil homme, surpris. Elle est passée rapidement en fin de matinée. Elle m'a aidé à porter des arrosoirs.

— Vous a-t-elle paru bizarre ? Vous a-t-elle dit quelque chose d'inhabituel ?

Le jardinier le considéra un instant.

— Qui êtes-vous ? lui demanda-t-il finalement, suspicieux.

— Je… Son patron ! Je dois lui rendre quelque chose, mais elle n'est pas venue travailler ce matin ! J'ai pensé la trouver ici.

— Oh ! fit alors le vieil homme, soulagé. Elle a bien de la chance d'avoir un patron si bienveillant.

Ethan lui sourit faussement.

— Oui, elle m'avait déjà parlé de son fiancé à plusieurs

reprises. Donc, je suis venu par instinct ici !

— Ce matin, elle avait une petite mine. Elle a changé les fleurs de la tombe de son fiancé, mais ne lui a pas parlé. Elle semblait songeuse. Elle est revenue me voir avant de partir et m'a demandé de bien veiller sur lui, comme d'habitude. En y réfléchissant, elle semblait soucieuse. Son sourire n'était pas aussi franc qu'à l'habitude. Vous pensez qu'elle a un problème ?

— Non ! Rassurez-vous ! lui déclara-t-il pour ne pas l'inquiéter. Si jamais elle revenait au cimetière, pourriez-vous m'appeler ?

Il chercha dans son portefeuille une de ses cartes de visite et lui tendit. Le jardinier examina la carte assidûment.

— Abberline Cosmetics ? Je croyais qu'elle était serveuse ?

— C'est exact ! Je suis un second employeur !

— Ah… Entendu, je n'y manquerai pas ! déclara alors le vieil homme en mettant la carte dans sa poche.

Ethan quitta le cimetière, complètement perdu. Il ne savait où aller. Il ferma les yeux un instant et engrangea un maximum d'air dans ses poumons avant d'expirer fortement. Il regarda le ciel bleu se couchant sur les toits.

— Où es-tu, Kaya ? Attends un peu que je te retrouve et je te jure que tu vas passer un sale quart d'heure ! On ne joue pas avec un connard sans en subir les conséquences…

Il tapa du pied un caillou, pour laisser ressortir son ressentiment et toute sa déception.

— Je te déteste !

Je te veux !

-4-
... avec moi

Après une nuit torride avec Ethan, Kaya a fini par le quitter, ayant toutefois accompli sa mission en obtenant la signature de Laurens. Amer, Ethan tente alors par tous les moyens de la retrouver pour se venger de « l'affront » qu'il a subi, mais en vain. Une semaine s'écoula sans qu'il puisse avoir un seul indice.

Mais voilà que son premier rendez-vous avec Laurens arrive pour finaliser le contrat avec Abberline Cosmetics et une lueur d'espoir apparaît à quelques jours de Noël…

Postface

Et voici ma troisième postface ! J'aime bien écrire une postface à la fin de chacun de ces tomes. Elle me permet de papoter un peu avec vous, de parler des coulisses de cette saga et de mon écriture. Un peu comme un prolongement de la lecture pour alimenter un petit débat, une réflexion sur ce qui s'est passé ou sur une humeur qui a pu en ressortir.

J'ai pu constater via vos retours que le tome 2 a surpris dans sa lecture pour son côté psychologique plus prononcé au détriment d'une action. Ceci est très bizarre quand on sait que la romance est avant tout une affaire de sentiments et non en premier lieu un livre d'aventures. L'action dans une romance est somme toute relative (je ne peux pas dire que faire enfermer Kaya dans un coffre de voiture est de l'action… Juste un peu de piment, c'est tout !). Ici, *Je te veux !* sera vraiment de la pure romance, donc du psychologique. Il n'y aura effectivement pas d'action, au sens propre du terme. Pas de kidnapping, de complots et j'en passe. L'action entre dans le cadre d'un sous-genre le plus souvent, permettant de donner du rythme, du mouvement comme le policier ou la SF, et qui permet de construire un scénario avec ce type de situations. *Je te veux !* restera de la romance pure souche.

Je te veux ! est une histoire qui va se développer lentement. Mon influence manga, se traduisant par le développement d'une romance sur de nombreux tomes entre autres, se répercute dans la construction de mon intrigue, dans mon scénario. Chaque tome correspond à une étape dans leur relation. L'humour donnera toujours du rythme, mais on restera sur une suite de situations, tel un feuilleton, qui fera évoluer les personnages à leur rythme dans leurs sentiments. La notion de coup de foudre n'est pas toujours avérée en romance, l'amour peut être aussi une suite de coups de cœur, non ? J'aime donc parler de toutes ces situations qui créent un contexte propice à la naissance de sentiments et aux coups de cœur. Sentiments variés, parfois contradictoires, mais qui finissent par aboutir à de l'affection, puis de l'amour. Car l'amour est finalement un ensemble de sentiments : joie, peur, doute, surprise, excitation, déception, chagrin, jalousie, etc. Tous ces sentiments naissent à cause d'une même raison : l'autre. La personne avec qui on découvre toutes ces émotions ne devient notre moitié qu'à partir du moment où nous acceptons que seule elle peut nous les procurer avec autant de force.

Le tome 3 est axé sur cette idée. Ethan apprend à éprouver des sentiments qu'il refoulait grâce à Kaya. Kaya devient la raison de tous ces questionnements et lorsqu'il prend conscience de ce tumulte qui bouscule son cerveau, n'est-ce pas le début de l'amour ? Kaya devient la preuve qu'une personne existe pour lui. Elle chamboule ses fondements, donne un nouveau rythme à sa vie, insuffle un espoir qu'il avait repoussé. Quant à Kaya, elle explore une autre possibilité de vie par l'intermédiaire d'Ethan. Une vie impensable, mais pourtant possible, réelle.
Il faut beaucoup de choses pour favoriser les sentiments ; le contexte, en est un. *Je te veux !* raconte ce cheminement difficile vers l'acceptation d'un sentiment d'amour. Chacun a un contexte affectif difficile qui parasite leurs sentiments actuels envers l'autre. Rien n'est facile, tout est compliqué en amour, mais c'est aussi ça qui nous permet de lutter et s'accrocher. Pas facile avec nos deux énergumènes qui se croisent sans cesse et se fuient. Je m'excuse pour cette fin de tome. Je vois déjà des « elle a osé ! », « Nooonnn ! », « Pourquoiiii ! ». S'il vous plaît, ne me charcutez pas ! Je sais, ce n'est pas cool, mais il est nécessaire aussi de faire de bons cliffangers, non ? OK, je sors ! Vous pouvez me dire que j'abuse ! On va dire qu'il faut savoir reculer pour mieux sauter, voilà !

Pour me faire pardonner, je vais vous faire une confidence. Dans ce tome, il y a une scène que j'avais déjà écrite il y a quelques années dans une fanfiction et que j'ai ressortie ici pour les besoins de l'histoire et retravaillée pour JTV. Il s'agit de la scène du palais des glaces. Je l'avais écrite dans le cadre d'une histoire sur City Hunter (Nicky Larson) où j'avais fait le parallèle de cette scène du palais des glaces avec une scène de la fin du manga quand ils sont face à face devant une vitre avec impossibilité pour les héros de se rejoindre alors que le bateau coule et qu'ils sont en danger. Pourquoi avoir repris cette scène du palais des glaces ? Je voulais instaurer un cadre neutre, de détente suite aux déboires que Kaya et Ethan avaient vécus la veille avec l'agression de cette dernière. Entre le contrat qui les lie et qui avait failli sauter après le gala, le coup de pompe d'Ethan, la petite discussion houleuse du matin sur leur rapport à l'amour, il fallait revenir sur un contexte plus détendu. Parce qu'on ne peut pas être toujours sur la défensive et que le cumul depuis le début devait aboutir à un moment de pause, un répit dans leur petit combat. La fête foraine fut le cadre adéquat. Le thème de la vitre entre eux répondait à une mise en parallèle de leurs sentiments. Ils se voient sans se voir, ils se touchent sans sentir réellement la chaleur de l'autre, ils se jugent mais gardent leurs barrières, ils pensent percevoir, mais ce n'est pas la réalité. Nous sommes à ce stade entre eux et il leur faut briser cette vitre…

Et là, on fait : « Wouah ! C'est ultra recherché, ton affaire ! »
Désolée de vous avoir perdus en cours de route ! Je suis compliquée… Je vais loin dans le détail, je sais. J'essaierai de faire mieux à la prochaine postface. Promis !

JORDANE CASSIDY
Décembre 2016

Bonus

ADAM

Nom : GALDI
Prénom : ADAM

Age : 29 ans
Taille : 1m87
Poids : 78 kg
Groupe sanguin : O+

Situation professionnelle : Etudiant en droit / enchaine les petits boulots
Qualités : Fidèle, bosseur, têtu, joueur
Défauts : manque parfois de lucidité
Ce qu'il aime : Kaya, lui faire des surprises
Ce qu'il n'aime pas : voir Kaya triste
Petites manies : appeler Kaya "Bébé"
Dicton : « À la vie, à la mort ! »
Objet fétiche : conserver tous les petits mots sur papier de Kaya dans une boite.

SAM

Nom : MOREL
Prénom : SAMUEL, dit SAM
Age : 32 ans
Taille : 1m85
Poids : 82 kg
Groupe sanguin : AB+

Situation professionnelle : avocat
Qualités : bon vivant, optimiste, vigilant, attentionné
Défauts : dragueur, beau parleur
Ce qu'il aime : Brigitte, faire la bringue, draguer et taquiner Brigitte
Ce qu'il n'aime pas : l'amour de Brigitte pour Ethan, les spéculos, les secrets d'Ethan
Petites manies : draguer tout ce qui est porte une jupe !
Dicton : « Qui ne tente rien, n'a rien ! »
Objet fétiche : le premier cadeau d'anniversaire de la part de Brigitte : une écharpe !

BRIGITTE

Nom : EVOLI
Prénom : BRIGITTE, dit BB
Age : 32 ans
Taille : 1m74
Poids : 59 kg
Groupe sanguin : B+

Situation professionnelle : responsable marketing chez Abberline Cosmetic
Qualités : rigoureuse, fidèle, perfectionniste
Défauts : timide pour ce qui est des sentiments, méfiante
Ce qu'il aime : Ethan, Sam, les macaronis, se balader le long de la Seine
Ce qu'il n'aime pas : les conflits avec ses parents, la liste de conquête d'Ethan
Petites manies : recadrer constamment Sam.
Dicton : « on est mieux servi que par soi-même ! »
Objet fétiche : un crayon de papier offert par Ethan nonchalamment et que Sam s'est empressé de mâcher !

CONFIDENCES

Ma pause BB

— 90C - 85 - 90… Mmmh…Appétissant !
Voilà ce que j'aime à la pause au boulot : observer affectueusement les nanas sous mon nez.
— Tu es affligeant, Sam ! J'en viens vraiment à penser que seul le physique compte chez toi !
— Non, avec toi, le mental est tout aussi appréciable, BB.
Je souris alors qu'elle soupire tout en touillant son café. J'aime draguer, j'aime les femmes, mais la femme sous mon nez est le plus beau diamant qu'il m'ait été donné de voir. On se connait depuis la fac, Brigitte et moi, et dès notre première rencontre, j'ai été charmé. Outre son physique avantageux, j'ai aimé la femme derrière son attitude froide. Ma BB cache tellement de choses aux gens. C'est une grande timide. La plus sensible qui soit. Et quand elle louche sur moi de façon pas dupe, je suis heureux de voir qu'elle me connait bien.
— Alors, arrête d'essayer de voir ce qui se passe du côté de ma poitrine, pervers ! m'engueule-t-elle gentiment alors que mes yeux sont rivés sur son charmant petit décolleté dans lequel je me perds à chaque fois volontiers.
Chaque remontrance est un baiser qu'elle m'envoie.
— Tu me frustres, je n'y peux rien ! lui réponds-je, de façon énamourée.
— Pfff ! Qui voudrait d'un type qui bave et remue la queue dès qu'une jolie fille passe ! me répond-elle d'un air dédaigneux.

CONFIDENCES

Chaque fois, c'est la même rengaine. Je joue les Casanova, elle joue les filles blasées des dragueurs de pacotille. Faut dire que de ce côté, elle a essuyé de gros lourdauds. Mon plaisir à chaque fois est de venir la secourir. J'aime jouer le chevalier servant avec elle. J'aime la draguer, quitte à en faire des caisses, mais elle doit savoir que je n'attends qu'elle et tous les moyens sont bons, même si je deviens aussi lourd que les autres, même si je reste un bon copain d'après ses dires. Je serai toujours là pour elle. C'est ainsi. C'est presque inconscient. Quand elle s'engueule avec ses parents ou quand un homme devient trop insistant, elle se tourne maintenant vers moi et c'est le plus beau cadeau qu'elle puisse m'offrir. Ma patience finit par payer. Son attention me concernant devient plus intime et nous avons instauré des habitudes de vieux couple depuis. Je la drague, elle me chambre, je la séduis encore, elle me chambre à nouveau, je lui montre donc toute mon originalité par rapport aux autres hommes et je décroche son sourire.

— C'est instinctif ! Nous, les hommes, sommes nés pour répondre à votre besoin de materner ! Nos petits têtards font avancer le monde !

— Et c'est toi qui dis ça, alors que la paternité annoncerait pour toi la fin du monde ? me dit-elle complètement sceptique.

— OK, si c'est toi, je ferai des efforts ! lui dis-je doucement et lui attrapa sa main. Je peux tout accepter de toi, tu le sais bien.

CONFIDENCES

Je ne peux m'empêcher de l'admirer et faire le fier pour que ses joues finissent par rosir légèrement et qu'elle se montre un peu gênée. Elle est si belle quand elle me montre son trouble. Je pourrais la croquer. Et hop ! Très vite, elle reprend contenance et affiche son masque de froideur. Pour cela, elle ne peut que bien s'entendre avec Ethan. Tous les deux font la paire pour cacher leurs réelles émotions. Pas étonnant qu'elle l'aime. L'inaccessibilité d'Ethan fait écho à la sienne. Il y a, en mon sens, une admiration chez elle, portée par une compréhension de leurs peurs cachées qui l'unit à lui, bien au-delà d'un réel sentiment amoureux de sa part. Malheureusement, elle ne le réalise pas.

— Plutôt me pendre que d'avoir un rejeton de toi ! me dit-elle avec une mine surjouée de dégoût, tout en retirant sa main de la mienne. Mon dieu, une famille de pervers ! Un coup à devenir folle ! Déjà que tu es difficile à gérer, alors tes gosses…

— On formerait une famille merveilleuse, plein de minis Sam adorables et de minis BB top canons.

— À t'écouter, je suis une poule prête à pondre une équipe de foot !

Je lui attrape la main à nouveau, mais cette fois-ci, je la porte à mes lèvres, le regard séducteur ancré dans le sien.

— À t'écouter, tu pourrais vraiment aimer cette idée de former un couple heureux avec moi, puisque tu prolonges cette discussion d'un potentiel couple…

CONFIDENCES

Et voilà ! Je lui donne un nouvel appel à se laisser aller dans mes bras, et la voici qui rougit encore, avant de retirer sa main avec hâte alors que je fais tout pour la retenir avec un grand sourire.

— Ne fais pas de déductions hâtives ! J'alimente juste ton délire pour voir jusqu'où tu es prêt à aller dans le n'importe quoi ! me dit-elle, piquée au vif.

Et je nie, je feins, j'élude… Ma BB, tu es si prévisible. Et pourtant, je sais que je te touche. Je sais que chaque attaque va droit ton cœur, que je ne te laisse pas indifférente. Combien de temps encore vas-tu réfuter l'évidence ? Je finis par lâcher sa main et achève mon café.

— Je te l'ai dit, BB… J'irai jusque sur la Lune pour toi !

Elle me regarde droit dans les yeux, puis sourit amèrement, comme si mes rêves avec elle étaient des rêves inaccessibles. Je perçois subrepticement un peu de reconnaissance malgré tout, avant que son ton réprobateur et cassant ne revienne me remettre sur orbite.

— Contente-toi d'aller déjà jusqu'au bureau avec moi, ce sera pas mal ! C'est l'heure.

Elle se lève et attrape son sac. Son tailleur lui affine la taille et met en valeur sa poitrine que je mate une dernière fois, pour la forme. Je me lève à mon tour et paie l'addition. Elle m'attend gentiment le temps de mettre mon manteau. Je lui souris et passe mon bras sur ses épaules et lui susurre : « Et au bureau, j'aurais droit à un câlin et on fera un bébé ? Le premier de notre

CONFIDENCES

petite tribu ? C'est une destination qui me convient également tant que tout est fait avec toi ! ». Elle retire ma main d'un geste sévère et soupire.

— Tu en fais un beau, de bébé !

Je ne peux que sourire, car malgré tout, elle me laisse un joli baiser sur la joue en guise de réponse et consolation. Vous comprenez pourquoi j'aime prendre mes pauses avec Brigitte, maintenant. Elle fait battre en moi les plus belles promesses !

CONFIDENCES

Vive la lessive !

Une des tâches de la charmante petite amie de M. Connard, aka moi, sommée de rester à demeure toute la sainte journée pour éviter toute nouvelle agression de Phil et Al, est de faire tourner les lessives de Monsieur. Oui ! Parce que bien évidemment, lorsque je me suis plainte de m'embêter royalement à tourner en rond dans sa cage à lapins version Maison Blanche, Monsieur m'a souri narquoisement et m'a « trouvé » des occupations.
Nul doute ! Je le déteste ! Tape-toi le nettoyage de ses affaires, Kaya ! Quand j'ai vu la montagne de vêtements, mon visage a dû paraître cadavérique ! Comment osait-il m'imposer cette vue ?
— Bah, je n'ai pas trop eu le temps de me poser pour m'occuper de moi depuis que tu es dans mon collimateur !
Voilà ! L'argument pour se justifier, tellement facile, que je l'aurais baffé si je n'étais déjà pas complètement désabusée de ma situation à ses côtés. Il me tapa l'épaule, comme un signe me disant « bon courage, Mémère ! » et s'en alla retourner bosser à son bureau. Si je pouvais lui faire avaler son « mémère » par les narines, je le ferais sur le champ, mais il s'était bien empressé de disparaître de ma vue. Une telle montagne de vêtements pour mon si petit corps… Je ne sais pas si je ne vais jamais m'en sortir… Il mériterait que je mélange le blanc avec la couleur pour qu'il se retrouve avec une chemise arc-en-ciel au boulot. Je rigole toute seule en imaginant sa tête devant la chemise version licorne de mes rêves !
Je m'attache toutefois à trier son linge. Je m'étonne à juger ses vêtements, à prendre du bout des doigts ses sous-vêtements

CONFIDENCES

sans pouffer en entrant dans les petits secrets intimes de M. Connard et à décortiquer sa vie rien que par ce qu'il porte. Inconsciemment, cela me rappelle les mêmes gestes que je faisais lorsque je m'occupais du linge d'Adam. Ethan, a-t-il un vêtement fétiche, comme Adam avec son T-shirt des Chicago Bulls ? Ce T-shirt fut toute une histoire. Adam a toujours été fan de basket et depuis tout petit, il a toujours rêvé d'avoir un T-shirt des Chicago Bulls. Quand ses parents lui offrirent le fameux T-shirt lors de son 25e anniversaire, ce fut l'adoration pour ce simple morceau de tissu ! Ne pas le tacher, ne pas le repasser, ne pas le laver au-dessus de 30°, ne pas le prêter, ne pas le plier n'importe comment… Il m'a tout fait avec ce T-shirt ! Je l'aurais tué, lui aussi ! Lorsque le vase déborda et que ma patience eut atteint ses limites, j'ai pété mon câble. Je lui ai pris le T-shirt des mains et je lui ai dit que c'était lui ou moi ! En arriver à un tel ultimatum ne me plaisait guère, mais le basket me sortait par les yeux et son T-shirt était devenu mon cheval de bataille. Je me souviendrai toujours de son regard vif et amusé face à mon chantage.

— Je garde les deux… me répondit-il avec un ton séducteur, mais peu inquiet devant ma colère contenue.

Il me déshabilla alors lentement et m'enfila son foutu T-shirt.

— Voilà, comme ça, j'ai mes deux trésors ensemble et je peux dormir contre eux deux ! Ils ne font plus qu'un ! Plus besoin de jeter l'un des deux ! Dorénavant, ce sera ta chemise de nuit !

Je me souviendrai toute ma vie de son sourire et ma stupéfaction à ce moment-là. C'était tout lui, d'éviter les conflits et trouver une solution qui satisfasse tout le monde. Enfin, là, pour le coup, me retrouver à dormir dans ce fameux T-shirt me fit un peu grimacer. C'était encore pire pour moi, car en gros, il me le donnait…pour que j'en prenne soin encore plus ! Vive le cadeau de mon chéri ! Mais voir son entrain à me serrer dans ses bras,

CONFIDENCES

une fois couchés, et me susurrer dans mon oreille que je suis belle dans ce T-shirt acheva toutes résistances.
J'avais éclaté de rire. À croire que j'étais plus belle avec ce T-shirt qu'en petite tenue ! Ce souvenir me donne le cafard. Aujourd'hui, le T-shirt d'Adam est devenu aussi mon trésor. Il est moi et je suis lui. C'est ce que symbolise un peu ce T-shirt... Ce n'est pas une alliance, mais il symbolise autant pour moi. Que ferai-je lorsqu'il sera complètement usé ? Le jour où il se déchirera ? Je sais que c'est bête de s'attacher autant aux choses matérielles, mais c'est plus fort que moi. Sans ces petits détails, je me sens nue, sans protection. Qu'est-ce qui me protègera lorsque j'aurais perdu un à un tout ce qui représente Adam ? L'angoisse me prend à nouveau la gorge.
— C'est comme ça que tu fais ma lessive, femme ? Je ne savais pas que ça se nettoyait en rêvassant !
Et voilà, sa voix de connard à résonner dans mes oreilles et mes dents ont grincé. Ethan était là, les bras croisés, le regard rusé.
— C'est comme ça que tu bosses ? En m'épiant ? lui réponds-je au tac au tac.
— Je vérifie juste que tu ne me fais pas une vacherie avec mon linge, genre découper un rond au niveau des fesses sur mon boxer !
Je pouffe devant l'idée. Je dois avouer qu'Ethan est vraiment très fort quand il s'agit de se mettre en mode connard ! Il fourmille d'idées !
— Quelle merveilleuse idée ! J'avais pensé à recouvrir l'intérieur de l'un d'eux de *Nutella* ! Ce n'est pas drôle d'avoir la chiasse ! Tsss...
Il me sourit de toutes ses dents. Nos réparties sont toujours de haute voltige !
— Pas bête ! Princesse, tu me ravis chaque jour par ta

CONFIDENCES

considération à mon égard.
— La haine, ça s'entretient ! lui réponds-je en haussant les épaules.
— Je suis aussi venu te donner un de mes T-shirts qui trainait dans mon bureau.
— Je vais en prendre grand soin ! Promis !
— Tu peux y aller ! Je n'ai pas de vêtements fétiches. Aucun intérêt à être matériel… ça ne change pas ta personne de porter un vêtement plutôt qu'un autre. Les mots et les actes sont plus parlants ! Toi-même, tu es bien plus intéressante à poil !
Il me jette son T-shirt à la figure. Je peste pour la forme, ne supportant pas sa façon de mettre sur le tapis le sujet qui fâche et de me traiter de bonne à tout faire, mais je vois qu'il s'en amuse comme jamais si je réponds par la rage.
— Et un s'il te plait, ça te tuerait ? marmonnè-je.
— À ma pire ennemie ?
Il se met à rire et moi, je me traite d'idiote de lui donner un bâton pour me faire battre.
— Tu veux un bisou aussi avec ? ajoute-t-il pour m'achever avec le coup de grâce. Et un coup de rein ? Et pourquoi pas un petit thé après ?
Je lui jette à la figure son maudit T-shirt et son attitude cynique et désinvolte.
— Casse-toi, Connard ! Je vais te tuer ! Plutôt crever que de te demander de m'embrasser et faire quoique ce soit avec toi. Sois maudit ! Je te déteste ! Va mourir en enfer !
Il fait demi-tour à nouveau tout en rigolant, sans aucun doute fier de me foutre les nerfs et y arriver. Et moi, je me déteste d'y répondre avec autant de facilité. Combien de temps ce cirque va-t-il durer ? Je doute d'y survivre…

JORDANE CASSIDY

De formation littéraire, c'est en écrivant des fanfictions pour un manga que Jordane Cassidy s'est essayée à l'écriture. Avoir un cadre déjà défini lui permet alors de prendre confiance et d'acquérir l'engouement de lecteurs saluant son style : entre familier et soutenu, mélangeant humour, amour et action.

Après une pause de quelques années, elle revient sur son clavier, mais cette fois-ci pour écrire une histoire sortant entièrement de son imagination. Une comédie sentimentale érotique en 6 tomes : "Je te veux !", où elle prend le temps de développer les sentiments de ses personnages, entre surprises, déceptions, interrogations, joies, colères, culpabilité, égoïsme, etc. C'est une réussite ! Première sur le classement toutes catégories confondues sur le site MonBestseller.com, elle signe en maison d'édition et confirme le succès.

Aujourd'hui, elle continue d'écrire des romances contemporaines en autoédition.

OÙ LA CONTACTER :

Site web : www.jordanecassidy.fr
Facebook : https://www.facebook.com/JordaneCassidyAuteur/
Twitter : https://twitter.com/JordaneCassidy
Instagram : https://www.instagram.com/jordane.cassidy/

TABLE DES MATIÈRES

CHAPITRE 1 : Indécise _____ 9

CHAPITRE 2 : Combatif _____ 29

CHAPITRE 3 : Beau parleur _____ 47

CHAPITRE 4 : Puant _____ 75

CHAPITRE 5 : Terminé ! _____ 103

CHAPITRE 6 : Réchauffant _____ 129

CHAPITRE 7 : Surmené _____ 157

CHAPITRE 8 : Collectionneur _____ 181

CHAPITRE 9 : Foireux _____ 203

CHAPITRE 10 : Bagarreur _____ 227

CHAPITRE 11 : Dingue _____ 247

CHAPITRE 12 : Seuls _____ 267

CHAPITRE 13 : Profond _____ 293

CHAPITRE 14 : Planté _____ 323

BONUS _____ 341

Dépôt légal : Octobre 2018